KÖNIGE DES MONDLICHTS

GEBUNDEN AN DIE FAE
BUCH DREI

EVA CHASE

Talia

Es gibt gewisse Dinge, die Magie nicht tun kann – oder auf die Fae zumindest keine magische Energie verschwenden wollen, weil es einfacher ist, es von Hand zu tun. Wie sich herausstellt, ist das Verstellen von Möbeln eines dieser Dinge.

Ich verpasse dem hölzernen Beistelltisch einen kleinen Stoß und trete zurück, um dessen Position in Bezug zum restlichen Mobiliar im großen Wohnzimmer zu betrachten. Als wir vor zwei Tagen in die Burg einzogen, verbannten meine Fae-Begleiter die Pflanzenranken, die durch die Fenster hereingekrochen waren. Mit wenigen mächtigen Worten fegten sie den Staub von den Böden. Mithilfe des wahren Namens von Holz, aus dem das gesamte Gebäude besteht, reparierten sie die Risse und verrotteten Stellen, die sich in den Jahrzehnten gebildet hatten, in denen es nicht benutzt worden war. Von außen sieht das Gebäude wie mehrere gigantische Bäume aus, die zu einer gewaltigen Festung geformt wurden.

Die vorhandenen Möbelstücke wurden auf die gleiche Art repariert oder ersetzt. Doch jetzt arrangieren wir die Dinge, die wir mitgebracht haben, um sie herum, was bedeutet, dass ich endlich helfen kann.

Ich bin der einzige Mensch, der mit diesem Rudel Fae lebt, dessen Mitglieder sich in Wölfe verwandeln können. Größtenteils haben sie mich freundlich aufgenommen, es fällt mir allerdings trotzdem ziemlich schwer, diese Tatsache zu vergessen.

August, der einen Spiegel mit einem silbernen Rahmen in seinen muskulösen Armen trägt, tritt eben mich. „Das sieht nach einem guten Platz für den Tisch aus. Und ich denke, der Tisch ist der perfekte Platz für *das hier*." Er stellt den Spiegel auf den Beistelltisch, sodass er an der Wand lehnt. Anschließend reibt er zufrieden die Hände aneinander.

Innendesign ist nicht Augusts typisches Arbeitsgebiet. Als Halbbruder von Sylas, dem Lord dieser Ländereien, und Mitglied von Sylas' Kader, besteht seine Hauptaufgabe darin, das Rudel zu beschützen und die Krieger notfalls in die Schlacht zu führen. Zum Glück musste er diesen Aufgaben, seit ich mich ihnen vor zwei Monaten angeschlossen habe, kaum nachgehen.

Natürlich könnte der morgige Tag das ändern. Und genau wie bei den letzten Malen, als er in den vergangenen Monaten kämpfen *musste*, wird das hauptsächlich an mir liegen.

Das Wissen plagt uns alle, doch ich bemühe mich, mir keine Angst anmerken zu lassen. Ich hasse es, wie verletzlich ich mich im Vergleich zu den beinahe unsterblichen, magisch begabten Wesen fühle, die mich umgeben. Ich hasse es, wie verletzlich es *sie* macht, dass sie sich um mich sorgen. So zu tun, als würde ich glauben, dass sie den bevorstehenden

Konflikt erfolgreich lösen können, ist das Mindeste, was ich tun kann, auch wenn es ein Ding der Unmöglichkeit zu sein scheint.

„Es sieht klasse aus", lobe ich August lächelnd und drehe mich im Kreis, um den Rest des Zimmers zu begutachten. Sofas und Sessel, deren Oberflächen aus weichem Schilf und Blättern gewebt wurden, bilden zwei Halbkreise, die dem riesigen Kamin zugewandt sind, auf den der Name der Ländereien anspielt: Hearthshire. Neben den Steinen, die den Kamin rahmen, arrangieren zwei Rudelmitglieder gerade das Kaminbesteck – das aus Bronze besteht, da Eisen giftig für Fae ist. Auf der gegenüberliegenden Seite des Raumes diskutieren einige andere, wo genau ein Wandteppich aufgehängt werden soll. Ich weiß nicht, was ich sonst noch tun kann.

August bemerkt wie immer schnell, in welcher Stimmung ich bin. Von hinten legt er seine Arme um mich und drückt einen Kuss auf meinen Kopf. „Du hast kräftig mitangepackt, Süße. Du musst nicht nach mehr Arbeit suchen."

„Alle anderen arbeiten noch", bemerke ich, kann jedoch nicht anders, als mich an seine breite Brust zu lehnen und mich von seiner liebevollen Wärme beruhigen zu lassen.

Von allen hier hat mich August am liebsten. Im Laufe der Wochen, die ich mit ihnen verbracht habe, haben sich meine Gefühle für Sylas und die beiden Mitglieder seines Kaders von misstrauischer Wertschätzung über zaghafte Anziehungskraft zu etwas vertieft, was ich nur als Liebe bezeichnen kann. Ich hätte nie erwartet, dass mir einer von ihnen genauso viel Zuneigung schenken würde, da sie nicht nur gewöhnliche Fae sind, sondern hochrangige, und ich bloß ein Mensch bin. August hat seine Liebe jedoch sowohl in Worten als auch Taten so eindeutig ausgedrückt, dass mir ganz schwindlig vor Freude wird, wenn ich nur daran denke.

„Ich bin mir sicher, du könntest einige Rudelmitglieder finden, die sich einen faulen Lenz machen, wenn du genau hinschaust." Er reibt seine Nase an meinen Haaren, gluckst und schiebt mich sanft zur Tür. „Warum nimmst du dir nicht etwas Zeit, die Gegend zu erkunden? Der Rest von uns kennt diese Ländereien bereits ziemlich gut. Du solltest anfangen, dich hier einzuleben, und dich mit deiner neuen Umgebung vertraut machen."

Er redet, als wäre *er* sich sicher, dass ich nach dem morgigen Treffen zurückkehren werde. Ich hole tief Luft und nicke. „In Ordnung. Das ist ein überzeugendes Argument."

Er lacht und macht eine scheuchende Geste mit der Hand, doch ich spüre, dass er mich beobachtet und sich vergewissert, dass es mir gut geht, bis ich in den Gang gehumpelt bin.

Auf dem Weg zur Eingangshalle mit ihrer riesigen Tür untermalt ein rhythmisches Klopfen meine unrunden Schritte. Die Orthese, die Sylas für meinen krummen Fuß gebaut hat, hilft mir dabei, besser zu laufen, ist allerdings laut. Und mein Fuß beginnt nach wie vor, zu schmerzen, wenn ich ihn lange belaste. Keiner meiner aktuellen Begleiter verfügt über die Magie, die krumme Erhebung zu heilen, an der meine Entführer die Knochen brachen und falsch zusammenwachsen ließen – es scheint eines dieser wenigen Dinge zu sein, die Magie nicht heilen kann. Allerdings geht es mir sehr viel besser als zuvor, als ich bloß humpeln konnte.

Ich zerre die abgerundete Holztür gerade so weit auf, dass ich nach draußen auf die große Lichtung schlüpfen kann, auf der die Burg von Hearthshire steht. Die Brise kitzelt mit einer allgegenwärtigen Wärme über das hohe Gras und meine Haut. Diese Fae sind Seelie, die zum Sommerreich gehören. Selbst wenn die Unseelie des Winterreichs keine bösartigen Schurken wären, wäre ich froh, dass ich auf dieser Seite gelandet bin und nicht in ihrem eiskalten Gebiet.

Weitere Rudelmitglieder arbeiten an den Häusern, die auf der Lichtung verstreut sind und wie große Baumstämme aussehen, die oben abgedreht wurden, sodass sie eine Spitze formen, die drei Meter in die Höhe ragt – viel kleinere und weniger kunstvolle Versionen der Burg. Einige bewegen bereits Pflanzen dazu, in kleinen Gärten zu wachsen. Andere treiben eine Herde blökender Schafe, die gerade auf einem Waldweg angekommen ist, zu einer Weide, die in einiger Entfernung vom Dorf errichtet wurde.

Wir sind einen weiten Weg von Oakmeet hierhergereist, dem Revier, wo ich mich dem Rudel angeschlossen habe. Der Länderei, zu der das Rudel verbannt worden war, nachdem Sylas' ehemalige Gefährtin versucht hatte, einen der Erzlords zu stürzen, die über die Seelie herrschen.

Es ist der gleiche Erzlord, Ambrose, der morgen Sylas' Anwesenheit verlangt. Sylas' Anwesenheit *und* meine, um genau zu sein. Ambrose hat sich bereits einmal dafür eingesetzt, dass ich Sylas weggenommen werde wegen der unerwartet wichtigen Rolle, die ich im Leben aller Sommer-Fae spiele. Sylas konnte jedoch meine Freiheit aushandeln. Der Erzlord war davon allerdings nicht begeistert. Er hat sich höchstwahrscheinlich einen Plan ausgedacht, wie er mich an sich reißen kann.

Bei dem Gedanken, Hearthshire verlassen zu mussen, wird mir schlecht, weil ich bei den Männern bleiben will, die ich lieben gelernt habe. Die Wahrscheinlichkeit, dass mich *irgendein* anderer Fae so freundlich behandeln wird, wie es dieses Rudel tut, ist klein. Die Wahrscheinlichkeit, dass es Ambrose tun wird, liegt nach allem, was ich über ihn gehört habe, vermutlich bei null. Er wird mich womöglich einfach in einen Käfig werfen wie die Fae, die mich aus der Menschenwelt entführten, mir den Fuß brachen, mich hungern ließen und mich quälten – diejenigen, vor denen mich Sylas und sein Kader retteten.

Zu beobachten, wie die Fae des Rudels, das ich nun als meines bezeichne, miteinander lachen und plaudern, verringert meine Sorgen ein wenig. Sie sind einfach glücklich, wieder in ihrem alten Zuhause zu sein, das sie länger vermisst haben, als ich am Leben bin. Außerdem ist ihre Magie hier stärker, weil sie dem Herzen der Nebelwelt näher sind. Dieses ist die Quelle ihrer Macht, die selbst ich aufgrund des Bebens in der Luft spüren kann.

Trotz allem, was August gesagt hat, bin ich mir nicht sicher, ob ich schon bereit bin, fernab meines neuen Zuhauses auf Erkundungstour zu gehen. Die großen Bäume, die die Lichtung umgeben, ragen so hoch in die Luft, dass es mir den Atem raubt, wenn ich den Kopf nach hinten neige, um an ihnen hinaufzuschauen. Ich glaube nicht, dass ich jemals zuvor halb so große Bäume gesehen habe. Schlingpflanzen winden sich um ihre Baumstämme und bunte Blumen blühen an ihnen, die der Luft einen schwachen, jedoch berauschenden Duft verleihen. Wer weiß, was tiefer in diesem Wald lauert, bei dem die Fae nicht mit der Wimper zucken würden, das jedoch den sicheren Tod für einen Menschen bedeuten könnte?

Stattdessen schlendere ich zu dem Dorf des Rudels. Ich habe erst wenige Schritte gemacht, als eine Gestalt, über deren Erscheinen ich mich freue, aus einem der Häuser kommt.

Harper, eine junge Fae-Frau, die ich mittlerweile als Freundin betrachte, strahlt bei meinem Anblick. Sie streicht einige Strähnen ihrer glatten, hellen Haare hinter ihre spitzen Ohren und senkt ihre übergroßen Augen ein wenig schüchtern, als sie zu mir läuft. In den Armen trägt sie ein Bündel, das an die Rinde von Birken erinnert. Als sie mich erreicht, hält sie es mir entgegen.

„Ich habe dir etwas gemacht. Ich hoffe, es gefällt dir."

Ich hatte nicht erwartet, Geschenke zu bekommen. Und

Harper hat mir erst vor kurzem ein ziemlich großes gemacht: eines der umwerfenden Kleider, die sie aus Fae-gemachten Stoffen schneidert. Ich nehme ihr das Bündel ab und wickle die papierne Rinde vorsichtig ab für den Fall, dass der Inhalt zerbrechlich ist.

Ich blicke auf ein Paar Stiefel. Keine klobigen Schneestiefel, wie ich sie als Kind im Winter in der Menschenwelt anhatte, oder schmale Lederstiefel, wie sie Mom manchmal zu ihren legeren Kleidern trug. Diese Stiefel sind so hübsch und zart wie Harpers Kleider. Verschiedene Brauntöne winden sich ineinander verschlungen um die Schuhe, sodass deren Oberfläche wie aufgewühltes Wasser aussieht. Entlang der Seiten verläuft ein Band aus dem gleichen Stoff, damit ich sie perfekt an meine Füße anpassen kann.

Als ich sie umdrehe, um sie von allen Seiten zu betrachten, spüre ich in einem Schuh einen festen Rahmen. Sie verfügen beide über kräftige Sohlen, die sich anfühlen, als könnten sie Wanderungen im Wald standhalten – wahrscheinlich mehr Wanderungen, als mein *Fuß* aushalten kann – doch der rechte Schuh beinhaltet eine zusätzliche Stütze.

Harper hat den Stoff um eine Orthese herumdrapiert. Vor einigen Tagen bat sie mich, Sylas zu fragen, ob er ihr eine Orthese machen würde. Wofür sie diese wollte, erklärte sie mir nicht. Er muss sie ihr kurz darauf gegeben haben. Ich habe mich daran gewöhnt, mit der sichtbaren Orthese herum zu stapfen, da ich bezüglich meines Schuhwerks keine andere Wahl hatte. Jetzt kann ich meinen Fuß stützen, ohne meine Schwäche so deutlich zu zeigen – und obendrein steckt er in einer hübschen Hülle.

Da wir die letzten Tage mit Vorbereitungen und schließlich dem Umzug verbracht haben, bin ich überwältigt und schockiert von Harpers Kreation und ihrer Großzügigkeit. Ich blicke zu ihr auf.

„Die sind umwerfend. Vielen Dank. Ich habe nie erwartet … Wann hattest du Zeit, sie zu machen bei allem, was hier los war?"

Sie ringt die Hände vor ihrem Bauch. „Ehrlich gesagt, gab es nur wenig, bei dem ich helfen konnte. Ich habe mein Schlafzimmer und mein Studio im alten Haus meiner Eltern eingerichtet. Später beziehe ich vielleicht allein eines der verlassenen Häuser, aber ich weiß nicht, ob es viel Sinn macht, eines für mich zu beanspruchen, wenn ich womöglich die Gelegenheit erhalte, in die anderen Ländereien zu reisen. Die Schuhe schienen einfach etwas zu sein, was … was ich tun könnte, das nützlich für jemanden wäre. Für dich. Gefallen sie dir?"

„Ich *liebe* sie." Ich drücke die Stiefel an mich und krümme meine Finger um den schockierend weichen Stoff.

Ein schüchternes Lächeln biegt ihre Lippen nach oben. „Ich habe mir auch gedacht … Alle andern kennen diese Ländereien schon, aber für uns beide sind sie neu. Du hast mir erzählt, dass du mehr von dieser Welt sehen willst. Vielleicht werden es uns die Stiefel erleichtern, gemeinsam auf Erkundungstour zu gehen."

Ich grinse sie an. „Das wäre fantastisch. Ich sollte sie anprobieren. Ich meine, ich bin mir sicher, dass sie passen. Ich werde sie die ganze Zeit tragen."

Harper strahlt, doch als ich mich ins Gras setze, werde ich abgelenkt. Ein Gefährt schwebt durch das Tor, das von zwei riesigen Bäumen gebildet wird, die sich auf der anderen Seite der Lichtung zueinander biegen.

Fae-Gefährte ähneln im Allgemeinen menschlichen Booten und sind das Hauptfortbewegungsmittel der Fae. Dieses sieht etwas klappriger aus als die, welche Sylas für uns erschuf. Es ist definitiv kleiner und hat nur einen löchrigen

Baldachin aus flatternden Blättern. Es schwankt ein wenig, als es einen halben Meter über dem Boden auf uns zugleitet. Zwei Gestalten stehen in dem getüpfelten Schatten des Baldachins und spähen zu der Burg und dem Dorf, das diese umgibt.

Meine Muskeln spannen sich an, ich gehe in die Hocke, stelle die Stiefel auf die Seite und lasse meine Hand zu dem kleinen Dolch fallen, den mir Sylas gegeben hat und den ich in einer Scheide an meiner Hüfte aufbewahre. Bisher haben Besucher von anderen Rudeln immer schlechte Nachrichten bedeutet. Ich werde mich gegen einen feindseligen Fae kaum wehren können, werde allerdings mein Bestes geben und die Kampftechniken anwenden, die mir August beigebracht hat, wenn ich muss.

Ich wünschte, ich hätte meinen Salzbeutel bei mir. Es macht meine Rudelkollegen jedoch nervös, wenn ich sie im Vorbeigehen damit berühre, und ich hatte gedacht, dass ich momentan keinen Schutz bräuchte. Wie dumm von mir.

Harper steht steif neben mir und wirkt genauso unsicher. Anscheinend hat jemand Sylas geholt oder das Tor ist mit einer Magie belegt, die ihn über Besucher in Kenntnis setzt. Denn als das Gefährt mehrere Meter entfernt von der Burg anhält und sich ins Gras senkt, marschiert er den unerwarteten Gästen bereits entgegen.

Allein der Anblick seiner herrischen Schritte und des souveränen Selbstvertrauens auf seinem Gesicht beruhigt meine Nerven. Meine Schultern senken sich, doch ich bleibe, wo ich bin, und schaue zu.

Als Sylas aus dem Schatten der Burg tritt, fängt das Sonnenlicht den lila Schimmer seiner kaffeebraunen Haare ein, die bis zu seinen muskulösen Schultern fallen. Sein dunkles Auge heftet sich auf die Gestalten, die das Gefährt verlassen. Ich weiß nicht, wie viel sein anderes Auge sieht, das in einem geisterhaften Weiß leuchtet und von einer Narbe durchtrennt wird, die sich von seiner Stirn bis zu seinem Wangenknochen über seine braune Haut zieht.

Die Fae, die unter dem Baldachin hervortreten, geben ein eigenartiges Paar ab. Zuerst erscheint ein rotbäckiger Mann mit Haaren, die beinahe malvenfarbig sind, und der so jung aussieht, dass er in der Menschenwelt als Teenager durchgehen würde. Er reicht einem drahtigen, alten Mann seine Hand, dessen Haut beinahe so gekräuselt ist wie die spärlichen, durchscheinenden Haarbüschel, die auf seinem Kopf sprießen.

Nach der Geduld zu urteilen, die ihnen Sylas entgegenbringt, indem er darauf wartet, dass der alte Mann aus dem Gefährt steigt, sind sie vermutlich wichtig. Die scharfen Spitzen der Ohren des älteren Mannes weisen darauf hin, dass er ein reinblütiger Fae sein könnte: die angesehensten Fae, die Einzigen, denen es erlaubt ist, Lords zu werden, weil relativ wenig Menschenblut durch ihre Adern fließt.

„Lord Garmon", sagt Sylas, womit er meine Vermutung bestätigt. Sein Tonfall ist respektvoll, jedoch nicht freundlich. Er neigt vor keinem der Männer den Kopf, sie tun es allerdings auch nicht. „Und ich glaube nicht, dass wir einander schon begegnet sind ...?"

Der alte Mann klopft dem jüngeren auf die Schulter. Seine Stimme ist leise und heiser. „Das ist mein Urenkel Orym."

„Lord Sylas", sagt der junge Mann und nimmt Sylas mit einem knappen Kopfnicken zur Kenntnis.

Sylas' ungleicher Blick gleitet über sie. „Es ist nett von ihm, dass er Sie begleitet hat. Da Sie uns nicht über Ihren Besuch in Kenntnis gesetzt haben, sind wir nicht darauf vorbereitet. Wir befinden uns aktuell in der Einrichtungsphase, weshalb wir noch nicht für Gäste bereit sind."

Garmon hustet ein paarmal krächzend. „Ich hoffe, ich werde nicht zu viel von Ihrer Zeit in Anspruch nehmen. Ich bin nur gekommen, um herauszufinden, was aus meinem Enkel Kellan geworden ist."

Mein Puls stockt. Sylas' Miene verändert sich nicht. Andererseits hat er bestimmt schon geahnt, dass dieses Thema zur Sprache kommen würde. Er wusste, wer der Mann war.

Die Erinnerung an Kellan sorgt dafür, dass sich mir die Nackenhaare sträuben. Das dritte Mitglied von Sylas' Kader – der Halbbruder seiner ehemaligen Gefährtin – hielt nicht viel von Menschen. Nachdem sie mich aufgenommen hatten, quälte er mich auf jede ihm mögliche Weise, wobei er es mied, Sylas' Aufmerksamkeit zu erregen, ehe er mich offen angriff. Sylas ging dazwischen, um mich zu beschützen, und musste Kellan töten, als er sich weigerte, sich zu ergeben.

Der Fae-Lord und der Rest seines Kaders haben Kellans Tod seitdem geheim gehalten, Ausreden erfunden und das Thema gemieden, weil sie das Rudel nicht noch weiter beunruhigen wollten, das bereits mit so vielen anderen Konflikten zu tun hatte. Müssen sie sich jetzt zu Kellans Tod bekennen?

Wie wird Sylas sein Handeln erklären? Da Fae tausende von Jahren leben können, wenn sie die Möglichkeit erhalten, ist es ein schwerwiegendes Verbrechen, einen zu töten. Obwohl Sylas glaubt, dass es die richtige Vorgehensweise war, weiß ich, dass er sich wünscht, es wäre nicht dazu gekommen.

Er wird die Wahrheit offensichtlich nicht voreilig preisgeben. „Was hat Ihnen den Eindruck vermittelt, dass es etwas herauszufinden gibt?", fragt er in seinem typischen ruhigen Bariton.

„Einige Mitglieder von Lord Tristans Rudel durchquerten

vor nicht allzu langer Zeit unsere Ländereien", meldet sich Orym zu Wort. „Sie erkundigten sich nach Kellan."

Garmon nickt. „Sie wirkten überrascht, dass er nicht bei uns war, weil er anscheinend seit Wochen weder bei Ihnen noch anderswo gesehen worden war. Aufgrund ihrer Reaktionen haben sich bei mir Sorgen geregt." Seine flaumigen Augenbrauen heben sich. „Liege ich falsch mit meinen Sorgen?"

Tristan? Ein Jucken kriecht über meine Haut. Dieser Fae-Lord erkundete zuvor Sylas' ehemaliges Revier. Als Ambrose' Großcousin scheint er einen Teil der Arbeit des Erzlords zu erledigen.

Es ist schwer, zu glauben, dass sie Kellans Verwandten zufällig begegneten und diese Andeutungen machten. Ich wette, sie versuchten, Sylas mehr Schwierigkeiten einzubrocken. Vielleicht wollten sie sogar rechtfertigen, was auch immer morgen bei dem Treffen geschehen wird.

Sylas hält inne und macht ein finsteres Gesicht. Als er wieder spricht, ist seine Stimme tiefer als zuvor. „Ich befürchte, das ist eine ernste Angelegenheit, die am besten besprochen wird, wenn wir beide darauf vorbereitet sind, und nicht, wenn einer von uns gerade aus einem Gefährt gestiegen ist. In der Nähe haben wir Unterkünfte für unsere Gäste. Ich werde schnell eine für Sie herrichten lassen. Dort können Sie es sich gemütlich machen und sobald ich weniger zu tun habe, erhalten Sie einen vollständigen Bericht."

Garmons Mund verzieht sich, er scheint allerdings der Meinung zu sein, dass es die Mühe nicht wert ist, Protest zu erheben. „Dann werde ich auf diesen Bericht warten."

Er dreht sich zu seinem Gefährt um, der Blick seines Urenkels ist jedoch zu mir gewandert. Orym mustert mich so lange, dass sich mein Rücken versteift. Sylas räuspert sich und tritt nach vorne, woraufhin sich der junge Mann schüttelt.

„Das ist sie, oder?", fragt er. „Das Menschenmädchen, das Sie aufgenommen haben? Das, dessen Blut das Elixier für den Fluch ist."

Diese Worte sorgen bloß dafür, dass sich meine Muskeln noch mehr anspannen. Ein Muskel an Sylas' Kiefer zuckt. „Ich vermute, Tristans Truppe hat das ebenfalls erwähnt?"

Orym betrachtet ihn mit einem schmalen Blick, in dem so viel Gehässigkeit liegt, dass es meine Nerven von neuem erschüttert. „Ja, sie haben einige Bemerkungen gemacht. Und sein Kadergewählter sagte, dass sich schon bald sein Lord um sie kümmern wird."

Der Magen sinkt mir in die Kniekehlen. Orym steigt ohne einen Blick zurück hinter seinem Urgroßvater in das Gefährt. Sylas' Gesicht bleibt ausdruckslos, obwohl keine Möglichkeit besteht, dass er diese Bemerkungen nicht mindestens so gut verstanden hat wie ich.

Darauf hat es Ambrose morgen also abgesehen. So will er den Schwur umgehen, den er geleistet hat, mich nicht in seinen Gewahrsam zu nehmen. Er versucht nicht, mich für sich zu gewinnen – er hat vor, mich an seinen genauso fiesen Cousin abzugeben.

2

Talia

„Wie lautet der genaue Wortlaut der Vereinbarung?", fragt Whitt plötzlich. Das andere Mitglied von Sylas' Kader, sein Spionagechef und Stratege, ist während der gesamten Fahrt zu Ambrose' Burg der Länge nach durch das Gefährt getigert und hat nur kurz innegehalten, um die vorbeifliegende Landschaft zu betrachten und manchmal finster anzustarren. Seine ozeanblauen Augen sind immer stürmischer geworden. Jetzt bleibt er am Bug des Transportmittels stehen, um die Antwort des Fae-Lords abzuwarten, während der Wind seine braunen Haare zerzaust.

Sylas sitzt mir gegenüber auf einer der dünnen Polsterbänke unter dem Baldachin und wirkt weniger ruhelos, sieht jedoch alles andere als entspannt aus. Er reibt sich über seinen kantigen Kiefer und sein Mund ist zu einer grimmigen Linie verzogen, die mit jeder vergehenden Minute grimmiger wird.

„Die Erzlords schworen, keinen direkten Anspruch auf Talia zu erheben, solange ich das Elixier jedem zur Verfügung stelle, der es braucht. Das haben wir bereits besprochen. Ich hätte nicht gedacht, dass sie es riskieren würden, einen *in*direkten Anspruch zu erheben und sie an einen anderen Lord außerhalb ihres Trios weiterzugeben, aber Ambrose vertraut seinem Cousin eindeutig mehr als mir."

Whitt schnaubt. „Selbst schuld. Ich hege keinerlei Zweifel daran, dass Tristan ihm in dem Moment in den Rücken fallen würde, in dem er eine ideale Gelegenheit erhält und die Konsequenzen vielversprechend wirken. In dieser Familie gibt es nicht viel Ehre, nur Fangzähne und Gier."

Er blickt zu mir und seine Miene nimmt gequälte Züge an, ehe er sich wieder an seinen Lord wendet. „Wir können argumentieren, dass es trotzdem ein direkter Anspruch ist. Er beansprucht sie zwar, um sie an einen anderen weiterzugeben, aber er gibt den Befehl. Tristan selbst hätte keine Autorität, sich über die Entscheidung eines Erzlords hinwegzusetzen."

„Ich vermute, dass er ein Gegenargument dafür hat, ansonsten würde er diesen Plan nicht verfolgen." Sylas seufzt. „Ich verlasse mich nur ungern darauf, dass jemand, der kein Mitglied unseres Rudels ist, unsere Kämpfe ausficht, doch wenn sich Donovan und Celia für uns einsetzen …" Er beugt sich vor und legt seine kräftigen Hände auf mein Knie. „Falls Ambrose nicht zustimmt, die Diskussion in die Bastion des Herzens zu verlegen, wo alle drei Erzlords ihre Meinung äußern können, gehen wir einfach."

Ich schlinge meine Arme um mich. Meine Bemühungen, ruhig zu bleiben, verlieren immer mehr an Wirkung, je näher wir zu Ambrose gelangen. „Er wird das allerdings als Verrat sehen, oder? Wenn du seine Befehle als Erzlord ignorierst? Das wird ihm eine Ausrede liefern, Hearthshire anzugreifen oder zu versuchen, euch wieder in die Verbannung zu schicken."

„Dieses Risiko können wir eingehen. Er braucht die Zustimmung der anderen Erzlords, bevor er uns weitere Sanktionen auferlegen kann. Ich muss daran glauben, dass sie meinen Widerwillen verstehen würden, da wir erst vor kurzem eine Vereinbarung getroffen haben."

Er würde es jedoch riskieren. Und dass er sich in dieser Lage befindet, ist ganz allein meine Schuld. Er wollte erst gar nicht, dass die Erzlords von mir erfahren.

Natürlich bestand die Alternative darin, die Unseelie über die Grenze kommen zu lassen, während sämtliche Seelie-Krieger, die dort stationiert waren, in dem Fluch gefangen und verrückt waren. Die Sommer-Fae können sich in Wölfe verwandeln, wann immer sie wollen, aber seit Jahrzehnten sind sie bei Vollmond nicht in der Lage, ihre Verwandlung oder ihr wildes Verhalten zu kontrollieren. Die Winter-Fae hätten sie abgeschlachtet.

Etwas in meinem Blut, was niemand verstehen kann, heilt die grausame Raserei, die mit dem Fluch einhergeht. Ich bestand darauf, dass Sylas mich nutzte, um sein Volk zu schützen. Er warnte mich, dass mich die Erzlords für sich wollen würden, weil ich aufgrund meines Blutes wertvoll für sie bin. Ich beschloss, dieses Risiko einzugehen.

Mir war nicht bewusst, dass meine Entscheidung die Lage nicht nur für mich, sondern auch für ihn und das Rudel verschlimmern könnte.

Ich weiß nicht, ob Sylas einen Teil meiner Gedanken mit seinem vernarbten Auge lesen kann, das stets mehr zu sehen scheint als ein gewöhnliches Auge, oder ob er mich mittlerweile einfach so gut kennt, dass er erraten kann, was ich gedacht habe. Jedenfalls setzt er sich neben mich auf die

Bank, zieht mich an seinen gewaltigen Körper und streichelt mit der Hand über meine Haare.

„Überlasse es mir, mich um die Konsequenzen meiner Taten zu sorgen, Talia. Du gehörst mir zwar nicht, bist für mich jedoch so viel mehr wert als die Magie deines Blutes."

Es ist unmöglich, nicht dahinzuschmelzen, wenn er so spricht. Ich kann mir nur schwer vorstellen, dass mir der Fae-Lord jemals eine so tiefe Zuneigung gestehen wird, wie es August getan hat, aber er hat bereits bewiesen, dass ich ihm wichtiger bin, als ich es mir hätte erhoffen können. Mit Gesten wie dieser packt die Liebe, die *ich* für ihn empfinde, mein Herz stärker.

Ich will diese eigenartige, jedoch berauschende Beziehung nicht verlieren, die ich momentan führe. Ich will weiterhin nicht nur einen, sondern drei bemerkenswerte Männer vergöttern und von ihnen vergöttert werden.

Ich neige mein Gesicht zu Sylas', der die Einladung annimmt, mir einen Kuss zu geben, und mit den Fingern die Kontur meines Kiefers nachfährt. Wie immer wird mir schwindlig vor Glück wegen der Sanftheit seiner Berührung und des einnehmenden Drucks seiner Lippen.

Whitt hustet spöttisch. „Bevor ihr zu weit geht, wir *kommen* den neugierigen Augen, die die Burg umgeben, ziemlich nahe."

Seine Stimme ist so fröhlich wie immer, doch ich meine, eine leichte Spannung darin wahrzunehmen. Bis vor wenigen Tagen teilte ich meine Zuneigung mit *zwei* bemerkenswerten Männern. Für Mitglieder eines Kaders ist es anscheinend nicht ungewöhnlich, sich gemeinsam eine Geliebte zu suchen, da sie nicht unbegrenzt Aufmerksamkeit verschenken können, weil ihr Lord ihre oberste Priorität ist. Dennoch hat Whitt die Idee anfangs abgelehnt, irgendetwas zwischen uns zuzulassen. Ich bin mir noch immer nicht sicher, was genau an dem Arrangement ihn hat zögern lassen, aber er wirkte beinahe wütend, als Sylas es das erste Mal vorschlug.

Nach der Leidenschaft, die er mir zeigte, als er seinem Verlangen neulich freien Lauf ließ, weiß ich, dass es nicht an fehlendem Interesse lag.

Es gab eine Zeit, in der ich mir Sorgen machte, dass ich Probleme zwischen Sylas und August verursachen würde – es *ist* ungewöhnlich, dass ein Lord geteilte Zuneigungen akzeptiert. Kurz machte es auch den Anschein, als würde ich womöglich die Bande des Kaders auf eine andere Art zerreißen, indem wir Whitt außen vor ließen. Nach den Dingen zu urteilen, die er mir erzählte, machte er sich scheinbar Sorgen, dass er nicht gut genug für mich sei. Was meiner Meinung nach absurd ist, denn er ist ein magischer, gestaltwandelnder Unsterblicher mit dem möglicherweise hübschesten Gesicht, das ich jemals gesehen habe.

Ich will definitiv nicht, dass er sich jetzt ausgeschlossen fühlt, wenn das Band, das wir geschmiedet haben, noch so neu und möglicherweise zerbrechlich ist.

„Dann sollte ich das hier besser schnell erledigen", erwidere ich grinsend und springe von der Bank auf. Whitt blinzelt mich an und Überraschung huscht über sein Gesicht, als ich vor ihm auf die Zehenspitzen gehe. Zum Glück senkt er den Kopf, sodass ich einen kurzen, jedoch leidenschaftlichen Kuss auf seinen Mund drücken kann.

Als ich wieder auf meine Fersen sinke, lächelt er. Er zupft neckend an einer meiner Haarsträhnen. „Du bist auf jeden Fall so viel mehr, als sich ein Volltrottel wie Ambrose jemals vorstellen könnte."

Die Freude des Moments hält nur so lange, bis die ersten Umrisse einer Fae-Siedlung in der Ferne zu erkennen sind. Das Gefährt gleitet einen steilen Abhang mit jadegrünem Gras hinauf zu dicken Platten aus schwarz glänzendem Stein, die das Sonnendach des Gefährts um einiges überragen. Sie bilden eine ungleichmäßige Mauer aus mehreren Schichten, zwischen denen wir uns hindurchschlängeln müssen, da keine Öffnungen für eine einfache Passage geschaffen wurden. Vermutlich soll so sichergestellt werden, dass die Reise *nicht* einfach ist für den Fall, dass der Erzlord und sein Rudel sich Eindringlingen erwehren müssen.

Einige Wölfe patrouillieren die offenen Flächen zwischen den Obsidian-Ringen, wirken jedoch nicht beunruhigt wegen unserer Ankunft. Wir werden erwartet.

Als wir die letzten Steine passieren, sinkt mir das Herz beim Anblick des Gebäudes vor uns noch mehr.

Ambrose' Burg ist dreimal so hoch wie die anderen Steine und besteht aus dem gleichen dunkel glänzenden Gestein. Es gibt keine Blöcke oder Fliesen, wie man sie in der Menschenwelt finden würde, wenn jemand einen Palast aus Obsidian bauen würde. Nein, dieses glatte Gebäude scheint aus einem soliden Berg aus diesem Zeug gehauen – oder anderweitig in einem Stück aus der Erde heraufbeschworen worden zu sein, was wahrscheinlicher ist, nach dem zu urteilen, was ich bisher von Fae-Magie gesehen habe.

Die Spur niedergetrampelten Grases, der wir gefolgt sind, wird mehrere Meter entfernt von dem spitzen Eingang der Burg zu einem gepflegten Weg aus Steinen. Sylas lässt das Gefährt anhalten, bevor wir diese Stelle erreichen. Das Gefährt schwebt über dem Gras und Whitt tritt zur Seite, sodass Sylas am Bug stehen kann.

Es dauert einige Minuten, bis unsere Ankunft zur Kenntnis genommen wird. Keiner von uns spricht, weshalb der einzige Laut die Brise ist, die um die Steine pfeift. Dann öffnet sich die gewaltige Tür und eine große Gruppe Gestalten kommt heraus.

Ich nehme an, Ambrose ist der korpulente, jedoch kräftige Mann, der an der Spitze der Gruppe marschiert. Seine spitzen Ohren und der grünliche Farbstich seiner braunen Haare zeigen, dass er ein reinblütiger Fae ist. Er tritt mit einer gleichgültigen Selbstsicherheit auf, als könnte er sich nicht vorstellen, jemand würde jemals an seiner Autorität zweifeln. Er ist der erste Fae, dem ich abgesehen von Sylas begegne, der so viele wahre Namen gemeistert hat, dass ihre dunklen Tattoos seinen Hals hinauf und über die Kanten seines Gesichtes kriechen.

Wie ein Krieger trägt er einen Brustpanzer – erwartet er, dass es bei diesem Treffen zu einem Kampf kommt?

Die ungefähr ein Dutzend Männer und Frauen, die mit ihm nach draußen gekommen sind, müssen seinem Kader angehören oder Mitglieder seines Rudels sein. Sie lassen sich zurückfallen und flankieren ihn. Ihre intensiven Blicke jagen ein Kribbeln über meine Haut. Und an der Seite, fast auf der gleichen Höhe mit dem Erzlord, steht ein etwas jünger aussehender Mann, den ich nicht erkenne, dessen Begleiterin mir allerdings unangenehm vertraut ist.

Das letzte Mal, als ich mich dieser Frau gegenüberfand, deren halb geschlossene Augen auf mich gerichtet sind, trug sie einen Kapuzenumhang, der ihre tiefschwarzen Haare und muskulösen Schultern verbarg. Diese Augen und die vollen Lippen, die sich jetzt zu einem zufriedenen Lächeln krümmen, hätte ich allerdings überall erkannt. Sie ist diejenige aus Tristans Kader, die mich angriff, als sie mich in dem Wald fand, der Oakmeet umgibt. Daher muss der Mann neben ihr Tristan sein.

Der Großcousin des Erzlords sieht eigenartigerweise unzufriedener als seine Kadergewählte aus. Er ist schlanker als Ambrose und sein Hals etwas länger, als natürlich aussieht. Der Giraffen-ähnliche Eindruck wird von seinem knotigen Kinn verstärkt. Sein Mund, der beinahe anmutig ist, bildet einen schmalen Strich, der seinem olivfarbenen Gesicht einen säuerlichen Ausdruck verleiht. Er muss seine Haut- und Haarfarbe von der Seite der Familie erhalten haben, die er mit Ambrose gemeinsam hat, denn seine Haare sind ebenfalls grün – es ist ein helleres, mintähnliches Grün, das zwischen den ansonsten strohblonden Haaren auffällt.

Hätten wir irgendwelche Zweifel an den Bemerkungen von Kellans Verwandten gehegt, würde Tristans Anwesenheit sie alle ausräumen. Das ist der Mann, an den mich Ambrose übergeben will. Der Mann, der mich jetzt mustert, als wäre ich ein Sack Gold und als würde er darüber nachdenken, wie er mich am besten ausgeben kann.

„Sind Sie mit Ihrem Gefährt verschmolzen, Lord Sylas?", fragt Ambrose und legt den Kopf schief. „Kommen Sie rein; legen wir los."

Sylas nimmt seine lordhafte Haltung ein, die mich sogar in schlimmen Situationen wie dieser beruhigt. „Wir werden Ihre Burg nicht betreten, Erzlord Ambrose. Ich bin aus Höflichkeit angereist, um Ihrer Bitte nachzukommen – hier bin ich. Hier ist der Mensch. Wenn Sie einen Anspruch auf sie erheben wollen trotz der Vereinbarung, die wir vor wenigen Tagen in der Bastion getroffen haben, erwarte ich, dass dies mit dem gesamten Trio der Erzlords besprochen wird, nicht nur mit Ihnen."

Ambrose' wachsame Augen verengen sich zu Schlitzen. Er fährt mit einer Hand über seinen Kiefer, wodurch seine mit grauen Stoppeln übersäten Hängebacken wackeln. „Es ist sehr wohl mein Recht, Sie hierherzubestellen. Ich habe nicht die Absicht, die Vereinbarung zu brechen, auf die wir uns geeinigt haben. All das kann besser in meinem Zuhause besprochen werden."

Sylas verschränkt die Arme vor der Brust. „Ich habe Grund zu der Annahme, dass Sie beabsichtigen, die Frau meiner Obhut zu entreißen. Wurde ich falsch informiert?"

Ambrose' Blick huscht zur Seite, als würde er überlegen, wer dieses Detail ausgeplaudert haben könnte. „Ich selbst werde keinen direkten Anspruch auf sie erheben. Das war die Vereinbarung, die wir getroffen haben."

„Wenn Sie darauf bestehen, dass wir sie Ihrem Cousin dort drüben übergeben, wäre der Transfer nach wie vor ein direktes Ergebnis Ihrer Autorität", widerspricht Sylas. „Er kann den Anspruch nicht selbst erheben."

„Das ist alles närrische Semantik", entgegnet Ambrose. „Ich werde sie nicht nehmen. Ich sorge lediglich dafür, dass sie sich in sicherer Obhut befindet."

Obhut. Als würde der Mann neben ihm auf mich aufpassen und sich nicht überlegen, wie er mich auf jede erdenkliche Weise ausbeuten kann. Meine Finger krümmen sich um das Sitzpolster. Ich verspüre die Sehnsucht, mich auf dem Boden einzurollen, wo mich nicht so viele Fae mustern können, als wäre ich ein Braten, der gleich angeschnitten wird. Diese Lords sind höflicher als die, die mich den Großteil meiner Zeit in der Fae-Welt quälten, doch sie sind genauso hochmütig und grausam.

Aus dem Augenwinkel bemerke ich eine Bewegung, die meine Aufmerksamkeit auf sich zieht. Weitere Wölfe schleichen durch die Lücken zwischen den Steinen hinter uns. Ich zähle mehrere, die sich auf dem Pfad versammeln, über den wir die Burg erreicht haben. Mein Herz setzt aus.

Ambrose wusste, dass wir womöglich versuchen würden, zu gehen, bevor er seinen Willen bekommt. Er hat sein Rudel bereitgehalten, damit sie uns aufhalten. Es könnte wirklich zu einem Kampf kommen, wenn Sylas nicht nachgibt.

Ich reiße meinen Blick los und er trifft auf Whitts. Sein Mund hat sich zu einem grimmigen Strich verzogen. Er hat die versammelten Krieger garantiert bemerkt. Nach Sylas' kurzem Blick über seine Schulter zu schließen, ist er sich dieser neuen Entwicklung ebenfalls bewusst.

Er bleibt stehen und wendet sich wieder an Ambrose. „In

der Bastion wurde mir mitgeteilt, dass die Erzlords diese Frau *meiner* Obhut übergeben haben. Ich werde sie nicht aufgeben, bis ich von allen dreien höre, dass sie mir ihr Vertrauen entziehen. Wenn Sie sich weigern, die anderen Erzlords herzuholen, um eine faire Diskussion zu führen, werde ich gehen."

Er macht Anstalten, sich vom Bug zurückzuziehen, woraufhin Ambrose mit einer so erbitterten Miene nach vorne tritt, dass mein Magen einen Purzelbaum schlägt. „Ihre Ehre ist erst seit wenigen Tagen wiederhergestellt und schon geben Sie Ihren verräterischen Neigungen nach, nicht wahr, Lord Sylas? Noch ein Grund mehr, aus dem ich sicherstellen sollte, dass diese wertvolle Ressource in vertrauensvolle Hände übergeben wird."

Sylas' Stimme bleibt ruhig, wird allerdings härter. „Ich würde sagen, die Entscheidung zweier Erzlords zu kippen, ist viel verräterischer, als sich Ihrer Bitte zu widersetzen. Sie haben gehört, wie ich dazu stehe."

„Und als Ihr Erzlord verlange ich, dass Sie mit dem Mädchen dieses Gefährt verlassen und sich entsprechend der Loyalität verhalten, die Ihnen angeblich so wichtig ist. Widersetzen Sie sich meinen Befehlen, werden Sie ein viel größeres Problem haben, das versichere ich Ihnen."

Seine Begleiter nähern sich ebenfalls dem Gefährt und die Fae zwischen den Steinen treten hervor. In einem Augenblick werden sie einen Ring um uns herum gebildet haben. Sylas schaut stumm, jedoch unverhohlen zu Whitt. Die zwei Männer haben zwar häufig unterschiedliche Ansichten, kennen einander allerdings so gut, dass sie ohne Worte miteinander kommunizieren können.

Ich kann nicht sagen, was sie beschlossen haben, doch die Anspannung auf ihren Gesichtern sorgt dafür, dass ich mich ebenfalls anspanne und mein Herz noch schneller schlägt. Sie werden nicht nachgeben und wir können nicht einfach hier rausgleiten. Sie planen irgendeine verzweifelte Maßnahme, um die Reihe aus Ambrose' Kriegern zu durchbrechen.

Wie mühelos wird er danach behaupten können, dass sie Verrat begangen haben? Wird mein Rudel wieder an die Ränder der Nebelwelt verbannt werden – wird Sylas eine noch schlimmere Bestrafung für ein offenkundigeres Verbrechen erhalten?

Whitt legt eine Hand auf meine Schulter. Die Geste soll beiläufig wirken, wird jedoch mit einem verstohlenen Druck ausgeführt, der mich nach unten drängt. Er will, dass ich in die Hocke gehe – damit ich mich für das wappnen kann, was sie gleich versuchen werden?

Ambrose marschiert mit gebleckten Zähnen auf uns zu. Seine Eckzähne glänzen spitz in seinem Mund und sind beinahe vollständig ausgefahrene Reißzähne. „Lord Sylas, dies ist das letzte Mal, dass ich den Befehl gebe …"

Kurz schlägt mein Herz so heftig, dass mir schwindlig wird. Sie wollen mich – es geht nur um mich, es ist genauso wie bei dem schrecklichen Aerik und seinem Käfig.

Ich schwor mir, nie wieder zuzulassen, dass mich jemand benutzt, und selbst zu entscheiden, was mit mir passiert. Nachdem sie mich gerettet hatten, beschloss ich, Sylas und seinem Kader auf jede mögliche Weise zu helfen. Ich darf nicht zulassen, dass ich ihr Untergang werde.

Doch wir haben nichts, mit dem wir verhandeln können, wir haben kein Druckmittel … abgesehen von mir.

Der Gedanke trifft mich mit einer schaurigen Gewissheit und meine Hand senkt sich zu der Scheide an meiner Hüfte, bevor ich richtig darüber nachgedacht habe, was ich tun werde. Meine Finger schließen sich um das Heft des kleinen Dolchs. Ich reiße die Klinge in einer fließenden Bewegung aus der Lederhülle und an meinen Hals.

Anstatt in die Hocke zu gehen, trete ich auf die Bank, damit Ambrose und die anderen mich besser sehen können.

Meine Hand zittert und die Klinge schneidet mit einem schwachen Brennen in meine Haut. Ich knirsche mit den Zähnen und verkneife mir eine Grimasse, als ich schlucke.

Niemand außer *mir* nimmt mich als Geisel.

Ambrose und sein Rudel halten bei meinem Auftritt inne. Der Erzlord starrt mich mit einer Mischung aus Abscheu und Verwirrung an. „Was bei den Himmeln …"

„Sie sprechen hier über mich", verkünde ich. Meine Stimme zittert, ist jedoch so laut, dass sie weit zu hören ist. „Ich bin immer noch eine Person. Ich habe ein Mitspracherecht. Und ich würde lieber sterben, als bei einem anderen Lord als Sylas zu sein. Sie werden gar kein Heilmittel für Ihren Fluch haben, wenn ich heute mein gesamtes Blut vergieße."

Sylas und Whitt starren mich ebenfalls an. Whitt bewegt sich einen Zentimeter und vielleicht könnte er mir den Dolch entreißen, bevor ich echten Schaden anrichten kann, wenn er es wirklich wollte. Ich blicke zu ihm und zwinge meine Hand, die Klinge fester in mein Fleisch zu pressen.

Der Schmerz durchbohrt meine Kehle schärfer. Blut tröpfelt über meine Haut. Ich will nicht, dass jemand denkt, ich würde das hier nicht ernst meinen.

Wie ernst *meine* ich es? Ein Teil von mir will sich hinlegen und einfach nur schluchzen. Doch ein anderer Teil, der Teil, der mein Rückgrat durchdrückt und meine Finger fest um das Heft schließt, während mein Puls durch meine Adern hämmert, weiß, dass ich wirklich lieber sterben würde, als in Tristans oder Ambrose' Fängen zu landen.

Ich war schon einmal nichts weiter als ein *Ding* für die Fae. Nie wieder. Ich kann das nicht noch einmal durchmachen. Jetzt, da ich mich erinnert habe, was für ein Leben ich wirklich haben könnte, würde ich vermutlich vollkommen den Verstand verlieren.

Whitt erstarrt und sieht aus, als wäre ihm schlecht,

allerdings wirkt er auch resigniert. Sylas steht ruhig am Bug, hat die Hände zu Fäusten geballt und sein dunkles Auge glüht förmlich.

Ambrose spricht mit einer schmeichelnden Stimme, in der ein Hauch von Spott mitschwingt. „Komm schon, Mäuschen. Du willst doch nicht wirklich deinen reizenden Hals verletzen. Erwartest du ehrlich, dass ich dir glaube, dass du dir die Kehle durchschneiden wirst?"

Ich blicke ihm in die Augen und mein Kiefer spannt sich an. „Sie wissen gar nichts über mich. Sie haben keine Ahnung, was ich durchgemacht habe oder wozu ich fähig bin. Ich bleibe bei Sylas. Wenn nicht, können Sie testen, wie weit ich zu gehen gewillt bin, damit ich nirgendwo anders lande."

Blut tröpfelt aus dem Schnitt an der scharfen Kante der Klinge. Es läuft über mein Brustbein und lässt den Stoff meines Shirts feucht werden. Es muss ziemlich ernst *aussehen*, denn Ambrose' bräunliche Haut wird leicht gräulich. Sein Mund verzieht sich zu einem Strich, doch ihm scheinen keine Worte einzufallen, die diese Situation ins Lot bringen könnten.

„Lassen Sie uns gehen", sage ich. „Nein, versprechen Sie, dass Sie nie wieder versuchen werden, mich Sylas wegzunehmen, und dann lassen Sie uns gehen. *Sofort.*"

Der Erzlord will eindeutig nicht das Risiko eingehen, dass ich meine Drohung tatsächlich wahrmache. Ich kann mir nur vorstellen, wie die anderen zwei Seelie-Herrscher reagieren würden, wenn sie herausfänden, dass sich ihre ‚wertvolle Ressource' wegen ihm selbst zerstört hat. Offensichtlich will er aber auch nicht aufgeben.

Er seufzt verärgert, als wäre ich bloß lästig, und sagt in einem gelangweilten Tonfall: „Da du so sehr darauf bestehst, sollte ich Lord Sylas' Qualifikationen vielleicht noch einmal überdenken." Seine Aufmerksamkeit gilt wieder dem Fae-

Lord. „Sie haben drei Wochen – bis vier Tage vor dem nächsten Vollmond – um Argumente dafür zu liefern, dass sie in Ihrer Obhut besser dran ist als in Lord Tristans. Dann treffen wir uns erneut."

„In der Bastion mit dem gesamten Trio, nicht hier", erwidert Sylas mit ruhiger, jedoch barscher Stimme.

„Na schön, ja, in der Bastion." Ambrose wedelt abweisend mit der Hand. „All diese Leute sollen Zeugen dieses Schwurs sein. Das ist genug Drama für heute."

Er macht auf dem Absatz kehrt und auf seine Geste hin lösen die Krieger den Kreis auf, den sie um uns herum gebildet haben.

Sylas weist das Gefährt an, sich zurückzuziehen. Während es rückwärts zu den unregelmäßigen Steinmauern gleitet, beobachtet er die Männer, die wir hinter uns lassen. Whitt geht hingegen zum Heck, um die Krieger im Auge zu behalten, die bei den Steinen stehen.

Ich halte den Dolch an meine Kehle und das Zittern, das meine Hand erfasst hat, geht jetzt auf meinen ganzen Körper über. Der Schmerz hat sich über meinen gesamten Hals und bis hinauf zu meinem Kiefer ausgedehnt. Doch ich kann nicht aufhören. Ich kann den Dolch erst senken, wenn ich mir sicher bin, dass wir nicht mehr in Gefahr schweben.

Zwischen den gigantischen Steinen wendet Sylas das Gefährt. Es gewinnt langsam an Geschwindigkeit. Wir lassen die letzte Reihe der Obsidian-Monstrositäten hinter uns zurück und gleiten den Abhang hinab. Soweit ich sehen kann, patrouillieren in dieser Gegend keine Wölfe oder Krieger.

Ein Schauder erfasst meinen Arm und ich senke meine Hand.

In dem Moment, in dem die Klinge meinen Hals verlässt, stürzt sich Sylas auf mich. Er hebt mich so schnell in die Arme, dass ich vor Überraschung quieke. Doch bevor ich

Angst davor kriegen kann, wie wütend er ist, senkt er seinen Kopf neben meinen und flüstert das Wort, mit dem er schon andere Wunden geheilt hat, um meine Haut zu schließen. Ein Kribbeln rast über meinen Hals und das Brennen lässt nach. Daraufhin reißt er mir den Dolch aus den Fingern und schleudert ihn zwischen die Bäume in den Wald, in den wir gerade geglitten sind.

„Verletz dich *nie* wieder so", knurrt er. Sein dunkles Auge sprüht förmlich Funken und seine Arme schlingen sich fest um mich. Ich glaube, ich spüre, wie ihn ein Beben durchläuft. „Ich werde dich nie in eine Situation bringen, in der der Tod deine beste Option ist. Ich schwöre es beim Herzen."

Ich lege den Kopf an seine Brust, woraufhin er mich noch fester umarmt und meine Schläfe küsst. Plötzlich treten mir Tränen in die Augen – wegen dem, was ich tun musste und was ich womöglich getan hätte, wenn Ambrose keinen Rückzieher gemacht hätte. Wegen des Kummers, den ich dem Mann, den ich liebe, offensichtlich bereitet habe. Meine Stimme klingt grell. „Ich wollte es nicht tun. Aber ich … ich konnte nicht zulassen, dass sie … was hättet ihr getan, wenn ich es nicht gemacht hätte?"

Whitt ist derjenige, der mir mit erstickter Stimme antwortet: „Wir hätten genug Magie heraufbeschwören können, um das Gefährt so hoch in die Luft zu heben und so schnell zu bewegen, dass wir Ambrose' Rudel ausgewichen wären. Da bin ich mir fast sicher."

Fast. Das ist nicht gut genug. Und außerdem – ich schaue zu ihm auf und dann zu Sylas, dessen Wange ich berühre. „Er sprach bereits von Verrat. Wenn ihr geflohen wärt, hätte er euch Verräter genannt und Hearthshire angegriffen, um mich zu holen, oder?"

Sylas atmet langsam und zittrig aus. „Höchstwahrscheinlich, ja. Wir hätten trotzdem unsere

Argumente vor den anderen Erzlords darlegen und hoffen können, dass sie vernünftig handeln … Aber ich werde nicht leugnen, dass uns deine Herangehensweise mehr Zeit gekauft und eine bessere Verhandlungsposition verschafft hat. Es hätte nicht nötig sein sollen, dass du … Ich sehe nie gerne, dass du dich in Gefahr bringst, Talia."

Ich drücke mich erneut dichter an ihn und erwidere seine Umarmung, als könnte ich die Schrecken wettmachen, die er empfand, als er mich in dieser Situation beobachten musste. „Ich weiß."

„Das nächste Mal werden wir besser vorbereitet sein. Ich werde es nicht noch einmal dazu kommen lassen. Du musst nie so weit gehen. Hörst du?"

„Ja", erwidere ich kleinlaut, was jedoch nicht bedeutet, dass ich ihm zustimme.

Es wäre schön, so zu tun, als wäre das hier – in Sylas' kräftige Arme gekuschelt zu sein und seinen kräftigen erdigen Geruch einzuatmen – von jetzt an bis in alle Ewigkeit das Einzige, was ich tue. Doch ich habe genug gesehen, um ohne jeden Zweifel zu wissen, dass diese Welt nicht so funktioniert. Mein Rudel und meine Männer sind in Gefahr und so lange ich etwas dagegen unternehmen kann, werde ich nicht zulassen, dass sie sich dieser allein stellen.

Sie haben so viel für mich riskiert. Mein Leben aufs Spiel zu setzen, ist womöglich die einzige Art und Weise, wie ich mir klarmachen kann, dass ich all das Gute verdient habe, das ich in diesem Leben gefunden habe.

3

Whitt

Seelensteine sind rätselhafte Dinge. Es heißt, dass sie aus der Essenz der Fae erschaffen werden, denen sie entspringen, und dass sie diese Essenz in gewisser Hinsicht widerspiegeln. Der Stein eines fröhlichen Fae strahlt zu jeder Tages- und Nachtzeit hell, während der eines mürrischeren Gesellen nur unregelmäßig flackert.

Das Leuchten von Kellans Stein hat eine wirbelnde, tosende Eigenschaft, die gut zu seiner sprunghaften Treue passt, auch wenn er nie annähernd so schweigsam war. Wenn er diesbezüglich mehr wie sein Stein gewesen wäre, hätte ich ihn vielleicht ein wenig mehr gemocht.

Sylas wickelt den Seelenstein wieder in sein Spinnengespinst-Tuch und steckt ihn in den Lederbeutel, in dem er ihn aufbewahrt. Er reicht mir den Beutel. „Ich verlasse mich darauf, dass Garmon erfährt, dass wir alles gemäß den korrekten Bräuchen getan haben. Vergiss nicht, zu betonen, wie sehr wir es bereuen, dass Kellan verzögert zu seinem angemessenen Ruheplatz gebracht wird und dass wir sie innerhalb der nächsten Monde besuchen werden."

„Und was für eine freudige Reise das werden wird", kann ich mir nicht verkneifen, obwohl ich mit dem unheilvollen Blick rechne, den mir mein Halbbruder nun schenkt. Ich grinse. „Natürlich werde ich es vermeiden, *diesen* Gedanken unseren Gästen gegenüber zu erwähnen."

„Natürlich", erwidert Sylas, der vor allen Dingen belustigt klingt. Ein eigenartiges kleines Beben durchläuft meine Brust, als mir bewusst wird, wie viel Vertrauen er in mich setzt.

Es ist wirklich absurd. Ich wäre kein Mitglied seines Kaders, wenn er mir nicht vertrauen würde. Das Herz weiß, dass er sich meine abfälligen Bemerkungen und meinen Konsum verschiedener Rauschmittel nicht gefallen lassen würde, wenn er es nicht täte. Aber trotzdem. Irgendwie erkannte ich bis zum vergangenen Vollmond nicht, wie sehr mein Lord meine Stellung im Rudel zu schätzen weiß, oder vielleicht erlaubte ich mir auch nicht, es zu bemerken.

Ich bemühe mich, jederzeit schlagfertig zu sein, um meinem Namen alle Ehre zu machen, habe jedoch eindeutig zugelassen, dass vergangene Ereignisse meine Wahrnehmung auf unfaire Weise getrübt haben. Es macht den Anschein, als hätte Sylas es in keinem besorgniserregenden Ausmaß bemerkt, also ist alles gut. Ich werde einfach sicherstellen, dass mein Urteilsvermögen nie wieder so beeinträchtigt wird.

Ich neige keck den Kopf, denn es würde nichts bringen, mich *zu* respektvoll zu benehmen. „Ich kümmere mich sofort darum. Du kannst die Angelegenheit als erledigt betrachten."

„Ich rechne damit, dass sie die Nachricht erst verdauen möchten, bevor sie sich mit der Ursache von Kellans Tod beschäftigen wollen", sagt mein Lord. „Sollten sie allerdings sofort mit mir sprechen wollen, gib mir unverzüglich Bescheid."

„Selbstverständlich."

Kellans Untergang seinem Großvater und diesem Würstchen zu erklären, von dem ich nicht weiß, in welcher Beziehung er zu unserem ehemaligen Kadermitglied stand, wird kein angenehmes Gespräch werden. Nachdem ich Sylas' Büro verlassen habe, laufe ich durch den Gang und genehmige mir einen Schluck aus meinem Flachmann, der aktuell mit Absinth gefüllt ist. Es ist gerade so viel, um meiner Nervosität die Schärfe zu nehmen und meine Gedanken frei fließen zu lassen. Auch wenn ich nie halb so betrunken bin, wie ich wirke, funktioniere ich am besten, wenn meine Gedankenräder ein wenig geschmiert werden.

Ein erschrockenes Keuchen dringt aus Talias Zimmer, dessen Tür etwas weiter unten im Gang halb geöffnet ist. Ein Ruck schießt sofort durch meine Adern, bevor Augusts Glucksen an meine Ohren dringt. Wenn er bei ihr ist, befindet sie sich wahrscheinlich nicht in Gefahr.

Ich gehe mit der Heimlichkeit an der Tür vorbei, die mir nach Jahrhunderten als Spionagechef in Fleisch und Blut übergegangen ist. Talia kauert auf Augusts Schoß, der im Schneidersitz auf dem Boden sitzt. Ihre Profile sind mir zugewandt, Talia streckt die Hände in die Luft und ihr Gesicht strahlt so sehr wie der Raum zwischen ihren Handflächen. Das Leuchten, das sie heraufbeschworen hat, scheint zwischen ihren Fingern hindurch.

Sie arbeiten an ihrer Magie. Er ist dabei, ihr den wahren Namen für Licht beizubringen – und anscheinend fällt er ihr mittlerweile leichter. Sie findet die Freude, die sie ihrer Aussage nach braucht, um ihre Magie zu betreiben, trotz allem, was sie durchgemacht hat, seit sie Hearthshire erreicht hat.

Meine Schritte verlangsamen sich, damit ich ihre Freude

noch einen Augenblick länger genießen kann. Sie war ein reizendes Wesen, als sie zu uns kam, auch wenn ich mir das damals nicht eingestehen wollte. Jetzt, da sie ihren Platz in unserer Mitte findet, strahlt sie jedoch geradezu.

Talia besitzt weder die Ohren noch die Nase, um meine Anwesenheit zu bemerken, Augusts Kriegerinstinkte sind jedoch stets wachsam. Sein Blick huscht in meine Richtung. Ein kurzes, allerdings kameradschaftliches Lächeln breitet sich auf seinem Gesicht aus, bevor er seine Aufmerksamkeit wieder seiner Schülerin widmet.

Ich gehe weiter, doch die Empfindung, die sich hinter meinem Brustbein sammelt, ist viel mehr als nur ein Beben. Es ist eine erblühende Wärme – etwas, was womöglich meine eigene Freude sein könnte, so unvertraut mir diese Emotion auch geworden ist.

Es ist nicht nur unser Zuhause, das wir zurückgewonnen haben. Wir haben alles Gute in unserer Partnerschaft wiedererlangt, als Brüder sowie als Kader, der seinem Lord dient. Mir war nicht bewusst, wie sehr ich mich von den anderen distanziert hatte, bis diese Distanz geschlossen wurde und unsere Angewohnheiten sowie Reaktionen uns wieder zu einer geschlossenen Einheit machten.

Ich könnte Kellan die Schuld an der anfänglichen Trennung geben, weiß jedoch, dass sie begann, bevor sich Sylas verpflichtet fühlte, ihn im Kader aufzunehmen. Wenn ich ganz ehrlich mit mir bin, war ich selbst vermutlich der Grund dafür.

Ich dachte, der Krümel würde uns zerstören, und stattdessen hat sie unsere Bande gestärkt. Sie hat uns wieder vereint und verhindert, dass wir noch weiter auseinandertrieben.

Und gestern hätten wir sie beinahe verloren.

Während ich die Treppe hinabsteige, blitzt ein Bild von Talia in meinem Kopf auf, wie sie steif auf der Bank des

Gefährts stand und einen Dolch an ihre Kehle presste. Das scharlachrote Rinnsal, das über ihre helle Haut tröpfelte. Die verzweifelte Entschlossenheit in ihren grasgrünen Augen.

Die Wärme in mir verschwindet unter einer Woge der Übelkeit. Meine Hände ballen sich zu Fäusten. Einen kurzen Moment lang bin ich fast so weit, meinen Wolf rauszulassen und den ganzen Weg zu Ambrose' Ländereien zu rennen, um ihn und Tristan in Stücke zu reißen.

Sie haben sie zu dieser Tat getrieben – sie haben diese Verzweiflung hervorgerufen.

Ich weiß nicht, wie ich sie überzeugen soll, dass sie nie wieder auf eine derartige Maßnahme zurückgreifen muss, und ich hasse es, dass ich es nicht kann. Dass sich Sylas mit dem gleichen Dilemma plagt, ist mir kein Trost. Sie *ist* wertvoll, allerdings viel mehr, als der Erzlord und sein Cousin jemals begreifen können. Sie verdient echten Frieden.

Doch zuerst muss ich mich mit unseren unerwünschten Gästen befassen. Hoffentlich macht Orym keine weiteren abfälligen Bemerkungen zu unserem Menschen, sonst kann ich womöglich nicht dem Drang widerstehen, *ihn* in Stücke zu reißen, solange er mühelos zu erreichen ist.

Kurz bevor ich die Eingangstür erreiche, genehmige ich mir noch einen Schluck Absinth, auch wenn schwer zu sagen ist, ob er mein Temperament besänftigt oder es noch mehr anheizt. Draußen strecke ich mich in Wolfgestalt aus und springe zu den Bäumen. Die Entfernung zu den Gästehäusern ist so gering, dass sich niemand die Mühe machen würde, ein Gefährt zu erschaffen oder ein Pferd zu nehmen, aber ich hege nicht den Wunsch, diese Aufgabe mit einem gemächlichen Spaziergang hinauszuzögern.

Hearthshires Unterkünfte für hochrangige Gäste umfassen einen Bergfried, der nur etwas kleiner ist als der, in dem wir in Oakmeet lebten, sowie einige kleinere Häuser für diejenigen mit einem besonders großen Gefolge. Falls

Garmon keine Bediensteten heimlich in seinem Gefährt eingeschleust hat, wird er nur von seinem Urenkel begleitet. Deshalb hat Sylas einigen unserer Rudelmitglieder aufgetragen, sie zu bedienen, wie es einem Lord gebührt.

Ich wäre nicht überrascht, wenn Garmon extra ohne Personal aufgekreuzt ist, um zu testen, wie gut sich Sylas um ihn kümmert. Diese Familie hat schon immer viel zu viel Energie in den gesellschaftlichen Aufstieg gesteckt und zu viel Hochachtung von anderen verlangt. Und schau nur, wohin sie ihre Vorlieben gebracht haben. Die meisten reinblütigen Mitglieder der Rudel, die mit ihnen in Verbindung standen, sowie eine große Gruppe der verblassten Mitglieder wurden getötet, nachdem sie versucht hatten, Ambrose vom Thron zu stoßen. Diejenigen, die überlebt hatten, wurden verbannt …

Garmon spielte zwar keine aktive Rolle bei dem Komplott, doch irgendjemand musste seinen Kindern und Enkelkindern diese Einstellung vermittelt haben.

Obwohl das Haus eigentlich uns gehört, muss ich es wie ihren Wohnsitz behandeln. Ich erhebe mich aus meiner Wolfgestalt, klopfe mit den Fingerknöcheln an die Tür und zupfe an meiner Weste, um sie gerade zu rücken. Vor einem Lord will ich schließlich nicht schlampig wirken.

Einer unserer Leute öffnet die Tür und führt mich hinein. Ich finde Garmon und Orym im Wohnzimmer, wo sie die Nachmittagssonne genießen. Der Geruch des Abendessens, das meine Rudelkollegen für sie zubereiten, ein Flammenbraten, wenn ich mich nicht irre, liegt in der Luft. Beim Aufstehen achtet Garmon darauf, die Steifheit seiner alternden Glieder zu betonen, als wäre es ein Ärgernis für sie, dass sie hier untergebracht wurden.

„Whitt, nicht wahr?", fragt er und betrachtet mich prüfend. „Weswegen bist du hier? Wann werde ich endlich erfahren, was aus meinem Enkel geworden ist?"

Ich zwinge mich, meinen Kopf so tief zu senken, wie ich es für Sylas tat, nicht weil ich diesen Mann respektiere, sondern weil er alles andere als Beleidigung auffassen würde. „Aus diesem Grund bin ich hier. Wie Sie bereits vermuten, überbringe ich Ihnen leider keine guten Nachrichten. Vielleicht möchten Sie sich setzen?"

Garmon lacht laut und krächzend. „Nein, diese alten Knochen können mich tragen, während ich mir das anhöre. Sprich weiter."

Es ist eine Angelegenheit, die ein gewisses Maß an Fingerspitzengefühl braucht, was schwierig ist, weil Kellan überhaupt kein Fingerspitzengefühl besaß. Ich wäge meine Worte sorgfältig ab. „Sie haben im Lauf der Jahre, in denen wir in der Verbannung gelebt haben, vielleicht bemerkt, dass Kellan nicht zufrieden mit seiner Stellung war. Es war nicht das Leben, das er erwartet hatte. Lord Sylas verstand seinen Frust und tat für ihn, was er konnte. Er bot ihm sogar an, ihn aus seinen Diensten zu entlassen, falls er sich lieber andernorts eine Lebensgrundlage aufbauen wollte. Allerdings konnte Kellan keinen Weg finden, der ihm zusagte."

„Nichts davon erklärt, wohin er verschwunden ist."

„Ich befürchte, das tut es." Ich senke den Kopf erneut, als würde mich dieses Gespräch bekümmern – was es tut, wenn auch nicht aus den Gründen, die Garmon gerne hätte. „Mein Kaderkollege begann, in zunehmend störender Art Sylas' Autorität anzuzweifeln. Lord Sylas gingen die Optionen aus. Und die Ankunft unseres Menschen-Gastes vergrößerte Kellans Groll. Trotz allem, was sie den Seelie anbieten kann, hegte Kellan ihr gegenüber eine große Abneigung und gab sich alle Mühe, ihr zu schaden."

„Also hatte er es auf ihr Blut abgesehen, wenn ihr Blut das ist, was sie zu bieten hat", wirft Orym so gefühlskalt ein, dass meine Krallen darauf brennen, aus meinen Fingerspitzen zu sprießen. „Das erscheint mir vernünftig."

Ich zwinge mich, meine zusammengepressten Zähne zu entspannen. „Blut, das *all* unsere Brüder brauchen. Ein Heilmittel, das zerstört worden wäre, hätte man Kellan nicht in Zaum gehalten. Am Ende griff er sie offen an und Lord Sylas sah sich gezwungen, mit ihm zu kämpfen, um ihr Leben zu bewahren. Er forderte Kellans Kapitulation, doch Kellan entschied sich dazu, sich erneut auf das Mädchen zu stürzen. Es war eine Entscheidung zwischen einem Vorteil für alle Seelie und einem einzigen Fae, der offenkundig meuterte. Mein Lord traf die Entscheidung dennoch nicht leichtfertig und bereut bis zu diesem Tag, dass es so weit gekommen ist.“

Als ich die letzten Worte sage, schütte ich das Spinnengespinsttuch aus dem Beutel und lasse das Tuch zur Seite fallen, um Kellans Seelenstein zu enthüllen. Er flackert wie eine winzige, gedämpfte Sonne inmitten des dunklen Tuchs.

Trotz all seines Getues vermute ich, dass Garmon wusste, was kommen würde. Ich nehme keinerlei Entsetzen auf seinem Gesicht wahr, als er den Stein betrachtet. Orym beginnt jedoch, zu schimpfen.

„Lord Sylas tötete unseren Rudelkollegen wegen eines kriecherischen Stinklings? Was in aller …“

Ich falle ihm ins Wort, bevor er weitere Beleidigungen aussprechen kann. „Kellan war *unser* Rudelkollege ab dem Moment, in dem er die Stelle in Lord Sylas’ Kader annahm, und ich hoffe doch sehr, dass *dein* Rudel dir den Respekt beigebracht hat, der einem Lord gebührt.“

Garmon mustert den Stein mit zusammengekniffenen Augen und dann mich. „Es kommt mir merkwürdig vor, dass dies so plötzlich passiert ist. Ich habe schon lange vermutet, dass Lord Sylas nicht besonders erfreut darüber war, Kellan in seinen Dienst zu nehmen.“

„Wenn Sie bei uns gewesen wären, hätten Sie es

überhaupt nicht als plötzlich empfunden", erwidere ich. Mein Kiefer beginnt, sich erneut anzuspannen. „Sie haben uns seit Jahrzehnten nicht gesehen. Und Sie können selbst sehen, dass der Stein leuchtet und den Wahrheitsgehalt der Geschichte bestätigt. Ihm wurde eine faire Kapitulation angeboten und er lehnte sie ab. Der Stein kann nicht lügen."

Er betrachtet den Stein abermals und murmelt ein Wort. Das Licht im Inneren blitzt reinweiß auf, bevor es wieder verblasst. Sein Schnauben klingt eher wütend als akzeptierend.

„Und Lord Sylas hielt es für angebracht, seinen Kadergewählten zu schicken, um diese Nachricht zu überbringen, anstatt sich uns selbst zu stellen?"

„Er war der Meinung, dass es besser wäre, wenn die Nachricht von einer unbeteiligten Partei überbracht wird. Warum sollten Sie den Mann anschauen wollen, der den Tod ihres Enkels verursacht hat, während sie diese Tatsache verarbeiten?"

„Damit ich Konsequenzen für sein Handeln fordern kann, wie ich es für angemessen halte." Garmon schnaubt noch einmal und nimmt mir den Stein samt des Tuchs, auf dem er lag, ab. „Damit ich fragen kann, welche Wiedergutmachung er leisten wird."

Sylas schuldet diesen Schurken keinerlei Wiedergutmachung für Kellans Ungehorsam, aber ich kann mir nicht vorstellen, dass es uns viel nutzen würde, ihn daran zu erinnern. Ich trete zurück. „Er ist bereit, Sie jetzt zu besuchen, wenn Sie ihn sofort sehen möchten. Ich kann …"

Garmon schüttelt ruckartig den Kopf. „Nein. Wir müssen sofort abreisen, damit dieser Stein endlich zu seinem angemessenen Ruheplatz gebracht wird. Wenn Lord Silas wirklich Ehre besitzt, wie du behauptest, soll er zu uns reisen, um uns seinen Respekt zu erweisen. Ich erwarte ihn bald."

Er dreht sich so schnell um, dass sein Mantel hinter ihm

her flattert, und bedeutet Orym, mit ihm zu kommen. Der junge Mann schaut mich finster an, bevor er seinem Urgroßvater folgt.

„Warten Sie", sage ich und eile aus dem Haus. Ich renne als Wolf zurück zur Burg, doch als ich mich am Eingang verwandle, gleitet Garmons klappriges Gefährt bereits über die Lichtung zum Tor. Selbst wenn Sylas sie einholen könnte, wäre es wohl kaum angebracht, wenn er ihnen wie ein getadelter Welpe hinterherrennen würde.

Ich schaue zu, wie sie davonfahren, und verkneife mir ein halbes Dutzend Beleidigungen, die ich ihnen gerne nachrufen würde. Denken sie wirklich, dass sie noch immer so wichtig sind, dass Sylas sich dafür interessieren *muss*, was sie von ihm und seiner Ehre halten?

Doch Sylas wird sich dafür interessieren, was der Grund dafür ist, dass er ein exzellenter Lord ist und ich ein schrecklicher wäre.

Von dem einzigen Verbrechen, dessen wir jemals beschuldigt wurden, wurden wir freigesprochen. Garmon ist der Vater und Großvater einer ganzen Gruppe Verräter. Er kann von Glück sprechen, dass sich überhaupt ein Kader-Gewählter mit ihm befasst hat. Doch nein, in seinen Augen war ich nicht genug. Mir fehlen ein paar Tropfen Fae-Blut. Wenn er Sylas' Aufmerksamkeit nicht erhalten hat, was zählt dann der Rest von uns?

Ich marschiere in die Burg, um Sylas über ihre Reaktion in Kenntnis zu setzen, wobei sich ein säuerlicher Geschmack in meinem Mund ausbreitet. Ich wünsche mir, ich könnte mich nicht so lebhaft an mein eigenes Erlebnis mit der Art von Groll erinnern, die Garmon ausdrückte.

Ich habe das jetzt hinter mir gelassen. Mir ist scheißegal, was sie denken. Sollen sie doch zurück zu den rückständigen Ländereien gehen, in denen sie sich verkrochen haben. Ich muss eine wertvolle Frau retten.

4

Talia

Jedes Zimmer in der Burg von Hearthshire ist größer – prächtiger – als sein Gegenstück in Oakmeets Bergfried. Und es gibt viel mehr Zimmer: mehrere Wohnzimmer und eine Bibliothek, ein zweites Stockwerk voller Gästezimmer und Quartiere für die Bediensteten, einen gigantischen Ballsaal im westlichen Flügel, dessen Decke zwei Stockwerke hoch ist.

Doch es ist fast genauso angelegt mit einem T-förmigen Gang, an dessen Ende sich die Spiraltreppe befindet, und die Atmosphäre fühlt sich vertraut an, auch wenn sie etwas eindrucksvoller ist. Ich wohne noch keine Woche hier und kann die Burg bereits mein ‚Zuhause' nennen. Vor allem, wenn ich auf einem Hocker in der Küche sitze und Teig knete, während August eine Rehkeule zum Braten vorbereitet.

Die Küche an sich ist doppelt so groß wie die in

Oakmeet. Sie verfügt über fünf Kücheninseln verschiedener Größe und einen Steinofen an einem Ende, der so groß ist, dass man einen ganzen Hirsch darin braten könnte. August hat allem seinen Stempel aufgedrückt von der Organisation der Geräte bis hin zu den Lebensmitteln, die bereits in der Vorratskammer gelagert werden. Wenn ich hier bin und neben ihm arbeite, fühlt es sich unmöglich an, dass ich jemals von Kräften außerhalb dieser Mauern weggeholt und zu einer anderen Burg gebracht werden könnte.

Wäre es nicht schön, wenn das wahr wäre?

„Ich denke, er ist fertig", informiere ich August, als ich die Elastizität des Teigs auf die Weise beurteile, die er mir beigebracht hat. Die lila Mischung ist warm und geschmeidig an meinen Fingern und verströmt einen kräftigen, nussigen Geruch.

Mein Liebhaber hält mitten in der Arbeit inne, um zu beobachten, wie ich ein Stück Teig zwischen meinen Händen dehne, und nickt mit einem Grinsen, das das einzige Lob ist, das ich brauche. „Dann kann ich jetzt übernehmen."

Er blickt die Arbeitsplatte entlang zu einer Stelle, wo einer seiner neuen Küchenhelfer aus dem Rudel arbeitet. Jetzt, da er mehr Platz und mehr Pflichten hat, wollte Sylas Rudelmitglieder in die Burg holen, damit sie bei den täglichen Aufgaben helfen. „Wie läuft es mit den Beeren?"

„Es müssen nur noch ein paar geschält werden!"

Als die Frau ihre Schüssel zu August schiebt, trappeln draußen Schritte über den Boden. Ein Ruf hallt durch den Gang. „Lord Sylas?"

Da ich die Stimme als Astrids erkenne – sie ist eine der Wachen – rutsche ich von meinem Hocker, wische meine Hände rasch an einem Tuch ab und humple zur Tür, um nachzuschauen, was los ist. August tritt hinter mich und drückt meine Schulter beruhigend.

Astrid schenkt uns ein kurzes, jedoch angespanntes

Lächeln, bevor sie ihre Aufmerksamkeit wieder auf die Treppe richtet, wo der Fae-Lord gerade in Sichtweite kommt. Die grauen Haare und das faltige Gesicht der Wachfrau weisen darauf hin, dass sie selbst nach Fae-Maßstäben alt ist, aber ihre drahtige Gestalt zeigt keinerlei Anzeichen von Schwäche.

„Was für Probleme gibt es?", fragt Sylas, dessen Stimme so ruhig wie immer ist. Sein unversehrtes Auge ist allerdings noch dunkler vor Sorge als üblich.

„Ich weiß noch nicht, ob es Probleme sind. Ein Gefährt ist in diese Richtung unterwegs, fünf Passagiere, verblasste Fae. Sieht wie eine Familie aus. Keine auffälligen Waffen oder Rüstungen – sie sehen recht friedlich aus. Sie nähern sich allerdings mit großer Geschwindigkeit. Ich rechne damit, dass sie in Kürze hier sein werden. Meines Wissens nach erwarten wir niemanden."

Sylas macht ein finsteres Gesicht. „Das tun wir auch nicht. Danke, dass du mich benachrichtigt hast. Du kannst auf deinen Posten zurückkehren."

Er geht in dieselbe Richtung durch den Gang zur Eingangstür. Ich zögere und folge ihm dann, da Neugier und Nervosität gleichermaßen an mir zerren. Falls es noch mehr Probleme am Horizont *gibt*, möchte ich mich gerne so gut wie möglich darauf vorbereiten.

„Sieht so aus, als müsste ich die Mahlzeit eventuell verdoppeln", stellt August hinter mir fest, wobei er so fröhlich klingt, dass die Situation nicht *so* schrecklich sein kann. Vielleicht passiert es öfter, dass Fae einfach zu Besuch kommen, wenn man nicht mehr in Ungnade und in der Verbannung an den Rändern lebt. Vor diesem Zeitpunkt habe ich das Rudelleben nur in seinem schlechtesten Zustand gesehen.

Als ich hinter Sylas nach draußen schlüpfe, macht er keine Bemerkung zu meiner Anwesenheit. Das Gefährt gleitet bereits zwischen dem Torbogen aus Bäumen in Sicht. Ich trete zur Seite, um in die Schatten der Burg zu tauchen.

Die fünf Gestalten, die in Sicht kommen, als sich das Gefährt nähert, sehen wie eine Familie aus. Ein Paar, das nach Fae-Standards im mittleren Alter zu sein scheint, und drei junge Frauen, die unter Menschen als Zwanzigjährige durchgehen würden – die Jüngste ist noch nicht ganz aus dem Teenageralter herausgewachsen. Sie haben alle glänzende braune Haare, das vom Kastanienbraun der Mutter und der jüngsten Tochter zum Gelbbraun des Vaters und der ältesten reicht. Die Mädchen haben zudem alle die spitze Nase ihrer Mutter geerbt.

Ihre Kleider ähneln den schlichten Tuniken und Kleidern, die der Großteil unseres Rudels normalerweise trägt. Mit den funkelnden Stickereien entlang der Krägen und Ärmelaufschlägen sehen sie jedoch etwas schicker aus. Die Haare der mittleren Tochter winden sich um ihren Kopf, wo sie von einer goldenen Spange fixiert werden, die mit Smaragden besetzt ist und funkelt.

Als das Gefährt langsamer wird, tritt Sylas nach vorne, um den Neuankömmlingen entgegenzugehen. „Hallo zusammen. Was führt Sie nach Hearthshire?"

„Begrüßt vom Lord höchstpersönlich", sagt der Mann glucksend und verbeugt sich so nachlässig, dass sich mir sofort die Nackenhaare sträuben. „Wir fühlen uns geehrt. Ich erwarte nicht, dass Sie sich an mich erinnern: Ich bin Namior von Dusk-by-the-Heart, und das hier ist meine Frau Tesfira und unsere Töchter Lili, Irabel und Toraine. Tesfira und ich nahmen zu Hearthshires besten Zeiten an mehr als einem Ball und Bankett teil. Als wir hörten, dass seine ehemalige Pracht wiederhergestellt werden soll, konnten wir nicht widerstehen, vorbeizukommen und nachzuschauen, ob wir im Austausch für Ihre Gastfreundschaft von Nutzen sein können."

Beim Sprechen gleitet sein Blick über die Burg, die umliegenden Gebäude und den Wald dahinter. Dusk-by-the-Heart ist also das Revier, aus dem sie angeblich kommen. Ich frage mich gerade, ob das eine der Ländereien des Erzlords ist, die das Herz der Nebelwelt umgeben, als Sylas fragt: „Ambrose war der Meinung, dass er Sie entbehren kann?"

Ich spanne mich noch mehr an. Dann sind das also Ambrose' Rudelmitglieder.

Plötzlich verstehe ich und ein kalter Schauder rast mir über den Rücken. Sie sind bestimmt nicht hier, um bei den Baubemühungen zu helfen und diese zu bewundern. Der Erzlord muss sie geschickt haben, damit sie nach Beweisen suchen, dass Sylas nicht dazu in der Lage ist, mich in seinem Rudel aufzunehmen.

Spione. Das ist das passende Wort. Wo ist Whitt? Ein Spionagechef sollte wissen, wie man mit derartigen Eindringlingen umgeht.

Die Fae-Regeln der Gastfreundschaft bedeuten wohl, dass Sylas sie nicht sofort wegschicken kann, obwohl ich anhand der Anspannung in seinen Schultern vermute, dass er es gerne tun würde. Er macht eine ausladende Geste. „Ich weiß Ihre Überlegungen zu schätzen. Wir haben uns hier ziemlich gut eingelebt – und ich möchte keine Gäste für mich arbeiten lassen. Doch wenn Sie sich uns heute Abend zum Essen anschließen und sich mit eigenen Augen davon überzeugen möchten, wie die Renovierungsarbeiten vorangehen, würde mein Rudel sie gerne zu den Gastunterkünften geleiten."

Tesfira schenkt ihm ein kokettes Lächeln. „Es besteht kein Grund, dass Sie solche Mühen auf sich nehmen, Lord Sylas. Wir wären absolut zufrieden mit den Gästezimmern in der Burg. Dann sind wir auch näher, um unsere Dienste anzubieten."

Näher, um herumzulungern und uns zu beobachten, meint sie wohl.

Zum Glück ist Sylas genauso wenig gewillt, ihren Vorschlag anzunehmen, wie ich es wäre. Er schüttelt energisch den Kopf. „Ich kann sie unmöglich dort unterbringen, wenn die Außengebäude freistehen, vor allem wenn es sich um angesehene Rudelmitglieder des Erzlords handelt. Ich werde Sie selbst dorthin bringen."

Er läuft los, ohne eine Antwort abzuwarten. Das Ehepaar wechselt einen Blick und die Töchter brummen unzufrieden, doch sie lenken ihr Gefährt hinter dem Fae-Lord her, vielleicht in der Absicht, weitere Proteste zu erheben, wenn sie ihn eingeholt haben.

Hoffentlich kann er sie bald komplett loswerden. Während ich beobachte, wie sie davon gleiten, kriecht mir Unbehagen über die Haut. Wir haben uns noch keine gute Strategie überlegt, um die Erzlords davon zu überzeugen, dass ich hierher*gehöre*. Das ist insofern schwierig, weil wir nichts über Ambrose' Argumente wissen, abgesehen davon, dass er wahrscheinlich nicht fair spielen wird.

Ich könnte wieder in die Küche gehen und August helfen, doch ein ruheloses Jucken kitzelt durch meine Glieder hindurch. Ich schaue zum Rudeldorf, wo mehrere Fae stehen geblieben waren, um die Besucher zu mustern, und jetzt wieder ihren üblichen Aufgaben nachgehen.

Wenn ich zeigen kann, dass ich wirklich ein Mitglied des Rudels *bin*, nicht nur ein Objekt, das Sylas wegen seines Blutes bei sich hält, würde das sicherlich dazu beitragen, die anderen Erzlords davon zu überzeugen, dass ich hierbleiben sollte, oder? Wie könnte es gut sein, eine ‚wertvolle Ressource' aus einem Zuhause zu reißen, wo ich von einem ganzen Rudel respektiert und beschützt werde?

Ich habe einige zaghafte Versuche unternommen, mich

ihren Aktivitäten anzuschließen – vielleicht ist es an der Zeit, dass ich mehr tue.

Einige der Rudelmitglieder, die die Neuankömmlinge beobachteten, haben sich umeinander geschart und unterhalten sich. Ein paar von ihnen kenne ich beim Namen: Elliot, dessen Familie sich um die Schafe kümmert und das Rudel mit Milch und Käse versorgt, und Brigit, eine Frau, die immer Kleider in hellen Farben trägt und ein Stammgast bei Whitts Feiern ist. So schnell, wie es mir mein krummer Fuß erlaubt, eile ich zu ihnen. Ich bin dankbar für die Stiefel, in denen meine Füße wenigstens normal aussehen, obwohl meine Schritte trotz der eingebauten Stütze ein wenig unrund sind.

„Hey", sage ich, als ich die Dreiergruppe erreiche, und bin plötzlich verlegen. „Ich schätze, das Rudel ist jetzt viel gefragter, da wir wieder in Hearthshire sind."

Elliot lächelt schief. „Scheint so. Allerdings ist es womöglich nicht die Art von ‚gefragt', die wir mögen." Er wendet sich an die anderen. „Wir sollten uns ans Sammeln der Schüchterlinge machen, bevor sie fort sind."

Ich versuche, eine Haltung einzunehmen, bei der ich kompetent und enthusiastisch wirke. „Ist das etwas, bei dem ihr Hilfe gebrauchen könnt?"

Die drei mustern mich und Brigit zuckt mit den Achseln. „Je mehr Hände wir haben, desto größer ist die Wahrscheinlichkeit, dass wir alle erwischen. Kennst du Schüchterlinge?"

„Äh, nein", gebe ich zu und humple mit ihnen mit, als sie zum Wald gehen. Dabei hoffe ich, dass Schüchterlinge nichts Bösartiges sind.

„Das sind Pilze", erklärt die andere Frau, deren Namen ich nicht kenne. „Elliot hat auf dem Rückweg von der Weide einige gefunden. Sie haben ihren Namen dadurch erhalten, dass sie sich nicht lange zeigen – man hat ungefähr eine Stunde, bevor sie verblassen."

Sie halten inne, um Körbe aus Schilfrohr aus einem Schuppen in der Nähe des Waldrandes zu holen, und ich nehme mir ebenfalls einen. Harper hastet zu uns und schnappt sich auch einen. Sie stößt mich neckend mit dem Ellenbogen an. „Du kannst nicht ohne mich zu deinem ersten Abenteuer aufbrechen."

Ich lächle sie an. „Ich weiß nicht, ob es ein Abenteuer sein wird, Pilze zu sammeln, aber es klingt so, als wären alle willkommen."

Wie sich herausstellt, ist das Sammeln von Schüchterlingen gar nicht so einfach. Die winzigen Pilze, die alle kleiner sind als mein Daumen, schimmern schwach in den Sonnenstrahlen, die zwischen den Blättern in dem Wäldchen hindurchscheinen, in dem sie gewachsen sind. Doch die Hälfte der Zeit verschwinden sie, wenn ich nach ihnen greife, bevor ich meine Finger um sie schließen kann. Nach dem Fluchen der Fae um mich herum zu urteilen, ist das nicht nur mein Problem. Elliot muss sie kurz vor Ablauf der einstündigen Deadline entdeckt haben.

Ich schaffe es, meinen Korb zur Hälfte zu füllen, und bin ziemlich zufrieden damit. Harper hat weniger Glück. Sie dreht sich mal in diese, mal in jene Richtung und seufzt verzweifelt, wenn sich ein weiterer Pilz ihrem Griff entzieht. Sie schlendert mit schwingendem Korb näher zu mir. „Mehr Gäste – und noch dazu aus einer der Ländereien des Herzens! Du bist mit Lord Sylas nach Dusk-by-the-Heart gefahren, stimmt's? Ich schätze, es ist noch prächtiger als Hearthshire?"

Obwohl ich über den Eifer in ihrer Stimme lächle, zieht sich meine Brust bei der Erinnerung zusammen. „Die Burg ist sehr … eindrucksvoll. Ich habe sie nur von außen gesehen. Wir waren nicht lange dort."

Meine Stimme verrät vermutlich mein Unbehagen.

Harper zögert und zieht den Kopf ein. Sie weiß nicht, was bei dem Besuch vorgefallen ist, die Spannungen zwischen Sylas und Ambrose sind jedoch kein Geheimnis. „Natürlich. Vielleicht sind sie deswegen hierhergekommen. Ich frage mich, ob wir bald einen Ball abhalten werden, jetzt, da mehr Rudel Interesse an uns zeigen."

Sie stellt sich zweifellos vor, wie sie ihnen ihre Kleider vorführt in der Hoffnung, dass sie eines wollen und anderen davon erzählen. „Ich weiß nicht", erwidere ich. „Ich bin mir nicht sicher, was die Gäste erwarten."

Brigit schnaubt. „Sie erwarten, ihre Nasen dort reinzustecken, wo sie nichts zu suchen haben. Eindringlinge."

Die andere Frau, deren Name Pomya ist, wie ich jetzt weiß, neigt zustimmend den Kopf und zieht die Lippen zurück, um ihre wölfischen Fangzähne zu entblößen. „Sie sollten ihre Nase besser nicht zu tief in unsere Angelegenheiten stecken, sonst zeigen wir ihnen, wie sich Hearthshire verteidigt."

Elliot schnalzt rügend mit der Zunge. „Das würde ja super aussehen, wenn wir uns auf die ersten freundlichen Gäste stürzen, die uns seit unserer Rückkehr besuchen."

„Du nennst diesen Haufen freundlich?"

„Nein", gesteht er. „Doch sie tun so, weshalb wir mitspielen müssen, oder? Denkst du etwa, dass ich sie nicht gerne für Lord Sylas rauswerfen würde? Doch wenn er der Meinung wäre, wir könnten damit durchkommen, würde er es selbst tun."

Brigit blickt mit ungewöhnlich nachdenklicher Miene zur Burg. „Er hat eine Menge für uns getan. Es ist eine Schande, dass einige Pilze das Beste sind, was wir ihm im Gegenzug anbieten können, wenn noch so vieles in der Schwebe hängt."

Ihr Blick gleitet über mich und ein Kribbeln rast über

meinen Rücken, weil alle wissen, dass ich der Hauptgrund für die aktuelle prekäre Lage des Rudels bin.

Allerdings bin ich auch der Hauptgrund für ihre Rückkehr nach Hearthshire. Das muss etwas wert sein, oder? Ihnen zuzuhören, versetzt meiner Brust einen Stich. Ihre Worte wiederholen meinen eigenen Wunsch, mehr beizutragen und mehr als ein laufender Blutbeutel zu sein. Ich kann etwas sehr Wichtiges beitragen, es ist jedoch nichts, was ich tatsächlich *tun* kann.

„Vielleicht gibt es andere Arten, auf die wir helfen können und bei denen wir nicht so weit gehen müssen, sie rauszuwerfen", wage ich mich vor.

Pomya legt den Kopf schief. „Was zum Beispiel?"

„Nun, sie werden herumschnüffeln und uns ausspionieren, oder? Also können wir *sie* im Auge behalten. Wir können versuchen, sie dabei zu erwischen, wie sie etwas so Verdächtiges tun, dass es Sylas eine Ausrede liefert, sie wegzuschicken – oder vielleicht ist es etwas, was Ambrose so schlecht dastehen lässt, dass es weniger wahrscheinlich ist, dass er uns weiterhin belästigt."

Sie grunzt. „Ich würde ihnen lieber ein Stück Fleisch aus dem Körper reißen, wie sie es vermutlich verdienen. Niemand sollte unser Rudel bedrohen dürfen."

Harper wickelt sich eine Strähne ihrer hellen Haare um den Finger. „Aber wenn sie sich nicht wie eine Bedrohung *benehmen* …"

„Wir wissen, dass sie nicht hier sind, weil wir ihnen so wichtig sind", sagt Brigit. „Wenn ich bemerke, dass sie einen falschen Schritt machen, lasse ich sie damit nicht davonkommen. Sie müssen sehen, wie stark wir sind."

Ich erinnere mich an etwas, was mir Whitt erzählte, bevor ich mich meinen ehemaligen Entführern, zum hoffentlich letzten Mal stellte – dass die eigenen Schwächen zu betonen, eine Möglichkeit sein kann, stark zu sein. „Ich denke, wenn sie Spielchen spielen, können wir das auch. Wenn wir so tun, als wären wir schwächer, als wir wirklich sind, und als wäre uns nicht bewusst, was sie planen, werden sie mehr preisgeben. Und dann können wir sie überraschen, indem wir später die Oberhand gewinnen."

Elliot summt vor sich hin und Pomya sieht skeptisch aus. Ich weiß nicht, ob sie meinem Gedankengang zustimmen oder überhaupt denken, dass meine Worte viel Sinn ergeben. Wenigstens ernte ich einen leicht beeindruckten Pfiff von Brigit, als sie einen Blick in meinen Korb wirft. „Du hast flinke Hände, Mädchen. Das muss ich dir lassen."

Die letzten Schüchterlinge sind mittlerweile verschwunden. Wir marschieren auf dem überwucherten Pfad zurück zur Burg und finden Sylas im Dorf, wo er auf mich wartet. Er nickt seinen Rudelmitgliedern zu, sein Blick heftet sich allerdings auf mich. Der Schatten eines Lächelns biegt eine Seite seines Mundes nach oben. „Ich sehe, du hast neue Möglichkeiten gefunden, hier etwas beizutragen. Kann ich kurz mit dir sprechen?"

Als würde ich das ablehnen. Ich reiche Brigit meinen Korb und schlendere mit Sylas zurück zu den Bäumen. Mein Magen verknotet sich. Sind die Gäste bereits zu einem Problem geworden?

„Ist alles in Ordnung?", frage ich vorsichtig, da ich mir nicht sicher bin, wie viel ich sagen darf, obwohl das Dorf in einiger Entfernung liegt.

Sylas Lächeln wird breiter, nimmt jedoch grimmige Züge an. „So in Ordnung, wie es sein kann, schätze ich. Nur eine Komplikation zu einem Zeitpunkt, an dem meine Aufmerksamkeit anderswo benötigt wird. Kellans Großvater möchte, dass ich ihn persönlich besuche, und ich will diese Verantwortung nicht so lange hinausziehen, bis unsere Besucher unserer Gastfreundschaft überdrüssig werden. Je mehr Zeit er hat, um über alles zu grübeln, desto größer ist die Wahrscheinlichkeit, dass er eine Möglichkeit findet, unseren aktuellen Feinden Munition gegen uns zu liefern."

Ambrose ist ohnehin schon ziemlich gefährlich. Ich nicke verstehend. „Also wirst du gehen, obwohl die Gäste hier sind?"

„Ja. Whitt und August können sie ebenfalls ‚unterhalten' – aber ich hätte gerne, dass du mich begleitest."

Zu den Ländereien, wo der Rest von Kellans Verwandten lebt? Meine Schultern versteifen sich automatisch. „Warum?"

„Weil ich dich in Anbetracht der aktuellen Umstände lieber nicht *hier* zurücklassen möchte, wenn ich nicht in der Nähe bin. Und auch weil ich hoffe, dass deine Anwesenheit als Kellans Opfer dabei helfen wird, seine Familie daran zu erinnern, wie viel wir hätten verlieren können, wenn ich mich nicht eingemischt hätte." Sylas' Lächeln wird sanfter. „Du scheinst eine Art an dir zu haben, die Perspektive der Leute in deinem Umfeld zu verändern. Ich weiß jedoch, dass es nicht leicht für dich werden wird. Sie werden dir kein Leid zufügen, aber womöglich auch nicht freundlich sein. Ich werde dich nicht zwingen, mich zu begleiten."

Er wird mich nicht zwingen, denkt allerdings, dass es ihm helfen würde, wenn ich dort bin. Wie kann ich *dazu* Nein sagen?

Nach all den Arten, auf die er mich beschützt hat, nach all den Risiken, die er für mich eingegangen ist, bin ich mir nicht sicher, dass es irgendeinen Ort in dieser oder meiner Welt gibt, an den ich Sylas nicht folgen würde, wenn er mich darum bäte.

Ich hole tief Luft. „Das musst du nicht tun. Ich werde tun, was ich kann. Wann brechen wir auf?"

5

August

Wenn man mich gefragt hätte, was mir in Oakmeet fehlte, hätte ich geantwortet, dass ich das Geplapper und die Gesellschaft von Besuchern vermisste, die wir nach unserer Verbannung beinahe komplett verloren hatten. Doch Gäste wie diese Familie aus Dusk-by-the-Heart? Auf *sie* könnte ich definitiv verzichten.

„Du unterscheidest dich nicht von einem gewöhnlichen Menschen", sagt die mittlere Tochter zu Talia, die neben ihr am Esstisch sitzt. Sie nimmt eine Handvoll der Haare meiner Liebsten, als würde sie eine Puppe streicheln. „Abgesehen von dem hier. Es wächst nicht in dieser Farbe, oder?"

Talias Gesicht wird beinahe so pink wie ihre Haare. „Nein. Von Natur aus sind sie einfach nur braun. August hat sie gefärbt." Sie dreht sich zu mir um und blickt mich mit einem Hauch von Sorge an, bei dem sich mein Magen verkrampft. Sie ist so besorgt, dass sie uns irgendwie enttäuscht, wenn sie etwas Falsches sagt. Ich will nach ihrer Hand greifen und sie drücken, doch die, die mir am nächsten ist, hat sie um ihre Gabel geschlossen.

Die jüngste Tochter steht tatsächlich von ihrem Stuhl auf und schnuppert an Talia. „Sie riecht auch wie ein normaler Mensch." Sie kichert, lässt sich wieder auf ihren Stuhl fallen und sieht sich um, als würde sie erwarten, dass wir von ihrer Beobachtung genauso belustigt sind wie sie.

Ihr Vater macht eine Handbewegung in Sylas' Richtung. „Haben Sie keinen Versuch unternommen, die Quelle ihres … ungewöhnlichen Blutes herauszufinden?"

Ich kann erkennen, dass sich mein Lord bemüht, kein finsteres Gesicht zu machen. Sein unversehrtes Auge schimmert dunkel. „Wir haben viele Versuche unternommen, jedoch noch keine Antworten gefunden. Es könnte ein beliebiges natürliches Phänomen ohne eine spezielle Quelle sein."

Die älteste Tochter stochert in den Essensresten auf ihrem Teller herum, während sie Talia mustert. „Ich frage mich, wie ihr Blut schmeckt, wenn es nicht mit dem Elixier vermischt wird. Würdest du uns eine kleine Kostprobe geben?"

Meine Schultern spannen sich an und mein Zahnfleisch zuckt, da meine Fangzähne hervorbrechen wollen. Ich weiß nicht, ob ich mich davon hätte abhalten können, mich über den Tisch auf sie zu stürzen und ihr meine Zähne zu zeigen, damit sie herausfinden kann, wie sehr es *ihr* gefallen würde, mir eine Kostprobe zu geben, wenn Sylas nicht schnell und bestimmt gesprochen hätte. „Sie mag uns Rätsel aufgeben, aber sie ist dennoch eine Person und ein geschätztes Mitglied unseres Rudels. Sie blutet genug für uns, wenn es uns retten kann. Mehr würde ich von ihr nur um der Neugier willen nicht verlangen."

Er hat sie nicht direkt geschimpft, der Tadel in seinen

Worten ist allerdings offensichtlich. Die Tochter – Lily, glaube ich – zieht den Kopf ein und besitzt immerhin den Anstand, beschämt auszusehen.

Talia schafft es, noch einen Bissen zu essen, ihre Nervosität zeigt sich jedoch in ihrer Haltung. Bei Vergänglichkeit und Verderben, ich kann mir nur ausmalen, wie viel schlimmer ihre Situation sein wird, wenn Ambrose mit seinem Anspruch durchkommt. Sie ist ein fühlendes Lebewesen und sollte es nicht ertragen müssen, wie eine Kuriosität oder ein exotisches Souvenir behandelt zu werden, das wir auf unseren Reisen eingesammelt haben.

Doch wenn wir unseren Gästen die Köpfe abreißen – so gerne ich das auch im wortwörtlichen Sinne tun würde – werden wir vor den Erzlords undiszipliniert und rachsüchtig wirken. Es ist nicht so, als würden sie sie auf eine offensichtliche Weise verletzen. Ambrose wird nicht zögern, jeden Vorfall zu erwähnen, der sich während dieses Besuchs ereignet, wenn er seine Argumente vorträgt. Also knirsche ich mit den Zähnen und zwinge meine Krallen, in meinen Fingerspitzen zu bleiben.

Wenigstens scheucht Whitt die Gruppe nach draußen zu seiner zweiten Feier in Hearthshire, nachdem das Abendessen vorbei ist, sodass der Rest von uns seine Ruhe hat. Obwohl ich vermute, dass sich Talia der Feier gerne angeschlossen hätte, wenn diese Fremden nicht daran teilgenommen hätten.

Ich lege meine Hand um ihre, wie ich es am Tisch tun wollte, und beuge mich zu ihr, um sie auf den Kopf zu küssen. „Bist du okay?"

Sie schüttelt sich leicht und lächelt mich an. „Es ist in Ordnung. Es ergibt Sinn, dass sie neugierig sind. Solange ich euch drei habe, spielt es eigentlich keine Rolle, wie mich die anderen Fae behandeln."

Das tut es jedoch. Für mich spielt es eine Rolle. Und sie sollte sich ihre Respektlosigkeit nicht gefallen lassen müssen.

Natürlich könnte sie sich morgen noch Schlimmerem gegenüberfinden.

Nachdem sie sich für die Nacht auf ihr Zimmer zurückgezogen hat, spüre ich Sylas auf. Er ist im Fitnessstudio und geht den Waffenschrank durch, den wir beim Auszug aus Hearthshire mit nach Oakmeet genommen hatten und den wir vor wenigen Tagen wieder an seinen rechtmäßigen Platz stellten.

Er holt ein Kurzschwert heraus, dreht es in den Händen und testet sein Gewicht. Anscheinend hegt er bezüglich des Besuchs morgen ebenfalls keine großen Hoffnungen.

Normalerweise würde ich nicht am Urteilsvermögen meines Lords zweifeln, aber der Knoten aus Sorge in meinem Bauch schiebt die Worte aus meinem Mund. „Hältst du es wirklich für eine gute Idee, dass Talia dich begleitet?"

Sylas zieht die Augenbrauen hoch und sein Blick schafft es, stechend zu sein, obwohl eines seiner Augen nicht sehen kann. Zumindest kann es nichts in dieser Welt sehen. „Denkst du, ich würde sie mitnehmen, wenn ich nicht der Meinung wäre, dass es eine gute Idee ist?"

Ich verziehe das Gesicht. „Es ist nur so – es war schon schlimm, wie Kellan sie behandelte und wie Garmon und der andere sie beleidigten, als sie hier waren. In ihrem eigenen Revier werden sie dreister sein. Sie sollte sich nicht anhören müssen, wie sie mit ihr oder über sie sprechen."

„Ich weiß nicht. Vielleicht ist es nützlich, wenn sie die ganze Bandbreite der Fae-Einstellungen sieht – damit sie weiß, wie misstrauisch sie bei jedem außerhalb dieser Ländereien sein muss, selbst jetzt, da wir uns um Aerik gekümmert haben." Sylas' Stimme wird grimmig. „Ich denke nicht, dass dies die letzte Herausforderung ist, mit der wir es wegen ihr zu tun bekommen. Je mehr Stahl sie in sich findet, desto besser. Du weißt, wie stark sie bereits ist.“

Das tue ich. Ich wünschte, sie müsste nicht so stark sein. Ich wünschte, ich könnte alle abschlachten, die auch nur spöttisch in ihre Richtung blicken.

Sie hat bereits so viel Schmerz durchgemacht und das belastet sie nach wie vor.

„Und unsere Gäste hier?“, frage ich.

„Whitt wird sich hauptsächlich um ihre Unterhaltung kümmern. Serviere ihnen morgen zum Abendessen noch ein Festmahl und wenn alles gut läuft, sind wir bis zum Einbruch der Dunkelheit zurück.“ Er tätschelt meinen Arm. „Ich bin mir sicher, dass sich Talia über ein Frühstück für unsere Reise morgen freuen würde. Wirst du etwas für uns in die Kältekammer legen? Ich will in der Morgendämmerung aufbrechen.“

„Selbstverständlich, mein Lord“, erwidere ich und gehe in die Küche, um zu schauen, was ich zusammenstellen kann, was Talia unterwegs ein wenig Freude bereiten könnte.

Als ich am nächsten Morgen aufwache, sind mein Lord und meine Liebste bereits fort. Ich laufe ruhelos durch die Gänge und bereite schließlich ein kleines Frühstück für mich vor, da Whitt nach der Feier der letzten Nacht vermutlich nicht vor dem Mittagessen im Speisesaal erscheinen wird. Ich habe gerade ein Omelett verputzt und den Teller zurück in die Küche getragen, als die mittlere Tochter – Irabel? – hereinschleicht.

„Oh, du bist schon mit dem Frühstück fertig?“, fragt sie leicht schmollend und lehnt sich an die Kücheninsel, die ihr am nächsten ist.

Etwas an ihrer Haltung und ihrem Ton sorgt dafür, dass sich mir die Nackenhaare sträuben. Ich zwinge mich zu einem Lächeln. „Haben meine Rudelkollegen heute Morgen nichts im Gästehaus zubereitet? Ich bin mir sicher,

Sylas hat veranlasst, dass man sich um eure Mahlzeiten kümmert."

Sie zuckt mit den Achseln. „Das haben sie getan, aber ich dachte, dass es viel mehr Spaß machen würde, das zu essen, was du kochst. Ein Kader-Gewählter, der ein Krieger *und* ein Koch ist – von denen gibt es nicht viele."

Sie blinzelt mich durch ihre Wimpern hindurch an und das kribbelnde Unbehagen verstärkt sich zu einem tieferen Verständnis. Sie flirtet mit mir. Es ist Jahrzehnte her, seit irgendeine Fae-Frau der Meinung war, ich wäre es wert, angesprochen zu werden. Zudem war ich vor unserer Verbannung kaum alt genug, um für Frauen infrage zu kommen – ich habe keine Übung darin, die Zeichen zu erkennen.

Zu wissen, was sie vorhat, beruhigt mich allerdings nicht. Sie weiß, dass Talia und ich einander zugetan sind – wir sahen keinen Sinn darin, es zu verbergen, wenn das ganze Rudel Bescheid weiß. Doch weil Talia in den Augen dieser Frau nur ein Mensch ist – und wir nicht richtig als Gefährten miteinander verbunden sind – betrachtet sie mich noch immer als einen absolut akzeptablen Kandidaten.

Es kostet mich sämtliche Selbstbeherrschung, sie nicht anzuknurren. Ihre Annahmen sind die gleichen, die fast jeder andere Fae machen würde, was allerdings nicht bedeutet, dass ich darauf eingehen muss.

„Ich befürchte, ich habe keine ausgefallenen Pläne", entgegne ich mit kühler Stimme. „Ich habe Pflichten zu erledigen, aber wenn du einen meiner Rudelkollegen fragst, die sich um euer Wohl kümmern, bin ich mir sicher, dass dir einer etwas zusammenstellen wird, obwohl die Frühstückszeit vorbei ist."

„Hmm. Wenn du nicht das Essen zubereitest, habe ich doch keinen so großen Hunger mehr." Sie richtet sich auf und schlendert näher. „Könnte ich dir bei deinen Pflichten helfen? Du musst sehr viel zu tun haben, denn ihr habt bestimmt viel aufzuholen, jetzt, da ihr wieder in Hearthshire seid."

Noch ein Knurren vibriert am Ansatz meiner Kehle. Ich unterdrücke es, aber meine Stimme klingt trotzdem scharf. „Diese Pflichten werden am besten allein erledigt. Und mein Bedürfnis nach Gesellschaft wurde bereits befriedigt. Bitte mach dir keine Mühe."

Was ich damit meine, muss deutlich genug für sie sein. Ihr entgleiten die Gesichtszüge und sie zuckt noch einmal halbherzig mit den Achseln. „Falls du deine Meinung änderst … Ich glaube, mein Vater hatte etwas, was er so bald wie möglich mit dir besprechen wollte. Hast du einen Augenblick Zeit, dich mit ihm zu treffen, bevor du deinen Pflichten nachgehst?"

Ich verkneife mir ein Seufzen. „Die habe ich. Ich suche ihn auf, sobald ich hier fertig bin."

Sie wirft mir noch einen langen Blick zu und verlässt anschließend mit schwingenden Hüften die Küche. Ich schaue die Töpfe, die über der Arbeitsplatte baumeln, mehrere Sekunden lang finster an, während ich mein Temperament zügle.

Hätte ich weniger brüsk zu ihr sein sollen? Habe ich die Situation auf eine Weise getrübt, die sich später als Nachteil für uns erweisen wird?

Doch ihre Unverschämtheit, zu versuchen, mich mit ihrem Charme zu verzaubern, als würde ich Talia in dem Moment von mir stoßen, in dem mir eine Frau mit Fae-Blut einen koketten Blick zuwirft …

Nein, vielleicht waren wir nicht bestimmt genug. Ich vertraue Sylas' Urteilsvermögen und er hielt es für richtig, meinem zu vertrauen. Ich werde mit Namior sprechen – und vollkommen klar machen, dass wir Talia als vollständiges Mitglied des Rudels betrachten und dass

Respektlosigkeit ihr gegenüber eine Beleidigung für uns alle ist.

Ich marschiere in den Gang und gehe zum Eingang. Ja. Ich werde ihnen einfach … raten, sich anders zu verhalten, damit sie ihre Unhöflichkeit erkennen. Ich kann das ruhig und gelassen tun, oder? *Sie* sind diejenigen, die sich schämen sollten, dass sie uns beleidigt haben. Es wird nur …

Ein Zucken in den Schatten entlang der Bodenkante fällt mir ins Auge. Ich halte inne und mein Kopf fährt herum in dem Versuch, der Bewegung zu folgen.

Ich kann dessen Quelle nicht ausmachen. Als ich tief einatme, spannt sich mein gesamter Körper an.

Habe ich gerade den Geruch einer *Ratte* wahrgenommen?

Ein weiterer zuckender Schatten lenkt meine Aufmerksamkeit auf den Fuß der Treppe. Ich wirble herum und marschiere darauf zu. Falls einer der dreckigen Murk es gewagt hat, sich mit wer weiß was für boshaften Absichten in unser Heim einzuschleichen, werde ich *dessen* Kopf abreißen, das steht fest.

Ich eile die Treppe hinauf, wobei ich wiederholt tief einatme. Der Geruch, den ich unten wahrgenommen habe, ist verflogen. Ich sehe keine Wesen, die auf der Treppe oder in den Gängen oben lauern.

Einige Minuten lang durchquere ich die Gänge, bis ich gezwungen bin, zu akzeptieren, dass mein Verstand mir womöglich einen Streich gespielt hat. Ich bin ziemlich angespannt, seit wir die Nachricht erhielten, dass Ambrose Talia sehen will.

Als ich mich wieder zur Treppe umdrehe, dringt ein Geräusch an meine Ohren: ein leises Rumsen und das Rascheln von Stoff. Ich spitze die Ohren. Jemand ist in der Bibliothek.

Ich marschiere zur Tür, gerade als die älteste der Töchter

herauskommt. Sie klopft auf den Stoff ihres Rocks, der an ihrem Schenkel kurz eine eigenartige Beule hat, bevor sie diese glattstreicht. Bei meinem Anblick erschrickt sie und schlägt sich die Hand auf die Brust. „Oh, mir war nicht bewusst, dass jemand hier oben ist. Ich habe nur ein Buch zurückgegeben, von dem Sylas gestern meinte, ich könnte es mir ausleihen.“

Ich erinnere mich daran, dass sie danach gefragt hat, aber etwas an dieser Begegnung erregt mein Misstrauen, vor allem nachdem ihre Schwester sich große Mühe gab, unten meine Aufmerksamkeit zu erlangen. Warum hat diese hier auf dem Weg nach oben nicht guten Morgen gesagt? Was hat sie gerade mit ihrem Rock getan?

Ich kann schlecht verlangen, dass sie ihn hochhebt, um es mir zu zeigen. Wenn ich mich irre, wäre das schlimmer, als wenn ich sie wegen Talia angegriffen hätte.

Es besteht doch nicht die Möglichkeit, dass …? Als ich nicke, um ihre Worte zur Kenntnis zu nehmen, geht mir eine absurde Vermutung durch den Kopf, weshalb ich näher trete, um ihren Geruch zu erschnuppern. Sie ist ein Wolf – daran besteht kein Zweifel. Es ist nicht so, als hätte uns der Geruch von fünf Ratten, die sich als Seelie ausgeben, irgendwie entgehen können, nachdem wir Zeit in ihrer Nähe verbracht hatten.

Dennoch kann ich nicht anders, als mir eine weitere Aufgabe aufzuladen, die diese Familie sowohl beschäftigen, als auch dem Rudel nutzen wird. „Ich würde gerne auf eine Jagd gehen, falls ihr euch mir anschließen wollt. Unsere Vorratskammer könnte noch ein wenig aufgestockt werden.“

Das raubtierhafte Funkeln, das ihre Augen erhellt, ist nicht zu übersehen, als sich ihre wölfischen Instinkte regen. „Ich bin mir sicher, meine ganze Familie würde sich über eine Gelegenheit freuen, sich die Beine zu vertreten“, erwidert sie mit einem Nicken.

„Exzellent." Ich bedeute ihr, weiterzugehen. „Ich war gerade dabei, etwas aus meinem Zimmer zu holen. Falls dein Vater fragt, kannst du ihm sagen, dass ich in Kürze da sein werde, und dann werden wir uns über die Jagd unterhalten."

Doch als sie die Treppe hinabgestiegen ist, betrete ich stattdessen die Bibliothek. Ich habe nie viel Zeit in diesem Teil der Burg verbracht und ihn auch nie vermisst, als wir ohne eine umfassende Bibliothek in Oakmeet klarkommen mussten. Mein Blick gleitet über die Regale aus Leder- und Blattgebundenen Büchern, die Sessel und ihre Beistelltische, die Objekte, die hier und da von Sylas' Reisen ausgestellt sind. Es gibt einige Lücken zwischen den Büchern, ich kann jedoch nicht sagen, ob irgendetwas fehlt, wegen dem wir uns Sorgen machen sollten.

Da niemand hier ist, um es zu hören, lasse ich das Knurren raus, das ich schon so lange zurückgehalten habe. Sylas wird es besser wissen als ich. Sobald er zurückkehrt – selbst wenn es heute Nacht ist – werde ich ihm erzählen, was ich gesehen habe, und ihn entscheiden lassen, was wir mit diesem Wissen anstellen.

Es wäre zu weit hergeholt, zu hoffen, dass Ambrose' Rudelmitglieder nicht irgendeine Bösartigkeit geplant haben, oder?

6

Talia

Der Wind peitscht mir die Haare aus dem Gesicht und treibt mir Tränen in die Augen, bis ich meinen Blick abwende. Ich denke, ich würde diese Reise mehr genießen, wenn Sylas das Gefährt nicht in Höchstgeschwindigkeit durch die Landschaft jagen würde. Und auch, wenn ich etwas gefunden hätte, was ich an dem Ort mögen kann, zu dem wir reisen.

Unser Frühstück haben wir längst gegessen, weshalb es nicht viel mehr zu tun gibt, als die Landschaft zu betrachten. Sogar das verliert seinen Reiz, als wir ein schmales, gewundenes Tal zwischen zwei steilen Felswänden erreichen. Sylas muss das Gefährt verlangsamen, damit er es lenken kann, ohne gegen die pockennarbigen Steine zu stoßen. Zudem wird die Landschaft schnell zu einer scheinbar endlosen Masse aus orangefarbenen Felsen und türkisfarbenem Moos.

Ich lehne mich auf der Bank zurück, reibe mir über die Augen und verkneife mir ein Gähnen. Ich kann nicht behaupten, dass ich in Erwartung der heutigen Reise besonders gut geschlafen habe.

Sylas überwacht die Bewegungen des Gefährts noch einige Minuten lang. Als er zufrieden ist, dass seine Magie es so gut lenkt, dass er darauf vertrauen kann, dass es sich selbst steuert, setzt er sich neben mich. Er greift unter den steifen Stoff seiner formellen Weste und zieht eine Lederscheide mit einem passenden in Leder gehüllten Heft heraus, das daraus hervorragt.

Er reicht es mir. „Um den Dolch zu ersetzen, den ich weggeworfen habe. Du solltest nicht unbewaffnet sein."

Ich lege meine Finger um das Leder, das warm ist, weil es so nah an seiner Haut lag. Eine eigenartige Mischung aus Dankbarkeit und Beklemmung windet sich in meiner Brust. Nach seiner Reaktion auf meine Aktion mit dem letzten Dolch war ich mir nicht sicher, ob er mir eine andere Klinge anvertrauen würde. Doch … „Denkst du, ich werde ihn dort brauchen, wo wir hinfahren?"

Sein Mund verzieht sich. „Es ist besser, wenn du ihn hast und nicht brauchst, als wenn du keinen hast und einen brauchst. Keiner von denen, die einst Thistlegroves waren, ist für seine Freundlichkeit Menschen gegenüber bekannt. Sie sind selten nett *zueinander*, außer es nützt ihnen. Angesichts dessen, was du zu bieten hast und mit wem du ankommst, musst du nicht um dein Leben fürchten, aber falls einer zu weit geht, bevor ich dazwischengehen kann, bin ich absolut dafür, dass du selbst zeigst, wie unklug das ist."

Und das ist die Familie, an die er durch eine Ehe gebunden wurde – ohne dass er die Entscheidung selbst getroffen hat, da reinblütige Fae keine Kontrolle darüber haben, wer ihr seelenverbundener Gefährte ist.

Je mehr ich darüber erfahre, wie die reinsten Fae

zueinanderfinden und ihr Liebesleben entsteht, desto abschreckender klingt es. Was nützt es einem, eine seelentiefe Verbindung zu jemandem zu haben, den man nicht selbst ausgesucht hat und vielleicht nie ausgewählt hätte, wenn man ein Wörtchen mitzureden gehabt hätte?

Ich befestige den Riemen der Scheide an dem Gürtel, der um mein Kleid im Fae-Stil gebunden ist. Ein Beutel mit dem restlichen Salz von dem kleinen Vorrat, den mir Whitt gab, baumelt an meiner anderen Hüfte.

Gemeinsam stellen diese Waffen nur einen kleinen Schutz vor der körperlichen und magischen Überlegenheit der Fae dar, doch es ist besser als nichts. Das Salz hat mich vor ein paar Wochen davor bewahrt, von einem meiner Entführer zerfleischt zu werden. Und mein alter Dolch hat mich vor Ambrose gerettet, zumindest vorerst.

Nachdem ich die Scheide an meinem Gürtel befestigt habe, schaue ich zu Sylas auf und betrachte sein ernstes Gesicht. „Was *genau* haben Isleens und Kellans Familie getan? Ich weiß, dass sie irgendeinen Verrat gegen Ambrose begangen haben. Sie versuchten, seinen Platz als Erzlords zu übernehmen? Wie würde das überhaupt funktionieren?"

Der Fae-Lord verschränkt die Hände in seinem Schoß. „Es gibt zwei Möglichkeiten, wie ein Erzlord ersetzt werden kann. Bei der zivilisierten Methode werden Beweise vorgebracht, die belegen, dass der alte Erzlord aufgrund von Fehlverhalten oder Inkompetenz nicht für seine Aufgabe geeignet ist. Dann müssen sich die zwei übriggebliebenen Erzlords auf einen Lord einigen, von dem sie denken, dass er ein passender Ersatz wäre und für den sie den Segen des Herzens erbitten."

Ich rate mal wild drauflos, dass dies in Isleens Fall nicht passiert ist. „Und die weniger zivilisierte Methode?"

„Wir sind im Geiste nach wie vor Wölfe und Fae. Wenn ein Rudel zeigt, dass es mächtig genug ist, um ein anderes zu überwältigen, und das Leben des Lords nimmt oder dessen Kapitulation erzwingt, gehen diese Ländereien in ihren Besitz über. Das gilt für einen Erzlord genauso wie für jeden anderen Lord."

Ich erschaudere. „Deine Gefährtin und einige ihrer Verwandten versuchten, Ambrose zu *töten*?"

„Soweit wir das feststellen können", antwortet Sylas. „Sie haben sich eine Strategie ausgedacht, bei der ihre verschiedenen magischen Spezialgebiete und einige seltene wahre Namen kombiniert wurden, die sich diese Familie hatte aneignen können. Es machte den Anschein, als hätten sie monatelang, wenn nicht sogar jahrelang, langsam und kaum merklich das Fundament dafür gelegt, sich ungehinderten Eintritt in seine Burg zu verschaffen. Ich habe nie einen vollständigen Bericht darüber erhalten, was passierte, als sie in die Burg gelangten … Ich weiß nicht, wie nahe sie ihrem Ziel kamen. Aber sie schafften es nicht und Ambrose, sein Kader sowie seine Wachen rissen jeden in Stücke, den sie erwischten."

Er hält inne und seine Stimme wird noch grimmiger. „Es war nicht genug von Isleen übrig, um einen Seelenstein zu bilden, aber ich sah die Überreste, sodass ich mich vergewissern konnte, dass sie zu ihr gehörten."

Mein nächster Schauder geht mit einem Anflug der Übelkeit einher. „Sie kann doch nicht geglaubt haben, dass *du* Erzlord werden würdest, wenn sie dir nicht einmal von dem Plan erzählt hat?"

Sylas schüttelt den Kopf. „Sie hat ihrer Mutter gedient, die den Titel an sich genommen hätte. Allerdings hätte es auch ihr und mir genutzt, wenn wir eine familiäre Verbindung zum Herzen gehabt hätten."

„Kellan hat zu Isleens Kader gehört, oder? Warum wurde er nicht bestraft?"

„Er nahm an dem Angriff nicht teil. Ich glaube, dass er

ihr vielleicht eine Art Alibi geben sollte, falls der Versuch fehlgeschlagen wäre, sie jedoch ungehindert hätte fliehen können. Und er *wurde* bestraft – indem er mit mir verbannt wurde. Wenn ich ihn nicht in meinem Kader aufgenommen hätte, wäre er mit seinem Großvater und den anderen übriggebliebenen Familienmitgliedern und ihren Rudeln ans andere Ende der Ränder geschickt worden. Ich dachte, ich wäre es ihm schuldig, ihm eine Chance zu geben … Wenn ich verstanden hätte, wie weit sie mit ihrem Komplott gehen wollte und wie bald, hätte das alles womöglich verhindert werden können."

Er verfällt in düsteres Schweigen. Er hat mir zuvor schon erzählt, dass er sich für den Angriff und die Verbannung seines Rudels verantwortlich fühlt, obwohl er nicht direkt in den Verrat involviert war. Seelenverbundene Gefährten teilen Gedanken und Emotionen und er hatte Isleens so gut wie möglich ausgeschlossen, nachdem sie ihn betrogen und mit einem anderen Mann geschlafen hatte.

„Selbst, wenn du dahintergekommen wärst, hättest du sie vielleicht nicht aufhalten können", kann ich mir nicht verkneifen, zu sagen. „Du hattest mit ihr bereits wegen der Teile des Plans gestritten, von denen du wusstest, und es machte keinen Unterschied."

„Ich hätte mehr tun können, wenn ich mehr gewusst hätte. Doch es stimmt, dass wir uns nicht sicher sein können, wie sich die Vergangenheit andernfalls abgespielt hätte." Er entspannt seine Haltung an der Seite des Gefährts und streicht mir eine Haarsträhne von der Backe, wobei mich seine Finger sanft streifen. Seine Miene wird weich. „Mein Rudel ist aktuell dort, wo es hingehört, und das ist das Einzige, was wirklich zählt. Und ich werde mich bemühen, sicherzustellen, dass du *nie* Verwendung für diesen Dolch hast. Ich hoffe jedenfalls, dass du ihn nicht auf die gleiche Weise nutzen wirst wie den letzten."

Ich schlucke schwer. „Ich würde es nicht tun wollen. Ich *will* nicht sterben. Es ist nur … Wenn es dazu kommt, dass ich mich zwischen dem Tod und der Art von Folter entscheiden muss, die ich bei Aerik erlebte … Ich will ein gewisses Maß an Kontrolle über mein eigenes Leben haben." Ich lehne mich an seine Schulter und nehme noch mehr von der Hitze auf, die sein Körper ausstrahlt. „Mir gefällt der Gedanke nicht, euch alle mit dem Fluch allein zu lassen. Ich würde das nur tun, wenn ich keinen anderen Ausweg sehen würde – und selbst dann bin ich mir nicht hundertprozentig sicher, ob ich den Mut besäße, es durchzuziehen."

Sylas legt seinen Arm um mich. „Ich habe das zuvor schon gesagt und werde es wieder sagen: Was mit unserem Fluch geschieht, liegt nicht in deiner Verantwortung. Du bist eine *Person*, kein Heilmittel. Wir müssen einen Ansatz finden, der das Problem tatsächlich löst. Wir können uns nicht auf diese Übergangslösung verlassen, die auf deinem Opfer beruht. Du solltest keine der Entscheidungen auf Grundlage des Gedankens treffen, dass du uns im Stich lassen würdest. Du hast bereits so viel von dir gegeben."

Ein schärferer Anflug von Zuneigung erfüllt meine Brust. Da ich all den Trost möchte, den ich aus seiner Umarmung ziehen kann, schiebe ich meine Beine über seine und kuschle mich an seine Brust.

Sylas brummt ermutigend, drückt mich an sich und sein Kinn legt sich auf meine Stirn. Das Kitzeln seines heißen Atems, der über meine Haut weht, erweckt überall dort mehr Hitze, wo sich unsere Körper berühren. Verlangen breitet sich in meinem Unterleib aus.

Die scharfen Sinne des Fae-Lords sind mittlerweile fein auf meinen emotionalen Zustand eingestimmt. Er verändert meine Position an sich und küsst meine Schläfe mit großer Zärtlichkeit. Seine Stimme klingt noch tiefer als üblich und ein begieriger Unterton schwingt darin mit, der ein Kribbeln zu meiner Mitte sendet. „Ich wünschte, ich hätte mehr Zeit, als Mann mit dir zusammen zu sein anstatt als Lord. Wenn wir uns mit dieser Schwierigkeit und Ambrose' Plan befasst haben, werden wir vielleicht so viel Frieden haben, dass ich dir die Aufmerksamkeit schenken kann, die die Lady von Hearthshire verdient."

Seine unverhohlene Sehnsucht verleiht mir den Mut, mit einer durchtriebenen Dreistigkeit zu ihm aufzuschauen, von der ich nicht wusste, dass sie in mir steckte. „Was würdest du tun, wenn du die Zeit hättest?"

Seine Mundwinkel biegen sich nach oben. Er senkt den Kopf, um mit den Lippen über die Seite meines Gesichtes zu wandern, an meinem Ohrläppchen zu knabbern und dann mit seiner Zunge über meine Halsbeuge zu lecken.

Mein Kopf kippt zur Seite, um ihm mehr Zugang zu gewähren, und jeder Teil von mir beginnt, allein wegen dieser kurzen Intimität zu glühen. Für einen Moment verblassen das Gefährt und jegliche Gedanken an die bevorstehende Konfrontation.

Doch *nur* für einen Moment. Sylas hebt den Kopf und ich realisiere, dass die moosigen Felswände einem flacheren, felsigen Terrain gewichen sind. Er drückt mir einen letzten Kuss auf die Wange und schiebt mich von seinem Schoß.

„Wir werden bald die Grenzen von Garmons neuen Ländereien überqueren. Es ist am besten, wenn seine Wachen nicht entdecken, wie viel du mir bedeutest."

Obwohl es kurz war, bin ich nach diesem Intermezzo ruhiger als zuvor. Ich kann mich diesen Fae stellen. Warum sollte ich von ihnen eingeschüchtert sein? Die einzige Person hier, deren Meinung mich interessiert, ist der Lord neben mir. Ich muss ihm dabei helfen, sie auf jede erdenkliche Weise für uns zu gewinnen, damit sie die Probleme nicht verschlimmern, mit denen wir bereits zu kämpfen haben.

Ich weiß nicht, welche Botschaft Sylas im Vorfeld

geschickt hat, doch Garmon und sein Rudel erwarten eindeutig unsere Ankunft. Als wir eine Ansammlung niedriger Metallgebäude erreichen, kommen mehrere Fae heraus, um uns entgegenzutreten. Ihre Mienen sind ernst, sie wirken allerdings nicht überrascht. Die glatten Wände schimmern kupferfarben, was der Farbe von Bronze so sehr ähnelt, dass mein Puls aussetzt. Ich kann mir nicht vorstellen, in eine Box mit fensterlosen Wänden eingeschlossen zu sein, die einem nicht einmal die Blicke erlauben, die ich durch die Stäbe von Aeriks Käfig hatte.

Das Gefährt hält an und Garmon tritt aus dem größten Gebäude, dass nur aus einem Stockwerk besteht, sich jedoch auf dem spärlichen Gras über die Länge mehrerer der kleineren Gebäude erstreckt. Sein Urenkel steht neben ihm. Als ich sein runzeliges Gesicht und dann das seines Begleiters betrachte, fällt mir auf, dass beinahe alle der Fae hier entweder so jung sind, dass sie als Teenager durchgehen könnten, oder so alt, dass sich ihr hohes Alter an ihrer Haut und Haaren zeigt.

Als Isleen und ihre Mutter Ambrose' Burg angriffen, mussten sie fast alle fähigen Mitglieder des Rudels ihrer Familie mitgenommen haben. Und keiner von ihnen hat es zurückgeschafft.

„So", sagt Garmon mit gebieterischer, wenn auch krächzender Stimme, „der große Lord Sylas beehrt uns endlich mit seiner Anwesenheit."

Sylas wartet seine nächsten Worte nicht ab. Er tritt aus dem Gefährt und verbeugt sich augenblicklich so tief, dass es mich erschreckt. Oryms Augen weiten sich und sogar Garmon blinzelt bei dem Anblick.

„Vergeben Sie mir, Lord Garmon, Verwandter-meiner-Gefährtin", sagt Sylas. „Ich wollte Ihnen den Schmerz ersparen, demjenigen in die Augen blicken zu müssen, der den Verlust Ihres Enkels verursacht hat, während Sie davon erfuhren. Doch ich habe mich eindeutig in meinen Prioritäten geirrt. Ich entschuldige mich bei Ihnen und spreche meine tiefste Reue für das Schicksal aus, das Kellan ereilt hat."

Garmon zögert und sein Mund zuckt unsicher. „Und dennoch bringen Sie die wahre Quelle dieses Schicksals mit sich, wenn ich das richtig sehe." Sein Blick schnellt zu mir.

Sylas richtet sich auf und winkt mich aus dem Gefährt. Ich steige so elegant aus, wie es mein krummer Fuß und seine helfende Hand zulassen, was nicht viel ist. Als ich neben ihm stehe, neige ich den Kopf in einer erbärmlichen Imitation seiner Verbeugung und hoffe, dass ich mich so bei ihm einschmeicheln kann.

Sylas berührt meinen Rücken. „Talia war das größte Opfer dieser Situation. Obwohl Kellan sie verletzen wollte, ist sie hergekommen, um ebenfalls ihr Beileid auszusprechen."

„Ihr Verlust tut mir leid", sage ich rasch und zwinge mich, nicht zu quieken. „Ich wollte nie, dass so etwas passiert."

„Und dennoch ist es geschehen, dank eines Stinklings", brummt Orym gerade so laut, dass ich es hören kann.

Mehrere seiner Begleiter flüstern in einem Tonfall untereinander, der seinen widerspiegelt. Ich spanne mich an.

Sylas bedenkt den jungen Fae-Mann mit einem strengen Blick. „Dank dieser Menschenfrau waren wir in der Lage, vor wenigen Tagen einen schrecklichen Angriff der Unseelie abzuwehren. Kellan verdient Respekt für den Dienst, den er geleistet hat, und weil er mich in meinem Kader unterstützt hat. Ich konnte jedoch nicht danebenstehen, während er die Zukunft von uns allen auf eine Weise gefährdete, die viel größere Konsequenzen nach sich ziehen könnte, als wir bereits ertragen mussten."

Er wendet sich an Garmon. „Sie sind alt genug, dass Sie

bereits viel gesehen haben und viele schwere Entscheidungen treffen mussten. Ich hoffe, Sie können verstehen, dass ein Lord auch Dinge tun muss, die er lieber nicht tun würde."

Garmon seufzt. „Nun, werden Sie ihm Ihre Ehre erweisen oder nicht? Wir haben ihm seinen angemessenen Platz im Mausoleum gegeben."

Sylas verbeugt sich erneut, jedoch weniger tief. „Zeigen Sie mir den Weg."

Wir marschieren über das unebene Gelände zu einer schmaleren Felswand, die wie die Hülle eines gekenterten Schiffs vom Boden aufragt. Eine Kupfertür ist in deren schartige Oberfläche eingebettet. Garmon spricht einige Silben, um sie zu öffnen, und führt uns hinein. Orym und einige der anderen Rudelmitglieder, möglicherweise Garmons Kader, folgen uns.

Der Raum im Inneren sieht eher so aus, wie ich mir einen Banktresor vorgestellt habe, und weniger wie eine Höhle. Metallwände glänzen überall um uns herum. Vorsprünge aus dem gleichen Metall ragen in beliebigen Intervallen hervor und auf jedem liegt ein Nest aus Tüchern, die mit getrockneten Blättern und Blüten einen Ring um einen Seelenstein formen. Diese Steine sind die einzige Lichtquelle des Raumes: ein pulsierendes, flackerndes Glühen, das von den Oberflächen um uns herum reflektiert wird. Der Kupfergeruch in der Luft erweckt bei mir den Eindruck, als hätte ich mir so stark auf die Zunge gebissen, dass sie blutet.

Ich glaube nicht, dass ich Kellans Stein anhand meiner Erinnerungen hätte erkennen können, doch Sylas läuft schnurstracks zu einem der Felsvorsprünge und neigt den Kopf. „Ich bin froh, zu sehen, dass seine Seele endlich ihre Ruhestätte gefunden hat. Finde Frieden, mein Kader-Gewählter. Scheine ein Licht auf deine Familie, das jegliche Dunkelheit überdauert."

Jemand stupst mich kurz an. „Hast *du* nichts zu sagen?“

Sylas wirbelt herum und sein unversehrtes Auge verdunkelt sich, aber ich hebe leicht die Hand, um seinen Beschwerden Einhalt zu gebieten. Diese Leute wollen sehen, dass ich Kellans Tod ebenfalls bereue. Wie kann ich das auf eine Weise zeigen, die sie mir glauben? *Ich* muss es auch glauben.

Der Fae-Mann hasste mich von dem Moment an, in dem er mich sah. Er bedrohte mich, schubste mich herum – er hätte mir die Augen ausgestochen und meinen anderen Fuß zertrümmert, wenn er die Gelegenheit dazu erhalten hätte. Ihn nie wieder sehen zu müssen, ist eine Erleichterung für mich.

Doch ich meinte es ernst, als ich sagte, dass ich nicht wollte, dass er stirbt.

Ich blicke zu seinen wenigen noch lebenden Verwandten. Die Feindseligkeit ist von Garmons Gesicht gewichen. Jetzt sieht er nur müde aus. Es wurde bereits ein Großteil seiner Familie zerstört und nun muss er zuschauen, wie ein weiteres Mitglied der jüngeren Generation zur Ruhe gebettet wird.

Ich weiß, wie sich das anfühlt, oder? Ich habe jeden aus meiner Familie verloren, manche sind sogar vor meinen Augen in einem Chaos aus Brutalität und Schreien gestorben. Dieser Fae-Lord musste bestimmt mehrere der zerfetzten Körper identifizieren, wie es Sylas bei seiner Gefährtin tun musste.

Ein Kloß steigt in meiner Kehle auf. Das Bild von Blut, das über dunklem Gras vergossen wurde, blitzt in meinen Gedanken auf. So viel Tod umgibt mich und das nur wegen der Macht *meines* Blutes. So viele Leben wurden verschwendet.

Ich bin beinahe an einem Punkt angelangt, an dem ich mir nicht mehr die Schuld daran gebe, denn ich wollte *nichts* davon.

„Es tut mir leid", sage ich. Meine Stimme klingt leiser, als ich es wollte. Sie klingt beinahe heiser. Als ich Garmons Blick halte, treten mir unerwartet Tränen in die Augen. Bevor ich sie wegblinzeln kann, rollt eine über meine Wange. Ich wische sie beschämt weg, doch als er mich beobachtet, wird seine Miene noch sanfter.

„Du weinst um den Fae, der dich zerfleischt hätte?"

„Ich weine um jeden, der gestorben ist, um mich hierher zu bringen oder hier festzuhalten", antworte ich. „Er hat Ihnen etwas bedeutet, und das bedeutet mir etwas. Ihr Verlust tut mir leid."

Die Worte kommen mir unbeholfen über die Lippen, aber ich muss etwas richtig gemacht haben. Garmons Gesicht spannt sich an, dann nickt er und winkt uns zur Tür. „Es war nett von Ihnen, dass Sie hierhergekommen sind, und es war schön, dass du so gesprochen hast."

Während des Mittagessens, das man uns anbietet, und des anschließenden Gesprächs halte ich mich aus der Diskussion heraus, schaue zu, höre zu und ziehe es vor, keine Aufmerksamkeit auf mich zu lenken. Das Gespräch wendet sich von düsteren Bemerkungen zum Krieg ab und zunehmend liebevollen Erinnerungen an Kellans bessere Momente zu. Als wir schließlich zurück zu unserem Gefährt gehen, hat sogar Orym aufgehört, eine finstere Miene zu machen, auch wenn er noch kein Lächeln zustande bringt.

„Es wird noch ein wenig Zeit brauchen, bis Hearthshire wieder bereit für Bälle und Bankette ist", sagt Sylas. „Doch wenn wir so weit sind, werden wir Sie einladen, um die ehemalige Verbindung unserer Familien zu ehren. Ich gebe Ihnen mein Wort und jeden Respekt, den ich zusammen mit meinem Beileid anbieten kann."

„Ich wünschte, dass die Dinge anders lägen", erwidert Garmon rätselhaft. Nachdem er sich vor Sylas verbeugt hat, neigt er leicht den Kopf vor mir zum Zeichen seiner Anerkennung.

Es sind nicht nur sie, denke ich, als ich mich auf meinen Platz in dem Gefährt setze. All unsere Feinde sind hinter all dem Getue, den Beleidigungen, den Drohungen oder der offenen Gewalt noch immer Leute. Ambrose ist eine Person. Sogar Aerik ist eine, auch wenn er sich zugleich zu einem Monster gemacht hat.

Es wäre einfacher, sich daran zu erinnern, wenn sie alle gewillt wären, das Gleiche in mir zu sehen.

7

Talia

Die Nacht hat sich wie eine Decke aus Dunkelheit über das Land gelegt, als wir nach Hearthshire zurückkehren. Nur ein paar Kugeln leuchten noch hinter den Burgfenstern. Die Häuser des Rudels sind ebenfalls größtenteils dunkel.

Ich strecke meine Glieder in der kühlen Luft aus, die steif von zwei langen Reisen hintereinander sind, und lasse mir von Sylas aus dem Gefährt helfen. Als wir die Eingangshalle der Burg betreten, kommt uns Whitt bereits entgegen, um uns zu begrüßen. August taucht einen Augenblick später auf. Niemand sonst scheint in der Nähe zu sein – die Rudelmitglieder, die in der Burg ausgeholfen haben, sind vermutlich wieder nach Hause gegangen.

„Unsere Gäste haben euch nicht zu sehr fertiggemacht?", erkundigt sich Sylas bei Whitt.

Der Spionagechef grinst. „Wir haben *sie* ziemlich plattgemacht. Der Welpe hier hat sie mit auf eine Jagd genommen." Er verpasst August einen spielerischen Klaps auf die Schulter. „Sie haben sich für die Nacht in ihre Unterkünfte zurückgezogen. Ich lasse die Gastgebäude von einigen meiner Leute bewachen, damit sie uns benachrichtigen, falls unsere Gäste beschließen, in der Nacht herumzuschleichen. Wie war euer Auftritt als Gäste?" Sein Blick gleitet auf abschätzende Weise zu mir, als wollte er sich vergewissern, dass ich von dem Erlebnis nicht traumatisiert wurde.

„Ich denke, diese Angelegenheit wurde zu jedermanns Zufriedenheit geklärt." Sylas blickt ebenfalls zu mir und ein zurückhaltendes, jedoch warmes Lächeln breitet sich auf seinem Gesicht aus, das mein Herz wie die Laternen leuchten lässt. „Talia hat dabei eine große Rolle gespielt."

Whitt schnalzt belustigt mit der Zunge. „Du schließt Freundschaften, wo du hingehst, sogar unter diesen Schurken, oder, Allkräftige?" Er streichelt mit den Fingern in einer kurzen, unerwarteten Geste der Zuneigung über die Seite meines Gesichts. Bisher hat er im Allgemeinen vor seinen Brüdern keine Zuneigungsbekundungen initiiert.

„Ich habe ihnen einfach die Wahrheit erzählt", erkläre ich, „und den Teil ausgelassen, den sie wahrscheinlich nicht hören wollten." Wie beispielsweise, für was für einen Dreckskerl ich Kellan hielt.

„Schon so weise." Whitt scheint zu zögern, ehe er sich nach unten neigt, um mir einen Kuss zu geben, der noch unerwarteter und so flüchtig ist, dass man meinen könnte, er würde hoffen, dass er ihn mir geben könnte, ohne dass es die anderen zwei bemerken. Sogar wegen dieses kurzen Streifens seiner Lippen setzt mein Herz einen Schlag aus.

Er richtet sich sofort auf und wendet sich mit einem

fröhlichen Tonfall und einem zufriedenen Funkeln in seinen ozeanblauen Augen an Sylas. „Ich sollte dir einen vollständigen Bericht der heutigen Ereignisse geben – einschließlich einer interessanten Beobachtung, die Auggie gemacht hat, und einer Einladung zu einem Bankett in Donovans Burg. Sollen wir dieses Gespräch in dein Büro verlagern?"

Als sie davongehen, folgt ihnen Augusts Blick kurz. Dann zieht er mich in eine beinahe erdrückende Umarmung, als wollte er sich nicht von der Darbietung seines älteren Bruders ausstechen lassen.

Ich kuschle mich eng an ihn und ein Lächeln breitet sich auf meinen Lippen aus. „Hast du mich vermisst?"

„Immer", murmelt er.

„Falls du mit Sylas sprechen musst …"

Er schüttelt den Kopf. „Ich habe das Ganze bereits gründlich mit Whitt durchgesprochen. Geht es dir nach dem Gespräch mit Garmon wirklich gut?"

„Ja, ich bin nur müde."

Er drückt einen Kuss auf meinen Kiefer und reißt damit meinen gesamten Körper aus seiner Reisemüdigkeit. Ich bin zu angespannt von der Konfrontation mit Kellans Familie und wegen Ambrose' Drohung, die mir im Nacken sitzt, als dass ich mich vollständig entspannen könnte. Ich glaube, meine Nerven könnten es vertragen, ein wenig verwöhnt zu werden, falls das möglich ist.

Ich schaue zu August auf. „Wurde die Sauna der Burg schon repariert? Ich könnte ein Bad im Pool vertragen."

Er strahlt auf mich herab. „Es ist alles bereit, lass uns baden gehen."

Er hebt mich in die Arme, ignoriert mein überraschtes Quieken und trägt mich zur Treppe, die zum Keller führt. „Ich *kann* noch laufen", informiere ich ihn und funkle ihn gespielt finster an, was das Lächeln, das ich mir nicht verkneifen kann, vollkommen zunichtemacht.

„Aber warum solltest du das tun?" Er grinst breiter und hüpft die Treppe nach unten.

Wie die meisten Zimmer der Burg ist die Sauna eine größere, prächtigere Version von der, die es in Oakmeet gab. Es gibt nicht nur einen, sondern zwei Pools. Einer ist kleiner und ähnelt einem übergroßen Whirlpool, von dessen Wasser Dampf aufsteigt, und einer hat eher die Größe eines richtigen Schwimmbeckens. Die Marmorfliesen am Boden und die polierten Holzwände glänzen nach ihrer jüngsten Reinigung.

Ein vertrauter mineralischer Duft durchzieht die feuchte Luft. Als mich August absetzt, atme ich ihn tief in meine Lunge und seufze glücklich.

Ein Paravent mit einer festen Holzvertäfelung wurde in einer Ecke des Zimmers aufgestellt genau wie in Oakmeet. August geht dorthin, wie er es immer getan hat, um mir Privatsphäre beim Baden zu geben und zugleich für meine Sicherheit zu sorgen.

Ich gehe in die Hocke, um meine Stiefel auszuziehen, und halte inne. Bei dem Gedanken, der mir durch den Kopf geht, schlägt mein Puls etwas schneller und setzt einmal nervös aus – doch weswegen sollte ich nervös sein? Ich habe gerade vor einem ganzen Rudel, das Menschen wie mich ablehnt, meine Frau gestanden. August *liebt* mich. Man muss sich nicht dafür schämen, wenn man so etwas will, oder dafür, zuzugeben, es zu wollen, oder?

Meine Stimme kommt trotzdem leise heraus. „August? Ich … ich glaube, ich bin mittlerweile gut genug auf den Füßen, dass du dir keine Sorgen darum machen musst, dass ich ertrinke. Du musst nicht Wache stehen, wenn ich ein Bad nehme."

Ihm entweicht ein peinlich berührtes Glucksen.

„Natürlich bist du das. Ich habe nur … die Macht der Gewohnheit. Dann werde ich dich allein lassen. Falls du mich brauchst, bin ich am Ende des Ganges im Unterhaltungsraum. Ich werde dich hören, wenn du rufst."

Er dreht sich zur Tür um, was nicht das ist, was ich beabsichtigt habe. Ich zwinge mich, die Worte auszusprechen, wobei mein Gesicht rot anläuft. „Nein, ich dachte eigentlich … Wenn du möchtest, könntest du dich mir anschließen?"

August bleibt wie angewurzelt stehen. Verlangen funkelt so stark in seinen goldenen Augen, dass meine Wangen brennen. „Ich soll mich dir … im Pool anschließen?", fragt er vorsichtig, jedoch mit unverhohlener Begierde.

Diese Begierde ist womöglich das Einzige, was mich daran hindert, in einer Pfütze der Scham zu zergehen. Mein Blick huscht zu Boden und dann wieder zu seinem. „Ja. Ich meine … es könnte … Spaß machen?"

Sein darauffolgendes Lächeln könnte eine ganze Galaxie erhellen. Er kommt mit begehrlich funkelnden Augen zu mir, seine Miene ist jedoch so sanft, dass ich keinerlei Reue wegen meiner Einladung empfinden kann. Seine Stimme wird heiser. „Ja, ich denke, damit könntest du recht haben."

Plötzlich habe ich keine Ahnung, was ich mit mir anfangen soll. Nun, wenn ich in den Pool gehe, ob allein oder mit Gesellschaft, gibt es einige ziemlich offensichtliche Schritte, die zuerst erledigt werden müssen, außer ich will, dass meine Kleider klatschnass werden. Ich mache mich daran, die Schnüre an meinen Stiefeln sowie meine Gürtelschnalle zu öffnen.

August schlüpft aus seinen Schuhen und dann greift er nach seinem Shirt, wobei jede Bewegung geschmeidig und methodisch ist, als würde er mir genügend Zeit geben, meine Meinung zu ändern. Doch jedes bisschen von ihm, das enthüllt wird, macht *mich* nur noch begieriger. Ich kann den

Blick nicht von dem Spiel seiner Brustmuskeln abwenden, als er das Shirt auszieht, und der Bewegung, die durch seine kräftigen Schultern und Arme bebt, sowie der Vielzahl an Tattoos, die in Reaktion darauf auf seiner Haut tanzen.

Meine eigene Haut wird in meinem Kleid heiß und erinnert mich daran, dass ich noch Arbeit vor mir habe. Ich rapple mich wieder auf, wobei ich das unverletzte Bein belaste, und greife nach dem Saum des Kleides. Ohne mir eine Gelegenheit zu geben, einen Rückzieher zu machen, zerre ich den fließenden Stoff über meinen Kopf und lasse ihn auf den Boden fallen.

Die warme Luft schlingt sich um meine nackten Brüste und Beine. August gibt einen rauen Laut von sich und schält seine Hose viel schneller als den Rest von seinen Beinen.

Wir haben einander zuvor schon nackt gesehen, doch in der Hitze des Moments haben wir uns nie so bewusst betrachtet. Ein Beben der Vorfreude, das noch immer von Nervosität durchzogen ist, durchfährt mich. Ich ziehe mein Höschen aus und humple zu der Treppe, die in den Pool führt, ohne Augusts Reaktion abzuwarten.

Das warme Wasser, das sich über meinen Gliedern schließt lindert den Anflug von Nervosität. Ich sinke bis zu den Schultern ins Wasser und drehe mich um, gerade als August seine letzten Kleidungsstücke ablegt.

Oh. Der Anblick seines splitterfasernackten Körpers sendet ein Kribbeln zu meiner Mitte. Jeder Teil von ihm ist straff und mit wohlgeformten Muskeln besetzt. Er strotzt nur so vor Kraft, ist jedoch trotzdem zu unglaublicher Zärtlichkeit fähig. Und der beeindruckende Schaft zwischen seinen Beinen ist bereits halb erigiert.

Ich reiße meinen Blick davon los und richte ihn auf sein Gesicht. Es ist ein Wunder, dass meine Wangen noch nicht verbrannt sind.

August sieht alles andere als beleidigt von meinem

Interesse aus. Er schlendert auf wölfische Art ins Wasser und umkreist mich, bevor er mich von hinten in die Arme nimmt. Seine Lippen streifen meine Ohrmuschel. „Was hattest du als Nächstes im Sinn?"

So weit habe ich nicht gedacht, doch da mich seine kräftigen Arme umschließen und die Wasserströmung gegen meine Haut schwappt, verspüre ich in tieferen Regionen eine ziehende Sehnsucht. In den vergangenen Wochen haben wir viel Zeit miteinander verbracht und gegenseitig unsere Körper erkundet, allerdings keinen Sex gehabt. Es fühlte sich so gut mit Sylas an, während mich August ebenfalls streichelte. Ich will wissen, wie es mit diesem süßen, überirdischen Mann sein könnte, der mich genauso liebt wie ich ihn.

Das eine Mal, als wir kurz davor waren, es zu tun, beendete er es, weil er erkennen konnte, dass ich, wie er es ausdrückte, ‚fruchtbar' war. Ich strecke die Hand aus, um mit den Fingern über seinen Hals zu gleiten. „Besteht ein Grund zur Sorge … Können wir heute Nacht alles tun?"

Er hält seinen Kopf dicht an meine Schulter, atmet tief ein und leckt neckisch mit der Zunge über meine Haut. „Alles, was du willst, Süße."

Ich lehne mich an ihn und bin begeistert von der harten Länge, die gegen meine Hüfte stupst. „Dann will ich alles."

Mit einem begierigen Knurren wirbelt er mich herum. Sobald ich nah genug bin, umfängt er meinen Kiefer und erobert meinen Mund, als würde er nach mir gieren.

Ich klammere mich an ihn und verliere mich in der leidenschaftlichen Verschmelzung unserer Münder sowie dem Gleiten unserer Haut, die durch das Wasser glitschig geworden ist. Meine Brüste streifen seinen Oberkörper und meine Nippel werden bei dem Kontakt hart. Ich schlinge meine Arme um Augusts Hals und erwidere den Kuss genauso hart.

„Meine Süße", raunt er in den kurzen Atemzügen, bevor unsere Münder wieder aufeinandertreffen. „Meine Liebste. Meine Talia."

Ich habe kein Interesse daran, ihm zu widersprechen. Er ist zwar nicht der einzige Mann in dieser Burg, der mein Herz gewonnen hat, doch es gehört ihm. Und ich will auf jede mögliche Weise die Seine sein.

Er verlagert mich an sich, legt einen Arm um meine Taille und schiebt den anderen höher. Seine Hand gleitet durchs Wasser und streichelt über meine Kurven, bis sie eine harte Spitze erreicht. Als sein Daumen darüber gleitet, keuche ich an seinem Mund. Meine Finger krümmen sich in seine kurzen, feuchten Haarsträhnen.

Meine Beine haben sich um Augusts Taille gespreizt. Seine Erektion, die jetzt vollständig hart ist, presst sich an meinen Innenschenkel und streift die Stelle, an der ich am empfindlichsten bin, woraufhin mich Wonne durchzuckt.

Ich wölbe mich ihm instinktiv entgegen und bin bereits wahnsinnig vor Verlangen. August stöhnt und sein nächster Kuss versengt meine Lippen.

„Noch nicht", murmelt er. „Ich will das nicht überstürzen. Du verdienst etwas Besseres."

Ein Teil von mir will sagen, dass ich es verdiene, ihn *jetzt* in mir zu haben, bei dem Gedanken, das auszusprechen, wird mir allerdings schwindlig. Und dann küsst er mich erneut, knetet meine Brüste und lässt die Spitze seines Schafts über die Perle zwischen meinen Beinen gleiten. Daraufhin kostet es mich sämtliche Kraft, nicht den Verstand zu verlieren.

Wimmern beben meine Kehle zusammen mit der Flut aus Lust hinauf. Meine Fingernägel bohren sich in seine Kopfhaut, bevor mir bewusst wird, was ich tue. Falls ich August wehtue, provoziert es jedoch lediglich ein begierigeres Knurren.

Er schiebt uns durchs Wasser, bis ich an der gefliesten

Seite des Pools lehne und meine Brüste aus der Wasseroberfläche ragen. Mit einem feurigen Glanz in den Augen senkt August den Kopf und leckt mit der Zunge über einen meiner Nippel. Er saugt ihn in seinen Mund und wirbelt mit der Zunge darum herum, knabbert daran und leckt ihn, bis ich mich vor Verlangen winde und Wonne meine Brust durchströmt. Dann geht er zum anderen über und verwöhnt ihn mit der gleichen Intensität.

Ich fahre mit den Fingern über seine Haare und Schultern, wobei ich hoffe, dass sich meine Berührung für ihn wenigstens halb so gut anfühlt wie für mich. Ich befinde mich noch immer halb unter Wasser, stehe allerdings trotzdem in Flammen und Verlangen brennt durch jeden Nerv.

Eine seiner Hände gleitet zwischen meine Beine und streichelt über die zarten Falten dort. Das Verlangen schwillt so stark und berauschend in mir an, dass ich schreie.

„Ich möchte so unbedingt in dir sein", krächzt August und seine Lippen wandern über mein Brustbein.

Ein zittriges Geräusch der Zustimmung entwischt meinem Mund. Er küsst mich noch einmal tief und leidenschaftlich und verändert meine Position an der Poolwand. Der Strahl einer der Wasserdüsen strömt gegen meinen Schenkel und ein Schauder der Erregung kribbelt zusammen mit der Erinnerung daran durch mich hindurch, wie er mich im Pool in Oakmeet dazu ermutigte, diese Düsen zu nutzen.

August erinnert sich offenbar ebenfalls an diesen Moment. Er hält inne, testet die Strömung mit seiner Hand und reibt mit der Nase über meine Wange. „Du hast die Düsen zuvor genossen, nicht wahr?"

„Nicht so sehr, wie ich dich genieße."

„Aber was, wenn du beides haben könntest?"

Er dreht mich schnell, jedoch vorsichtig mit den Händen

um, damit ich der Wand zugewandt bin. Instinktiv verschränke ich die Arme und lege sie über den Beckenrand. Er platziert mich direkt vor der Düse, woraufhin mich der Wasserstrahl genau dort trifft, wo ich mich am dringendsten danach sehne.

Ich stöhne und mein Kopf sinkt auf die Fliesen. August verteilt Küsse über meinen Rücken bis hinauf zu meinem Nacken. Seine Erektion drängt sich zwischen meine Beine und streift von hinten neckend über meine Öffnung, während der Strahl die Perle darüber massiert.

Wie ist mein Körper zu so viel Wonne fähig? Jedes Mal, wenn ich einen Gipfel erreicht habe, stellt sich heraus, dass ich sogar noch höher fliegen kann.

August schlingt einen Arm um meine Taille. Seine Lippen streifen mein Schulterblatt. „Bereit, Süße?", fragt er in einem Ton, der zärtlich und wahnsinnig heiß ist.

Meine Stimme kommt als Keuchen heraus. „Ja. Bitte. *Jetzt.*"

Sein raues Glucksen vibriert durch seine Brust. Er gleitet nur mit der Spitze in mich, woraufhin mir ein weiteres Stöhnen entweicht.

August brummt als Antwort, umarmt mich fest und sein Mund schließt sich um meine Schulter. Meine inneren Wände kribbeln und entspannen sich um ihn herum.

Jetzt, bei meinem zweiten Mal, ist es leichter, da sich meine Muskeln in Erwartung der bevorstehenden Ekstase lockern. Er dringt mit einem geschmeidigen Stoß tiefer in mich, die Wasserströmung prasselt gegen meine Mitte und mehr braucht es nicht.

Ich verkrampfe mich und ein knisternder Höhepunkt bebt von meiner Mitte bis zu meiner Kopfhaut und meinen Zehenspitzen durch mich hindurch. August knurrt ermutigend und beginnt, sich zunächst langsam in mich rein und raus zu stoßen, steigert jedoch seine Geschwindigkeit und Kraft.

Wegen seiner Härte, die mich füllt, und dem Wasser, das gegen meine Mitte strömt, rase ich bereits auf einen neuen Gipfel zu, kaum dass die Woge des Orgasmus durch mich hindurch geschwappt ist. Der Atem entweicht mir zitternd. Ich fühle mich, als würde ich auf die köstlichste Weise zersplittern.

August vergräbt sein Gesicht in meiner Halsbeuge, sein Atem geht ebenfalls zittrig und sein Mund markiert meine Haut. Seine Hand schließt sich um meinen Busen und massiert ihn im Rhythmus seiner Stöße. Das Wasser klatscht gegen uns, leckt über unsere Haut und die Strömung darunter fließt weiterhin gegen mich.

Ich fliege immer höher und mich durchströmt so viel Wonne, dass ich kaum atmen kann, bevor ich mit einem weiteren Schrei komme. Die Ekstase des Moments knistert noch heftiger als zuvor durch jeden Zentimeter meines Körpers.

„Oh, Talia." Augusts Brust erbebt. Er drückt sich tiefer in mich, seine Muskeln spannen sich an und die Hitze in mir dehnt sich aus, als er seinen Höhepunkt erreicht.

August bewegt sich noch einige Minuten lang sachte in mir, wobei er mich an sich drückt. Seine Küsse auf meinem Hals und Rücken sind so zärtlich, dass mir das Herz wehtut.

Ich stoße mich von der Wand ab, damit ich mich zu ihm umdrehen kann. Er hält mich an sich und fängt meine Lippen mit der gleichen tiefgehenden Leidenschaft ein wie am Anfang. Anschließend lasse ich meinen Kopf gegen seine Schulter sinken und drücke einen Kuss auf sein Schlüsselbein. „Ich liebe dich. So sehr."

Seine Arme spannen sich um mich herum an. „Und ich liebe dich. Niemand nimmt dich uns weg – weder jetzt noch irgendwann anders. Ich schwöre es."

Meine Kehle schnürt sich zu. Ich drücke mein Gesicht an ihn, als könnte ich mich vor den aufkeimenden Zweifeln verstecken. Ich wünschte, Momente wie dieser wären das Einzige, was mich in Zukunft erwartet. Ich wünschte, ich könnte daran glauben, dass in dieser Welt nichts existiert, was ihn zwingen könnte, dieses Versprechen zu brechen.

8

Talia

Harper wippt auf den Füßen, krallt die Finger in die Brüstung des gigantischen Gefährts, das Sylas für diesen Ausflug heraufbeschworen hat, und späht begeistert über dessen Außenwand. „Ein Bankett. Mein erstes echtes Bankett … in der Burg eines *Erzlords*."

Neben ihr lächelt Astrid schwach. „Aus Erfahrung weiß ich, dass das nur mehr Politik und weniger Feierlichkeiten bedeutet. Doch ich vermute, dass trotzdem genug gefeiert wird."

Ich streiche mit den Händen über die weichen Flächen des Spinnengespinstkleides, das Harper mir zu diesem Anlass gegeben hat, da sie mich anscheinend nicht in dem Kleid gehen lassen wollte, das sie mir zuvor geschenkt hatte, obwohl es die meisten Fae dort, wo wir hinfahren, noch nie gesehen haben. Die überlappenden Streifen aus malvenfarbigem, indigoblauem und karmesinrotem Stoff, der mit goldenen Stickereien gesprenkelt ist, bilden ein Kleid in den Farben des kräftigsten aller Sonnenuntergänge. Noch magischer ist möglicherweise die Tatsache, dass sich irgendwie keine der Farben mit meinen dunkelpinken Haaren beißt.

„Es sollte besser gefeiert werden, jetzt da wir uns schon so herausgeputzt haben", erwidere ich und grinse Harper an. Ich weiß, wie viel ihr dieser Moment bedeutet. Da sie während der Verbannung des Rudels in Oakmeet geboren wurde, sehnt sie sich schon ihr Leben lang danach, mehr von der Welt zu sehen – und sie hofft, dass ihre Fähigkeiten als Modedesignerin ihr Einladungen zu Ländereien im gesamten Sommerreich verschaffen werden.

Ihr eigenes Kleid ist ein atemberaubender Tumult aus Farben. Penibel genähte Blumen aus scharlachrot, violett, sonnengelb und himmelblau wirbeln vor einem kräftigen Grün über den Rock und den Ansatz des Mieders. Wenn sie sich bewegt, erschaffen sie ein leicht raschelndes Geräusch, das perfekt die leichte Brise nachahmt, die über eine Waldlichtung weht.

Sie packt meine Hand kurz und ihre großen Augen leuchten – und das nicht nur vor Aufregung. „Was, wenn ich etwas Falsches sage … oder schlecht tanze …" Sie gibt einen erstickten Laut von sich. „Ich habe keine Ahnung, was ich tue. Ich will mich nicht zum Narren machen."

Ich drücke ihre Finger so beruhigend, wie ich kann. „Ich denke nicht, dass du dir darum Sorgen machen musst. Doch selbst wenn du einen kleinen Fehler machst, wette ich, dass alle so sehr damit beschäftigt sein werden, dieses umwerfende Kleid zu bewundern, dass sie es gar nicht bemerken. Darauf verlasse ich mich jedenfalls."

Sie schenkt mir ein breites Lächeln. „Ich bin froh, dass

du auch dort sein wirst. Gemeinsam werden wir das Ganze durchstehen."

Am Heck des Gefährts beobachtet uns Harpers Mutter mit einem Lächeln, das für ein Funkeln in ihren Augen sorgt. Harpers Eltern sind die Musiker von Sylas' Rudel und kommen ebenfalls mit, um zur Unterhaltung des heutigen Abends beizutragen. Ich weiß nicht, wie Sylas entschieden hat, wer sich uns anschließen darf, abgesehen davon, dass die zwei anderen Rudelmitglieder, mit denen ich am vertrautesten bin, Brigit und ihr Gefährte Charce, Stammgäste bei Whitts Feiern sind und vermutlich Spaß an guten Partys haben.

Brigit sieht momentan allerdings nicht besonders enthusiastisch aus. Sie sprang mit einer Menge Energie ins Gefährt, als wir losfuhren, doch jetzt sitzt sie gegenüber von uns auf der Bank und ihr Mund ist ungewöhnlich nachdenklich verzogen.

Als ich das bemerke, blickt sie in meine Richtung und ertappt mich dabei, wie ich sie betrachte. Sie zögert. Als Harper etwas weiter weggeht, um einem der anderen eine Frage zu stellen, steht Brigit auf, um das Gefährt zu durchqueren.

Mein Körper spannt sich vor Sorge an, dass ich sie irgendwie beleidigt habe. Ich bin immer noch dabei, meinen Platz im Rudel zu finden. Auf ihrem Gesicht zeichnet sich jedoch keine Anschuldigung ab. Wenn überhaupt sieht sie hoffnungsvoll aus.

Sie mustert ihre Hände kurz, bevor sie mir wieder in die Augen sieht. Ihre Stimme erklingt gedämpft. „Elliot und ich haben darüber nachgedacht, was du neulich gesagt hast, als wir die Schüchterlinge sammelten. Wir haben unsere Gäste im Auge behalten, wenn wir es konnten. Heute, als sich alle zur Abreise bereitmachten, meinte ich, ich hätte etwas überhört, was ... merkwürdig klang."

Sofort bin ich doppelt so aufmerksam. „Was denn? Wenn du denkst, dass es Grund zur Sorge gibt, solltest du Sylas Bescheid geben.“

Ihre Aufmerksamkeit verlagert sich auf den Fae-Lord und seinen Kader am Bug des Gefährts, die formellere Kleider tragen, als ich es bisher an ihnen gesehen habe. Sylas mustert nachdenklich die Landschaft, während die Brise durch seine dunklen Haare kitzelt. Whitt scheint August eine witzige Anekdote zu erzählen, zu der in diesem Moment eine schnelle Geste gehört, von der ich mir sicher bin, dass sie obszön ist. August verpasst seinem älteren Bruder einen leichten Klaps, lacht jedoch.

Brigit wendet sich wieder an mich. „Ich könnte mich irren. Ich will keine Probleme erschaffen, wo es keine gibt. Was, wenn Lord Sylas aufgebracht ist, dass ich auf eigene Faust um die Gästequartiere herumgeschlichen bin?“

„Ich denke nicht, dass er das wäre, doch falls er es ist, kannst du mir die Schuld geben“, beruhige ich sie anscheinend zu lässig, denn sie reißt die Augen auf. „Warum erzählst du mir nicht, was du gehört hast, und ich überlege, ob es etwas ist, was wir ihm mitteilen sollten?“, füge ich rasch hinzu.

Sie zupft nervös an ihren Haaren und senkt die Stimme noch weiter. „Es war nur eine der Töchter, die sich mit ihrer Mutter unterhielt. Ich konnte nicht viel hören, weil ich nicht nah genug bei ihnen stand – ich wollte nicht, dass sie mich bemerken. Doch sie lachte und sagte etwas wie: ‚wenn Donovan wie der Dieb aussieht‘. Warum sollte sie es amüsant finden, wenn ein Erzlord wie ein Dieb aussieht? Woher sollte sie wissen, dass er so dastehen wird, wenn nichts Merkwürdiges vor sich geht?“

Genau diese Fragen stelle ich mir jetzt auch. Ich tätschle Brigits Arm zaghaft und, wie ich hoffe, auf aufmunternde Weise. „Das klingt definitiv verdächtig. Wir sollten es Sylas und den anderen erzählen, bevor wir Donovans Burg erreichen. Ich kann den Großteil des Sprechens übernehmen, da es meine Idee war, dass du die Gäste im Auge behältst ... aber wirst du mich begleiten, damit du die Geschichte bestätigen kannst, und für den Fall, dass sie Fragen haben?"

Ich muss so zuversichtlich wirken, dass sich ihre Nervosität etwas legt. Brigit nickt und schenkt mir sogar ein kleines Lächeln, das meine Laune trotz ihres Berichts hebt. Sie hat mir so sehr vertraut, dass sie auf mich gehört und mich jetzt angesprochen hat. Immerhin mache ich kleine Fortschritte darin, ein echtes Mitglied des Rudels zu werden.

Wir schieben uns um die anderen Passagiere herum zu dem Trio am Bug. Sylas dreht sich um und sein Blick ist sofort aufmerksam, als er mein Herannahen bemerkt. Whitt und August verstummen. August sieht besorgt und Whitt neugierig aus.

Ich wische mit der Hand über meinen Mund und bin mir meiner selbst plötzlich viel weniger sicher als zuvor, als ich aus der Ferne darüber sprach. Vielleicht wird Sylas nicht begeistert von dem Vorschlag sein, den ich seinem Rudel unterbreitet habe. Doch jetzt ist es geschehen und hoffentlich hat es Informationen zu Tage gefördert, über die wir froh sein werden.

„Was gibt es, Talia?", fragt er so sanft, dass sich meine Kehle öffnet.

„Ich habe mich neulich mit einigen der Rudelmitglieder über die Besucher unterhalten und vorgeschlagen ... da sie vermutlich in Hearthshire sind, um uns auszuspionieren und zu versuchen, Argumente dafür zu finden, warum es kein guter Ort für mich ist, könnte es womöglich gut sein, wenn sie besser als gewöhnliche Gäste im Auge behalten werden und man darauf achtet, ob sie etwas über ihre Pläne preisgeben."

Whitts Augenbrauen heben sich vor Belustigung. „Übernimmst du jetzt meinen Job, Krümel?"

Ich schaue ihn gespielt finster an und fahre fort: „Brigit hat gehört, wie sie sich heute Morgen beim Gästehaus unterhalten haben. Sie sprachen darüber, dass Donovan wie ein Dieb aussehen würde, was sie zu freuen schien. Ich dachte, ihr würdet das wissen wollen."

Sylas nickt und sein Mund verzieht sich zu einem grimmigen Strich. Er konzentriert sich auf Brigit. „Es ist gut, dass du damit zu uns gekommen bist. Ich vermute, deine Anwesenheit wurde nicht bemerkt?"

„Nein, mein Lord", antwortet Brigit und neigt respektvoll den Kopf. „Ich achtete stets sorgsam darauf, dass sie nicht bemerkten, dass ich in der Nähe war, und ich hatte mir eine Ausrede überlegt für den Fall, dass diese Vorsichtsmaßnahmen nicht reichten."

„Dann hast du unserem Rudel gut gedient. Würdest du mir genau erzählen, was du gesehen und gehört hast?"

Brigit erzählt die gleiche Geschichte, die sie mir geschildert hat, wobei sie dieses Mal weitere Einzelheiten anfügt. Die drei Männer hören aufmerksam zu.

Als sie fertig ist, blickt August zu Sylas. „Du weißt, dass ich dachte, eine der Töchter hätte womöglich etwas von *uns* gestohlen. Könnte das zusammenhängen?"

Sylas verzieht das Gesicht. „Ich vermute es. Ich habe bemerkt, dass ein paar Objekte aus der Bibliothek fehlen – Gegenstände, die abseitsstanden, wo ich lange Zeit nicht nach ihnen gesehen hätte, wenn du nicht deinen Verdacht geäußert hättest. Es sind solche Dinge, die man stehlen würde, wenn man es vermeiden will, dass der Diebstahl sofort bemerkt wird. Es ist möglich, dass sie es trotz unserer Vorsichtsmaßnahmen geschafft haben, diese Gegenstände anderen Mitgliedern aus ihrem Rudel zu geben, damit Ambrose Donovan den Diebstahl unterjubeln kann."

„Warum sollten sie das tun wollen?", frage ich.

Er schüttelt den Kopf. „Ich weiß es nicht. Ich verstehe nicht, wie es zu Ambrose' Kampagne passen würde, dich aus unserer Obhut zu holen, und er hat keine spezielle Feindseligkeit Donovan gegenüber gezeigt. Wir werden einfach wachsam bleiben und beobachten müssen, was geschieht." Er mustert Brigit erneut. „Danke für deine Sorge um unser Rudel. Vielleicht sollte dich mein Kader-Gewählter hier in seinem Team aufnehmen." Er rempelt Whitt sachte an.

Der Spionagechef reibt die Hände aneinander. „Wir könnten heute Abend damit anfangen." Er neigt den Kopf zu Brigit. „Du besitzt eindeutig die Instinkte für Heimlichkeit und Tücke. Falls tatsächliche einige unserer Habseligkeiten in Donovans Zuhause landen, sollten wir in der Lage sein, sie mithilfe unserer Nasen zu finden. Allerdings können wir drei uns nicht auf die Suche machen, ohne Aufmerksamkeit auf uns zu lenken. Denkst du, du könntest eine Ausrede finden, um dich zurückzuziehen und zu versuchen, sie aufzuspüren?"

Ein Beben durchläuft Brigits Körper, doch sie reckt zugleich das Kinn, eindeutig ermutigt von seinem Lob. „Ich werde mein Bestes geben. Was soll ich tun, falls ich sie finde?"

„Entferne sie vom Gelände, wenn du kannst", antwortet Sylas. „Bringe sie zu diesem Gefährt zurück. Falls du es nicht tun kannst, informiere mich so schnell wie möglich. Ich kümmere mich um den Rest."

„Ja, mein Lord. Ich werde sicherstellen, dass sie damit nicht davonkommen." Brigit verbeugt sich tief und zieht sich zurück.

Ich bleibe bei den drei Männern stehen und Sorgen rumoren in meinem Magen. „Also hat es Ambrose womöglich auch auf Donovan abgesehen? Er wird heute Abend dort sein, oder?"

Sylas nickt. „Ein Erzlord hält nie ein Bankett ab, ohne seine Kollegen und ihre bevorzugten Rudelmitglieder einzuladen."

Whitt legt eine Hand auf meine Schulter. „Du wirst fürs Erste sicher vor Ambrose sein. Er hat sein Wort gegeben, sich nicht einzumischen, bis die Frist abgelaufen ist, die er genannt hat."

Das wird nicht helfen, wenn dieser Plan Sylas genauso sehr schadet wie Donovan. Wir wissen nicht einmal, was Ambrose erreichen will.

Ein Teil von mir wünscht sich, dass ich überhaupt nicht dorthin gehen müsste – dass ich mit einem Buch und einer Decke allein in meinem Zimmer in der Burg von Hearthshire wäre. Doch ich hätte mich nicht einmal dort sicher gefühlt, während Ambrose' Rudelmitglieder noch ‚auf Besuch' und meine drei Liebhaber Stunden entfernt sind. Allerdings müssen wir allen anderen zeigen, wie gut es mir bei Sylas geht, und dazu gehört, mit ihm an diesem Bankett teilzunehmen.

Als wir Donovans Ländereien erreichen, ist die Sonne gerade hinter den Horizont gesunken und sendet bernsteinfarbenes Licht über den dunkler werdenden Himmel. Ich hätte gemerkt, dass wir in der Nähe des Herzens der Nebelwelt sind, selbst wenn ich nicht gewusst hätte, wo die Erzlords leben. Seine Energie kribbelt über meine nackten Arme und vibriert durch meine Brust hindurch.

Was würde passieren, wenn ich jetzt versuchen würde, einen wahren Namen zu benutzen, während all diese Macht über mich hinwegschwappt?

Ich kann es nicht ausprobieren, nicht vor all diesen Zeugen. Stattdessen konzentriere ich mich auf das hohe Gebäude, das vor uns in Sicht kommt.

Es sieht beinahe wie eine riesige Sandburg aus. Die

Türme und Spitzen ragen hier und da ein wenig planlos in die Luft und wirken glatt anstatt scharfkantig, als wären sie vom Wasser ausgewaschen worden. Die Mauern sind allerdings nicht körnig beige, wie ich es von Sand erwartet hätte, sondern in einem kräftigen Rotbraun gehalten, das in dem Licht glänzt, das sich aus den Fenstern ergießt, als wäre die Burg glasiert worden.

„Woraus besteht das Gebäude?", frage ich leise, als das Gefährt näher gleitet.

„Aus gebranntem Ton", antwortet August. „Donovans Familie ist sehr geschickt im Umgang mit Feuer und allem, was sie damit bearbeiten können."

Der Palast unterscheidet sich stark von den kühlen, steifen Linien von Ambrose' Obsidian-Zuhause – und er wirkt viel einladender, zumindest für meine sterblichen Augen. Als wir zwischen den anderen Gefährten, die bereits auf den Feldern vor dem Gebäude geparkt sind, aussteigen, dringt ausgelassene Musik an unsere Ohren. Harper wirbelt den Rock begeistert um ihre Beine und sieht aus, als würde sie am liebsten zur Tür hüpfen, wenn sie nicht so viel Anstand besäße, darauf zu warten, dass ihr Lord den Weg anführt.

Der Saal im Palast besteht aus dem gleichen polierten, rötlich glänzenden Ton, der durch das Leuchten der Kugeln, die entlang der Wände verteilt sind, eher rot als braun wirkt. Bedienstete führen unsere Gruppe weiter zu einem Raum, der so gewaltig ist, dass ich beinahe über meine Füße stolpere, während ich ihn betrachte.

Reihen um Reihen von Leuchtkugeln säumen die hohe Decke und scheinen ihr helles Licht auf alle unter sich. Mehrere lange Tische wurden unter ihnen aufgebaut und mit Gold verbrämten, elfenbeinfarbenen Tischdecken, Goldtellern und Kristallkelchen eingedeckt. Eine fantastische Mischung aus herzhaften und süßen Gerüchen füllt die Luft. Sofort läuft mir das Wasser im Mund zusammen.

Zwischen den Tischen laufen dutzende Fae-Männer und Frauen in schicken Kleidern umher, verbeugen sich, begrüßen sich fröhlich und – mehr als alles andere – messen sie einander mit berechnenden Blicken, die ich selbst ohne übernatürliche Sinne wahrnehmen kann. Als wir eintreten, drehen sich einige von ihnen um und mustern uns. Die Intensität ihrer Blicke kribbelt über meine Haut und ich kämpfe gegen den Drang an, mich hinter meinen Liebhabern vor ihren Blicken zu verstecken.

Ich hatte nicht darüber nachgedacht, was für ein Spektakel allein unsere Anwesenheit sein würde. Sylas und sein Rudel lebten Jahrzehnte lang in Ungnade und dies ist ihr erster öffentlicher Auftritt, seit die Erzlords sie begnadigt haben. Ganz zu schweigen davon, dass die meisten, wenn nicht sogar alle anderen Lords, Ladys und Rudelmitglieder wissen, was ich für ihr Volk bedeute.

Trotz meines heftig pochenden Herzens straffe ich die Schultern und laufe neben August her, wobei ich mein Bestes gebe, den Anschein einer Frau zu erwecken, die schon an Dutzenden Fae-Banketten teilgenommen hat. Er nimmt meine Hand und Sylas fängt meinen Blick mit einem kurzen, jedoch bedeutungsvollen Nicken auf. Zu wissen, dass sie auf mich aufpassen, beruhigt meine Nerven ein wenig.

Mehrere Musiker bewegen bereits ihre Bögen, blasen in ihre Instrumente und kreieren die lebhafte Melodie, die ich von draußen hörte. Harpers Eltern eilen zu ihnen, um sich ihnen anzuschließen. Harper dreht sich im Kreis, betrachtet die Tische, die leuchtende Decke sowie die Gesellschaft und ein Grinsen breitet sich auf ihrem schmalen Gesicht aus. „Es ist wundervoll.“

„Es ist weniger wundervoll, wenn irgendein fieser Plan gegen den Gastgeber geschmiedet wird“, brummt Brigit leise.

Als wir einen der Gänge zwischen den Tischen entlanglaufen, rückt sie näher an mich heran und spricht im leisesten Flüsterton: „Ich weiß nicht, welche Ausrede ich benutzen soll, um mich zu verdrücken. Alle *schauen* zu. Sie haben uns nie zuvor so beobachtet."

„Wir waren noch nie zuvor angebliche Verräter, die begnadigt worden sind", erwidert Astrid trocken. Sie scheint die Aufmerksamkeit kalt zu lassen, andererseits habe ich noch nichts gesehen, was die zähe Fae-Frau aus der Ruhe gebracht hat.

Falls es eine Verschwörung gibt, Erzlord Donovan zu schaden, müssen wir diese rasch vereiteln. Mit jeder verstreichenden Sekunde könnten Ambrose und, wer sonst noch involviert ist, eine Falle stellen.

Mein Blick huscht über den Tisch neben uns. Bedienstete gießen Flüssigkeiten aus verschiedenen Flaschen in die Kelche. Manche sprudeln, manche schäumen, manche sondern einen schillernden Dampf ab. Auf den Platten liegen nur Häppchen. Es hat sich noch niemand für den Hauptgang hingesetzt, weshalb ich vermute, dass es erlaubt ist, sich zu nehmen, worauf man Lust hat, während alle anderen ihre Kreise drehen.

„Ich könnte Wein auf meinem Kleid verschütten", murmle ich. Ich bezweifle, dass es die Fae merkwürdig finden würden, wenn ein menschliches Wesen ungeschickt ist. „Mein Kleid wurde nicht mit einem Anti-Flecken-Zauber belegt. Du könntest mich zum Klosett bringen, um mir beim Saubermachen zu helfen?" Das kommt mir wie die Art von Szenario vor, das sich eine der Hauptdarstellerinnen in den menschlichen Komödien einfallen lassen würde, die Sylas anschaut, wenn er stumpfsinnige Unterhaltung braucht.

Meine Hände legen sich auf den zarten Stoff des Kleides und ich schrecke vor der Vorstellung zurück, obwohl ich sie bereits laut ausgesprochen habe. Ich blicke zu Harper, die sich in der Nähe aufgehalten und umgedreht hat, um zuzuhören. „Ich will es allerdings nicht zerstören."

Harpers Mund zuckt und sie tätschelt schnell meinen Arm. „Es ist okay! Wenn du es tun musst, um Sylas zu helfen – ich habe jede Menge Kleider gemacht. Vielleicht bringt es noch mehr Leute dazu, es sich anzuschauen."

Brigit macht eine verstohlene Bewegung zu dem schäumenden, beinahe schwarzen Getränk in einem Kelch etwas weiter unten. „Es besteht kein Grund, sich darüber den Kopf zu zerbrechen. Nimm den Wein der Schwarzen Buckelbeere. Ich kenne den wahren Namen für Buckelbeeren und kann sie wieder aus dem Stoff locken."

Irgendwie bin ich nicht überrascht, dass sie sich mit dem wahren Namen einer Beere beschäftigt hat, die vermutlich bei einer Menge Feiern zu finden ist. Dankbar, dass ich doch nicht die Arbeit meiner Freundin zerstören muss, schlendere ich am Tisch entlang und nehme den Kelch in die Hand, auf den Brigit gedeutet hat.

Die Flüssigkeit hört nicht zu schäumen auf, als ich sie an meine Lippen hebe. Der Geruch kitzelt meine Nase säuerlich und ist erschreckend berauschend. Ich glaube nicht, dass ich irgendetwas davon meine Kehle hinabfließen lassen sollte.

Anstatt es zu trinken, drehe ich mich plötzlich um, als hätte ich gerade eine Idee gehabt. Mein Ellenbogen stößt gegen Brigits Arm und ich lasse zu, dass sich der Kelch zu mir neigt. Die dunkle Flüssigkeit spritzt mit einem leisen Zischen über die Vorderseite meines Kleides.

„Oh!" Ich stelle den Kelch auf den Tisch, schlage mir die Hand vor den Mund und meine Wangen werden heiß, ohne dass ein Trick nötig ist. Ich *mag* es nicht, vor diesem Publikum wie eine tollpatschige Idiotin dazustehen, selbst wenn es zu unserem Vorteil ist.

Brigit schlüpft in ihre Rolle, als hätte sie sie bereits hunderte Male gespielt. Was sie vielleicht auch getan hat, wenn ihre Hilfe wirklich gebraucht wurde. Sie packt meinen Arm und führt mich zurück zum Eingang des Bankettsaals. „Es ist alles okay, komm mit. Ich bringe das wieder in Ordnung."

Viele der Gäste starren uns erneut an. Ich versuche, mich auf Brigit zu konzentrieren und wische über mein Kleid, als würde ich denken, ich könnte den Fleck wegrubbeln. Harper und Astrid machen beide Anstalten, uns zu folgen, aber ich bedeute ihnen, dass sie zurückbleiben sollen, wobei ich mich auf Harper konzentriere. „Ich bin mir sicher, wir kommen allein klar. Du solltest gehen, damit alle mit dir über *dein* Kleid sprechen können."

Die jüngere Frau errötet und tritt zurück, Astrid läuft allerdings hinter uns her in den Gang. „Ich habe die Anordnung erhalten, dich nicht aus den Augen zu lassen", informiert sie mich mit einem amüsierten Unterton.

Denn trotz der Macht meines Blutes würde es merkwürdig aussehen, wenn Sylas oder seine Kader-Gewählten herumrennen und sich um ein Menschenmädchen kümmern würden. Ich werde mit ihr nicht darüber diskutieren. „Dankeschön."

„Klosett … Klosett …" Brigit lässt ihren Blick durch den Gang schweifen und ein Bediensteter deutet zu einer Biegung vor uns. Sie macht eine dankbare Geste und führt mich weiter. „Dann wollen wir mal sehen, ob ich dein Kleid in Ordnung bringen und uns ‚aus Versehen' in die Irre führen kann, damit wir zugleich in alle möglichen Zimmer schauen müssen."

Als wir um die Ecke biegen, murmelt sie leise einige Worte. Nach ein paar Wiederholungen trocknet die Feuchtigkeit auf meiner Brust. Der schwarze Fleck verblasst. Brigit lächelt offenkundig zufrieden und beschleunigt ihre Schritte.

Ihre Nasenflügel blähen sich bei jedem Zimmer, an dem

wir vorbeigehen. Mein Magen verknotet sich bei dem Gedanken daran, wie wenig Zeit wir womöglich haben, um einen Hinweis zu finden, und wie lange es dauern könnte, bis jemand nach uns sucht oder uns über den Weg läuft. Allerdings haben wir erst vier Zimmer passiert, als Brigit plötzlich vor einer Tür stehen bleibt.

Der Raum dahinter scheint ein Musikzimmer zu sein. Ein Flügel, dessen Beine mit Schnitzereien verziert sind, steht mitten auf einem dicken Teppich. Eine versilberte Harfe ist an der Wand dahinter positioniert. Regale aus Ton, in denen Notenblätter und allerlei kleinere Instrumente liegen, säumen eine Wand. Ein breiter Schrank mit Schubladen und Kupfergriffen steht an der anderen und wird von zwei Chaiselonguen gerahmt, die vermutlich für Zuhörer sind, damit sie einen privaten Auftritt genießen können.

Brigit schnuppert noch einmal und betritt zögerlich den Raum. Astrid folgt ihr und atmet selbst scharf ein.

„Ja", sagt die ältere Frau. „Hier drin ist etwas aus Hearthshire." Sie holt noch einmal tief Luft. „Und wenn ich mich nicht irre, auch etwas aus Dusk-by-the-Heart."

Ambrose' Revier? Ich vermute, das macht Sinn – es ist leicht seine eigenen Habseligkeiten hierherzubringen, damit es so aussieht, als hätte Donovan sie gestohlen. Ich wage mich hinter den zwei Fae-Frauen in den Raum, weil ich nicht allein draußen im Gang bleiben möchte.

Brigit und Astrid gehen beide auf den Schrank zu. Als sie an einer der Schubladen zieht, stellt Brigit fest, dass sie abgeschlossen ist. Nach einem kurzen Wort gleitet sie allerdings auf. Brigit hält ein kleines Buch mit einem bröckelnden Ledereinband hoch. „Das hier gehört unserem Lord."

„Und das hier ebenfalls", verkündet Astrid und holt ein Stück edelsteinbesetztes Holz hervor, von dem ich vermuten würde, dass es ein Zauberstab ist, hätte ich jemals einen der

Fae so etwas benutzen sehen. Sie greift erneut in die Schublade und holt eine glänzende, gewitterwolkengraue Kugel hervor. Die Farben darin wirbeln, als würde sie wirklich Wolken enthalten, die von einem aufkommenden Gewitter durch die Kugel gescheucht werden. „Und das hier war vor nicht allzu langer Zeit noch in Erzlord Ambrose' Zuhause."

Brigit betrachtet das Objekt und erschaudert, weshalb es anscheinend nicht nur auf meine Menscheninstinkte furchteinflößend wirkt. Sie zieht einige Papiere sowie eine eigenartige mit Federn besetzte Figur heraus und schließt die Schublade. „Das ist alles. Jetzt müssen wir es dorthin bringen, wo es hingehört."

„Kannst du Ambrose' Sachen zu seinem Gefährt bringen?", frage ich.

Sie nickt. „Ich sollte es mithilfe von denen hier riechen können." Sie blickt fragend zu Astrid, ihrer erfahreneren Rudelkollegin. „Außer du bist der Meinung, dass du dich darum kümmern solltest."

„Nein, ich bin mir sicher, du kannst diese Pflicht für unseren Lord erledigen. Ich muss unsere Begleitung hier im Auge behalten." Astrid rempelt mich freundschaftlich an. „Aber lass mich dir bei ihrer Tarnung helfen. Wenn dich jemand fragt, wohin du gehst, sag einfach, dass du nachschauen willst, ob wir noch Flaschen in unserem Gefährt haben, um den Wein zu ersetzen, den Talia verschüttet hat."

Sie intoniert einige Silben und wedelt mit den Fingern vor den Objekten durch die Luft, die sich Brigit an die Brust drückt. Der trübe Eindruck eines Schals legt sich um die Schultern der Fae-Frau und verbirgt alle Objekte vor den Augen anderer. Brigit lächelt Astrid kurz an und eilt davon.

Gerade, als wir hinter ihr den Raum verlassen, erklingen Schritte in der entgegengesetzten Richtung, und zwar viel zu nahe. Wir wollen keinen Ärger kriegen, weil wir herumschleichen.

Astrids Kopf schnellt in die Höhe. Sie spricht hastig ein Wort, schnippt mit den Fingern und in der Ferne scheppert etwas über den Boden. Während sie mich zurück zum Bankettsaal zerrt, zwinkert sie mir zu. „Das wird sie ein wenig ablenken."

Wir schlüpfen in den Bankettsaal und stellen fest, dass die Festlichkeiten in vollem Gange sind. Kelche werden aneinandergestoßen und Gelächter hallt durch den Saal. Doch wie sich herausstellt, haben wir gerade rechtzeitig gehandelt. Bevor wir es zurück zu der Stelle schaffen, wo ich Sylas inmitten einer Gruppe anderer Fae entdecke – reinblütiger Fae nach den scharfen Spitzen ihrer Ohren und ihrer ungewöhnlichen Haarfarbe zu urteilen – springt ein junger Mann zu der Tür, durch die wir soeben getreten sind.

„Donovan!", ruft er über das allgemeine Geplauder hinweg. „Die bisherigen Darbietungen waren wundervoll, aber wie ich höre, hast du einige spektakuläre Instrumente in deinem Musikzimmer. Wirst du deinen Gästen erlauben, einen Blick auf diese zu werfen?"

Ein Fae-Mann, der nicht viel älter als der wirkt, der ihn herbeigerufen hat, tritt aus der Menge hervor. Seine Haare sprießen in knallroten und orangenen Locken aus dem goldenen Kreis einer Krone, als würde sein Kopf in Flammen stehen. In jeden Zentimeter seines funkelnden Wamses ist noch mehr Gold eingewoben, was zu seiner großen Gürtelschnalle passt. Sein Lächeln sieht viel freundlicher aus als Ambrose', allerdings neige ich nicht dazu, irgendjemandem außerhalb meines Rudels zu vertrauen, am wenigsten den Erzlords, die es verbannt haben.

„Wenn du so erpicht darauf bist, habe ich nichts dagegen einzuwenden", erwidert Donovan und fegt mit dem Arm durch die Luft. „Jeder, der möchte, darf sich gerne die Harfe von Olervan anschauen."

Gehört der erste Mann zu Ambrose' Rudel? Wer auch immer er ist, er bringt anscheinend ihren Plan ins Rollen. Ambrose selbst tritt ins Bild, rempelt Sylas an und sagt etwas, was ich nicht hören kann. Allein der Anblick seiner muskulösen Gestalt und hochmütigen Miene sorgt dafür, dass ich mich anspanne. Ich vermute, die genauso hochmütige Frau an Ambrose' Ellenbogen ist seine seelenverbundene Gefährtin. Sylas hat mir erzählt, dass Donovan seine noch nicht gefunden hat und dass der Gefährte der Erzlady, Celia, gestorben ist.

In der Nähe des Fae-Lords blickt Whitt zur Tür und entdeckt Astrid und mich. Mein Gesichtsausdruck verrät ihm offenbar alles, was er wissen muss. Im Nu bewegen sich er und Sylas mit der Gruppe Gäste vorwärts, die zum Musikzimmer gehen.

August kommt aus einer anderen Richtung herbei und legt seinen Arm um meine Taille, als wir wieder in die Richtung laufen, aus der ich gerade gekommen bin. Ich widerstehe dem Drang, zum Haupteingang zu schauen. Hat Brigit es bereits geschafft, die gestohlenen Objekte wegzubringen?

Das Musikzimmer ist groß und trotzdem überfüllt, nachdem es die ungefähr zwanzig Gäste betreten haben, die mitgekommen sind. Der junge Mann, der diesen Ausflug initiiert hat, schwärmt von der Harfe und Ambrose lässt seine Finger träge über die Abdeckung des Flügels gleiten. Die anderen schlendern unterdessen ein wenig ziellos durch den Raum.

Eine Frau, die ich aus Ambrose' Gefolge zu erkennen meine, kniet sich neben den Schrank und setzt einen verwunderten Gesichtsausdruck auf, der garantiert vorgespielt ist. Sie kann gar nichts riechen jetzt, da die Objekte nicht dort sind, aber sie wusste eindeutig, wo sie nach ihnen suchen muss. Ich drücke Augusts Arm leicht, um seine Aufmerksamkeit zu erhalten.

„Was ist das?", fragt die Frau mit lauter Stimme, sodass sie von allen gehört wird. „Ich könnte schwören, ich …"

Sie zieht an der Schublade, die ohne Weiteres aufgleitet – wir haben vergessen, sie wieder abzuschließen. Das spielt jedoch keine Rolle, denn sie ist jetzt leer. Als die Fae-Frau hineinspäht, erstirbt ihre Stimme. Sie packt die Schublade darüber und zieht diese ebenfalls auf. Das, was sie sucht, ist allerdings längst fort.

Donovan nähert sich dem Schrank mit gerunzelter Stirn. „Stimmt etwas nicht?"

Ich bemerke, dass Ambrose sorgsam die Regale auf der anderen Seite des Raumes mustert, als hätte er nicht bemerkt, was seine Untergebene treibt. Die Frau tastet kurz in der Schublade herum, fängt sich, drückt die Schublade zu und erhebt sich lässig. „Nein, alles ist bestens. Ich dachte nur, ich hätte etwas gesehen … Ich muss mich geirrt haben." Sie lacht glockenhell.

August verschränkt seine Finger mit meinen. Sylas sucht meinen Blick und ich neige den Kopf ganz leicht. Die Erzählung der ganzen Geschichte wird warten müssen.

Doch wir haben es geschafft. Wir haben die Anschuldigungen durchkreuzt, die Ambrose gegen unseren Gastgeber vorzubringen hoffte. Donovan schlendert unbesorgt zurück zu seinem Bankett. Ambrose marschiert hinter ihm her, wobei an seiner Haltung nur ein leichter Frust zu bemerken ist. Ich kann mir das Lächeln, das sich auf meinem Gesicht ausbreitet, nicht ganz verkneifen.

Dieses eine Mal hat das Rudel Sylas' Schutz nicht gebraucht. Wir haben diesen Plan aufgedeckt und alles verteidigt, was für ihn auf dem Spiel stand.

Im Bankettsaal entdecke ich Brigit, die wieder bei Charce

ist. Ich zeige ihr einen gereckten Daumen, was mir wie eine seltsam menschliche Geste vorkommt, sobald ich es getan habe. Ihr antwortendes Grinsen verhindert jedoch, dass ich mir deswegen den Kopf zerbreche.

„Würdest du mir zeigen, was ich hier trinken kann, ohne dass es eine magische Wirkung auf mich hat?", frage ich August und innerhalb von Augenblicken nippe ich an einem Getränk mit einem süßen Kirscharoma, das sowohl hinsichtlich seiner hellblauen Farbe als auch seiner Temperatur kühl ist.

Astrid hält sich in meiner Nähe auf, als August wieder weggeholt wird. Ich verweile in einer Ecke des Raumes, beobachte die Aktivitäten um mich herum und genieße mein Triumphgefühl. Brigit und Charce freuen sich über Krümel irgendeines Essens, das sie von einer Platte genommen haben. Harper plaudert aufgeregt mit ein paar Fae-Frauen aus einem anderen Rudel, die ihr Kleid zu bewundern scheinen, genauso wie sie es gehofft hat. Sylas sieht selbstbewusst und entspannt aus, während er mit ein paar Lords in ein Gespräch vertieft ist. Whitt …

Whitt klopft auf die Schulter einer hübschen Fae-Frau, die in Reaktion darauf kichert und durch ihre Wimpern hindurch unverkennbar kokett zu ihm aufblickt.

Ein besitzergreifender Anflug und Entsetzen durchfahren meine Brust. Meine Hand verkrampft sich um den Griff meines Kelchs.

Falls ich recht damit habe, dass sie mit ihm flirtet, so ermutigt er sie nicht. Sein Lächeln bleibt reserviert, seine Miene zeigt nicht mehr als höfliche Gleichgültigkeit. Sie schiebt sich näher an ihn heran und er tippt sie erneut an, weil er sie zurückschieben möchte, wie ich nun erkenne. Dieses Mal versteht sie die Botschaft. Sie trällert erneut etwas, ihr Gesicht verzerrt sich allerdings leicht. Daraufhin schlendert sie davon, um einige andere Männer anzusprechen.

Ich würde Erleichterung verspüren, wenn mein Blick nicht als Nächstes auf August landen würde, der aktuell zwischen *zwei* Fae-Ladys steht, von denen eine so weit geht, seinen beeindruckenden Bizeps zu befühlen. Ich kann sein Unbehagen an seiner Haltung ablesen, aber entweder kennen sie ihn nicht gut genug, um es zu bemerken, oder sie hoffen, dass er darüber hinwegkommt.

Eine Frau in einem extravaganten Kleid geht nun mit schwingenden Hüften zu Sylas. Sie wirft ihre Haare nach hinten, um ihm zu zeigen, dass heraufbeschworene Schmetterlinge zwischen den Locken hervorflattern.

Mein Triumphgefühl verfliegt. Ich hatte nicht *jeden* Teil dessen bedacht, was die Rückkehr des Rudels zur Bekanntheit bedeuten würde.

Sylas und sein Kader sind jetzt verfügbare Junggesellen – Männer, die vor ihrer vorübergehenden Ungnade nicht nur eine ausgezeichnete Vergangenheit hatten, sondern nun auch die Helden sind, die das Mittel zur Verfügung stellten, das alle Seelie rettete. Sylas hatte bereits seine seelenverbundene Gefährtin und hat sie verloren, weshalb sich keine Fae-Frau Sorgen darüber machen muss, dass sie verdrängt wird. Für jeden Fae, der noch nicht mit einem Lord oder Kader-Gewählten zusammen ist, bieten die drei eine offensichtliche Aufstiegschance.

Meine drei Männer haben in diesem Moment zwar vielleicht kein Interesse an diesen Angeboten, doch wie lange wird es dauern, bevor sie Fae-Frauen begegnen, die einen Reiz auf sie *ausüben* – auf Arten, zu denen ich nie in der Lage sein werde?

Astrid berührt meinen Arm. „Geht es dir gut? Du siehst aus, als wäre dir dieser Drink nicht gut bekommen."

Ich reiße mich zusammen und schüttle die Kälte meiner

plötzlichen Erkenntnis so gut wie möglich ab. „Nein, mir geht's gut. Ich habe mich nur in meinen Gedanken verloren."

Als ich sie mustere, ist die Antwort auf meine Ängste offensichtlich. Ich habe bereits angefangen, mir einen Platz im Rudel zu erarbeiten.

Ich muss mich nur immer wieder beweisen und zeigen, was ich beitragen kann. Und wenn der Tag kommt, an dem ich mich nicht mehr darauf verlassen kann, dass sich meine Liebhaber ganz so hingebungsvoll um mich kümmern, wird sich Hearthshire immer noch wie ein Zuhause anfühlen.

9

Sylas

Ich vermutete, dass Donovan zu der Sorte Fae gehört, die früh aufstehen anstatt spät, und anscheinend habe ich richtig geraten. Als ich im fahlen Licht kurz vor der Morgendämmerung durch den Gästetrakt seiner Burg schlendere, entdecke ich ihn am Ende eines Ganges. Er schreitet mit forschen Schritten, jedoch einer fröhlichen Energie dahin. Ich hoffe, dass das Gespräch, das ich mit ihm zu führen beabsichtige, seine Laune nicht zu sehr ruiniert.

Andererseits sollte es das vermutlich tun. Der Jüngste der Erzlords wird nicht viel länger überleben, sollte er eine ernste Bedrohung nicht erkennen, wenn er ihr begegnet.

„Mein Lord", rufe ich gerade so laut, dass er mich hören kann. Wenn möglich möchte ich nämlich niemanden der anderen stören, die über Nacht in seiner Burg geblieben sind.

Als ich zu Donovan trete, dreht er sich in meine

Richtung. „Sie sind schon so früh wach, Lord Sylas? Ich hoffe, meine Unterkünfte waren nicht unangenehm?"

Sein Tonfall ist lässig, seine hellbraunen Augen haben allerdings einen argwöhnischen Glanz angenommen. Gut. Er weiß, dass ich ihn höchstwahrscheinlich nicht zu so früher Stunde ansprechen würde, wenn ich kein wichtiges Thema zu bereden hätte.

„Überhaupt nicht", antworte ich und neige respektvoll den Kopf. „Ich weiß es zu schätzen, dass Sie meinem Rudel die Heimreise mitten in der Nacht erspart haben. Aber da ich Ihnen nun schon zufällig begegnet bin, könnten wir uns vielleicht unter vier Augen unterhalten? Es handelt sich um eine recht dringende Angelegenheit – der Politik."

„Und schon schicken Sie uns an die Arbeit. Ich schätze, ich werde Ihnen das erlauben, da Sie in dieser Hinsicht einiges nachzuholen haben. Nun, ich habe zu dieser Zeit nichts anderes zu tun." Donovan lässt seine schlanken Schultern kreisen und bedeutet mir, ihm zu folgen. „Mein Büro sollte für diesen Zweck geeignet sein."

Er führt mich die Treppe hinauf in den gegenüberliegenden Flügel der Burg und durch einen Gang, in dem Porträts vergangener Erzlords aus seiner Familie hängen, die alle die gleichen feuerroten Haare haben. Nur das Geräusch unserer Schritte durchbricht die Stille, da niemand sonst unterwegs ist.

Er öffnet eine Tür am anderen Ende des Ganges und führt mich in ein Zimmer mit einem breiten Fenster, das so perfekt platziert ist, dass das zunehmende Dämmerlicht geradewegs hindurchfällt. Die zarte Wärme beleuchtet einen gigantischen Schreibtisch, der viel unordentlicher ist als meiner und auf dem Papiere und Bücher verstreut sind. Die Einbauregale befinden sich in einem ähnlich unaufgeräumten Zustand.

Donovan macht nicht den Anschein, als würde er sich

für die Unordentlichkeit schämen, weshalb er es vermutlich für normal hält. Er lässt sich auf den Sessel mit der hohen Lehne hinter den Schreibtisch fallen und winkt mich zu den wenigen Sesseln, die in dem großen Raum verteilt sind. Ich wuchte den, der mir am nächsten ist, herum, damit er dem Schreibtisch komplett zugewandt ist, und setze mich.

Der junge Erzlord mag nicht der ordentlichste Fae sein, dem ich jemals begegnet bin, doch ihm mangelt es nicht an Eifer. Ohne diesen hätte er nicht so lange überlebt, wie er es bisher getan hat. Er stützt seine Ellenbogen auf seinen Schreibtisch und betrachtet mich nachdenklich. „Worüber genau möchten Sie sprechen?"

Ich habe den Großteil der Nacht darüber nachgedacht, wie ich das Thema am geschicktesten ansprechen kann. „Sie haben zweifellos eine gewisse Sonderbarkeit an der spontanen Tour Ihres Musikzimmers zu Beginn der gestrigen Festivitäten bemerkt."

Donovans Blick wird sofort schärfer. „Das habe ich in der Tat. Ich kann allerdings nicht behaupten, dass ich wusste, was ich davon halten soll. Können Sie ein Licht auf diese Vorgänge werfen?"

„Das kann ich, auch wenn ich es hasse, der Überbringer schlechter Nachrichten zu sein. Womöglich wissen Sie, dass uns eine Familie aus Erzlord Ambrose' Rudel in Hearthshire vor ein paar Tagen besucht hat, kurz nachdem er verlangt hat, dass mein menschlicher Schützling der Obhut seines Cousins Tristan übergeben wird?"

„Ich habe von Ihrem recht dramatischen Gespräch mit Ambrose bezüglich des Mädchens gehört sowie von der Vereinbarung, die Sie beide getroffen haben. Vermutlich hofft er, dass seine Leute Beweise finden, die gegen Sie verwendet werden können."

Ich nicke. „Das war auch unsere Annahme. Es ist allerdings deutlich geworden, dass ich nicht sein einziges Ziel bin. Wir stellten fest, dass die Gäste ein paar selten benutzte, jedoch einzigartige und wertvolle Objekte aus meinem Zuhause gestohlen hatten. Ein Gespräch, das eines meiner Rudelmitglieder überhörte, führte zu der Annahme, dass es Ambrose' Absicht war, *Ihnen* den Diebstahl in die Schuhe zu schieben. Und tatsächlich konnten wir diese Objekte zusammen mit einigen Dingen, die scheinbar Ambrose gehörten, in Ihrem Musikzimmer finden, kurz bevor der angebliche Harfen-Enthusiast einen Teil der Gäste dorthin führte."

Der Erzlord hat sich auf seinem Stuhl versteift und sein normalerweise rosa Gesicht ist erbleicht. „In der Schublade, die Ambrose' Kader-Gewählte geöffnet hat. Ich habe mich gefragt, warum sie so verwirrt von dem wirkte, was sie dort gefunden hat …"

„Es lag an dem, was sie nicht gefunden hat", ergänze ich. „Der Besuch des Musikzimmers war eingefädelt worden, um Sie als einen Dieb an Ihrem Kollegen und den Lords zu entlarven, die Sie eigentlich leiten sollen."

„Und was ist aus den Objekten geworden, die sie zu finden erwartete?"

Ich deute zur Tür. „Mein Rudel brachte sie sicher zu unserem sowie Ambrose' Gefährt. Was er davon halten wird, weiß ich nicht, aber ich bezweifle, dass er glücklich darüber sein wird."

Donovan zwickt sich in den Nasenrücken, als hätte er Kopfschmerzen. „Nun, das ist eine ernste Anschuldigung."

Ich mustere ihn und mein Körper spannt sich an. „Ich hoffe, Sie glauben, dass ich mir so etwas nicht ausdenken würde."

„Nein, nein, natürlich würde ich das nicht von Ihnen denken." Er lehnt sich auf seinem Stuhl zurück, sein Mund ist jedoch zu einem schmalen Strich zusammengepresst. Ich mache mich bereit, mich zu erheben – die

Wahrscheinlichkeit ist groß, dass er mich bitten wird, zu gehen, und dass er seinen Kader rufen wird, um sich mit ihm zu besprechen – doch er sitzt bloß eine Weile schweigend da, während sein Blick zum Fenster gleitet.

Nach einigen Minuten habe ich das Gefühl, dass ich etwas sagen muss für den Fall, dass er meine Absichten falsch einschätzt. „Ich verstehe, dass Sie Ihre Geheimnisse lieber mit denen teilen möchten, die Ihnen am nächsten stehen. Ich wollte lediglich meine Informationen zu der Situation mit Ihnen teilen, damit Sie dementsprechend handeln können – und um Ihnen mitzuteilen, dass ich Ihnen zur Verfügung stehe, sollten Sie Verwendung für mich haben. Es scheint, dass Ambrose' Absichten in Bezug auf uns beide irgendwie zusammenhängen."

„So scheint es." Donovans Aufmerksamkeit richtet sich wieder auf mich. Er betrachtet mich noch einen Moment lang. „Sie haben sich ehrenhaft verhalten trotz der Strapazen, mit denen Sie sich in den vergangenen Jahrzehnten auseinandersetzen mussten. Der Großteil Ihres Rudels ist bei Ihnen geblieben. Trotz Ihres reduzierten Rudels haben Sie mehr als viele andere zum Schutz der Grenze beigetragen."

Ich bin mir nicht sicher, worauf er mit diesem Gedankengang hinauswill. „Ich benehme mich so, wie es ein Lord meiner Meinung nach tun sollte", erwidere ich. So, wie mein Vater nie war, weshalb ich *ihn* nie bewundert habe. „Und ich diene meinem Volk und dem Sommerreich so gut wie möglich."

„Eine lobenswerte Einstellung." Der Erzlord hält erneut inne und sagt anschließend: „Würden Sie mir Ihr Wort geben, dass Sie keine der Einzelheiten, die wir in diesem Raum besprechen, außerhalb dieser Mauern wiederholen?"

Er meint einen magisch-geladenen Schwur. Ich setze mich aufrecht hin, als ich mir der Omen dieser Bitte bewusst werde. Er ist bereit, *mich* ins Vertrauen zu ziehen – ist dabei allerdings so schlau, vorsichtig zu sein.

Allein darum gebeten zu werden, ist eine Ehre. Dennoch muss ich auch an die Bedürfnisse meines Rudels denken und nicht nur an die meines Herrschers.

„Ich werde Ihnen mein Wort geben, insofern ich keine Informationen erhalte, die zum Schutz meines Rudels ein Handeln meinerseits, meines Kaders oder Rudels erfordern – und sollten solche Informationen aufkommen, werde ich niemandem verraten, woher ich sie habe."

„Das erscheint mir vernünftig." Donovan atmet langsam aus und bedeutet mir, den Schwur zu leisten.

Da das Pochen des Herzens so nah ist, muss ich mich kaum konzentrieren, um Magie in meinen Schwur zu legen. „Ich schwöre, dass ich weder wiederholen werde, was in diesem Raum gesagt wird, noch dass ich Informationen teilen werde, die mir anvertraut werden. Ausgenommen Informationen, die notwendig sind, um mein Rudel zu schützen. In diesem Fall werde ich die Quelle ohne vorherige Erlaubnis nicht preisgeben."

Sogar nachdem ich gesprochen habe, zögert der Erzlord. Dann neigt er sich nach vorne und bringt seine Ellenbogen auf seinem Schreibtisch wieder in ihre ursprüngliche Position. „Ich weiß es zu schätzen, dass ich die Gelegenheit habe, offener mit Ihnen zu sprechen. Ich habe Sie stets sehr geschätzt und ich weiß, dass es meiner Mutter genauso erging. Bei den Himmeln, alle Erzlords schätzten Sie vor dem Schlamassel mit Ihrer Gefährtin sehr."

Da die Förmlichkeiten zwischen uns gelockert wurden, entweicht meinem Körper ein Teil der Anspannung. Ich schenke ihm ein kleines, jedoch schiefes Lächeln. „Es freut mich, das zu hören."

„Deswegen …" Donovan blickt auf seinen Schreibtisch hinab und wieder zu mir. „Ich würde Ihren Rat wertschätzen.

Um ehrlich zu sein, vertraue ich meinem Kader nicht zu hundert Prozent, insbesondere nicht bei Angelegenheiten, in die ein Erzlord involviert ist. Es würde sich nicht richtig anfühlen, manche von ihnen zu bitten, Dinge vor den anderen geheim zu halten. Ich bin selbst schuld – als mir die Erzlordschaft so plötzlich übertragen wurde, vereidigte ich sie sofort. Ich hätte mir mehr Zeit nehmen sollen, um mir einen echten Eindruck ihrer Hingabe und Loyalität zu verschaffen."

Seine Einschätzung klingt für mich akkurat, doch es besteht kein Grund, ihm etwas unter die Nase zu reiben, was er bereits realisiert hat. „Ich denke, so ein Versehen ist verständlich angesichts der unerwarteten Position, in der Sie sich befanden." Wir hatten alle erwartet, dass seine Mutter noch Jahrhunderte leben würde, bevor sie die Krone an ihn weitergeben würde. Bei ihrem vorzeitigen Tod war er erst wenige Jahrzehnte der Pubertät entwachsen gewesen. „Es spricht für Sie, wie gut Sie sich bisher geschlagen haben."

„Ja. Nun." Er seufzt. „Es ist offensichtlich, dass ich nicht zulassen kann, dass Ambrose von meinen Plänen erfährt. Er schien mich nie besonders zu *mögen*, aber ich hätte nicht gedacht, dass er so wenig Respekt für mich hat, dass er versuchen würde, mich offen zu untergraben. Haben Sie irgendeine Ahnung, was sein Ziel sein könnte?"

„Leider nein." Ich fahre mit einer Hand über meinen Kiefer. „Es könnte einfach sein, dass er Sie als das größte Hindernis sieht, um die Kontrolle über Talia zu erhalten, und er wollte etwas gegen Sie in der Hand haben, um Ihre Entscheidung zu erzwingen. Und um aufgrund Ihres angeblichen Diebstahls meiner Habseligkeiten Zwietracht zwischen uns zu säen. Allerdings habe ich Schwierigkeiten damit, mir vorzustellen, dass er nur deswegen das Risiko eingehen würde, Sie anzugreifen."

„Genauso wie ich. Was seine Taten umso besorgniserregender macht."

„Da die Beweise nicht so einfach mit ihm in Verbindung gebracht werden können, besteht keine Möglichkeit, ihn damit zu konfrontieren", sage ich. „Mein Rat an dieser Weggabelung wäre, noch wachsamer zu sein und jeden gut im Auge zu behalten, der Ihre Ländereien betritt, vor allem wenn derjenige in Verbindung zu Ambrose steht. Außerdem sollten Sie Schritte einleiten, um die Loyalität Ihres Kaders zu prüfen. Sie könnten die ein oder andere flapsige Bemerkung vor einem oder zweien von ihnen machen. Etwas, was Ambrose interessieren könnte, jedoch nicht so dringend ist, dass es ein neutraler Beteiligter wahrscheinlich einem anderen erzählen würde. Wenn irgendeine dieser Bemerkungen weitergegeben wird, wissen Sie, wer der Verantwortliche ist."

„Das kann ich tun." Donovan schüttelt den Kopf. „Es gefällt mir nur nicht, sie zu testen, wenn ich ihnen anfangs mein Vertrauen ausgesprochen habe."

„Sie werden nicht lügen. Und wenn dieses Vertrauen gerechtfertigt war, dann wird sich daraus nichts ergeben. Es ist weniger ein Test, als sich selbst bewusst zu sein, wie und mit wem Sie sprechen."

„Das ist eine mögliche Sicht auf diese Vorgehensweise. Was auch immer Ambrose im Sinn hat, Ich vermute, dass er wahrscheinlich bald einen erneuten Versuch starten wird. Sie haben nur noch ein paar Wochen, bevor der Fall vor uns gebracht wird, damit wir darüber richten können."

„Ich erwarte, dass er seine Anstrengungen entweder steigern wird, jetzt, da dieser Versuch fehlgeschlagen ist, oder dass er sich zurückhalten wird, weil er es nicht der Mühe werthält." So wie ich Ambrose kenne, ist ersteres wahrscheinlicher als letzteres. Ich halte inne und erlaube mir, eine kritische Bemerkung zu machen. „Es ist eine Schande, dass er der Angelegenheit auf diese Weise nachgeht, wenn wir uns eigentlich mit den Raben befassen sollten.“

Donovan verzieht das Gesicht. „Ja. Wenigstens können wir froh sein, dass die Unseelie im Moment nicht zu viele Schwierigkeiten machen.“

„Sie haben keine weiteren Angriffe gewagt?“

„Keinen einzigen. Ich vermute, dass sie nach ihrer Niederlage während des letzten Vollmonds noch ihre Wunden lecken.“ Der junge Erzlord lässt ein angespanntes Lächeln zu. „Für den Moment kann Ambrose also unser Hauptaugenmerk gelten. Haben Sie irgendeine Idee, wie *Sie* seine Absichten besser einschätzen können?“

Ich habe bereits ausführlich über diese Frage nachgedacht. „Ich kann meinen Gästen aus seinem Rudel erlauben, bei uns zu bleiben, solange sie möchten, und versuchen, anhand ihres Verhaltens mehr über seine Pläne herauszufinden. Natürlich muss ich bei jeglichem direkten Umgang, den ich mit Ambrose habe, auf der Hut sein. Und falls Sie weitere Pläne enthüllen oder meine Hilfe auf andere Weise benötigen, sprechen Sie mich an, wann immer es nötig ist. Ich hoffe, ich kann im Gegenzug weiterhin auf Ihre Unterstützung hoffen, wenn es um Talia geht?“

„Natürlich. Das Herz allein weiß, wie Tristan das arme Wesen behandeln würde.“ Donovan macht ein finsteres Gesicht. „Es gibt eine Möglichkeit, wie wir diesen Konflikt sofort beenden könnten, wenn Sie es für angemessen halten.“

Denkt er, er kann Celia dazu bringen, mit ihm zu verkünden, dass sie Ambrose’ Forderung präventiv ablehnen? Ich hätte nicht erwartet, dass er mir etwas anbieten würde, was als eindeutige Bevorzugung ausgelegt werden würde. „Was haben Sie im Sinn?“, frage ich vorsichtig.

„Ambrose behauptet, dass er die Frau Tristans Obhut übergeben möchte, damit sie von einer Partei umsorgt wird, die eher über die Autorität verfügt, die ein Erzlord hat. Sie könnten sich dazu entscheiden, sie *meiner* Obhut zu übergeben. Er könnte wohl kaum argumentieren, dass ich nicht genug Autorität besitze."

Er sagt diese Worte unbeteiligt und ohne ein Zeichen dafür, dass es mehr als ein freundliches Hilfsangebot ist, und dennoch reißt es an mir. Meine Finger krümmen sich um die Armlehnen meines Sessels und Krallen sprießen aus den Spitzen. Mein Kiefer verkrampft sich, um meine Fangzähne zurückzuhalten.

In diesem ersten Moment dröhnt ein Nein durch meinen Kopf und übertönt beinahe jeden Gedanken und jede Überlegung abgesehen von dem Drang, mich auf ihn zu stürzen, weil er vorgeschlagen hat, Talia aus meiner Obhut zu entfernen.

Nein. Sie gehört mir. Sie gehört *sich selbst*. Das habe ich ihr versprochen. Wie könnte ich es riskieren … wie könnte ich darauf vertrauen, dass …

Wie könnte ich durch die Burg laufen, für deren Rückgewinn ich so hart gearbeitet habe, das Zuhause, das sie uns gewonnen hat, ohne ihre Abwesenheit wie ein Schwert zu spüren, das in meine Brust gestoßen wird?

Ich schaffe es, mich zusammenzureißen und meine Fangzähne sowie meine Krallen zu kontrollieren, aber meine Reaktion war zu heftig, um sie vollkommen verbergen zu können. Donovan blinzelt und macht eine hastige Geste. „Ich würde sie selbstverständlich gut behandeln und sicherstellen, dass niemand aus Ambrose' oder Aeriks Rudel in ihre Nähe kommt. All meine Rudelmitglieder sind dankbar für das Heilmittel, das sie uns bietet."

Ich zwinge meinen gewalttätigen Widerstand nieder. Er hat damit nichts gemeint. Er hat es *gut* gemeint. Wenn er von ihr immer noch bloß als Heilmittel spricht, um das man sich kümmern muss, und nicht als ein Wesen mit seinen eigenen Hoffnungen und Träumen, kann ich nicht behaupten, dass dies besser ist, als ich es von meinen Artgenossen hätte erwarten können.

Er kennt sie nicht. Er hat keine Zeit mit ihr verbracht. Er hat nicht gesehen …

Er hat nicht gesehen, was für ein Schatz sie wirklich ist, in jeder Hinsicht.

Ich schlucke schwer. Es erschreckt mich, wie sehr diese Wende des Gesprächs meine Emotionen durcheinandergebracht hat. Mein Gemüt fühlt sich beinahe so roh an wie in dem Moment, als ich zusah, wie Talia wegen eines Messers blutete, dass sie sich an ihre Kehle hielt.

Ich muss daran denken, was für sie am besten ist. Was ich will, was vielleicht mehr ist, als ich zuvor zur Kenntnis genommen habe, muss an zweiter Stelle stehen.

„Ich weiß Ihr Angebot zu schätzen", zwinge ich mich, zu sagen. „Ich denke, für den Moment ist sie in einem vertrauten Gebiet unter denen am sichersten, die sie bereits kennt und denen sie vertraut. Aber ich werde ihr von der Möglichkeit erzählen für den Fall, dass sie die potenzielle Sicherheit eines Umzugs hierher vorziehen würde. Selbst wenn nicht, werden wir die Idee erneut überdenken, falls die Lage prekärer wird. Fürs Erste ist am wichtigsten, dass Sie und Celia sich weiterhin für ihren Aufenthalt auf Hearthshire aussprechen."

„Das werde ich auf jeden Fall tun und ich habe keinen Grund zu der Annahme gesehen, dass Celia ihre Meinung zu diesem Thema ändern wird." Donovan erhebt sich. „Es scheint, wir haben alle Themen abgedeckt, die wir mit unserem aktuellen Wissensstand besprechen können. Bitte halten Sie mich über jegliche neuen Entdeckungen, die Sie machen, auf dem Laufenden – auf so subtile Weise wie möglich – und ich werde das Gleiche für Sie tun. Danke, dass Sie mich angehört haben und mit Ihrem Verdacht zu mir gekommen sind, Lord Sylas."

Und einfach so wird er wieder zu meinem Lord anstatt einem ebenbürtigen Kollegen. Nun, so sollte es auch sein.

Als ich aufstehe, flackert der bleiche Geist eines Bildes vor meinem toten Auge auf. Kurz sehe ich eine zweite Version von Donovans Gesicht, das teilweise über dem ersten liegt – jedoch ohne seine aktuelle Ruhe. Das trübe Echo seiner Miene verzieht sich vor offenkundiger Verzweiflung und Schweißtropfen glänzen auf seiner blassen Haut. Ich betrachte dieses Bild und dann verblasst es aus meiner Sicht.

Es könnte ein Moment aus der Vergangenheit sein: als er vom Tod seiner Mutter erfuhr? Als ihn eine andere Tragödie ereilte? Mein Atem stockt in der Hoffnung, dass es nicht mehr ist. Denn es könnte genauso gut ein Blick auf die Zukunft sein – eine Zukunft, in der Ambrose mit irgendeinem bösartigen Plan erfolgreich war.

Nichts an dem, was ich sah, verrät mir genug Einzelheiten, um den Mann vor mir zu warnen. Ich speichere das Bild in meinen Gedanken ab und verbeuge mich vor ihm. „Danke, dass Sie meine Warnung und meinen Ratschlag angenommen haben."

Dann gehe ich zurück zu den Gästequartieren, wo meine Rudelmitglieder noch schlafen. Ich wünschte, ich wüsste, was ich wegen des tieferen Schmerzes tun sollte, der nach wie vor meine Brust umklammert hält.

Talia

„Es ist nur noch eines übrig", sagt Elliot, der durch den Busch späht. „Nervige Wollhirne." Er verleiht der Beleidigung eine liebevolle Betonung, da er seine tierischen Schützlinge offensichtlich sehr mag, auch wenn er frustriert ist, dass es einige der Schafe geschafft haben, aus ihrer Weide auszubüxen.

Ich blinzle angestrengt in die getüpfelten Schatten des Waldes, halte nach einem hellen Bausch Wolle Ausschau, der an einem Ast hängen geblieben ist, und lausche nach einem Blöken. Ich unterhielt mich mit Harper im Rudeldorf, als Elliot herbeigeeilt kam und erzählte, dass einige Schafe abgehauen sind. Obwohl ich nichts über Nutztiere weiß, schien meine Hilfe bei der Suche nach ihnen eine offensichtliche Art zu sein, das Rudel zu unterstützen. Bisher ist es mir gelungen, eines zu entdecken, obgleich ich es Elliot überließ, es zurück zur Weide zu bringen.

Harper ist ebenfalls mitgekommen. Sie reckt den Hals, während sie neben mir hertrottet und wischt sich die Hände an ihrem Kleid ab. Es ist nicht so kunstvoll wie viele ihrer anderen Kreationen, aber immer noch schicker als die Alltagskleidung der meisten Rudelmitglieder. Auf ihrem Kleid schimmern Ranken, die von der Schulter bis zum Saum auf das Kleid gestickt wurden. Sie macht sich vermutlich Sorgen, dass sie *damit* an einem Ast hängen bleibt.

„Hoffentlich dauert es nicht zu lange, das letzte zu finden", sage ich. Nicht um ihretwillen. Trotz der tollen Stiefel, die sie mir gemacht hat, beginnt mein krummer Fuß von all dem Laufen zu pochen.

Harper schenkt mir ein Lächeln. „Ich glaube nicht, dass sie sich wirklich in diesem Wald verirren möchten. Vielleicht wird sie diese Kostprobe der Freiheit davon überzeugen, ab jetzt innerhalb der Umzäunung zu bleiben."

Hinter uns schnaubt Astrid – die, wie ich vermute, hauptsächlich mitgekommen ist, um auf mich aufzupassen. „Ich glaube nicht, dass Schafe über viel mehr nachdenken als das, was sie in diesem Moment vor sich sehen. Wenn sie der Meinung sind, dass sie auf der anderen Seite des Zauns, etwas Leckeres gesehen haben …"

„Wenigstens sind sie nicht zu weit weg gegangen." Ich blicke zu Harper. „Benutzt du jemals Wolle bei deinen Kleidern? Ich schätze, sie ist nicht so praktisch, da es hier im Sommerreich immer warm ist."

Sie summt vor sich hin. „Ich habe einige Dinge daraus gemacht – Schals und Mäntel für die kühleren Nächte. Es macht nicht ganz so viel Spaß wie die Kleider. Aber vielleicht sollte ich meinen Horizont erweitern. Mit der richtigen Webart könnte ich vermutlich ein gutes Wams anfertigen."

Ihr Blick gleitet von mir zu einigen der anderen Fae, die sich der Schafjagd angeschlossen haben: die drei Töchter unserer besuchenden Familie. Sie suchen sich vorsichtig einen Weg durch den Wald und konzentrieren sich mehr darauf, miteinander zu kichern, als sich tatsächlich umzuschauen. Allerdings sollte ich mich vermutlich nicht darüber beschweren, dass sie versuchen, etwas beizutragen. Selbst wenn sich mir die Vermutung aufdrängt, dass es nur dazu dient, ihre Behauptung zu bekräftigen, dass sie hierhergekommen sind, um Hearthshire zu unterstützen, anstatt es auszuspionieren.

Es ist auch ein wenig merkwürdig, dass die Schafe heute ausgebrochen sind, obwohl Elliot schwört, dass er den Zaun vor kurzem auf Schwachstellen überprüft hat. Noch dazu passierte es zufällig, als die Töchter einen Spaziergang durch das Dorf machten. Allerdings verstehe ich nicht, wie es ihrem Auftrag dienlich sein kann, Sylas' Nutztiere freizulassen.

Als sie Harpers Blick bemerkt, winkt eine der Töchter sie zu sich. Meine Freundin sieht kurz verblüfft aus, eilt dann jedoch zu ihnen, um nachzuschauen, was sie wollen. Ich bin mir ziemlich sicher, dass unsere Gäste der Grund dafür sind, dass sie sich seit dem Bankett schicker herausputzt. Sie hat dort so viele Komplimente für ihre Schneiderkünste erhalten, dass sie vermutlich denkt, sie sollte versuchen, auch die Rudelmitglieder des Erzlords zu beeindrucken, die wir hier bei uns zu Hause haben.

Sie sollten beeindruckt sein, doch ich würde mich nicht darauf verlassen. Und wehe, sie lästern über Harper hinter ihrem Rücken. Middleschool-Bosheiten sind eine Sache, die ich gerne in der Menschenwelt zurückgelassen hätte.

„Oh", sagt eines der letzten Mitglieder unseres Suchtrupps und beugt sich tief über die Erde. „Ich glaube, das hier ist ein Hufabdruck. Natürlich könnte er von den anderen Schafen sein, die wir bereits eingefangen haben." Die Frau – Shonille ist ihr Name – richtet sich auf und legt kurz eine Hand auf ihren Bauch, der allmählich die sichtbare Rundung einer Schwangerschaft aufweist.

Ihr Gefährte berührt ihren Arm und deutet tiefer in den Wald. „Wir können genauso gut in der Richtung nachschauen, in die es unterwegs war."

Als ich sie beobachte, erinnere ich mich daran, wie sehr Sylas strahlte, als er ihr zu ihrer Schwangerschaft gratulierte. Ich habe ihn selten so offen seine Freude zeigen sehen. Kinder zu haben, ist eine große Sache für die Fae … was gar nicht zu den Geschichten passt, die man sich in der Welt über sie erzählt, aus der ich komme.

Ich lasse meinen Blick über die Bäume schweifen, während ich mir überlege, wie ich diese Frage formulieren soll, und verlangsame meine unrunden Schritte, sodass Astrid neben mich tritt. „Astrid, in der Menschenwelt gibt es eine Menge Geschichten über Fae-Wechselbälger – die Fae stehlen Menschenkinder und lassen Fae-Babys zurück. Passiert das jemals in der Realität? Es macht nicht den Anschein, als würde irgendein Fae seine eigenen Kinder aufgeben *wollen*." Und sie wollen sie definitiv nicht gegen etwas eintauschen, was die meisten von ihnen als ein untergeordnetes Wesen sehen.

Astrid lacht schallend. „Nein, das würden sie gewiss nicht tun. Aber dein Volk hat sich diese Geschichten nicht einfach ausgedacht. Anständige Fae kennen den Wert von Familie. Die Murk besitzen allerdings nicht die gleichen Moralvorstellungen oder Bedenken. Und sie haben viel mehr Kinder, weil die meisten von ihnen bereits mit Menschen vermischt wurden. Wie ich gehört habe, entpuppen sich einige ihrer Nachkommen als … schlecht, weshalb sie so einen Tausch womöglich für lohnenswert halten."

Ich erschaudere. Je mehr ich über die Murk erfahre, die Fae, die sich in Ratten verwandeln können, kein eigenes Reich besitzen und nur heimlich in der Fae- und

Menschenwelt herumlungern, desto weniger will ich jemals einem begegnen. Zum Glück klingt es so, als seien sie im Allgemeinen nicht dreist genug, einen der ‚anständigen' Fae direkt herauszufordern. Wenn sie Sylas' Rudel draußen an den Rändern nicht als ein ideales Opfer betrachteten, kann ich mir nicht vorstellen, warum sie uns hier belästigen sollten.

Astrid mustert mich und fügt hinzu: „Falls du dir diese Fragen wegen der Natur deines Blutes stellst, so kann ich dir versichern, dass du trotz allem kein Wechselbalg sein kannst. Es braucht kein großes Fae-Erbe, damit es ein Mal in deinem Geruch oder auf deinen Zügen hinterlässt, und alles an dir wirkt auf mich menschlich."

Sylas hat das zuvor ebenfalls gesagt, dass sie dies bestätigt, erleichtert mich jedoch eigenartigerweise. Es wäre leichter, wenn wir für meine Kräfte, sowohl die in meinem Blut als auch meine geringen magischen Fähigkeiten, von denen Astrid nicht einmal weiß, eine einfache Erklärung wie Fae-Vorfahren hätten. Andererseits wäre es mir lieber, wenn ich keine Verbindung zu den Murk habe, die die anderen Fae noch mehr zu verabscheuen scheinen als die Menschen.

„Ich schätze, das ist etwas Gutes", erwidere ich mit einem leisen Lachen und trample durch das Unterholz, wobei ich die kriechenden Ranken eines hohen, weich-felligen Farns beiseiteschiebe.

Als ich wieder zu unseren Gästen schaue, sagt Harper gerade etwas zu ihnen und macht eine schnelle Geste. Die anderen Frauen kichern. Dann blickt eine von ihnen zu mir und ihre Augen sind so stechend, dass ich den Blick von ihr losreiße.

Die Luftfeuchtigkeit des dichten Waldes legt sich schwerer auf meine Haut. Als wir anfingen, habe ich diese Jagd und das Gefühl genossen, mich wie ein Rudelmitglied zu verhalten, mein Enthusiasmus schwindet allerdings rapide.

„Da ist es!", ruft Shonille mit siegreicher Stimme. Es ist ein lautes Rascheln zu hören, als sich ihr Gefährte und Elliot dem letzten Schaf nähern. Es meckert empört, als Elliot ein dünnes Seil um seinen Hals bindet, trottet jedoch hinter ihm her, als er es zur Weide zieht.

„Danke für eure Hilfe!", ruft er uns über seine Schulter zu und ich gewinne den Großteil meiner guten Laune zurück.

Harper hat über einen anderen Ausflug gesprochen, den wir unternehmen könnten, bevor Elliot uns in seine Suche eingespannt hat. Ich warte, bis sie sich von den besuchenden Töchtern entfernt, und laufe auf dem Rückweg zum Dorf neben ihr her. „Willst du mir immer noch die Stelle zeigen, die du zum Sammeln von Spinnengespinst gefunden hast?"

Harper öffnet den Mund und schließt ihn wieder, ohne dass ein Laut herauskommt. Kurz denke ich beinahe, sie sei *aufgebracht*, dass ich gefragt habe. Das ergibt jedoch keinerlei Sinn, da sie diejenige ist, die erst vor ein paar Stunden vorgeschlagen hat, dorthin zu gehen. Doch dann lächelt sie mich an und macht eine wegwerfende Handbewegung. „Ne, ich denke, das war heute genug Wandern für mich. Wir können das ein andermal tun. Dein Fuß ist bestimmt ohnehin müde, oder nicht?"

Das stimmt. Ich hatte das Unbehagen verdrängt, es wird jedoch schwieriger, den Schmerz zu ignorieren, der sich in meinem Fußgewölbe aufbaut und bis zu meinem Knöchel ausbreitet. Ich hoffe, dass ich jetzt nicht allzu schlimm humple. Was würden Ambrose' Rudelmitglieder ihm darüber berichten?

Bevor ich lange über diese furchterregende Frage nachdenken kann, lässt mich ein fernes Krachen im Wald hinter uns wie angewurzelt stehen bleiben. Als ich mich umdrehe, wird der Lärm eines Körpers, der durchs Unterholz bricht, lauter. Harper kreischt und Shonille stößt einen Warnschrei aus. Ich eile rückwärts, ohne eine Ahnung zu haben, was da kommt.

Eine Bestie springt in der Nähe aus dem Blattwerk. Glänzende Stoßzähne ragen aus seinem Wildschwein-ähnlichen Kopf und ein Schwanz peitscht gegen sein löwenartiges Gesäß. Es rennt geradewegs auf mich zu.

Ich werfe mich zur Seite in eine Ansammlung Farne, doch das Wesen folgt mir. Es rennt mich um und einer seiner Stoßzähne durchbohrt meinen Arm. Der stechende Schmerz ist so stark, dass sich ein Schrei aus meiner Kehle löst.

Ich stolpere gegen einen Baumstamm, versuche, Halt zu finden, und presse meine Hand auf die Wunde, die jedoch zu groß ist, um sie abzudecken. Blut quillt unter meinen Fingern hervor.

Die Wildschwein-Löwen-Bestie wirbelt herum. Ihre Knopfaugen sind wieder auf mich geheftet.

Mit einem Brüllen kommen zwei unserer Gäste angerannt. Eine von ihnen hält einen Dolch in der Hand. Doch bevor sie die kurze Entfernung zwischen uns überwunden hat, springt Astrid in mein Sichtfeld, die einen Ast mit einem spitzen Ende umklammert. Sie rammt ihn wie einen Speer in die Brust des Wesens.

Die Bestie bricht mit einem Stöhnen auf dem Boden zusammen. Astrid eilt an meine Seite und atmet beim Anblick meiner Wunde zischend durch die Zähne. Das sengende Gefühl kribbelt jetzt meinen Arm hinauf und in meine Schulter. Ich kneife die Augen zu und zwinge die Tränen zurück.

Ein weiteres Knacken brechender Äste und knirschender

Blätter veranlasst mein Herz dazu, einen Satz zu machen, aber als ich die Augen öffne, sehe ich zwei viel erfreulichere Gestalten auf uns zurennen: Sylas' und Augusts Wölfe. Sie sprinten in unsere Mitte, wobei sich August mitten im Sprung verwandelt und als Mann neben mir landet. Seine goldenen Augen sind weit aufgerissen und mit einem beschützenden Knurren fletscht er die Zähne.

„Ich hab dich", versichert er mir mit sanfter, jedoch angespannter Stimme, während er sich neben mich kniet.

Als August die wahren Namen für Muskeln und Haut murmelt, um meinen Arm wieder so gut wie möglich zusammenzuflicken, lindert sich der Schmerz dank der Magie. Sylas dreht sich einmal im Kreis, wobei er mich, die Bestie, Astrid und den Rest unserer Gruppe mustert. Als sein Blick zu meinem Gesicht zurückkehrt, verzieht sich sein Mund in einem unbehaglichen Winkel. Er muss nichts sagen, damit ich die Schuldgefühle erkenne, die er empfindet – als würde ich jemals von ihm erwarten, mir überallhin zu folgen und sicherzustellen, dass ich jederzeit sicher bin.

Dies ist eine gefährliche Welt und ich habe das akzeptiert. Sein Gesichtsausdruck erinnert mich allerdings an den Moment vor wenigen Tagen, als wir vom Bankett in Donovans Burg zurückkehrten. Es erinnert mich an die Rauheit in seiner Stimme, als er mir von Donovans Angebot berichtete, und an die Leidenschaft seines Kusses, als ich ihm sagte, dass ich kein Interesse daran hätte, mich einem Rudel anzuschließen, das nicht seines war. Er riss sich anschließend von mir los, als würde er sich Sorgen machen, dass mich die Intensität dieser Zuneigungsbekundung irgendwie verletzt haben könnte.

„Sie wird wieder werden", informiert ihn August und drückt meine Schulter. „Ich habe die Blutung gestoppt." Er wendet sich an mich. „Bist du anderweitig verletzt?"

Ich schüttle den Kopf.

Sylas funkelt die Bestie finster an. „Reißkatzen sollten nicht so nah am Dorf herumwandern. Ich habe noch nie zuvor eine in diesem Teil des Waldes gesehen."

Die älteste Tochter unserer Gäste tritt nach vorne, die Arme abwehrend vor der Brust verschränkt und so empört aussehend, dass man meinen könnte, die Bestie wäre über sie anstatt mich hergefallen. „Anscheinend haben sich einige Dinge geändert, seit Sie zuletzt hier gelebt haben. Ich hätte gedacht, dass Sie mehr Vorsichtsmaßnahmen ergreifen würden, um das Menschenmädchen zu schützen."

Eine ekelerregende Kälte rumort in meinem Magen. Plötzlich bin ich mir sicher, dass die Reißkatze nicht zufällig hier vorbeigekommen ist.

Dieser Angriff ist die perfekte Möglichkeit, zu beweisen, dass sich Sylas nicht gut genug um mich kümmert, oder? Sie haben wahrscheinlich sogar gehofft, das Vieh vor einem seiner Rudelmitglieder töten zu können.

Mein Verdacht erhärtet sich bei Astrids schroffer Entschuldigung. „Es tut mir leid, dass ich die Reißkatze nicht ausgeschaltet habe, bevor sie zu ihr gelangte, mein Lord. Eine Schlingpflanze hat sich im genau falschen Moment um meinen Knöchel gewickelt."

Was für ein schrecklicher Zufall, der kaum wie ein Zufall wirkt. Der Blick, mit dem Sylas seine Gäste bedenkt, deutet an, dass er das Gleiche denkt. Doch vermutlich kann er sie nicht einfach ohne Beweise beschuldigen, zumindest nicht, wenn er nicht will, dass sie seine Feindseligkeit zu einem weiteren Argument gegen ihn machen.

„Zurück zum Dorf", sagt er kürzer angebunden als üblich. „Mein Kriegschef und ich werden euch auf dem gesamten Weg eskortieren für den Fall, dass uns weitere Monster angreifen."

Die älteste Tochter schnaubt verächtlich, was bei mir den

Wunsch weckt, sie mit Astrids improvisiertem Speer abzuwerfen. Ich knirsche mit den Zähnen und lasse mir von August auf die Füße helfen.

Sie haben mich einmal angegriffen. Wie kann ich sie daran hindern, es noch einmal zu tun?

Whitt

Die Grimasse auf Astrids hutzeligem Gesicht zeigt, wie frustriert sie ist. Für Narren hat sie nur wenig übrig und unseren Feinden bringt sie noch weniger Wohlwollen entgegen.

„Es waren diese jungen Frauen aus Dusk-by-the-Heart", sagt sie, wobei sie den Großteil ihrer Aufmerksamkeit auf Sylas richtet. „Da bin ich mir sicher. Sie müssen die Reißkatze in diese Richtung gelockt und mit ihrer Magie dazu gebracht haben, Talia ins Visier zu nehmen – und ich hege keinerlei Zweifel daran, dass sie die Schlingpflanze dazu überredet haben, sich in dem Moment um meinen Knöchel zu wickeln, als uns die Bestie angriff. Hätte ich mich nicht so schnell befreien können, hätte die ältere Tochter, Lili, die Heldin gespielt."

Sylas seufzt und lehnt sich hinter dem Schreibtisch auf seinem Stuhl zurück. Wie jedes Zimmer in unserem

Bergfried in Oakmeet war auch sein Büro dort eine abgespeckte Version, damit es zu der bescheideneren Größe und der geringeren Magie passte, die wir für dessen Erhalt zur Verfügung hatten. Ich hatte beinahe vergessen, wie gemütlich sein Büro hier in Hearthshire ist mit dem Bürobereich an einem Ende und der Sesselgruppe, die am anderen um einen kleinen Kamin steht.

Ein kleines Feuer knistert in diesem Kamin, weshalb die Luft mit einem Hauch Kiefernrauch durchzogen ist. Die Sessel sind jedoch für längere, ausschweifende Gespräche gedacht – die nicht so drängend und nervenaufreibend sind wie dieses. Heute sitzen August und ich zu beiden Seiten des Schreibtisches, während Astrid davor ihren Bericht gibt.

„Ich nehme an, sie haben keine Beweise zurückgelassen, mit denen wir das belegen könnten", sage ich. Ambrose' Rudelmitglieder sind zwar heimtückische Intriganten, doch bisher sind sie in ihrer Heimtücke diskret vorgegangen, was sowohl nervig als auch zu erwarten war von den Spionen eines Erzlords.

Sie schüttelt den Kopf. *Hätte* es irgendwelche Beweise gegeben, hätte Astrid sie entdeckt. Das Alter hat ihre Sinne genauso wenig geschwächt, wie es ihre Reflexe verlangsamt hat. „Es tut mir leid, mein Lord."

Sylas winkt ihre Entschuldigung mit einer Handbewegung ab. „Es ist nicht deine Schuld. Dein schnelles Handeln hat verhindert, dass die Situation noch desaströser wurde. Vielen Dank dafür."

„Sollten wir die Gäste nicht lieber bitten, abzureisen?", fragt August. „Jetzt, da sie aktiv versuchen, Talia zu verletzen, können wir ihnen keine weitere Gelegenheit geben. Ambrose wird sie nicht *tot* wollen, was allerdings nicht bedeutet, dass es für ihn nicht vollkommen in Ordnung wäre, wenn sie schlimmer verletzt wird, als sie es bereits wurde."

Dieser Gedanke sorgt dafür, dass meine Fangzähne in

meinem Zahnfleisch schmerzen. „Ich könnte auf jeden Fall eine höfliche Ausrede finden, um sie aus unserem Revier zu werfen."

Sylas macht jedoch ein finsteres Gesicht. „Wir haben noch keinen ihrer größeren Pläne aufgedeckt. Sie zu beobachten, während sie hier sind, ist unsere beste Chance. Wir werden einfach wachsamer sein müssen. Ich will nicht, dass Talia ihr Zimmer verlässt, ohne dass einer von uns vieren sie im Blick hat – und in Reichweite ist für den Fall, dass etwas schiefgeht. Ich habe einen Verschlusszauber an ihrer Tür angebracht, der auf ihre Berührung reagieren und mich warnen wird, falls jemand anderes versucht, daran herumzuhantieren."

Ich kann mir vorstellen, dass unser allkräftiger Krümel *total* glücklich darüber sein wird, dass wir unsere Babysitter-Bemühungen verstärken. Doch mir ist es lieber, sie ist wütend auf uns, als dass sie von diesen Schurken verletzt wird.

„Ich werde mich in Kürze mit Erzlord Donovan beraten", fügt unser Lord hinzu. „Falls er auf seiner Seite noch mehr aufgedeckt hat, wird es vielleicht nicht mehr nötig sein, auf die Besucher einzugehen."

Darüber wäre ich froh, doch zugleich läuft mir ein unbehagliches Kribbeln über den Rücken. Sylas ist nicht nur wegen uns, sondern auch mindestens so sehr wegen Donovan dagegen, unsere Gäste zu verjagen, die unsere Gastfreundschaft eindeutig überstrapaziert haben. Ein Bündnis mit einem Erzlord ist keine Kleinigkeit, das stimmt, aber was im Namen des Herzens hat irgendeiner dieser hochrangigen Scheißkerle getan, um auch nur einen Bruchteil unserer Loyalität zu verdienen?

Wir hatten den Großteil des vergangenen Jahrhunderts – und besonders während der letzten Monate – genügend Probleme, ohne dass wir die Aufmerksamkeit dieser hohen

Seelie-Gesellschaftsschicht erregten. Um ehrlich zu sein, wäre es mir lieber, wenn unser Lord sein gesamtes Vertrauen in sein Rudel und seinen Kader setzen würde.

Der Anflug von Groll lässt sich unangenehm in meinem Magen nieder, obwohl mein Halbbruder in den vergangenen Wochen auf unterschiedliche Arten gezeigt hat, dass er *mir* vertraut.

Ich richte meine Aufmerksamkeit auf Angelegenheiten, die ich tatsächlich kontrollieren kann. „Ich werde unsere Wachtruppe vergrößern und sie Fallen auslegen lassen, sollten weitere widerwärtige Bestien den Wunsch verspüren, zu nah an die Burg heranzukommen."

August richtet sich auf. „Ich habe bereits persönlich alles durchkämmt, um mich zu vergewissern, dass nichts Gefährliches in der Nähe herumschleicht."

Natürlich hat er das getan. Nur das Bedürfnis, Talias Schutz zu sichern, hätte ihn von ihrer Seite wegholen können, nachdem er sie zurück zur Burg getragen hatte.

Eine andere Empfindung bildet sich in meiner Brust – der Drang, zu zeigen, dass ich mich genauso gut wie er um die Bedürfnisse der Frau kümmern kann, die ebenfalls meine Geliebte ist. „Konntest du ihre Verletzung vollständig heilen?"

Mein jüngster Bruder nickt. „Die Reißkatze hat sie tief aufgeschlitzt – ich bin nicht so erfahren, dass ich den Schaden komplett beheben kann – aber die Wunde ist so weit geschlossen, dass sie ihr im Lauf der nächsten Wochen nicht mehr als leichte Schmerzen bereiten sollte, während ihr Körper die Heilarbeit beendet."

„In diesem Fall …" Ich wende mich wieder an Sylas. „Ich werde meine Befehle an unsere Rudelmitglieder weitergeben und anschließend in Erfahrung bringen, ob Talia vielleicht auf eine Pause von all der Politik und den Drohungen Lust hat, die mit unserer Ankunft hier einhergegangen sind. Sie hat ihr Interesse ausgedrückt, die exotischeren Gegenden zu sehen, die unser Revier zu bieten hat. Ich kann einen Tagesausflug für sie organisieren und ihr eine Gelegenheit zum Entspannen geben, sodass sie sich einmal keine Sorgen darum machen muss, was Ambrose' Leute als Nächstes gegen sie aushecken."

Sylas versteift sich ganz leicht, eine Reaktion, die er offensichtlich zu verbergen versucht. Ihm gefällt die Vorstellung nicht, dass sie so weit weg von ihm sein wird, dass er sie nicht mit einem schnellen Sprint erreichen kann, oder? Doch er ist fest entschlossen, ihr so viel Freiheit zu geben, wie er kann. Er neigt den Kopf.

August widerspricht offener. „Wenn ihr irgendwie angegriffen werdet, während ihr zwei allein seid …"

Irgendwie glaube ich nicht, dass er Bedenken bei seinen eigenen Fähigkeiten hätte, sie zu beschützen. Ich mustere ihn und ziehe eine Augenbraue hoch. „Ich weiß, welche Gebiete unserer Ländereien vor streunenden Monstern sicher sein sollten – und wenn keine bösartigen Leute in der Nähe sind, um sie zu uns zu rufen, werden sie keinen Grund haben, dorthin zu gehen, wo wir hingehen werden. Doch wenn du dich dann besser fühlst, kann ich einen allgemeinen Abwehrzauber wirken, wenn wir dort sind, um ihre Sicherheit zu verstärken."

Man muss dem Welpen lassen, dass er sich recht schnell beruhigt. Er hat seine hitzköpfigen Emotionen immer besser unter Kontrolle. „In Ordnung. Ich denke, es wäre gut für sie, eine Pause von all dem Stress zu kriegen. Allerdings habe ich dem Rudel für heute Nachmittag noch ein Kampftraining versprochen. Je mehr von uns bereit sind, sich zu verteidigen, desto besser."

„Dann bin ich genau der richtige Mann für die Aufgabe." Ich lächle ihn und Sylas schief an.

Die Miene meines Lords wird nachdenklich. Kurz glaube

ich, dass er seine Zustimmung zurückziehen wird, doch dann blickt er zum Fenster, als würde er etwas in Erwägung ziehen, was jenseits dieses Raumes liegt.

„Das Beste für sie wäre, wenn wir sie für Ambrose uninteressant machen", sagt er. „Ich muss weitere Schritte in diese Richtung unternehmen. Jetzt, da wir eine bessere Stellung haben, ist es möglich, dass Nuldar einer Beratung zustimmen wird."

August merkt auf. „Der Weise?"

„Ja. Er kann womöglich etwas über ihr Wesen herausfinden, was uns einen Hinweis darauf gibt, wie man ein Heilmittel erstellen kann, bei dem ihr Blut nicht notwendig ist. Wenn wir die Lösung für unseren Fluch von Talia trennen können, dann hat Ambrose keinen Grund mehr, sich auf sie zu fixieren."

Ich verkneife mir ein Schnauben. „*Falls* Nuldar irgendetwas Nützliches sagt. Aber wir haben nichts zu verlieren, indem wir es versuchen." Wie bei allen Weisen ist es nicht Nuldars Angewohnheit, sich besonders klar auszudrücken. Gelegentlich kann man seinem Gebrabbel jedoch konkrete Informationen entlocken. Wenn wir Talia komplett von ihren Verpflichtungen den Seelie gegenüber befreien könnten, wäre es das eine Reise durch jede existierende Welt wert.

Vorerst kann Ich Ihr allerdings lediglich eine kurze Flucht verschaffen. Ich verbeuge mich leicht zum Abschied und verlasse das Büro, um meinen Untergebenen so schnell wie möglich meine Anweisungen zu überbringen.

Als ich zur Burg zurückkehre und mich auf den Weg zu Talias Zimmer mache, hebt sich meine Hand aus Gewohnheit zu dem Flachmann in meiner Tasche. Ich reiße mich gerade noch zusammen, bevor ich ihn rausziehen kann.

Ich vertrage Alkohol gut und Talia hat sich nie negativ zu meinen Angewohnheiten geäußert. Doch ... für das hier möchte ich keinen Schwips, der meine Sinne leicht betäubt und meine Gedanken glättet. Ich will diesen Ausflug mit ihr genau so erleben, wie er ist.

Vorausgesetzt sie stimmt überhaupt zu.

Sie ruft sofort etwas in Antwort auf mein Klopfen und blickt mich finster an, als ich eintrete, was mir verrät, dass ihr bereits jemand von unseren neuen, strengeren Vorsichtsmaßnahmen erzählt hat. „Bist du hier, um mich zu der gefährlichen Gegend des Esszimmers oder dem Vorgarten zu begleiten?"

Bei ihrer dezenten Aufmüpfigkeit kann ich mir ein Grinsen nicht verkneifen. „Sarkasmus steht dir wirklich gut, Krümel. Du solltest ihn öfter benutzen. Aber nein, ich dachte, wir könnten einen Ausflug in entferntere Gefilde unternehmen. Du hast nach wie vor nicht viel von unserer Welt zu sehen bekommen und das bisschen, was du gesehen hast, war keine angenehme Erfahrung. Wie würde es dir gefallen, meinen Lieblingsort in Hearthshire aufzusuchen? Ich verspreche, dass es dort keine bösartigen Lords und ihre neugierigen Rudelmitglieder gibt."

Ein Lächeln, das so strahlend ist, dass mein Herz einen Schlag aussetzt, breitet sich auf ihrem Gesicht aus. Sie springt unfassbar schnell von ihrem Sessel auf und lässt das Buch, das sie gelesen hat, auf den Nachttisch fallen. „Selbstverständlich! Jetzt gleich?"

„Was du heute kannst besorgen, das verschiebe nicht auf morgen. Sylas und August haben bereits ihren Segen gegeben." Wenn auch widerwillig.

Talia hinkt hinter mir in den Gang, wobei eines der schlichten Kleider im Fae-Stil, die sie mittlerweile häufig trägt, um ihre Waden wirbelt. Obwohl ich viele Male die Auswirkungen von Aeriks Quälereien an ihr gesehen habe, muss ich immer noch mit den Zähnen knirschen, wenn ich daran denke, dass er ihr dauerhaft ihre Standfestigkeit geraubt hat."

Ich schaffe es, diese Feindseligkeit abzuschütteln, und konzentriere mich darauf, wie wir meinen Lieblingsort erreichen werden. Ich bin noch nie zuvor mit einer anderen Person dorthin gegangen und dass sie ein Mensch ist, bringt einige Komplikationen mit sich.

Plötzlich kommt mir eine Idee, zuerst mit einem Anflug von Beklommenheit, dann mit zunehmendem Enthusiasmus. Am Rand der Lichtung drehe ich mich zu Talia um. „Der Weg führt durch einen ziemlich dichten Wald, was für ein Gefährt oder Pferde nicht ideal, jedoch ein langer Fußmarsch ist. Wenn du denkst, dass es keine unangenehmen Erinnerungen auslösen würde, könnte ich mich so vorwärtsbewegen, wie ich es normalerweise tue, nämlich in meiner Wolfgestalt. Ich könnte dich mühelos tragen."

Talia blinzelt mich an. „Du willst, dass ich auf dir reite?" Einen Augenblick später werden ihre Wangen rot, als ihr die provokante Bedeutung dieser Worte auffällt.

Eine ähnliche Hitze schießt in meinen Schritt, doch ich bringe ein Lächeln zustande, das nicht besonders lüstern ist. „Im Grunde genommen, ja. Wenn du dich an dem Fell seitlich an meinem Hals festhältst, solltest du das Gleichgewicht halten können. Ich kann dafür sorgen, dass der Ritt nicht zu holprig wird." Ich habe meine Brüder beim Spielen ab und zu so getragen, als sie noch Welpen waren. Talia hat mehr Fleisch auf den Knochen angesetzt, seit sie zu uns gekommen ist, ist allerdings noch immer ein winziges Ding. Ich vermute, dass ich ihr Gewicht kaum spüren werde.

Sie erwidert mein Lächeln. „Für mich ist es in Ordnung, wenn es das auch für dich ist. Ich weiß, dass *du* mir nicht wehtun wirst."

Sie sagt das mit solcher Zuversicht, dass ich sie küssen

will. Zu viele Rudelmitglieder sind noch in der Nähe – das kann warten, bis wir unser Ziel erreichen.

Ich schüttle mich und lasse meinen Wolf an die Oberfläche. Ich strecke mein Rückgrat und meine Glieder, während meine Kleider von meinem Fell ersetzt werden, das sich auf meiner vierbeinigen Gestalt ausbreitet. Ich sinke so tief wie möglich zu Boden und drücke den Bauch flach aufs Gras, woraufhin Talia zaghaft meinen Rücken berührt. Bei der Sanftheit, mit der sie auf mich klettert und ihre Finger in meinem dichten Fell vergräbt, breitet sich Wärme in meiner Brust aus.

August sollte besser glauben, dass ich jedes Wesen in Stücke reißen werde, bevor ich zulasse, dass es diese Frau mit einer Kralle oder einem Stoßzahn berührt.

Vorsichtig erhebe ich mich und gebe ihr die Gelegenheit, ihre Position anzupassen, damit sie sicher sitzt. Dann renne ich durch die Bäume davon. Zuerst bewege ich mich in einem gezügelten Trab und warte, bis ich mir sicher bin, dass sie sich wohlfühlt. Als sie mehrere Minuten an Ort und Stelle geblieben ist, ohne ins Rutschen zu geraten oder sich zu beschweren, beschleunige ich meine Schritte, bis wir uns in einem schnellen Galopp durch die Bäume schlängeln.

Talias Finger graben sich in mein Fell und sie beugt sich tiefer über meinen Rücken, sodass ihr Kopf an meinem Hinterkopf ruhen kann, wenn sie es möchte. Den Großteil der Reise reitet sie allerdings mit hoch erhobenem Kopf. Ihr Herzschlag pocht sanft, jedoch gleichmäßig durch ihre Brust hindurch in meine Muskeln. Ich stelle fest, dass ich meine Schritte seinem Rhythmus anpasse.

Ich bedauere lediglich, dass ich ihren Gesichtsausdruck nicht sehen kann, als sie zum ersten Mal auf einem Wolf reitet und die Veränderungen der Landschaft betrachtet, die harmlose, allerdings ungewöhnliche Flora und Fauna, die wir passieren. Doch das ist in Ordnung. Ich werde die beste Aussicht erhalten, wenn wir unser Ziel erreichen.

Mit meinem schnellen Tempo dauert es nur etwas über eine Stunde, bis wir bei dem Ort ankommen. Ich verlangsame meine Schritte, als meine Ohren das schwache Zischen und Prasseln fallender Tropfen vernehmen. Kurz bevor sich die Bäume lichten, bleibe ich stehen und sinke wieder zu Boden, sodass Talia absteigen kann.

Sie rutscht von meinem Rücken und legt ihre Hand auf meine Hüfte, als sie schwankt. Sobald sie sich aufgerichtet hat, verwandle ich mich in meine typische Gestalt. Mit einigen schnellen Zauberworten und einem Rundumblick bringe ich den Abwehrzauber an, den ich August versprochen habe. Aktuell ist keine Spur von lauernden Gefahren zu sehen.

Anschließend drehe ich mich zu Talia um und biete ihr meine Hand sowie ein Grinsen an. „Bist du bereit?"

Ihr Lachen hallt durch den Wald. „Ich hoffe es."

Ich führe sie nach vorne, wo sich die Bäume lichten. Als sie eine klare Sicht auf das erhält, was uns erwartet, stockt ihr der Atem. Und sie hat noch nicht einmal das Beste gesehen.

Diese Oase mitten im Wald ist auf den ersten Blick ziemlich eindrucksvoll. Steine, zwischen denen Bernsteine glänzen, bilden einen weitläufigen Pfad durch eine Ansammlung scharlachroter Blüten und führen steil hinauf zu einem Hügel, der sich dreimal so hoch wie ich in den Himmel erhebt. Eine unterirdische Quelle sprudelt zwischen den Steinen hervor und ihr perlmuttartiges Wasser fängt stellenweise an kleinen Lücken das Sonnenlicht auf. Ein warmer, honigsüßer Geruch liegt in der Luft, der so berauschend ist, dass man meinen könnte, man würde nur vom Einatmen high werden.

„Wow", staunt Talia. „Das ist …"

Die Steine bewegen sich. Einer in der Nähe des

Hügelfußes hebt sich einen halben Meter in die Luft und schwebt dort. Ein anderer weiter vorne sinkt herab und hinterlässt eine tiefere Kuhle. Ein Wasserstrahl schießt aus der Lücke zwischen ihnen und sprenkelt die Luft mit glitzerndem Nebel. Talia schlägt sich eine Hand vor den Mund.

Mehrere Sekunden später senkt sich der schwebende Stein. Ein anderer hebt sich höher, bleibt jedoch mit der Erde verbunden. Ein schimmerndes Wasserrinnsal sprudelt in der Nähe des Gipfels herab und überzieht die Steine auf dem Weg nach unten mit seinem perlmuttartigen Glanz.

Talia macht vorsichtig einen Schritt nach vorne. „Ist es … lebendig?"

Ich schätze, das ist eine vernünftige Frage angesichts der Seltsamkeiten, die sie bisher vom Land der Fae gesehen hat. „Nein. Es wird lediglich von seiner eigenen, ihm innewohnenden Magie belebt. Es ist nicht so viel, dass irgendjemand diesem Tal viel Aufmerksamkeit schenken würde, aber ich komme am liebsten hierher, wenn ich mir eine Pause von der Arbeit erlauben kann."

Sie legt ihre Hand auf einen Stein. Als er sich gegen ihre Hand drängt, kichert sie. Weiterer Dunst hebt sich in der Nähe ihrer Füße in die Luft. „Also ändert sich das Tal ständig, wie es ihm gefällt."

„Das könnte man so sagen. Das gefällt mir so sehr daran. Es ist wunderschön, wenn es vollkommen still daliegt, aber noch hübscher, wenn die Unberechenbarkeit ins Spiel kommt. Man weiß nie, was man als Nächstes zu sehen bekommt und in welchem Winkel es sich enthüllen wird."

Talia blickt mit einem frechen Funkeln in den Augen über ihre Schulter zu mir. „So wie du. Kein Wunder, dass du es zu schätzen weißt."

Ich muss laut über diese Bemerkung lachen. „Dann setz

dich und entspann dich, damit du dich an diesem Anblick und mir erfreuen kannst."

„Hmm." Sie späht an dem gefährlichen Abhang hinauf. „Ich denke, ich würde die Aussicht gerne aus jedem verfügbaren Winkel betrachten. Wir treffen uns auf dem Gipfel."

Das Bild, wie sie auf diesen Steinen ausrutscht und zu Boden fällt, schießt mir durch den Kopf und mein Herz setzt vor Panik aus. Automatisch greife ich nach ihrer Schulter. „Ich weiß nicht – Unberechenbarkeit sorgt nicht unbedingt für den einfachsten Aufstieg."

„Dann wirst du einfach in meiner Nähe bleiben müssen für den Fall, dass ich dich brauche, oder?", erwidert sie neckend und marschiert ohne ein weiteres Wort den Hügel hinauf.

Ich ertappe mich dabei, wie ich mich an ihre Bemerkungen über die Träume erinnere, die sie in ihrem alten Leben hatte, all die Reisen, die sie durch die Menschenwelt machen wollte. Sie besitzt den Geist einer Abenteurerin, unser zarter, jedoch widerstandsfähiger Mensch. Ich beiße mir auf die Zunge, damit ich sie nicht zurückrufe und ihre freudige Energie von meinen Ängsten zerstören lasse. Allerdings folge ich ihr, damit ich sichergehen kann, dass ich da sein *werde*, sollte sie ausrutschen.

Trotz ihres verletzten Fußes klettert Talia die Steine an einer Seite des Hügels mit natürlicher Geschicklichkeit hinauf. Vielleicht habe ich etwas zu wenig Vertrauen in das körperliche Training gesteckt, dem August sie unterzogen hat – und in ihre angeborene Tatkraft.

Ich halte problemlos mit ihr Schritt und muss kaum warten, bis sie ihren Weg gefunden hat. Sie richtet ihren Blick unverwandt auf die Felsen vor sich. Ihre Muskeln sind angespannt, damit sie sich abfangen kann, falls sich einer der Steine bewegt, die sie berührt. Sie achtet stets darauf, dass sie ihr Gewicht gleichmäßig verteilt, damit sie sich auf etwas Stabiles stützen kann.

Die Brise zerzaust ihre bunten Haare. Ein frischer Sprühregen kitzelt uns und bringt die pinke Farbe wie eine taufrische Rose zum Funkeln. Ich beobachte, wie die schlanken Muskeln in ihren nackten Armen und Waden spielen, und das Geschick, mit dem sie ihre Hände und Füße platziert. Jedes Mal, wenn ich einen Blick auf ihr reizendes Gesicht erhasche, zeichnet sich eifrige Entschlossenheit darauf ab. Ich habe ihr etwas gegeben, wonach sie sich sehnt, selbst wenn es nicht das ist, was ich gedacht habe.

Ich könnte sie den ganzen Tag dabei beobachten, wie sie den Berg hinaufkraxelt.

Mit einem triumphierenden Laut packt sie den Stein an der Spitze und zieht sich auf das moosige Plateau. Gerade, als sie ihre Knie über einen gewölbten Felsen hebt, gleitet dieser mit einem Ruck zur Seite. Ihr Jubelschrei wird zu einem Kreischen.

Auf einer Woge entsetzten Adrenalins schnelle ich nach vorne, doch meine ausgestreckten Arme werden nicht gebraucht. Nachdem sie kurz geschwankt hat, richtet sich Talia vollständig auf. Es kostet sie einiges an Anstrengung, aber sie schafft es allein.

Ich folge ihr und nehme sie trotzdem in die Arme. Gemeinsam setzten wir uns auf den Rand des Plateaus, dessen moosige Fläche sich gute sechs mal sechs Meter erstreckt und ein Polster für unsere Glieder bietet. Sie lehnt sich an meine Brust.

Talia schnaubt und späht zu mir auf. „Hast du dir Sorgen gemacht?“

Ich zwinge mich, mir meine vorübergehende Panik nicht auf dem Gesicht oder in meiner Stimme anmerken zu lassen. „Vielleicht ein wenig. Du sahst aus, als wärst du bereit, meine Sturz-Verhinderungs-Fähigkeiten zu testen.“

Mit einem zarten Lächeln, in dem so viel Zuneigung liegt, dass mein Puls aus einem ganz anderen Grund aussetzt, fährt sie mit den Fingern über meine Wange. „Ich weiß, dass ich in Sicherheit bin, solange du bei mir bist."

Sie zieht mich näher an sich, neigt ihren Mund so, dass er auf meinen trifft, und es gibt keine Macht in dieser Welt oder ihrer, die mich daran hindern könnte, diesen Kuss anzunehmen. Wer braucht Absinth, wenn ich mich an dieser Frau betrinken kann?

Für meinen Geschmack ist es viel zu schnell vorbei, doch Talia kuschelt sich weiterhin an mich, als sie sich aufsetzt. Von unserem neuen, höheren Aussichtspunkt blickt sie hinaus über das Tal. Ihr Gesicht zeigt nichts als Freude. Ich bleibe auf der Seite liegen und beobachte sie. Die andere Aussicht habe ich schon viele Male zuvor genossen.

Sie atmet lange und langsam aus und lehnt sich nach hinten auf ihre Hände. Die Brise weht wieder über uns hinweg. Die Sonne reflektiert von ihrem hellen Gesicht und mir fällt auf, dass dies womöglich das erste Mal ist, dass ich sie so sehe, wie sie eigentlich sein sollte. Nun, nicht mit den magisch gefärbten Haaren oder den Fae-Kleidern, aber frei und lebendig, während sie die Welt erkundet, ohne dass sie von Bösewichten gejagt wird – zumindest sind sie im Moment nicht in allzu großer Nähe.

Ich betrachte sie und brenne mir das Bild ins Gedächtnis ein, damit ich daran festhalten kann. Diese eine Sache gehört nur mir. Sylas und August haben nie die Abenteurerin gesehen. Ich habe ihr ein Geschenk gemacht, an das sie nicht gedacht haben.

„Von hier oben ist es sogar noch besser", verkündet Talia und blickt auf mich herab. „Dankeschön, dass du mich hierhergebracht und mir alles gezeigt hast. Du würdest normalerweise allein hierherkommen, oder, wenn es dein Platz ist, um der Verantwortung zu entkommen?"

Ein Hauch von Sorge huscht über ihr Gesicht, winzig, jedoch so spürbar, dass sich meine Brust verkrampft. Ich nehme ihre Hand. „Hab ja nicht das Gefühl, dass du mich störst. Ich … ich sehe dich nicht als Verpflichtung." Die Wahrheit dieser Aussage hallt durch mich hindurch. Meine nächsten Worte bleiben mir in der Kehle stecken, bevor ich sie hervorzwinge. „Du schienst es zuvor für ein Unglück zu halten, dass ich niemanden hatte, mit dem ich ‚einfach sein' konnte, ohne dass ich ständig auf der Hut war. Es ist passend, dass du dich selbst zu dieser Person gemausert hast, oder nicht?"

Wenn ich gedacht hatte, dass sie zuvor geleuchtet hat, so ist es kein Vergleich dazu, wie sie jetzt strahlt, als sie meinen Blick erwidert. Als wäre sie wirklich überglücklich, dass ich ein gewisses Maß an Frieden in ihrer Gegenwart gefunden habe – und ihre Großzügigkeit ist genau der Grund dafür. Irgendwie sieht sie mich auf eine Weise, wie es keine meiner Fae-Kameraden jemals getan haben, auf eine Weise, bei der ich mir nicht ganz sicher bin, ob ich sie identifizieren hätte können, bevor ich sie hatte.

Ich wusste nicht, dass ich jemals eine Person treffen würde, die wissen wollen würde, wer ich bin, einfach nur um mich kennenzulernen und zu verstehen, ohne nach Ansatzpunkten oder Druckmitteln zu suchen, mit denen ein persönliches Ziel vorangetrieben werden kann. Talia ist nicht darauf aus, irgendetwas von mir zu gewinnen abgesehen von der Freude, die sie aus der Zeit ziehen kann, die wir gemeinsam verbringen, und dem Wissen, dass sie mein Vertrauen gewonnen hat.

Andererseits wie kann das überraschend sein, wenn das, was sie am meisten für sich wollte, die Freiheit ist, so zu existieren, wie *sie* ist?

Es gibt Teile von mir, die ich nie mit anderen geteilt habe

und möglicherweise nie teilen werde, doch als sie sich nach unten beugt, um ihre Lippen erneut auf meine zu pressen, wirken diese so unwichtig, dass sie genauso gut nicht vorhanden sein könnten. Ich erwidere ihren Kuss und finde mit meinem Mund den perfekten Winkel, um ihr ein begehrliches Raunen zu entlocken.

Da ich eine so innige Umarmung mit ihr erlebe, ist es schwer, mir vorzustellen, wie ich jemals ohne dieses unerwartet erstaunliche Wesen leben konnte, weshalb ich es einfach nicht versuche. Wir werden sie nicht verlieren. So einfach ist das. Mein Lord, mein Kader-Kollege und ich arbeiten daran und, beim Herzen, wir sollten doch in der Lage sein, so viel zu schaffen.

Diesmal bleibt es nicht nur bei einem Kuss. Talia kuschelt sich näher an mich und lässt ihre schlanken Finger in meine Haare wandern, während sie von mir kostet und ich von ihr. Das hier ist ein viel besserer Ort für ein derartiges Rendezvous als das Esszimmer in Oakmeet, auch wenn ich mich gerne an ihr Beben und Keuchen erinnere, als ich ihr zeigte, wie viel Wonne mein Mund ihrem Körper verschaffen kann. Im Licht der Sonne, das von oben auf sie herabfällt, und der Brise, die sich in ihren Haaren verfängt, sieht sie aus, als sei sie mehr als ein Mensch oder ein Fae – so, als sei sie eine Göttin.

Ich lasse meine Fingerknöchel über ihren Oberkörper zur Rundung ihres Busens gleiten. Als sie ihren Nippel streifen, verdiene ich mir ein Keuchen.

Sie küsst mich heftiger und ihre Zunge streckt sich, um zwischen meine Lippen zu schnellen. Ich öffne ihren Mund weiter, um ihr entgegenzukommen. Unsere Zungen tanzen miteinander, ihr süßes Aroma durchdringt all meine Sinne – und sie schubst mich auf meinen Rücken, ehe sie ihr Bein über mich schwingt und sich rittlings auf mich setzt.

Anscheinend hat meine Allkräftige beschlossen, andere Arten auszuprobieren, wie sie mich reiten kann.

Mein Schwanz war zuvor schon sehr interessiert; jetzt ist er sofort hellwach und drängt sich gegen meine Hose. Als Talia mich noch leidenschaftlicher küsst, massiere ich ihren harten Nippel durch ihr Kleid hindurch mit einer Hand und nutze die andere, um den Rock hochzuschieben und sie an mich zu drücken.

Durch eine leichte Bewegung meiner Hüften presst sich meine Erektion an ihre Mitte. Die Lust, die mich bei dieser Berührung durchfährt, muss auch durch sie hindurch rasen, denn ihr Wimmern passt zu meinem Stöhnen.

Ihre Hände gleiten über meine Brust. Als sie an meinem Hemd ziehen, weiß ich, worauf sie es abgesehen hat. Unsere Münder lösen sich gerade so lange voneinander, dass ich mir das Teil vom Körper schälen kann. Dann treffen wir in einem weiteren Kuss aufeinander.

Für lange Zeit, die berauschend und auf die wunderbarste Weise quälend ist, verharren wir so und erkunden den Mund des anderen. Ihre Berührung wandert über meine Brust, während ich mit meiner so viel Glückseligkeit, in ihr hervorrufe wie möglich. Unsere Hüften schaukeln in einem trägen Tempo gegeneinander, das sich mit der zunehmenden Zittrigkeit ihres Atems drängender anfühlt.

Sie reißt ihre Lippen von meinen und ihr Kopf senkt sich, sodass sie stattdessen meine Wange streifen. Dann richtet sie sich auf, damit sie mir in die Augen schauen kann. Ihre werden von so viel Begehren verdunkelt, dass ich praktisch allein wegen ihres Anblicks komme. Ihre Stimme klingt so süß wie eh und je, es schwingt jedoch eine heisere Note darin mit, die mir direkt in den Schritt schießt.

„Ich will … ich will dir so nahe sein, wie ich kann. Ich will vollkommen mit dir verbunden sein.“

Jede Faser meines Körpers vibriert mit einem dröhnenden *Ja*. Ich habe mir beim letzten Mal die Wonne versagt, in ihr zu sein, doch wenn sie genau das will, was würde es uns da nützen, abzulehnen? In ihrem Geruch liegt ein Hauch, der mir verrät, dass ihre monatliche Blutung nur noch ein oder zwei Tage entfernt ist – es besteht keinerlei Risiko, ihre Freiheit mit unbeabsichtigten Konsequenzen zu gefährden.

Und auch wenn wir womöglich nie so eine enge Verbindung zueinander finden, wie es die höchstrangigen Fae tun, kann ich das nicht bereuen, da ich bereits aus nächster Nähe miterlebt habe, wie eine seelenverbundene Paarung spektakulär gescheitert ist.

Doch vielleicht bereut es Talia. Ein Schatten, der wie Kummer aussieht, huscht über ihr Gesicht, er ist da und dann fort, aber er reicht, damit ich zögere.

Andererseits könnte mein Zögern die Ursache ihrer Sorge sein. Letztes Mal *hatte* ich sie abgelehnt. Macht sie sich Sorgen, dass ich sie nicht so sehr will wie sie mich?

Ich stemme mich auf einen Ellenbogen und ziehe ihr Gesicht nah an meines heran, sodass sich unsere Nasen streifen. „Ich kann mir nichts Besseres vorstellen, als jetzt in dir zu sein, Talia. Das hier ist dein Ritt. Du hältst die Zügel in der Hand. Ich werde dich hinbringen, wo du hinwillst, und ich werde jede Sekunde genießen."

Sie atmet scharf ein, küsst mich hart und streckt anschließend die Hand aus, um sich an meiner Hose zu schaffen zu machen. Mit viel Gefummel und etwas Akrobatik befreien wir mich von so viel Kleidung, dass mein Schwanz herausfedert. Daraufhin ziehe ich ihr ebenfalls die Unterwäsche aus.

Mit dem Daumen gleite ich über ihren Kitzler und hinab zu der Feuchtigkeit ihrer Öffnung. Ihre Augen rollen bei meiner Berührung nach hinten und ein Schauder purer Sehnsucht durchläuft ihren Körper.

Indem sie sich über mich beugt, senkt sie sich mit minimaler Führung auf mich. Ihr Kanal ist so feucht vor Erregung, dass ich mit der kleinsten, wundervollsten Reibung in sie gleite.

Ihre Schenkel spannen sich an meinen Hüften an, ihre inneren Muskeln verkrampfen sich um mich herum, entspannen sich wieder und nun durchfährt mich ein Schauder. Meine Eier sehnen sich bereits nach Erlösung. Doch oh, es ist so gut, sie machen und ihr eigenes Tempo festlegen zu lassen. Meine wunderbare Abenteurerin.

Als sie mich so tief aufgenommen hat, wie es geht, beugt sie sich vor, um mich auf die Lippen zu küssen. Ich massiere ihren Schenkel sowie ihren Hintern und verharre reglos, bis sie anfängt, sich erneut auf mir zu wiegen. Dann passe ich mich ihren Hüftbewegungen mit sanften Stößen an, wobei ich den Drang unterdrücke, meine Wildheit rauszulassen und sie mit der vollen Wucht meines Verlangens zu beanspruchen. Ihre glitschige Hitze ist ein Hoch, von dem ich nie wieder runterkommen möchte.

Ich will sie auf genauso große Höhen befördern. Wenige Frauen finden mein allgemeines Temperament besonders angenehm, doch bei dieser Sache konnte ich die Erwartungen bisher immer erfüllen. Ich kann die Laute deuten, die ihrer Kehle entkommen, das Zucken ihrer Muskeln, das Flattern ihrer Augenlider, sodass ich weiß, wo ich sie berühren muss, welcher Winkel und welche Bewegung am willkommensten sind.

Ich gebe ihr alles, worum sie gebeten hat, und noch mehr.

Talia reibt sich auf mir, beginnt, zu keuchen, und packt meinen Arm. „Whitt", wimmert sie, was sich wie ein Flehen anhört, das ich liebend gern beantworten möchte.

„Was brauchst du?", raune ich, wobei mein Atem zu brechen beginnt.

„Ich ... ich bin so nah dran ... bitte ..."

Ich stemme mich etwas weiter nach oben, damit ich ihren Kiefer küssen kann. „Möchtest du lieber Sterne oder Feuerwerke sehen, meine Allkräftige?"

Ein raues Kichern entwischt ihr. „Alles. Einfach alles."

„Mmmh. So ehrgeizig. Was auch immer die Lady wünscht ..."

Ich beschleunige das Tempo meiner Stöße und packe ihre Hüfte, sodass ich ihr auf die Weise entgegenkomme, die ihr zuvor das gewaltigste Zittern entlockt hat, und dann lasse ich meine Finger nach unten wandern, um ihren Kitzler zu streicheln. Mit einem Stöhnen presst sich Talia in meine Berührung. Ihre Fingernägel bohren sich in meine Haut, aber ich heiße die winzigen Schmerzensstiche zwischen der anschwellenden Wonne willkommen.

Ich mag es, wenn sie so leidenschaftlich und fordernd ist. Das Herz weiß, dass ihr nach allem, was sie in dieser Welt durchgemacht hat, einige Forderungen zustehen.

Irgendwie zieht sie mich noch tiefer in sich und unsere Körper bewegen sich gemeinsam in einer exquisiten Harmonie. Daran, dass sich ihr Kanal um meinen Schwanz herum anspannt, spüre ich, dass sie kommt. Ihr Kopf fällt mit einem glückseligen Schrei nach hinten und ich kann nicht dagegen ankämpfen – mein Höhepunkt explodiert mit dem Aufflackern der größten Ekstase, die ich jemals gefühlt habe, in mir.

Ich kann nur hoffen, dass ich ihr im Gegenzug genauso viel Wonne geschenkt habe.

Talia bricht über mir zusammen, da ihren Körper nach dem Höhepunkt jegliche Spannkraft verlassen hat. Automatisch hebe ich die Arme, um nach ihr zu greifen, sie langsam neben mich auf das Moos zu betten und an mich zu ziehen.

Sie kuschelt ihren Kopf mit einem verträumten Lächeln an meine Schulter und ich weiß, dass ich ihr wenigstens auf diese eine Weise geholfen habe, um die sie gebeten hat.

12

Talia

Als sich die Mittagessenszeit an uns anschleicht, während wir in Whitts Tal faulenzen, muss ich nicht einmal etwas sagen. Nun, ich schätze, mein Magen übernimmt das Reden für mich. Bei seinem Knurren biegen sich Whitts Mundwinkel nach oben.

Er spricht ein paar Worte, die, seinem Tonfall nach zu urteilen, wahre Namen sind, und streckt seine Hand aus. Einige Sekunden später fliegt ein breites, wachsartiges Blatt beladen mit Beeren und einer großen Nuss mit gekräuselter Schale von den Tiefen des Waldes durch die Luft zu ihm.

Er knackt die Nussschale an der Kante unseres felsigen Aussichtsplatzes und reicht sie mir grinsend zusammen mit den Beeren. „Ich darf dich nicht hungern lassen, sonst reißt mir Sylas den Kopf ab.“

Sein lässiger Umgang mit Magie erfüllt mich nach wie vor mit Ehrfurcht. Ich kann ein wenig Bronze neu verformen, wenn ich muss, und ich werde etwas besser darin, Licht heraufzubeschwören, doch es kostet mich noch immer viel Konzentration und Mühe. Andererseits sollte ich als Mensch eigentlich überhaupt keine magischen Fähigkeiten besitzen.

Anstatt mich mit diesem unbehaglichen Gedanken aufzuhalten, beiße ich in die Nuss und vertraue darauf, dass Whitt mir nichts Berauschendes anbieten würde. Er weiß, was ich von Fae-Drogen halte.

Das Fleisch der Nuss ist zäher, als ich erwartet habe, und hat einen erdigen, Toffee-ähnlichen Geschmack. Ich wechsle zwischen der Nuss und den sauren Beeren ab und mein Bauch ist voll, bevor ich mit dieser Auswahl fertig bin.

„Ich weiß, dass es nicht den Standards entspricht, die du aus Augusts Küche gewohnt bist", sagt Whitt lässig.

Ich winke seine Bemerkung ab und beobachte ihn mit einem Anflug erneuter Zuneigung für den Mann, der heute so vielen meiner größtenteils spontanen Wünsche nachgekommen ist. Wenn das Leben in der Fae-Welt doch nur immer so bezaubernd wäre, ohne schreckliche Pläne von fiesen Schurken.

Er hat seine Hose wieder hochgezogen, sich jedoch nicht die Mühe gemacht, sein Hemd zu holen. Ich lecke den Beerensaft von meinen Fingern und gönne mir die Freude, mit den Fingerspitzen über seinen durchtrainierten, tätowierten Oberkörper zu gleiten.

Whitts Muskeln spannen sich unter den wohlgeformten Flächen an. Träge zeichne ich die Linien einiger der Wahre-Namen-Male nach und er erlaubt es mir einfach. Er scheint sich mit seiner halben Nacktheit pudelwohl zu fühlen.

Ich stelle fest, dass ich mich an Dinge erinnere, die mir Sylas über seinen Spionagechef erzählt hat – über die Distanz, die er zu so gut wie jedem in seinem Leben eingehalten hat, was Whitt mehr oder weniger bestätigt hat.

Eine Frage lässt mich nicht mehr los. Vielleicht fühle ich mich wegen der Zärtlichkeit, mit der er unsere erste vollständige sexuelle Begegnung angenommen hat, sicher genug, um es zu riskieren, das Thema anzuschneiden.

„Sylas hat mir erzählt ..., dass du dir nie eine Gefährtin genommen hast. Ich meine, eine reguläre – ich weiß, dass du keine seelenverbundene haben könntest. Ich schätze, August hatte nie eine Gelegenheit, bevor das Rudel an die Ränder verbannt wurde, du jedoch schon."

Er zieht die Augenbraue hoch. „Hast du etwas gegen meinen ungebundenen Status?"

Er sollte sehr gut wissen, dass dem nicht so ist. Ich hätte diese Nähe mit ihm nicht – in jeder Hinsicht – wenn er einer anderen Frau verpflichtet wäre.

Ich schubse ihn spielerisch. „Ich habe mich nur gefragt warum. Es macht den Anschein, als wären die meisten Fae im Rudel ein Paar. Oder ist es ungewöhnlich, dass sich ein Kader-Gewählter niederlässt, weil er seinem Lord verpflichtet ist?" Diese nicht romantische Verpflichtung ist einer der Gründe, aus denen es nicht unüblich ist, dass sich ein Kader eine Geliebte teilt.

Whitt nimmt meine Hand, bevor ich sie zurückziehen kann, und fährt mit dem Daumen leicht über meine Fingerknöchel, während er unsere ineinander verschränkten Finger betrachtet. „Ich würde nicht sagen, dass es ungewöhnlich ist. Viele Kader-Gewählte nehmen sich eine Gefährtin, die ihre geteilte Aufmerksamkeit toleriert. Aber ich habe nie eine Frau kennengelernt, mit der ich diese dauerhafte Verbindung wollte."

Ich denke an die Fae-Frauen, die ihn und seine Kollegen auf Donovans Bankett umschwirrten. „Damals vor der Verbannung, als Sylas zu den berühmten Lords zählte, haben sich bestimmt viele freiwillig für die Stelle als deine Gefährtin gemeldet. Also bist du im Grunde genommen einfach nur wählerisch?"

Er schnaubt. „Ich würde es eher so ausdrücken, dass ich genug Selbstachtung besitze, um sparsam damit umzugehen, wem ich meine Aufmerksamkeit schenke."

„Waren sie alle so schlimm?", necke ich.

Ich hatte gedacht, wir würden miteinander scherzen, doch seine Miene wird eigenartig ernst. Seine Finger erstarren an meinen und dann zieht er meine Hand an seine Lippen, um einen Kuss auf deren Rücken zu drücken.

Er blickt über die Landschaft vor uns. „Es gibt einen Grund, aus dem ich in Gegenwart aller Mitglieder meiner Spezies wachsam bleibe, Krümel. Meine Fae-Brüder tun selten etwas ohne ein Mindestmaß an Berechnung. Wenn es um die Ladys ging, die versuchten, mich für sich zu gewinnen, musste ich stets in Erwägung ziehen, ob sie mehr Interesse an mir oder meiner Nähe zu einem bekannten Lord hatten."

Oh. Mein Magen verkrampft sich bei dem Gedanken. „Und vielen von ihnen war nur dein Status wichtig?"

Muss ich das überhaupt fragen? Ich habe gesehen, wie die Sommer-Fae mein Rudel behandelten, während es an den Rändern lebte. Whitt war keiner Frau aus einer anderen Länderei so wichtig gewesen, dass sie seine Gesellschaft aufgesucht hätte.

Er zuckt mit den Achseln. „Ah, ich bin mir sicher, mindestens ein paar von ihnen mochten mich. Aber ich habe kein Interesse daran, ein Sprungbrett für den sozialen Aufstieg zu sein. Als ich alt genug war, um als Partner in Erwägung gezogen zu werden, war Sylas geboren worden, und es war bekannt, dass ich ihm dienen würde, wenn er erwachsen war. Es gab nie eine Zeit, in der das nicht bedacht worden wäre."

Er spricht relativ lässig, sein Griff, mit dem er meine

Hand festhält, wird allerdings fester. Die Anspannung in meinem Magen wird zu einem Schmerz, der durch meine Brust hallt.

Ich habe nie zuvor darüber nachgedacht, wie es für ihn gewesen ist. Seine Rolle wurde ihm für sein gesamtes Erwachsenenleben vorgegeben. Seine Wünsche und Hoffnungen waren ab dem Moment von Sylas' Geburt nicht mehr von Bedeutung.

„Hattest du irgendeine Wahl?", frage ich. „Wenn dir die Vorstellung, dich dem Dienst in Sylas' Kader zu verpflichten, nicht gefallen hätte, hättest du Nein sagen können?"

„Selbstverständlich. Kein Lord will einen unwilligen Kader. Aber es war entweder das oder ich hätte mein ganzes Leben mit Faulenzen verbracht. Es gab keinen *anderen* Lord, dem ich mich gerne verpflichtet hätte."

Er hält inne und streichelt mit seinen Fingern über sein spitzes Ohr – die Spitze ist nicht so ausgeprägt wie Sylas', aber dennoch offensichtlich. „Ich bin selbst beinahe reinblütig, weißt du. Es gibt einen Zauber, um das zu testen, der bei der Geburt vollzogen wird. Einige Prozent mehr in die richtige Richtung und ich hätte meine eigenen Ländereien."

Ich drücke seine Hand. „Das kommt mir so unfair vor."

„Es ist, was es ist", sagt er, dass seine Augen dunkler werden, deutet jedoch darauf hin, dass es ihn nicht so kalt lässt, wie er tut. Er schüttelt sich und schenkt mir ein schiefes Lächeln. Es ist das erste Mal, dass er mich richtig anschaut, seit dieses Gespräch begonnen hat. „Es ist eigentlich lächerlich. Ich hege keinerlei Interesse daran, über ein Rudel zu herrschen. Ich müsste mich benehmen, zehnmal so viel Verantwortung auf mich nehmen und ich fände die Aufgabe unglaublich langweilig. Ich bezweifle auch, dass ich gut darin wäre. Also sollte es mich nicht im Geringsten stören, dass niemand jemals in Erwägung gezogen hätte, mir die Rolle anzubieten.“

Der Schmerz steigt in meine Kehle. Meine Stimme erklingt leise. „Doch das tut es.“

Sein Lächeln bröckelt. Sein Blick wendet sich erneut von mir ab und den fernen Bäumen zu. Sein Schweigen ist Antwort genug. Nach einem Moment verzieht er das Gesicht. „Es ist jetzt nur noch gelegentlich ein leicht quälendes Gefühl. Ich ignoriere es recht mühelos. Mir wäre es lieber, wenn du es ihm gegenüber nie erwähnen würdest.“

Er meint Sylas. Ich rutsche näher zu ihm, weil ich ihm so viel von mir anbieten möchte, wie ich kann, auch wenn es nicht einmal annähernd wiedergutmachen kann, wie viel ihm wegen eines winzigen Unterschiedes in seinem Blut verwehrt wurde.

„Meinst du nicht, er weiß es schon?“, frage ich. Der Fae-Lord kommt mir schrecklich scharfsinnig vor.

Whitt lacht trocken und humorlos. „Es ist für mich eindeutig geworden, dass es einige Dinge gibt, die es geschafft haben, sich der Aufmerksamkeit unseres glorreichen Anführers zu entziehen.“

Ich suche nach den richtigen Worten. Meine Gedanken stolpern über die letzten Monate, über die Art und Weise, wie mich Whitt auf Abstand gehalten hat, obwohl ich jetzt weiß, dass es nicht an mangelndem Interesse lag. Ich denke daran, wie er zurückschreckte, als ich das erste Mal deutlich machte, dass *ich* mich zu ihm hingezogen fühle. Ich packe seine Hand so fest, dass er mich ansieht.

„Du weißt, dass es keine Absicht war, dass ich mich Sylas und August als Erstes angenähert habe“, sage ich. „Es ist einfach passiert. Es bedeutet nicht, dass ich dich weniger als sie liebe oder will. Denn das tue ich nicht. Weniger. Äh …“

Whitt starrt mich mit einem so verdutzten Gesichtsausdruck an, dass ich den Faden komplett verliere.

Seine Lippen teilen sich, doch es dauert eine Sekunde, bis irgendein Laut hervorkommt. *„Was?"*, fragt er.

Meine Wangen werden heiß. Habe ich meinen Versuch, ihn zu beruhigen, so unglücklich formuliert, dass er sich jetzt schlechter fühlt? „Ich habe nur gesagt ... obwohl ich von euch dreien zu dir als Letztem gekommen bin ..."

Warte. Ich halte inne und realisiere, welchen Teil er vermutlich nicht erwartet hat. Was ich zu ihm noch nie zuvor gesagt habe, obwohl die Emotion für mich so offensichtlich war, als würde eine der Leuchtkugeln aus der Burg in mir leuchten, wann immer ich in seiner Nähe bin. „Ich liebe dich. Genauso sehr."

Vielleicht sogar mehr. Wenn er mich so ansieht, als hätte ich eine Spalte direkt in die Mitte seines Wesens gehauen, steigt in mir etwas mit mehr Entschlossenheit und Hingabe auf, als ich begreifen kann. Etwas, was sich danach sehnt, herauszuströmen und jede Stelle zu füllen, die hinter seinem arroganten Auftreten von Verlust und Einsamkeit ausgehöhlt wurde.

Das Gefühl, wie viel ich geben würde, um die Wunden zu schließen, die er zu verstecken versucht, raubt mir den Atem. Es macht mir *Angst*. Doch nur ein bisschen, denn ich weiß, dass er mich nie bitten würde, es zu versuchen.

„Talia", sagt er mit einem Krächzen in der Stimme, woraufhin ich mich zurücklehne und meinen Kopf an seine Schulter lege.

„Ich erwarte nicht, dass du es erwiderst. So fühle ich einfach. Du musst diesbezüglich nichts unternehmen. Ich liebe dich und ich bin froh, dass ich es tue." So lange ich ihn lieben darf, bevor uns die Erwartungen dieser Welt in die Quere kommen.

Er macht einen rauen Laut und neigt mein Gesicht nach oben, damit er mich küssen kann. Der Druck seines heißen

Mundes sorgt dafür, dass mein Körper bis hinab in meine Zehenspitzen kribbelt.

Als sich seine Lippen auf meinen bewegen und seine Hände über meinen Körper wandern, entzündet das noch mehr Hitze. Plötzlich bin ich froh, dass ich mir noch nicht die Mühe gemacht habe, mein Höschen anzuziehen, denn ich weiß nicht, ob ich diese zusätzlichen Sekunden warten könnte, bevor ich ihn wieder in mir spüren darf.

Doch nichts davon lässt sich mit dem tiefen, schwindelerregenden Brennen vergleichen, das mein Herz umgibt. *Ich liebe dich*, denke ich bei jedem Kuss und jeder Liebkosung. *Ich liebe dich. Ich liebe dich.* Als könnte ich die Zeit in die Länge ziehen, bevor ich alles aufgeben und mich von ihm verabschieden muss, wenn ich jetzt nur genug von dieser Emotion in ihn schütte.

13

Talia

Ich bewege mich ruhelos auf meinem Sitz hin und her und spähe über die Seite zu den anderen Gefährten, die hinter unserem über eine Ebene mit baumwollartigen Blumen gleiten. „Ich wünschte, wir müssten kein so großes Publikum mitbringen."

Sylas folgt meinem Blick und sein Mund verzieht sich entschuldigend. „Ich hätte es verhindert, wenn ich gekonnt hätte. Auf lange Sicht könnte es sich allerdings zu unserem Vorteil auswirken. Ambrose wird nichts von dem, was passiert, leugnen oder falsch auslegen können, wenn alle drei Erzlords dabei sind, um es zu bezeugen."

Der Erzlord, der mich für seine eigenen Zwecke beanspruchen will, bestand darauf, dass die Herrscher des Sommerreichs mit zu dieser Audienz mit dem großen Weisen kommen. Sylas zufolge ließ es Ambrose so klingen, als würde er nicht darauf vertrauen, dass wir einen akkuraten Bericht der Geschehnisse ablegen. Ich hoffe, die anderen Erzlords bemerkten, wie kleinkariert das klingt, da Sylas ausnahmslos ehrlich zu ihnen war.

„Denkst du wirklich, dieser Fae kann herausfinden, warum ich … so bin, wie ich bin?", frage ich.

Whitt lehnt sich auf der Bank, auf der er mir gegenübersitzt, zurück. „Man erzählt sich, dass Nuldar alles weiß. Er lebt auch schon lang genug, falls er wirklich der älteste noch lebende Fae ist, und es besteht kein Grund, daran zu zweifeln. Er ist womöglich sogar ein reinblütiger Fae, was sein magisches Können noch verstärkt. Die Schwierigkeit besteht darin, ihn dazu zu bringen, etwas auf eine Weise zu verkünden, der man etwas Nützliches abgewinnen kann. Es gibt einen Grund dafür, dass er nicht unsere erste Anlaufstelle für die Lösung dieses Rätsels war. Die Erzlords haben sich zuvor schon bezüglich des Fluchs mit ihm beraten und nichts erreicht."

Er hat seine Beine ausgestreckt und seine übereinandergeschlagenen Knöchel ruhen neben meinen – näher als er sich wagen würde, wenn unsere Rudelkollegen in der Nähe wären, um es zu sehen, nicht ganz so nahe, wie er es vielleicht tun würde, wenn Astrid sich uns vieren bei diesem Ausflug nicht angeschlossen hätte. Sylas hält es zwar für eine gute Sache, dass die Erzlords dabei sind, ist jedoch eindeutig darauf vorbereitet, dass etwas schiefgehen könnte, wenn er denkt, dass wir noch einen Krieger brauchen.

Die Fae-Frau, die der mit Abstand älteste Fae in meiner aktuellen Gesellschaft ist, neigt ihren Kopf und lächelt schief. „Ich habe gehört, dass es wahrscheinlicher ist, dass Nuldar eine Angelegenheit durcheinanderbringt, als dass er Licht auf etwas wirft."

„Allerdings haben wir bisher rein gar nichts darüber herausgefunden, warum dein Blut diese Wirkung auf unseren Fluch hat", merkt August an und lässt sich neben mir auf die

Bank plumpsen. „*Jede* Information sollte besser sein als keine, selbst wenn wir darüber nachgrübeln müssen, was sie bedeutet.“

„Genau das habe ich mir auch gedacht.“ Sylas dreht sich zum Bug, um auf die Landschaft vor uns zu blicken. „Und in dem Moment, in dem wir eine Quelle für das Heilmittel haben, die nicht von dir abhängig ist, wird Ambrose keinen Grund haben, zu verlangen, dass dich Tristan in seine Obhut nimmt.“

Ein Anflug von Hoffnung kitzelt durch meine Brust hindurch. Wäre das nicht wundervoll? Einfach nur mit diesen drei Männern und ihrem Rudel zu *sein*, ganz gleich wie das in den kommenden Jahren aussehen wird – nicht mehr als Druckmittel oder Werkzeug zu existieren, sondern einfach nur eine Menschenfrau zu sein, die sich unter den Fae ein Leben aufbaut.

Wenn es doch nur so leicht sein könnte.

Der Fae-Lord deutet nach vorne zu etwas, was wie ein silberner Dunst aussieht. „Wir sind fast da.“

Ich humple zum Bug und lege meine Hände auf das polierte Holz mit seinem durchdringenden Wacholdergeruch. Der Wind spielt mit meinen Haaren.

Als wir näher gleiten, nimmt der Dunst schärfere Formen von Bäumen an, die alle hoch und elegant wachsen und anmutig herabhängende Äste wie Trauerweiden in der Menschenwelt haben. Die Blätter an unseren Weiden funkelten allerdings nie wie diese. Es gibt einen ganzen Wald mit diesen Bäumen, der sich vielleicht einen halben Kilometer lang vor uns erstreckt, bevor dunklere Baumwipfel zu beiden Seiten übernehmen.

„Sie sind wunderschön“, sage ich und starre den Wald an. Nach allem, was ich bereits in der Fae-Welt gesehen habe, kann sie mich noch immer in Staunen versetzen.

„Sternenfallweiden“, erwidert Whitt hinter mir. „Sie

werden wegen ihrer funkelnden Blätter so genannt und auch weil sie sich nachts erhitzen, als hätten sie kleine Sonnen in sich. Es ist viel sicherer, sie bei Tageslicht zu passieren, wenn wir nicht verbrannt werden."

Das ist noch etwas, was ich mehr als einmal über die Fae-Welt gelernt habe. Es gibt hier genauso viele tödliche Dinge wie hübsche und manche sind beides.

Unser Gefährt bleibt am Waldrand stehen. Ein flüsternder Laut weht heraus und begrüßt uns. Sylas springt als Erster aus unserem Transportmittel und reicht mir seine Hand, um mir zu helfen, sodass ich neben ihn hüpfen kann. „Bleib dicht bei uns. Die Bäume werden dich am Tag nicht verletzen, können allerdings ein wenig … furchterregend sein."

Wunderbar. Ich widerstehe dem Drang, in meine Haut zu schrumpfen, und zwinge mich, mit hoch erhobenem Kopf neben ihm her zu hinken. Die Erzlords und die wenigen Rudelmitglieder, die sie begleitet haben und die nun alle ihre Gefährte verlassen, ignoriere ich. August bleibt an meiner anderen Seite, während Whitt nur ein paar Schritte vor uns geht und Astrid die Nachhut bildet.

Ich verstehe, was Sylas meint, sobald wir den Wald betreten. Die herabhängenden Zweige mit ihren langen, dünnen Blättern schwingen leicht hin und her, was ich zunächst für Bewegungen in der leichten Brise hielt. In dem Moment, in dem wir zwischen ihnen hindurchlaufen, ist es so, als würden sie zum Leben erwachen.

Ein Zweig hebt sich, um mit seinen Locken-ähnlichen Blättern über Augusts Schulter zu gleiten. Ein anderer tippt Sylas auf den Kopf. Die vor Whitt drehen und heben sich, als würden sie ihn betrachten. Hinter mir höre ich ein Rascheln und einen gefluchten Protest von Astrid. „Neugierige Dinger."

„Geduld", sagt Sylas ruhig. Er blickt auf mich herab.

„Mit den verstreichenden Jahren ist Nuldar immer stärker in seine magischen Künste eingetaucht. Er hat eine enge Verbindung zu Bäumen und anderem Pflanzenleben, so wie ich, wenn auch auf eine noch tieferreichende Art. Obwohl er ein Lord ist, lebt er jetzt allein hier … und ist mehr oder weniger mit dem Wald verschmolzen. Die Bäume handeln nach seinem Willen."

„Er bringt sie dazu, sich so zu bewegen?" Ich sehe mich um und verkneife mir ein Schaudern, als sich ein Ast wie eine Schlange an August vorbeischlängelt, um mit den Blättern über meinen Arm zu gleiten.

Whitt gluckst. „Wir sollten uns glücklich schätzen, dass er auf keine noch gründlichere Inspektion besteht."

Ich erwarte, dass wir eine Burg erreichen oder wenigstens ein Haus, das sich kaum von denen unterscheidet, die Sylas erschaffen hat, indem er Bäume nach seinem Willen wachsen ließ, und dass dieser Nuldar darin lebt. Als Whitt plötzlich stehen bleibt und sich tief verneigt, realisiere ich, dass die ‚Verschmelzung' viel umfassender ist.

Vor uns steht nämlich kein Gebäude, sondern ein Baum – aber nicht *einfach* ein Baum. Seine herabhängenden Äste breiten sich zu beiden Seiten aus, um einen klaren Blick auf das Innere zu geben. Aus dem Baumstamm ragt die Gestalt eines Mannes heraus: knochendünn und so faltig, dass schwer zu sagen ist, wo seine faltige Haut aufhört und die Rillen der Baumrinde anfangen.

Eine seiner Hände, deren Fingerspitzen kaum sichtbar sind, hebt sich zu den oberen Ästen. Die andere streckt sich zu den Wurzeln. Das bisschen Stoff um die Hüften der Gestalt und die krausen Haare, die aus ihrem Kopf und Kinn sprießen sind hellgrau in der gleichen Farbe wie die Rinde.

Die Haut des Mannes besitzt nur minimal mehr Farbe, ein leicht pfirsichfarbener Ton, der hauptsächlich von dem hellen Silberton des Baumstamms absorbiert wird. Dann blinzeln seine Augen und öffnen sich vollständig und mich trifft das lebhafte Mitternachtsblau der Iriden, die einen starken Kontrast zu dem Rest von ihm und dem Baum bilden, mit dem er eins geworden ist.

Alle Fae um mich herum – meine Liebhaber, Astrid und die Abgesandten der Erzlords, die uns mittlerweile eingeholt haben – verbeugen sich genauso tief wie Whitt, einschließlich der Erzlords. Anscheinend kann sogar Ambrose anerkennen, dass dieser Weise eine größere Macht hat als er selbst.

Ich beuge mich an der Taille so tief nach unten, wie ich kann, ohne das Gleichgewicht zu verlieren, weil ich das Wesen nicht beleidigen will, von dem wir Antworten zu erhalten hoffen. Als ich mich wieder aufrichte, kostet es mich viel Anstrengung, es nicht offen anzustarren.

„Großer Nuldar", sagt Sylas, dessen tiefe Stimme durch den Wald hallt, „wir kommen zu Ihnen, um Ihre Weisheit zu ersuchen. Sind Sie noch gewillt, heute mit uns zu sprechen?"

Die Antwort des Weisen klingt raschelnd wie Blätter, die aneinander reiben, und sein Bart zuckt ganz leicht bei der Bewegung seiner Lippen. „Fragen Sie, was Sie wollen, und ich werde Ihnen sagen, was ich sehe, Lord Sylas."

Sylas legt seinen Arm um meine Schultern und führt mich nach vorne, sodass ich mich vollständig in Nuldars Sichtfeld befinde. Ich stehe unbeholfen da und weiß nicht, was ich mit meinen Händen machen oder ob ich überhaupt lächeln soll.

„Das Blut dieser Menschenfrau hat eine Eigenschaft, die den Fluch aufhebt, unter dem wir Seelie während des Vollmondes leiden", erklärt der Fae-Lord. „Wir möchten verstehen, wie diese entstanden ist und alles, was Sie uns darüber verraten können."

Die Augen des Weisen heften sich auf mich. Ich stelle fest, dass ich den Blick nicht von ihm abwenden kann.

Niemand bewegt sich, doch ich habe das Gefühl, als würde ich immer tiefer in diese dunklen Augen fallen in eine Leere ohne Ende.

Meine Gedanken zerfließen und mein Gespür für die Welt um mich herum verblasst. Ich kenne nur das kräftige Dunkelblau und eine bebende Empfindung, die durch meinen Kopf und meine Brust rast.

Als Nuldar wegsieht, schwanke ich und schnappe keuchend nach Luft. Sylas' Griff um mich spannt sich an. Ohne ihn wäre ich vermutlich gestolpert. Mein ganzer Körper zittert jetzt innerlich und meine Gedanken drehen sich im Kreis.

Der Weise beginnt jedoch, zu sprechen. Ich konzentriere mich so gut wie möglich auf seine Worte.

„Sie begann in Dunkelheit", intoniert Nuldar mit einer Stimme, die so fern wie der Raum ist, in den ich in seinen Augen gestolpert bin. „Dann kam sie hinaus ins Licht. Die Mutter ihrer Mutter ihrer Mutter begegnete einem aus der Nebelwelt, der den Samen pflanzte. Sie kam zur Blüte zusammen mit unserem Fluch und war ab diesem Punkt mit ihm verbunden. Mit jeder vergehenden Generation wurde die Verbindung stärker. Das ist es, was ich sehe." Seine Augen schließen sich wieder.

„Großer Nuldar", beginnt Sylas, doch der Weise gibt keine Antwort und lässt sich nicht anmerken, ob er ihn überhaupt gehört hat. Ich vermute, dass dieser plötzliche Rückzug nicht ungewöhnlich ist, da Sylas nicht nach mehr drängt. Er dreht sich mit nachdenklicher Miene um und bedeutet der kleinen Menge, die um uns herum versammelt ist, den gleichen Weg zurückzugehen, den wir gekommen sind.

Ich eile zwischen ihm und August her, erleichtert, dass wir nicht länger inmitten dieser gruseligen Bäume bleiben müssen, während wir Nuldars Verkündung besprechen. Wie

Whitt angedeutet hatte, war die Aussage des Weisen nicht sonderlich eindeutig, aber ich kann die offensichtliche Metapher verstehen. Vor allem den ersten Teil – beginnen nicht alle Leute in der Dunkelheit und kommen dann ins Licht? Das ist eine hochtrabende Ausdrucksweise dafür, dass ich geboren wurde. Ich weiß nicht, wie hilfreich der Rest sein wird, wenn er so angefangen hat.

Die Bäume stupsen uns und zerren an uns mit ihren Zweigen, hindern uns aber nicht daran, den Wald zu verlassen. Wir bleiben alle auf der Blumenwiese stehen, wo wir die Gefährte zurückgelassen haben.

„Nun?", will Ambrose wissen, bevor irgendeiner von uns mehr tun kann, als tief Luft zu holen. „Sie haben am meisten mit dem Mädchen gesprochen. Was halten *Sie* davon?"

Zwei majestätisch aussehende Fae begleiten ihn, die meines Wissens Mitglieder seines Kaders sind. Eine Frau in schlichter, wenn auch edler Kleidung, die sich im Hintergrund hält, ist ebenfalls dabei – kann er nirgends ohne einen Diener hingehen?

Andererseits sieht es so aus, als hätte Donovan auch ein paar Bedienstete mitgebracht. Sie folgen dem Erzlord, als er näher herantritt, um Sylas' Antwort zu hören. Celia, die nur ein einziges Kadermitglied zur Begleitung mitgebracht zu haben scheint, mustert sie mit verächtlich verzogenen Lippen, was ich nicht ganz verstehe.

Sylas verschränkt die Arme vor der Brust. „Ich würde sagen, für Nuldar war das eine beeindruckend direkte Antwort angesichts dessen, was wir bereits über Talia und unseren Fluch wissen. Die Mutter ihrer Mutter ihrer Mutter wäre ihre Uroma. ‚Den Samen pflanzen' bezieht sich vermutlich auf eine Schwangerschaft. Der Gefährte ihrer Uroma war ein Mann mit mindestens etwas Fae-Blut – einer aus der Nebelwelt."

Whitt nickt. „Es muss ein sehr kleines Fae-Erbe gewesen

sein, das zunehmend abgeschwächt wurde, bevor es Talia erreichte, denn sie zeigt keinerlei körperliche Anzeichen dieses Erbes. Es klingt jedoch so, als gab es eine Überschneidung der Zeitpunkte. Sie kam zur Blüte – vielleicht wurde ihre Großmutter geboren, gerade als der Fluch einsetzte, und diese Synchronität verknüpfte die zwei trotz der Schwäche des Fae-Elements in ihr."

Er macht allerdings ein finsteres Gesicht. Könnte das alles ebenfalls erklären, warum ich über geringe magische Fähigkeiten verfüge? Und würde sich ein Fluch wirklich an ein beliebiges Baby heften, das im Grunde genommen menschlich war, nur weil es zufällig zur gleichen Zeit geboren wurde? Ich habe keine Ahnung, wie Fae-Magie funktioniert, weshalb ich nicht weiß, wie plausibel diese Annahmen sind.

Vor den Erzlords zögere ich jedoch, etwas zu fragen, durch das ich unwissend klingen würde – oder was Zweifel an Sylas' und Whitts Erklärungen wecken würde – weshalb ich den Mund halte. Ein anderer, unbehaglicherer Gedanke kommt mir.

Wenn die Besonderheit, die mein Blut zu einem Heilmittel für den Fluch macht, etwas ist, was ich wegen eines unbeabsichtigten Zufalls geerbt habe ... dann gibt es womöglich in keiner der Welten etwas anderes, was die gleiche Wirkung hat. Anstatt uns eine Lösung für unser Problem zu bieten, hat dieser Ausflug vielleicht noch unterstrichen, wie wertvoll ich für alle Seelie bin.

Ambrose reibt sich über den Mund. „Was ist dann mit ihren anderen Verwandten? Ist diese Großmutter noch nicht zu Staub zerfallen? Vielleicht würde ein Mensch, bei dem das ursprüngliche Fae-Erbe stärker ausgeprägt ist, bessere Ergebnisse erzielen."

Mein Herz macht einen Satz und August wirft dem Erzlord einen wilden Blick zu. „Wir schleppen ihre Familie nicht hierher, damit sie für uns blutet."

„Es würde keinen Sinn machen", wirft Whitt ein, bevor Ambrose protestieren kann. „Der Weise sagte, dass die Verbindung zwischen der Familienlinie und dem Fluch mit den Generationen *stärker* wurde. Wenn heute kein Gegenteiltag ist, bedeutet das, dass die Generationen vor Talia eine schwächere Wirkung hätten."

Hätten sie überhaupt irgendeine Wirkung? Aerik und sein Kader schienen nichts Besonderes an Jamies Blut zu bemerken, als sie … als sie meinen Bruder in Stücke rissen. Die Erinnerung sorgt dafür, dass ich innerlich zusammenzucke und mein Puls schneller schlägt. Ich greife nach Augusts Hand und er drückt meine.

Vielleicht war es etwas, was nur an die Frauen weitergegeben wurde? Ich bin mir nicht sicher, warum das der Fall sein sollte. Oder vielleicht hat es etwas damit zu tun, dass ich das älteste Kind bin?

Nicht, dass es eine Rolle spielt. Jamie und meine Mutter starben beide vor beinahe einem Jahrzehnt.

„Ich schätze, dieser Ausflug war einigermaßen informativ", sagt Celia mit kühler Stimme. „Aber es scheint nur sehr wenig an der Situation zu ändern. Ein winziger Teil Fae-Einfluss in ihrer Linie macht dieses Mädchen nicht weniger menschlich und das Heilmittel bleibt an ihr Blut gebunden."

Es stimmt – nichts ist anders abgesehen davon, dass ich noch mehr Fragen habe und die Ungewissheit größer ist. Ich blicke zurück zum Wald und frage mich, ob Nuldar noch etwas sagen würde, wenn ich einfach zu ihm marschieren und Antworten verlangen würde. Irgendwie bezweifle ich das.

Ambrose hat sich vom Rest von uns abgewendet. Ein weiteres Gefährt ist in der Ferne in Sicht gekommen. Er schenkt den anderen ein schmales Lächeln. „Ich hatte noch eine Angelegenheit zu klären und dies war ein passender

Treffpunkt. Entschuldigt mich einen Augenblick. Dann können wir über das reden, was sonst noch besprochen werden muss."

Celia schnaubt, als wäre sie nicht der Meinung, dass es noch etwas zu besprechen *gäbe*. Sie läuft mit ihrem Kader-Gewählten zu ihrem Gefährt und Sylas geht zu Donovan, um sich mit ihm zu unterhalten. Ambrose entfernt sich ein Stück weit von unserer Gruppe, bleibt jedoch stehen und wippt auf den Fersen, während er auf die Neuankömmlinge wartet.

August wendet sich an Whitt. „Wenn lediglich Fae-Einfluss und das richtige Timing nötig sind, gibt es sicherlich noch andere Wesen, auf die das zutrifft. Falls wir Pflanzen oder Tiere der Nebelwelt finden könnten, die im gleichen Moment entstanden sind …"

Whitt verzieht das Gesicht. „Vielleicht ist eine richtige Fae-Abstammung notwendig und nicht nur, dass das Wesen aus diesem Reich kommt. Du weißt, dass es nur so wenig Seelie-Nachwuchs gibt, dass nicht einmal gewährleistet ist, dass im gesamten Reich jedes Jahr ein Fae geboren wird, geschweige denn an einem speziellen Tag."

Etwas, was Astrid erwähnt hat, kitzelt meine Gedanken. „Vielleicht …", beginne ich und dann erstirbt meine Stimme in der Kehle, denn ich sehe, wer aus dem neu angekommenen Gefährt steigt, um sich mit Ambrose zu treffen.

Das Sonnenlicht reflektiert von Aeriks osterglockengelben Haaren – und von den eisblau-weißen Haaren des scharfkantigen Mannes, der hinter ihm erscheint. Ich erstarre.

Kurz denke ich, dass ich mir meine Entführer nur eingebildet habe, nachdem ich mich an ihren Angriff auf meine Familie erinnert habe, doch nein, sie sind wirklich hier. Aerik marschiert zu Ambrose und Cole schlendert hinter ihm her. Er wirft mir einen kurzen Blick zu und seine Miene nimmt eisige Züge an.

Wenn mein Puls zuvor gerast ist, so rasselt er jetzt geradezu durch meine Glieder. Ich atme scharf ein und stelle fest, dass sich meine Lunge zusammengezogen hat. Ich reiße meinen Blick los, blinzle heftig und kämpfe darum, meine Emotionen zu kontrollieren, während so viele mächtige Fae hier sind, um Zeugen zu werden, falls ich zusammenbreche.

Diese Monster sollten keine Wirkung mehr auf mich haben. Wir besiegten sie – wir vier gemeinsam. Sylas erzwang ihre Kapitulation. Sie *können* mich jetzt nicht verletzen.

Doch ich war nicht vorbereitet und in mein Gehirn sind neun Jahre der Folter gebrannt, die sich nicht so leicht auslöschen lassen. Erinnerungsfetzen kommen mir in den Sinn: ein Ellenbogen, der in meine Rippen kracht, der kalte Schimmer der Bronzestäbe um mich herum. Ein Laut wie ein Röcheln entweicht meiner Kehle. Ich balle die Hände zu Fäusten und konzentriere mich auf den Druck meiner Fingernägel, die sich in meine Handballen bohren, auf die Festigkeit des Bodens unter meinen Füßen.

„Talia", sagt August gedämpft, jedoch drängend. Er legt seinen Arm um mich und schirmt mich ab.

Ich kann die Anspannung in seiner Haltung spüren. Er wird auch keine Aufmerksamkeit auf meine Schwäche lenken wollen. Ambrose wird eine Möglichkeit finden, das gegen mein Rudel zu verwenden.

Der Erzlord muss gewusst haben, dass ich eine Reaktion auf Aeriks Anblick haben würde. Sylas sagte, dass er dem Trio keine Einzelheiten über meine Folter verraten hat, doch sie wissen, dass Aerik und sein Kader diejenigen waren, die mich von meinem Zuhause in dieses Reich verschleppt haben, die meinen Fuß brachen und mich in einen so erbärmlichen Zustand versetzten, dass Sylas nie zugestimmt hätte, mich ihnen zurückzugeben.

Ich verberge meine Panik nicht so gut, wie ich es gerne täte. Whitt tritt mit einem Aufblitzen seiner Zähne und einer leisen Bemerkung näher. „Sie werden nicht in deine Nähe gelangen. Ich würde gerne sehen, wie sie das probieren." Astrid stellt sich zwischen mich und die Neuankömmlinge, sodass ich sie nicht sehen kann, selbst wenn ich in diese Richtung schaue.

Und – oh, nein – Sylas und Donovan nähern sich ebenfalls. „Ist sie in Ordnung?", höre ich den feuerhaarigen Mann fragen. Er scheint ein viel freundlicher Herrscher als sein Kollege zu sein, doch wir brauchen ihn nach wie vor auf unserer Seite. Wir brauchen es, dass er glaubt, dass ich in Sylas' Obhut sicher und gut aufgehoben bin.

„Das hier ist alles ein wenig überwältigend", bringe ich hervor und hasse es, wie meine Stimme zittert. „Ich werde einfach …" Ich sinke zu Demonstrationszwecken zu Boden, anstatt zu versuchen, weitere Worte hervor zu zwingen. Ich setze mich ins Gras und ziehe die Knie an meine Brust.

So. Es wird aussehen, als bräuchte ich nur eine kleine Pause. August hockt sich neben mich, streichelt meinen Rücken und mit seiner Berührung sowie dem stärkeren Gefühl, geerdet zu sein, beginnt sich mein innerer Aufruhr zu legen.

Sie beobachten mich alle. Ich kann ihnen schlecht sagen, dass sie gehen sollen. Ich stelle fest, dass ich durch die Lücke zwischen Sylas und Donovan starre, die über mir stehen. Zuerst ist mein Fokus verschwommen, doch dann fällt mir eine Bewegung ins Auge.

Einer der Bediensteten, die Donovan mitgebracht hat, schüttelt den Kopf. Er scheint jedoch mit niemandem zu reden. Er steht allein da und öffnet und schließt die Augen, während er erneut mit dem Kopf von einer Seite zur anderen ruckt. Er verzieht den Mund, als hätte er Schmerzen.

Da ich von ihm abgelenkt werde, verfliegt meine Furcht allmählich. Stimmt etwas nicht mit ihm?

Er berührt seine Hüfte und verrückt etwas in seiner Tasche – ich entdecke das Aufblitzen einer Metallkante – und dann läuft er außer Sichtweite in die Richtung von Celias Gefährt.

Ein unbehagliches Beben durchfährt mich, das nichts mit Aerik zu tun hat. Etwas stimmt nicht.

Das letzte Mal, als Ambrose uns bei einer Versammlung der Fae angegriffen hat, ging es nicht nur um mich und Sylas. Er hatte andere Pläne, größere Pläne. Warum sollte es dieses Mal anders sein? Er hat nicht nur meine Nerven erschüttert – er hat auch sichergestellt, dass die Aufmerksamkeit von fast allen auf mir liegt anstatt auf … wo auch immer er sie nicht haben will.

Ich öffne den Mund, doch meine Kehle ist ausgetrocknet, weshalb ich nur krächze. Meine Männer rücken mit besorgten Mienen näher.

Im Moment müssen sie sich allerdings keine Sorgen um mich machen, glaube ich. Meine Augen huschen zur Seite und treffen auf Astrids.

Ich mache eine hektische Geste in die Richtung, in die der Bedienstete zu gehen schien. Eine Furche gräbt sich auf ihre Stirn, aber sie sieht sich trotz ihrer Verwirrung um.

„Erzlord Donovan", sagt sie rasch. „Hat Ihr Bediensteter Angelegenheiten mit Ihren Kollegen zu regeln?"

„Was?" Der Erzlord dreht sich um und flucht leise. Als er davoneilt, entspanne ich mich in Augusts Armen.

Es erklingt ein Knall und ein Schrei. Alle um mich herum drehen sich um und schauen zu dem Tumult, genauso wie Ambrose. „Was ist dort los, Donovan?", fragt er spöttisch.

Donovan steht über seinem Diener, eine Hand hat er auf die Stirn des Mannes gepresst, die andere umklammert seine

Handgelenke. Dabei befinden sie sich nur wenige Schritte entfernt von Celias Gefährt. Sie sieht ebenfalls mit zusammengezogenen Augenbrauen zu.

Donovan spricht einige leise Worte und der Mann hört auf, sich zu wehren. Er schüttelt den Kopf, allerdings in einer lockereren Bewegung, als ich es zuvor sah. „Es … es tut mir leid, mein Lord. Ich weiß nicht …"

„Es ist in Ordnung", fällt ihm der Erzlord ins Wort und schubst ihn zurück zu seinem eigenen Gefährt. Donovan wirft Ambrose einen argwöhnischen Blick zu. „Etwas an diesem Ort scheint sich schlimm auf meinen Diener ausgewirkt zu haben. Ich habe mich darum gekümmert."

„Menschen sind nie so widerstandsfähig, wie wir es hoffen, nicht wahr?", erwidert Ambrose und wendet sich erneut an Aerik.

Der Bedienstete ist ein Mensch? Ich vermute, dass ich keine Möglichkeit habe, das zu erkennen, solange er Fae-Kleider anhat. Die Fae können manche Unterschiede deutlich wahrnehmen, aber es gibt kein sichtbares Zeichen, anhand dessen ich einen Fae mit einem kleineren Teil reinen Blutes von einem Menschen unterscheiden könnte.

Als ich es schaffe, wieder aufzustehen, mustert mich Sylas. „Alles in Ordnung, Kleines?", fragt er mit so viel Wärme in der Stimme, dass der alte Spitzname liebevoll anstatt herabwürdigend klingt. Als ich nicke, eilt er zu Donovan, weil er zweifelsohne einen detaillierteren Bericht zu den Vorgängen möchte.

Was auch immer Ambrose geplant hatte, er lässt sich seine Enttäuschung nicht anmerken. Nach einigen Minuten verabschiedet er Aerik und Cole, da seine angebliche Angelegenheit mit ihnen geklärt ist, und die Erzlords treffen sich abermals mit Sylas und seinem Kader. Es dauert nicht lange, festzustellen, dass es nichts in den Metaphern des Weisen gibt, woraus sie weitere Erkenntnisse ziehen können.

„Falls Ihnen noch irgendetwas einfällt oder es zu einer neuen Enthüllung kommt, erwarte ich, dass Sie uns das sofort mitteilen“, verkündet Ambrose und marschiert davon. Die anderen zwei Erzlords folgen seinem Beispiel, doch nicht ehe Donovan einen bedeutungsschwangeren Blick mit Sylas wechselt.

Wir warten, während die anderen abreisen. Als sie so weit weg sind, dass sich meine Männer sicher sind, nicht überhört zu werden, wendet sich Whitt an Sylas. „Worum ging es bei dem Ganzen?“

Sylas lässt einen zittrigen Seufzer fahren. „Wie es scheint, ist einer von Donovans menschlichen Dienern unter einen Bann geraten. Einer, der ihn mit einem Messer zu Celia getrieben hat. Und Donovan hat diese Bediensteten nur mitgenommen, weil er eine anonyme Warnung erhielt, dass sie heute in der Burg in Gefahr wären. Er wurde manipuliert, damit er sie hierher mitnimmt.“

Ich kann wenigstens eine der Lücken füllen. „Ambrose muss ihn verzaubert haben. Ich nehme an, es ist viel einfacher, das bei einem Menschen zu tun als bei einem Fae-Bediensteten?“

„Leider, ja. Und ob das nun Ambrose selbst oder einer seiner Untergebenen war, wir sind uns fast sicher, dass er involviert war.“ Er wendet sich an Astrid. „Danke für deine Wachsamkeit. Hättest du das merkwürdige Verhalten des Dieners nicht bemerkt, hätte er seinen Angriff womöglich durchgeführt.“

Die Kriegerin deutet mit dem Kopf auf mich. „Talia hat ihn entdeckt. Sie hat es geschafft, mich trotz ihrer Panik zu warnen.“

„Wirklich.“ Sylas’ Blick heftet sich wieder auf mich, beeindruckt, jedoch nach wie vor grimmig. „Du beschützt uns, wenn wir eigentlich dich beschützen sollten.“

„Ihr habt mich schon oft genug beschützt“, erwidere ich.

August knurrt. „Erst die Diebstähle und jetzt das – und darüber hinaus hat er Talia in Panik versetzt. Was ist Ambrose' Ziel?"

Whitt zieht eine Augenbraue hoch. Ich glaube nicht, dass die Schärfe in seiner Stimme wirklich seinem Bruder gemünzt ist. „Kannst du es nicht erraten? Wie wir Talia vor nicht allzu langer Zeit erklärt haben, gibt es zwei Möglichkeiten, einen Erzlord zu ersetzen. Ambrose rechnet nicht damit, dass er damit davonkommen könnte, Donovan kaltblütig zu ermorden."

Das Gespräch kommt zurück zu mir. „Die andere Möglichkeit besteht darin, zu zeigen, dass der Erzlord nicht gut genug ist – aufgrund von Fehlern? Würde Donovan rausgeworfen werden, weil er ein paar Artefakte gestohlen hat?"

„Vermutlich nicht nur deswegen", antwortet Sylas. „Ich bezweifle allerdings, dass dies der einzige Schlag sein sollte. Und auch wenn sein Diener kaum eine Chance gehabt hätte, Celia echten Schaden zuzufügen, wäre die Anstiftung zum versuchten Mord eines anderen Erzlords gewiss ein Grund zu einer Absetzung. Ich glaube, wir können jetzt mit begründeter Sicherheit sagen, dass Ambrose nicht nur darauf aus ist, dich in die Fänge seines Cousins zu übergeben, sondern auch Tristan auf einen Thron zu setzen."

Whitt verzieht das Gesicht. „Und wenn das passiert, können wir uns von dem Gleichgewicht in der Bastion verabschieden. Ambrose und Tristan werden jede Wahl gewinnen. Was immer die zwei von allen Seelie wollen, werden sie kriegen."

14

August

Ich bin gerade erst eingedöst, als mich das schwache Klicken meiner Schlafzimmertür wieder hellwach macht. Ich schnelle in die Höhe, doch bevor meine Abwehrinstinkte stärker reagieren können, habe ich den Geruch bereits erkannt, der mir in die Nase steigt.

Talia späht herein. Mit ihrer blassen Haut und ihrem weißen Nachthemd würde sie wie ein Gespenst aussehen, wären da nicht ihre knallpinken Haare, die selbst im schwachen Mondlicht, das durch mein Fenster fällt, unverkennbar sind. Sie zögert auf der Türschwelle. „Ich hoffe, ich habe dich nicht geweckt? Es hat sich so angehört, als wärst du gerade erst ins Bett gegangen."

Ich kenne diese Frau mittlerweile zu lange, um noch überrascht davon zu sein, dass sie so schlau ist, unsere Bewegungen in der Burg wahrzunehmen. Vor nicht *allzu* langer Zeit hatte sie wahrscheinlich das Gefühl, dass ihr

Überleben und eine potenzielle Fluchtmöglichkeit davon abhingen, dass sie wusste, wann wir uns für die Nacht zurückzogen.

Ich verfüge nicht über die Worte, um auszudrücken, wie froh ich bin, dass sie dieses Wissen nun nutzt, um zu mir zu kommen, anstatt zu fliehen. Daher entscheide ich mich für ein Lächeln und strecke meine Hand aus. „Es würde keine Rolle spielen, wenn du es getan hättest, aber du hast mich nicht geweckt. Komm rein. Stimmt etwas nicht?"

Als sie über den Boden zu mir humpelt, schüttelt sie den Kopf und dann scheint sie diese Geste zu korrigieren. „Nicht so ganz. Ich … nachdem ich heute Aerik und Cole gesehen habe, befürchte ich, dass die Albträume zurückkommen könnten. Jedenfalls, wenn ich allein schlafe. Ich scheine sie nicht zu haben, wenn ich weiß, dass ich bei jemandem bin, der mich beschützen kann."

Eine leichte Röte überzieht ihre Wangen, als wäre dieses Geständnis peinlich. Die Freude, die ich bereits darüber empfand, sie hier zu haben, breitet sich mit einer berauschenden Wärme in meiner Brust aus.

Ich weiß, dass Sylas sie zuvor in ihren Nächten des Schreckens getröstet hat, dies ist jedoch das erste Mal, dass sie mich aufsucht. Ich habe nichts dagegen, dass sie die Aufmerksamkeit meiner Brüder genauso zu schätzen weiß wie meine, aber ich komme nicht umhin, mich darüber zu freuen, dass sie heute Nacht lieber mich anstatt einen von ihnen wollte.

Allerdings wünschte ich mir, dass sie sich überhaupt keine Sorgen um Albträume machen müsste.

Ich rutsche auf dem Bett zur Seite und hebe die Decke an, um Platz für sie zu machen. „Du bist hier immer willkommen, Süße. Ich werde mein Bestes tun, diese räudigen Schurken zu verjagen, selbst wenn sie nur in deinem Kopf sind."

Mit einem erleichterten Lächeln krabbelt sie unter die Decke und kuschelt sich so mühelos an mich, dass mein Herz singt. Ich lege einen Arm um ihren Oberkörper und reibe meine Nase an ihren Haaren.

Begehren regt sich in meiner Brust und weiter unten. Meine wölfischen Instinkte steigen an die Oberfläche mit dem Drang, von ihr zu kosten und sie zu nehmen. Dafür ist sie jedoch nicht zu mir gekommen. Sylas hat extra einen separaten Raum für diese Art von Begegnungen eingerichtet, damit Talia uns nachts so wie jetzt aufsuchen kann, ohne dass eine größere Intimität von ihr verlangt wird.

Für alles andere werden wir noch genug Gelegenheiten haben. Und es ist nicht so, als würde es sich nicht bereits sehr intim anfühlen, sie so in meinen Armen zu halten und über sie zu wachen, während sie schläft.

Nach dem Ausflug zu dem Weisen und all den Überraschungen sowie dem Stress, der damit verbunden war, ist es kein Wunder, dass Talia erschöpft ist. Ihr Atem wird nach wenigen Minuten in meiner Umarmung langsamer und ihre Muskeln erschlaffen. Ich drücke einen hauchzarten Kuss auf ihren Kopf und lege meinen auf das Kissen, der Schlaf kommt jedoch nicht so schnell zu mir.

Ich liebe diese Frau so sehr. So sehr, dass es sich wie ein Dolch in meinem Herz anfühlt, zu sehen, dass sie Schmerzen leidet. So sehr, dass die Emotion mit jedem Herzschlag durch mich hindurch pulsiert, während sie hier bei mir liegt. In jedem Moment, in dem sie in meiner Nähe ist, schreckt mein Körper vor dem Gedanken zurück, sie gehen zu lassen.

Wenn sie ein Fae wäre – Fae genug, dass einer der anderen Fae sie als einen zählen würde – würde ich sie bitten, meine Gefährtin zu werden. Doch trotz Nuldars Bemerkungen ist sie so menschlich, dass ich mir nicht sicher bin, ob sich nicht sogar unsere Rudelmitglieder an so einer offiziellen Verbindung stören würden.

Bei meinem Leben, ich bin mir nicht sicher, ob mich das überhaupt interessieren würde, wenn der winzige Fae-Einfluss auf ihr Blut nicht einen so großen Unterschied machen würde. Dass ich sie als Gefährtin beanspruche, obwohl sie das einzige bekannte Heilmittel für unseren Fluch ist, würde so viele politische Konsequenzen nach sich ziehen, dass ich es mir nicht einmal ausmalen kann.

Und dabei ist noch nicht einmal berücksichtigt, was mein Lord und Kader-Kollege zu diesem Thema zu sagen hätten. Würden sie eine geteilte Beziehung akzeptieren, bei der Talia offiziell stärker an mich gebunden ist als an sie? Würde *Talia* eine Gefährtenbindung akzeptieren in dem Wissen, dass sie das zaghafte Gleichgewicht in Schieflage bringen würde, das wir gerade erst zwischen uns dreien gefunden haben?

Weitere Fragen, auf die ich die Antwort nicht kenne. Auch wenn ich möchte, dass sie sich auf jede erdenkliche Weise geliebt fühlt, würde es mehr Probleme als Freude schaffen, diesen Schritt vorzuschlagen. Fürs Erste bin ich zufrieden mit dem, was ich habe.

Vielleicht sollte ich gar nicht darüber nachdenken, sie näher bei mir zu halten. Ambrose und seine Rudelmitglieder haben es bereits geschafft, sie zu traumatisieren, sie zu verletzen … Wir haben nicht gereicht, um sie zu beschützen. Wie kann ich sagen, dass ich alles tun würde, um sie zu beschützen, wenn ich es nicht geschafft habe, sie von ihm fernzuhalten?

Diese unbehagliche Frage sorgt dafür, dass sich meine Gedanken noch eine Weile im Kreis drehen, bevor ich endlich einschlafe. Als ich im Dämmerlicht aufwache und sich Talia enger an mich kuschelt, bemühe ich mich, die Schlüsse, zu denen ich gekommen bin, aus meinem Kopf zu verscheuchen. Ich halte sie in den Armen, während sie noch etwas länger döst, und bereite anschließend mit ihrer Hilfe in der Küche ein schnelles Frühstück zu. Jeder erfreute Blick, den sie mir schenkt, jedes strahlende Lächeln schätze ich und präge es mir ins Gedächtnis ein.

Nachdem wir alle gegessen haben, geht Sylas, um sich mit Whitt über etwas zu unterhalten, und Talia gibt mir einen kurzen Kuss, bevor sie mit Astrid loszieht, um etwas zu suchen, mit dem sie sich unter den Rudelmitgliedern beschäftigen kann. Ich beginne aus Gewohnheit, die Küche zu putzen, bis mich die Rudelmitglieder, die mir seit unserer Rückkehr nach Hearthshire zur Hand gegangen sind, – respektvoll – aus dem Weg scheuchen. Wenn ich meine Kochkünste nicht so verbessert hätte, wie ich es habe, würden sie mir wahrscheinlich sagen, dass es nicht die Aufgabe eines Kader-Gewählten sei, irgendetwas in der Küche zu tun.

Ich gehe hinauf zu Sylas' Büro in der Erwartung, mich seinem Gespräch mit Whitt anzuschließen, doch als mich mein Lord hereinruft, ist der Spionagechef bereits fort. Sobald ich eintrete, erhebt sich Sylas.

„Ich wollte dich gerade rufen", sagt er. „Ich habe eine Audienz mit Ambrose arrangiert. Ich hätte gerne, dass du mich begleitest."

Ich blinzle und werde vorübergehend aus der Bahn geworfen. „Ich? Das letzte Mal hast du Whitt mitgenommen." Politische Verhandlungen sind definitiv nicht mein Fachgebiet.

Sylas lächelt und bedeutet mir, ihm zu folgen. „Ich möchte nicht, dass die Erzlords den Eindruck erhalten, dass ich einen meiner Kader-Gewählten dem anderen vorziehe. Und Whitt wird ebenfalls dort sein, nur heimlicher. Ich erwarte, dass Ambrose nicht gut auf dieses Gespräch reagieren wird. Unser Bruder wird zuschauen, um herauszufinden, wie er reagiert und welche Befehle er seinem Rudel erteilt."

Ich verlasse die Burg mit Sylas und blicke zu unserem Rudeldorf. „Dann wird keiner hier bei Talia sein …"

„Astrid hat bewiesen, dass sie dieser Aufgabe mehr als gewachsen ist. Ich rechne mit keinen größeren Angriffen unserer Gäste, aber sie hat nur für den Fall Anweisungen von mir erhalten." Er betrachtet mich eine Sekunde lang, bevor er das Gefährt herbeiruft, das er nach dem gestrigen Ausflug nicht in seinen natürlichen Zustand zurückversetzt hat. Wusste er da schon, dass er so bald wieder eines brauchen würde? „Was wir heute tun, wird sie womöglich besser als alles schützen, was wir hier an ihrer Seite erreichen können."

Wir fahren in einem schnelleren Tempo los, als er gewählt hätte, wenn Talia bei uns gewesen wäre. Ich glaube nicht, dass er sie länger als nötig, ohne unseren Schutz zurücklassen will trotz des Vertrauens, das er in Astrid setzt. Der Wind pfeift über den Baldachin und zerzaust meine Haare. Sylas hat seine zu einem kurzen Pferdeschwanz nach hinten gebunden, doch einige vereinzelte Strähnen peitschen ihm gegen die Schläfen.

Als wir ein Stück erreichen, wo er nicht mehr so aufmerksam navigieren muss, setzt er sich mir gegenüber auf die Bank und neigt seinen Körper so wie ich, damit ihm der Wind nicht ins Gesicht peitscht. Ich zwinge mich, auszusprechen, worüber ich seit letzter Nacht nachgedacht habe. Wenn ich jetzt nichts sage, werde ich vielleicht den Mut verlieren.

„Ich denke, es gibt noch mehr, was wir für Talia tun können, zumindest bis sich mit den Erzlords alles geklärt hat und wir uns sicher sind, dass Ambrose seine Absicht aufgegeben hat, sie Tristan zu übergeben."

Sylas zieht neugierig eine Augenbraue hoch. „Nun, du weißt, dass ich deine Gedanken dazu hören möchte. Schieß los."

Ich öffne den Mund und zögere. Ich denke nicht, dass

ihm dieser Plan gefallen wird, zumindest nicht zu Beginn. Einem großen Teil von *mir* gefällt er nicht. Aber es ist ein egoistischer Teil und Talia verdient etwas Besseres. Sie verdient so viel mehr Sicherheit und Gewissheit, als wir ihr bisher geben konnten.

„Ganz gleich, wo wir waren – in unseren Ländereien, Donovans, Nuldars – Ambrose hat stets eine Möglichkeit gefunden, sie zu erreichen und zu verletzen. Doch jetzt, da wir mehr Informationen von dem Weisen haben, und die Erzlords sogar vorgeschlagen haben, dass wir ihre Abstammung genauer unter die Lupe nehmen sollten … wäre es vernünftig, das zu tun.“

„*Was* wäre vernünftig?“, hakt Sylas in mildem Tonfall nach.

Ich atme scharf ein. „Wir könnten veranlassen, dass sie zurück zur Menschenwelt geschickt wird. Aerik und sein Kader können sie dort wegen ihres Kapitulationsschwurs nicht jagen. Ambrose hätte Probleme, die gesamte Welt nach ihr abzusuchen. Wir können Astrid zu ihrem Schutz mit ihr schicken und behaupten, dass es dazu dient, mehr über ihre Familie herauszufinden. In Wahrheit kann Astrid sie jedoch einfach dorthin bringen, wo die Wahrscheinlichkeit am kleinsten ist, dass sie gestört werden, und sie kann ihr eine so behagliche Zeit wie möglich bereiten, bis es hier sicherer für sie ist.“

Sylas denkt eine ganze Weile über den Vorschlag nach. Ich kann seinen Gesichtsausdruck nicht lesen, aber mein Magen verknotet sich, weil ich das Gefühl habe, dass seine Einschätzung nicht besonders positiv ausfallen wird. Schließlich sagt er: „Du schlägst vor, dass wir sie so weit wegschicken, dass keine Hoffnung bestünde, dass wir uns einmischen können, falls sie in ernste Gefahr geraten würde?“

„Ich denke, es ist viel wahrscheinlicher, dass sie in dieser

Welt in ernste Gefahr gerät, und wir haben die Verantwortung, zu tun, was für sie am besten ist."

Sylas runzelt die Stirn und sein Blick gleitet zu der verschwommenen Landschaft, an der wir vorbeirasen. Nach einem weiteren langen Moment der Stille richtet er seine Aufmerksamkeit auf mich. „Ich werde diese Strategie im Kopf behalten, sollte unsere Lage schlimmer werden. Mir wäre es lieber, solch extreme Maßnahmen nicht unnötig zu ergreifen. Fürs Erste … Ambrose ist zwar hinterhältig, aber nicht dumm. Wir können hoffen, dass er zu einer Art Einsicht gelangt."

Er klingt nicht sonderlich hoffnungsvoll. Ich verziehe das Gesicht. „Worüber genau werden wir mit ihm sprechen?"

Sylas Lippen biegen sich zu einem grimmigen Lächeln. „Ich denke, er sollte wissen, dass sein Verrat nicht unbemerkt geblieben ist. Donovan von seinem Posten zu verdrängen, wird nur funktionieren, wenn Ambrose selbst kein Verbrechen angehängt werden kann – und es ist sehr unwahrscheinlich, dass es überhaupt funktionieren wird, wenn er das Gefühl hat, er wird ab jetzt zu aufmerksam beobachtet."

„Wir haben allerdings keinen hieb- und stichfesten Beweis."

„Wir werden ihn nicht offen beschuldigen können, nein. Am Ende des Gesprächs werden wir jedoch hoffentlich zumindest besser wissen, wo wir stehen."

Er glaubt offensichtlich nicht, dass sich Ambrose zwangsläufig komplett zurückziehen wird, sonst hätte er Whitt nicht gebeten, das Treffen aus der Ferne zu beobachten. Ich widerstehe dem Drang, durch das Gefährt zu tigern, denn ich weiß, dass die Bewegung aufgrund des Windes eher unangenehm als beruhigend ausfallen wird.

Gegen andere Lords vorzugehen, ist eine Sache. Sich

einem Erzlord zu stellen … Es gefällt mir nicht. Nichts davon gefällt mir.

Unsere Rückkehr nach Hearthshire sollte ein Triumph sein und Ambrose' Falschheit ruiniert das mit jedem Tag mehr.

Heute kommt niemand heraus, um uns zu begrüßen, als wir uns dem glänzenden Obsidian-Palast von Dusk-by-the-Heart nähern, obwohl Ambrose weiß, dass wir kommen. Entweder hat er sein Personal nicht benachrichtigt oder er hat sie angewiesen, auf unser Klopfen zu warten, bevor sie uns reinlassen. Die Fae-Dienerin, die uns die Tür öffnet, führt uns durch einen kurzen Gang, der so dunkel ist, dass man das Gefühl hat, er würde einen komplett verschlucken. Das Zimmer, in das sie uns bringt, ist nicht viel besser, aber wenigstens stellen die hellen Polstermöbel eine willkommene Abwechslung zu dem dunklen Stein dar.

Sylas bedeutet mir, mich hinzusetzen, bleibt selbst jedoch stehen. Ambrose lässt uns mehrere Minuten lang warten, bevor er sich dazu herablässt, zu erscheinen.

Er kommt forsch herein, sein allgegenwärtiger Brustpanzer klirrt bei seinen Bewegungen und seine Augen sind bereits zu Schlitzen verengt. Er kann zweifelsohne erraten, dass dies alles andere als ein Freundschaftsbesuch ist. Er schließt die Zimmertür mit einer Handbewegung und verschränkt die Arme vor der Brust.

„Nun? Haben Sie eine wichtige, neue Entdeckung bezüglich Ihrer dem Staub bestimmten Schutzbefohlenen gemacht?"

Ich empöre mich automatisch wegen der Beleidigung, bleibe jedoch sitzen. Wenn die anderen Erzlords nicht anwesend sind, macht er sich nicht die Mühe, höflich zu sein, wenn es um seine Meinung über Menschen geht.

„Noch nicht", antwortet Sylas ruhig. „Ich möchte mit Ihnen über eine viel drängendere Angelegenheit sprechen –

eine, die am besten nicht über indirekte Kommunikationsmethoden geklärt wird.“

„Und was wäre das, Lord Sylas? Klären Sie mich auf.“

Sein verächtlicher Tonfall macht mich noch wütender. Ich zwinge mich, sitzen zu bleiben, es lässt sich allerdings nicht verhindern, dass meine Fangzähne kribbelnd durch das Zahnfleisch stoßen. Er hat Glück, dass ich meine Krallen so gut unter Kontrolle habe, dass ich den edlen Stoffbezug dieses Sessels nicht durchbohre.

Sylas schildert die Situation mit größerer Sorgfalt, als ich es gekonnt hätte. „Uns ist aufgefallen, dass gewisse Versuche unternommen wurden, um einen Ihrer Erzlord-Kollegen zu untergraben. Als wäre jemand darauf aus, ihn von seinem Posten entfernen zu lassen.“

Ambrose schnaubt und lässt sich nicht anmerken, dass ihn die Anschuldigung trifft. „Dann sollte doch sicherlich mein Kollege das Thema mit uns besprechen, nicht Sie.“

„Vielleicht wird er das ebenfalls tun. Doch als jemand, der dem Trio der Erzlords dient, habe ich das Gefühl, dass es meine Pflicht ist, auch meine eigenen Sorgen auszudrücken.“

„Und was soll *ich* Ihrer Meinung nach diesbezüglich unternehmen, Lord Sylas?“

Sylas begegnet ihm mit der undurchdringlichen Ruhe, die ich immer bewundert habe. „Vielleicht könnten Sie Schritte unternehmen, um sicherzustellen, dass kein derartiger Verrat geschieht, während Sie oder Ihre Rudelmitglieder in der Nähe sind. Denn ich bin mir sicher, dass Sie niemals Ihre eigene Position aufs Spiel setzen würden, indem Sie solche Bemühungen unterstützen.“

Ein Grinsen breitet sich so schmal und kühl auf Ambrose’ Gesicht aus, dass es mir kalt über den Rücken läuft. „Natürlich nicht. Ich werde Ihre Behauptungen auf jeden Fall berücksichtigen.“ Er mustert Sylas, bis all meine

Nerven kribbeln. „Ich frage mich allerdings, ob Sie alle Faktoren in Erwägung gezogen haben.“

„Was meinen Sie damit?“

Ambrose zuckt scheinbar arglos mit den Achseln und fährt mit seinen dicken Fingern über die Rückenlehne des Sessels, der ihm am nächsten ist. „Es macht nicht den Anschein, als hätten Sie einen Beweis für diesen Verrat, andernfalls hätten Sie diesen bestimmt präsentiert.“

„Viele sind sich dessen bewusst“, erwidert Sylas. „Es wird nur eine Frage der Zeit sein.“

„Mit Sicherheit. Allerdings ist es wirklich ein Jammer, dass einer meiner Kollegen solch feindselige Gefühle ausgelöst hat, meinen Sie nicht? Sie können doch nicht denken, dass diese Bemühungen aus heiterem Himmel kommen. Ich heiße das Verhalten natürlich nicht gut, doch wenn sich ein Herrscher weigert, zum Wohl seines Volkes klein beizugeben, ist es keine Überraschung, dass so etwas geschieht.“

„In welcher Angelegenheit hat sich Donovan geweigert ‚klein beizugeben‘?“

Ambrose schnalzt mit der Zunge „Er will sich mit unseren wahren Feinden anfreunden, wissen Sie das? Er will den Unseelie ein Friedensangebot unterbreiten und anbieten, dass *wir* den Friedensschwur ablegen und uns ihrer Gnade ausliefern, um mit ihnen zu sprechen. Meine andere Kollegin sieht wenigstens, wie töricht das ist, zögert jedoch, zu tun, was wir wirklich tun müssen. Wir werden nie frei von ihren Angriffen sein, bis sie vollkommen zerstört werden.“

Sylas beobachtet ihn mit angespannter Haltung. „Sie wollen Krieg gegen die Unseelie führen.“

Den Kampf zu den Raben bringen. Sie auf ihrem eigenen Grund und Boden angreifen. Ich rutsche auf meinem Sessel hin und her, denn mein Wolf regt sich bei dem Gedanken.

Doch ich besitze außer den tierischen noch genug andere Instinkte, um diesen Eifer zu zügeln.

Wir hatten auf unserem eigenen Boden bereits genug Probleme mit den Winter-Fae. Wie viele weitere Seelie werden sterben, wenn wir in ihr Reich eindringen, wo sie sich so viel wohler fühlen als wir? Wie viel erbitterter werden sie gegen uns vorgehen, wenn *sie* angegriffen werden?

Ich selbst würde nicht mit den Unseelie Erzlords sprechen wollen, doch *jemand* sollte es sicherlich tun, bevor wir den Konflikt zu einem blutigen Krieg machen.

„Das habe ich nicht gesagt", widerspricht Ambrose. „Nur, dass es der eindeutigste Weg zu dem Frieden ist, den wir sicherlich alle willkommen heißen würden. Wir sollten sie vernichten und dann wäre die Sache erledigt. Das kann jedoch nur mit einer vereinten Front erreicht werden."

Deswegen will er Donovan mit Tristan ersetzen. Deswegen ist er jetzt so festentschlossen, die Kontrolle über das Sommerreich zu erhalten. Ich verkneife mir ein Knurren wegen der Tiefe seines Verrats. Vereinte Front, dass ich nicht lache. Er hat vor, die Institution auseinanderzureißen, die er eigentlich vertreten soll.

„Wissen Sie", fährt der Erzlord beiläufig fort, „es könnte sich sogar herausstellen, dass es zu Ihrem Vorteil ist, sollte eine derartige Wende geschehen. Ohne den Konflikt mit den Raben hätten wir weniger zu verlieren, wenn wir uns in den Fängen des Fluchs befinden. Ihr Haustier zu schützen, wäre dann nicht ganz so dringend. Ich bin mir sicher, in so einem Szenario würde es gar nicht fragwürdig wirken, sie in Ihrer Obhut zu belassen."

Sylas' Stimme bleibt ruhig, klingt jedoch so flach, dass ich zusammenzucken würde, wenn die Worte an mich gerichtet wären. „Ein interessanter Punkt. Im Moment bin ich allerdings mehr um die Sicherheit des Herzens und seiner führenden Wächter besorgt."

„Ah, wie Sie es auch sein sollten." Ambrose deutet mit dem Arm zur Tür. „Sie scheinen mir Ihr Anliegen mitgeteilt zu haben. Lassen Sie sich von mir nicht von Ihrer Abreise aufhalten."

Emotionen rumoren in meinem Bauch, als Sylas und ich zu unserem Gefährt zurückkehren. Ich besitze genug Selbstkontrolle, um mich zu beherrschen, bis wir Ambrose' Ländereien passiert und eine offene Fläche erreicht haben, wo weit und breit kein Fae zu sehen ist. Dann brechen die Worte aus mir hervor.

„Er hat versucht, mit dir zu verhandeln, damit du seine Meuterei unterstützt! Er dachte wirklich, du würdest dich gegen Erzlord Donovan wenden, nur weil er andeutet, dass Talia verschont werden würde. Als wäre das Wort dieses räudigen Verräters etwas wert."

Sylas knurrt leise in seiner Kehle. „Ganz meine Meinung. Er hat jedenfalls nicht den Eindruck gemacht, als würde es ihn stören, dass seine Absichten kein Geheimnis mehr sind."

„Du denkst nicht, dass er sich zurückhalten wird."

„Nein. Wir werden abwarten müssen, was Whitt beobachtet, aber nachdem ich es von Ambrose selbst gehört habe, bezweifle ich, dass seine Beobachtungen meinen Eindruck ändern werden." Sylas starrt in die Ferne. Sein Gesichtsausdruck ist so ernst, dass es mich schmerzt. Dann begegnet er wieder meinem Blick. „Ich vermute, es gibt keine andere Möglichkeit, *seinen* Krieg zu beenden, als gegen ihn in den Krieg zu ziehen. Wir müssen seine verräterischen Taten enthüllen und ihm seine Macht entziehen, bevor er Donovan stürzen kann."

Ich schlucke schwer. „Und er weiß das bestimmt ebenfalls. Er wird doppelt so erpicht darauf sein, *uns* zu zerquetschen."

„Ja." Sylas hält inne. „Ich glaube, ich muss deinen Vorschlag für Talia überdenken."

15

Talia

„Wenn sie von einem Stoß zurückfedern, dann sind sie reif?", frage ich, um sicherzugehen, dass ich es richtig verstanden habe. Dabei schaue ich zu der Fae-Frau auf, deren Garten ich freiwillig pflege.

Sie nickt mit einem schiefen, kleinen Lächeln, als fände sie es amüsant, einen Menschen dabei zu beobachten, wie er sich mit Fae-Pflanzen abmuht. Auf ihrem Gesicht ist jedoch keine Grausamkeit zu sehen. Ich muss einfach mit meiner Kampagne weitermachen, dem Rudel auf jede erdenkliche Weise zu helfen, bis ich von Belustigung zu echter Wertschätzung aufsteigen kann.

Ich habe nur ein paar reife Kalebassen gefunden, als August ins Dorf geschlendert kommt. Sein Tempo und seine Haltung sind lässig, doch in seinen goldenen Augen liegt ein ernster Ausdruck, wegen dem ich mich aufrichte, bevor er auch nur den Mund aufmacht.

„Immer so erpicht darauf, Arbeit zu finden", stellt er fest. Sein Lächeln ist voll warmer Zuneigung und er bedeutet mir, aufzustehen. „Es tut mir leid, dass ich dich unterbrechen muss. Kommst du mit mir zurück zur Burg?"

Worum auch immer es dabei geht, er will die Einzelheiten nicht vor unseren Rudelkollegen erklären. Ich stehe auf, klopfe den Schmutz von meinen Händen und verneige den Kopf vor der Fae-Frau. „Ich werde mehr helfen, wenn ich kann."

„Es besteht kein Grund, dass du dir Umstände machst", sagt sie. „Aber es wachsen ständig neue nach, falls du zufällig vorbeikommst."

August behält sein entspanntes Tempo bei, während wir zurück zur Burg laufen. Ich hätte angenommen, dass dies daran liegt, dass er mich wegen meines verletzten Fußes nicht zur Eile treiben will, wenn er nicht ebenfalls schweigsam gewesen wäre. Nachdem wir die Eingangshalle betreten haben, dreht er mich zu sich um und umfängt mein Gesicht. Er küsst mich so lange, dass meine Knie unter dem Ansturm der Hitze zu zittern beginnen.

Ich greife nach ihm und meine Finger krümmen sich um seinen Nacken, als könnte ich ihn noch näher ziehen. Er weicht jedoch mit einem leisen Knurren zurück, als würde es ihn einiges an Mühe kosten, mich freizugeben. Seine Miene ist noch ernster als zuvor.

„Sylas möchte mit dir sprechen", erklärt er. „Er ist in seinem Büro."

Ist das alles? Wegen unserer heimtückischen Gäste, die nach wie vor herumwandern, macht es vermutlich Sinn, dass der Fae-Lord nicht möchte, dass sie wissen, dass er etwas Dringendes mit mir zu besprechen hat, egal, ob sie nun realisieren, was es ist, oder nicht. Ich habe definitiv keine Ahnung.

Haben die Dinge, die Nuldar gesagt hat, Sylas' Meinung

darüber geändert, wie er mit meiner Anwesenheit hier umgehen möchte? Wie involviert ich in das Leben seines Rudels sein sollte? Niemand hat mich seit unserer Rückkehr anders behandelt, aber ich weiß, wie ungern sich die Fae in die Karten schauen lassen.

Ich finde die Tür zu Sylas' Büro offen vor. Er sitzt auf seinem üblichen Platz hinter seinem Schreibtisch, steht bei meinem Eintreten allerdings auf. Er schließt die Tür hinter mir mit einem kurzen Wort der Magie, das wahrscheinlich unsere Privatsphäre sichert, und winkt mich zu den Sesseln vor dem kleinen Kamin des Zimmers.

Das Feuer, das dort knistert, dient mehr dem heimeligen Schein als der notwendigen Hitze. Die Sommerwärme dringt zusammen mit einer Mischung aus Kleesüße und Kiefernduft durch das geöffnete Fenster.

Sylas sinkt auf den Sessel gegenüber von dem, den ich mir ausgesucht habe. Seinen Bewegungen haftet eine tiefe Düsternis an, die über seine typische Ernsthaftigkeit hinausgeht, weshalb sich meine Brust verkrampft. Nach Augusts Auftreten unten kann ich nicht anders, als zu vermuten, dass er mir gleich schlechte Nachrichten überbringen wird.

„Talia", beginnt er mit sanfter Stimme. „Ich habe viel darüber nachgedacht, und glaube, es wäre am besten, wenn du – selbstverständlich mit einer Begleitung zu deiner Sicherheit – zurück in die Menschenwelt reist, um deine familiären Verbindungen zu den Fae zu erforschen, idealerweise sofort."

Oh. Das wirkt überhaupt nicht überraschend oder verhängnisvoll. Vielleicht hat er sich Sorgen gemacht, dass ich davor zurückschrecken würde, wegen dem, was meiner Familie zugestoßen ist? Ich recke das Kinn und verdränge diese schrecklichen Erinnerungen. „Selbstverständlich. Ich denke nicht, dass meine Oma irgendeine Ahnung von …

alldem hat. Ich meine, ich weiß nicht einmal mit Sicherheit, ob sie noch lebt, und sie muss mich für tot halten, weshalb es ein bisschen kompliziert sein könnte.“

Bei dem Gedanken an diese nervenaufreibende Aufgabe zieht sich meine Brust erneut zusammen. Es wird keine richtige Heimkehr sein. Da die Eltern meiner Mutter im Ausland in Griechenland lebten und wir selten verreisten, begegnete ich ihnen bloß zweimal – sie sind im Grunde genommen Fremde für mich.

Wenn sie noch leben, welche Fragen werden sie darüber haben, wie ich zurückgekehrt bin und was meinen Eltern zugestoßen ist? Wie werden sie reagieren, wenn ich anfange, meine Oma über *ihre* Eltern auszufragen und alles Besondere, was sie womöglich an ihrem Vater wahrgenommen hat? Ich weiß ohnehin nicht, wie diese Information irgendetwas an unserer Situation ändern soll.

Ich schlucke schwer und konzentriere mich auf drängendere Überlegungen. „Ich nehme an, *du* willst das Rudel nicht verlassen, um so weit zu reisen, in Anbetracht von allem, was los ist. Werden mich Whitt oder August begleiten?“ Ich hätte gedacht, dass August sich, ohne zu zögern, freiwillig melden würde, aber er hat sich nicht so benommen, als würden wir bald gemeinsam zu einer Reise aufbrechen.

Sylas verschränkt die Hände im Schoß. „Ehrlich gesagt würde ich dir Astrid mitschicken. So gerne jeder meiner Kader-Gewählten dir seinen Schutz außerhalb der Nebelwelt anbieten würde und so sehr ich den Trost verstehe, den du aus ihrer Gesellschaft ziehen würdest, befürchte ich, dass ich sie nicht so lange entbehren kann.“

So lange? Mir hatte so etwas wie ein Tagesausflug vorgeschwebt. Wie viel könnte es schon über eine Fae-Abstammung zu entdecken geben, von der womöglich nicht einmal mein Urgroßvater wusste, dass er sie hatte? *Er* lebt definitiv nicht mehr, damit ich ihn danach fragen kann.

„Wie lange denkst du, würden diese Nachforschungen dauern?", wage ich mich vor.

„Ich denke, es wäre am besten, wenn du dich bis zum Vollmond darauf konzentrierst."

Mein Puls setzt aus. „Aber das ist ... das ist erst in zwei Wochen. Ich weiß nicht, ob ich überhaupt etwas finden werde." Ich *will* nicht so lange von meinem neuen Zuhause und den Männern weg sein, die mein Herz gewonnen haben, vor allem nicht an einem Ort, der sich jetzt unbekannter anfühlt als alles hier. Ich weiß nicht, ob ich mich noch daran erinnere, wie man sich wie ein normales menschliches Wesen benimmt und mit Leuten spricht, geschweige denn all die praktischen Sorgen ... Ich habe mich noch nie als Erwachsene in dieser Welt bewegt.

Sylas' Tonfall ist ruhig geblieben und er hat sich keinerlei Emotionen anmerken lassen. Als würde es *ihn* überhaupt nicht stören, dass ich so lange Zeit weg sein werde. Als wäre er gedanklich bereits zu Plänen übergegangen, für die es notwendig ist, dass ich nicht hier bin.

Geht es hier wirklich darum, meine Familiengeschichte auszugraben, oder ist es nur eine Ausrede, mich wegzuschicken? Hat Sylas beschlossen, dass es eher eine Belastung als ein Vorteil ist, mich hier zu haben? Hat er das Gefühl, als wäre ich im Weg – oder dass Ambrose' Interesse an mir dem Rest des Rudels zu viele Probleme bereitet?

Ich habe mich darauf vorbereitet, diese Männer irgendwann zu verlieren, doch ich hätte mir nie ausgemalt, dass sie mich schon so bald und so plötzlich aus ihrem Leben entfernen würden.

„Je mehr Zeit du hast, desto wahrscheinlicher ist es, dass du etwas herausfindest", erwidert Sylas so ruhig wie zuvor.

Etwas in mir weigert sich, einfach so nachzugeben. „Es

wirkt auf mich nicht besonders wahrscheinlich, dass wir *irgendetwas* finden werden, was Ambrose an dem Versuch hindern wird, mich zu holen. Wäre es nicht besser für euch, wenn ich hierbleibe und zeige, wie gut ich mich anpasse?"

Ich nehme ein leichtes Glühen in seinem dunklen Auge wahr. Weil ich widerspreche? „Hast du so wenig Vertrauen in mein Urteilsvermögen?", fragt er.

„Nein, ich …" Tränen, die meine Schwäche nur zu beweisen scheinen, kribbeln hinter meinen Augen. Ich blicke auf meine Hände hinab und sammle mich.

Ganz gleich, was mit meinen Liebhabern geschieht, das Rudel wird mich noch brauchen – alle Seelie brauchen mich. Was für ein Leben wäre es, wenn ich zwischen den Welten hin und her reise und zu keiner richtig gehöre?

Ich habe mich so sehr angestrengt, ein richtiges Mitglied des Rudels zu werden und mehr als nur eine Kuriosität und eine Bürde zu sein – und eine Geliebte, so lange dieser Teil auch dauern wird. Ich hasse den Gedanken daran, was die verblassten Fae des Rudels denken werden, wenn ich zwei Wochen lang verschwinde und es ihnen überlasse, sich mit den Problemen zu befassen, die meine Anwesenheit hier verursacht hat.

„Ich will bleiben", gelingt es mir, zu sagen, obwohl sich das Engegefühl jetzt meine Kehle hinauf und hinab zu meinem Magen windet. Ich stemme mich aus meinem Sessel und trete an Sylas heran, als könnte ich mich ihm auf eine Weise präsentieren, die ihm zeigt, wie ernst ich das meine. „Ich will das Rudel unterstützen. Ich will *dich* unterstützen." Ich packe seinen Arm. „Falls ich einen Fehler gemacht habe, falls ich etwas vermasselt habe, sag es mir und ich werde es in Zukunft besser machen. Ich will nur …"

„Talia." Sylas' Stimme klingt so erstickt, dass sie beinahe ein Knurren ist. Die Muskeln in seinen Unterarmen zucken unter meinen Fingern, dann zieht er mich komplett an sich und beugt sich nach vorne, um die Umarmung zu vervollständigen.

Seine Hand vergräbt sich in meinen Haaren. Er drückt sein Gesicht dicht an meines und die Bewegung seines Kiefers streift meine Wange. „Du hast gar nichts falsch gemacht, ich schwöre es. Beim Herzen, wenn ich dich jeden Moment jeden Tages so nah bei mir halten könnte, würde ich das tun. Doch ich wäre kein guter Lord, wenn ich mich weigern würde, zu tun, was für dich am besten ist."

Was für mich am besten ist. In seine Arme und seinen erdigen, rauchigen Duft gehüllt, verstehe ich endlich.

Hier geht es nicht darum, was ich tue, sondern darum, was unsere Feinde *mir* antun könnten. Ambrose hat in den letzten Tagen alle möglichen Taktiken ausprobiert. Sylas versucht nur, mich zu beschützen, wie er es so oft tut.

Und ich kann sogar verstehen, warum er das nicht gleich von Anfang an gesagt hat, denn meine erste Reaktion, nachdem mir das bewusst wird, besteht darin, noch mehr zu protestieren. Ich drücke mich fester in seine Umarmung und zwinge mich, mir einen Moment zu nehmen und über meine Reaktion nachzudenken sowie darüber, ob mein Widerstand überhaupt Sinn macht.

Es gibt allerdings ein Puzzlestück, das ich nicht habe. Sylas hat nach unserem letzten Aufeinandertreffen mit Ambrose keinerlei Anzeichen gezeigt, dass er über diese Vorgehensweise nachdenkt. Letzte Nacht wirkte alles normal.

Ich weiche gerade so weit zurück, dass ich sein Gesicht sehen kann, und suche seinen ungleichen Blick. Sein dunkles Auge glüht weiterhin, doch ich erkenne die Hitze jetzt als besitzergreifende Leidenschaft.

„Warum schlägst du das jetzt vor?", frage ich. „Ist etwas vorgefallen, von dem ich nicht weiß?"

Er seufzt harsch und schaut finster ins Feuer. „Heute Morgen habe ich mit Ambrose gesprochen. Er hat deutlich gemacht, dass er keinerlei Absichten hegt, Ruhe zu geben, bis er Donovan mit Tristan als Erzlord ersetzt hat – und dann wird er einen Krieg gegen die Unseelie lostreten. Ich kann dabei nicht einfach tatenlos zuschauen und das habe *ich* deutlich gemacht. Der Konflikt zwischen uns wird sich bloß verschlimmern, bis er geklärt wird. Ich will nicht, dass du im Kreuzfeuer verletzt wirst."

„Ich habe bereits viele Wunden überlebt."

„Ich weiß. Genauso weiß ich, dass du viel für das Rudel getan hast, und dass du besser auf dich aufpassen kannst, als ich es jemals von jemandem erwartet hätte, der bereits so viel durchgemacht hat wie du. Aber das hier … es könnte sogar für dich zu viel sein, Allkräftige, wie dich Whitt zurecht nennt."

Er streichelt mit dem Daumen über meine Wange und die Zuneigung in seinem Blick ist nicht zu übersehen. „Wir haben den Vorteil einer vernünftigen Ausrede, damit du diese Welt komplett verlassen kannst. Wie kann ich diese Gelegenheit, dich vor den bevorstehenden Gefahren zu schützen, nicht ergreifen?"

Ich sauge meine Unterlippe zwischen die Zähne und kaue einen Augenblick lang darauf herum. „Denkst du wirklich, dass sich irgendetwas Nützliches daraus ergeben könnte, wenn ich meiner Familiengeschichte auf den Grund gehe?"

„Um ehrlich zu sein, nein. Selbst wenn du Verwandte hast, deren Blut den gleichen Nutzen aufweist, wird es unsere Probleme nicht lösen, weitere Menschen in diesen Schlamassel zu ziehen. Ich bezweifle, dass es irgendwelche Aufzeichnungen gibt, die ein zusätzliches Licht auf das werfen können, was Nuldar uns bereits erzählt hat. Was mich angeht, so kannst du es gerne als Urlaub betrachten. Überrede Astrid, dass sie dich zu irgendeinem tropischen

Strand bringt, wo du zwei Wochen lang faulenzen und dich entspannen kannst."

Ich zögere. Es bedeutet Sylas offensichtlich viel, mir das anzubieten, so viel, dass er seinen eigenen Instinkt, mich bei sich zu behalten, beiseiteschiebt. Wenn es keinen Druck und keine Nachforschungen gibt, die ich anstellen muss, könnte es schön sein, erneut die Welt zu sehen, in der ich geboren wurde, und mich mit dieser vertraut zu machen. Eine kleine Weile einfach nur zu existieren, ohne dass mir meine Ängste ständig auf den Fersen sind, und ohne die ständige Erinnerung an meine Schwächen.

Der Fae-Lord schenkt mir ein sanftes Lächeln und streichelt erneut meine Wange. „Nutze diese Gelegenheit, um eine Weile den Druck zu vergessen, eine Lady der Burg zu sein. Du kannst so tun, als würden die Schrecken dieser Welt nicht existieren."

Diese Worte fällen die Entscheidung für mich. Ein stechender Schmerz, der aus purem Trotz besteht, hallt durch meine Brust hindurch.

Die Schrecken der Fae-Welt sind real und man kann nicht so tun, als gäbe es sie nicht, vor allem nicht während Leute, die ich liebe, diesen nach wie vor ausgesetzt sind. Und an diesem Ort gibt es so viel mehr als Schrecken, so viele wundervolle Dinge, die ich gefunden habe.

Ich bin zwar in vielerlei Hinsicht schwach, doch hier habe ich auch herausgefunden, wie stark ich sein kann. Ich werde weder mein Rudel noch meine Liebhaber im Stich lassen. *Sylas* kann seinen Posten nicht einfach aufgeben, ganz gleich, wie sehr er diesen Konflikt hasst.

„Nein", sage ich leise. „Ich weiß es zu schätzen, was du zu tun versuchst, aber nein. Ich habe zuvor schon helfen können. Manchmal auf Arten, die den Fae-Rudelmitgliedern nicht offen standen wegen der Art und Weise, wie mich die anderen Fae unterschätzen, und wegen der Dinge, die sie nicht über mich wissen. Wenn irgendeine Chance besteht, dass ich einen Unterschied machen könnte, möchte ich hier sein. Ich kann die Schmerzen ertragen, die womöglich damit einhergehen. Ich wusste, was ich riskierte, als ich offenbarte, wozu mein Blut in der Lage ist."

Sylas bleckt die Zähne und knurrt leise, was jedoch zu einem resignierten Seufzer wird. „Ich werde dich nicht von Astrid entführen und gegen deinen Willen wegbringen lassen. Bist du dir *sicher*? Niemand hier würde schlecht von dir denken, Talia."

Ich senke den Blick kurz, bevor ich ihm wieder in die Augen schaue. „Ich würde es tun."

Er zieht mich erneut näher an sich und ich neige den Kopf an seine Schulter. „Verflucht sture Frau", brummt er, die Bemerkung klingt allerdings eher bewundernd als verärgert.

„Ich wäre nicht so weit gekommen, wenn ich das nicht wäre", muss ich einfach anmerken. Die Rädchen in meinem Kopf rattern bereits. Ich habe gesagt, dass ich bleiben will, damit ich einen Unterschied machen kann. Ich sollte besser sicherstellen, dass ich so gut wie möglich vorbereitet bin, um das zu erreichen.

Ich schiebe meine Hand um Sylas' Ellenbogen. „Ambrose hält mich für schwach, so wie es Aerik und sein Kader taten, oder? Das verschafft mir einen kleinen Vorteil. Vielleicht gibt es irgendeine einfache Magie, die ich lernen kann und die uns dabei helfen wird, mehr von seinen Plänen aufzudecken. Und falls es eine gibt, will ich noch heute anfangen, sie zu lernen."

Sylas

Der Teich sieht nicht wie die Art von Ort aus, an der sich wichtige Fae treffen sollten und am allerwenigsten ein Erzlord. Die umgebenden Bäume hüllen die Stelle in eine noch dichtere Dunkelheit. Mit der Dämmerung sind die krächzenden Karpfen an die Wasseroberfläche gestiegen und senden kleine Wellen in alle Richtung von dort, wo ihre weit geöffneten Mäuler die heiseren Laute ausstoßen, nach denen sie benannt wurden.

Ich vermute, die fehlende Pracht ist genau der Grund dafür, dass Donovan diese Stelle vorgeschlagen hat. Es wird vermutlich niemand sonst den Teich besuchen und über unser heimliches Treffen stolpern.

Ich höre das Trappeln der Hufe seines Rosses, das durchs Unterholz trampelt, bevor ich ihn sehe. Er steigt von dem schwarzen Wallach ab, raunt ein Wort und kommt zu mir an das Ufer des Teichs. Die Karpfen werden bereits leiser, da der Abend zur Nacht wird.

„Wie ich höre, haben Sie heute Morgen mit Ambrose gesprochen", sagt er ohne Einleitung, jedoch relativ freundlich.

Ich bezweifle, dass der andere Erzlord das selbst erwähnt hat. Donovan hätte kaum eine Chance, wenn er nicht nur seine Ländereien, sondern auch die, die das Herz umgeben, bewachen lassen würde.

Ich neige den Kopf. „Ja. Ich dachte, dass er vielleicht klein beigeben würde, wenn er eine Warnung erhält, dass seine verräterischen Absichten beobachtet wurden. Leider hat er jeglichen Zweifel daran ausgeräumt, dass er beabsichtigt, Sie von Ihrem Thron zu stoßen, und zwar so schnell, wie er es erreichen kann – allerdings hat er es natürlich so ausgedrückt, dass er für seine Worte nicht bestraft werden kann. Ich weiß, dass wir das bereits erwartet haben, aber ich wollte Sie über diese Bestätigung in Kenntnis setzen."

Donovan blickt mit finsterer Miene zum Teich. Er ist eindeutig unglücklich, aber nicht erschrocken. Er kennt das Temperament seiner Kollegen noch besser als ich. Mein Versuch, Ambrose von seinem Ziel abzubringen, hatte von Anfang an wenig Aussicht auf Erfolg.

„Es ist gut, dass Sie es mir erzählt haben", sagt er nach einer Minute. „Ich weiß noch nicht genau, wie ich darauf reagieren werde, aber Sie können sich sicher sein, dass ich zusehen werde, dass Ambrose zu Boden geht, wenn es um ihn oder mich geht. Ich wünschte nur, dass es nicht so enden müsste." Er reibt mit einer Hand über sein Gesicht und in diesem Moment, während das Gewicht auf seinen Schultern lastet, sieht er viel älter aus, als er ist. Älter, als seine Mutter jemals aussah.

„Er hat angedeutet, dass er besonders erpicht darauf ist, unsere Kriegsbemühungen gegen die Unseelie zu verstärken", erkläre ich. „Haben sie weitere Schritte unternommen, seit wir zuletzt gesprochen haben?"

Donovan schüttelt den Kopf. „Wir haben nichts gehört. Keine Angriffe. Ich würde gerne davon ausgehen, dass sie bereits komplett zerschlagen sind, aber so optimistisch bin ich nicht. Es bereitet mir Sorgen, dass wir nicht wissen, was sie als Nächstes planen, bis sie diese Pläne in die Tat umsetzen – die Alternative, den Kampf zu ihnen zu tragen, wird jedoch dazu führen, dass auch auf unserer Seite viel Blut vergossen wird …" Er unterbricht sich mit einem weiteren Kopfschütteln. „Darum müssen Sie sich jedoch keine Sorgen machen. Noch nicht, jedenfalls."

„Falls es irgendeine Möglichkeit *gibt*, wie ich von Diensten sein kann …"

„Ja. Ich weiß die Führung und Intelligenz, die Sie bisher angeboten haben, zu schätzen." Er atmet scharf ein. „Ich möchte auch kein Blut um das Herz herum vergießen. Der beste Umgang mit dieser Situation erscheint mir das Stellen einer Falle zu sein, die Ambrose dazu verführen wird, gegen mich vorzugehen. Dann kann sein Verrat bewiesen und er dafür bestraft werden."

„Das klingt vernünftig", entgegne ich.

Der junge Erzlord schenkt mir ein kurzes Lächeln. „Die genaue Herangehensweise wird eine gründlichere Planung erfordern. Ich werde mich bei Ihnen melden, wenn meine Pläne konkreter sind. Wenn noch etwas Wichtiges aufkommt, benachrichtigen Sie mich sofort. Wir können uns wieder hier treffen, wenn es um Angelegenheiten geht, die zu heikel sind, um auf Arten besprochen zu werden, die abgefangen werden können."

Ich neige erneut den Kopf. „Wie Sie wünschen, mein Lord. Ich wünschte, ich hätte eine größere Hoffnung auf eine friedliche Lösung."

Ich wende mich zum Gehen ab, doch Donovan räuspert sich bedeutungsvoll. Ich blicke zu ihm zurück.

„Ich kann nichts versprechen, und falls Ambrose zur Einsicht gelangt, besteht die Wahrscheinlichkeit, dass es nicht dazu kommt", sagt er. „Aber diese Wahrscheinlichkeit wirkt so klein, dass ich das Gefühl habe, dass ich Sie ermutigen sollte, sich selbst und Ihr Rudel vorzubereiten. Falls wir Ambrose seinen Titel entziehen, werde ich darauf drängen, dass Sie seinen Platz einnehmen."

Mein Herz setzt aus. Ich wusste, dass die Absetzung eines Erzlords die Ernennung eines anderen Lords erforderlich machen würde. Natürlich würde Donovan Tristan nicht die Rolle seines Cousins zweiten Grades geben wollen, aber irgendwie ist mir nie in den Sinn gekommen, dass ich im Rennen sein könnte.

Ich brauche einen Augenblick, um mich davon zu erholen und mit der angemessenen Dankbarkeit zu antworten. „Sie Ehren mich über alle Maße, mein Lord. Ich hätte nicht gedacht … wir wurden erst vor kurzem wieder nach Hearthshire geschickt …"

Donovan winkt meinen schwachen Protest ab. „Sie haben sich reichlich bewiesen, sowohl in der Würde, mit der Sie Ihre Verbannung gehandhabt haben, als auch mit Ihrem Verhalten hinsichtlich Ambrose' Plänen. Dass Sie nicht damit gerechnet *haben*, obwohl Sie mir geholfen haben, ist genau der Grund dafür, dass ich Sie für den besten Mann für die Aufgabe halte. Ich hege keinerlei Zweifel daran, dass Sie es sich verdient haben werden, sollte es dazu kommen."

Ich darf mir die Übelkeit nicht anmerken lassen, die sich durch meinen Magen schlängelt. Ich verbeuge mich noch tiefer, bedanke mich ausdrücklich und beobachte mit einer Spur der Erleichterung, wie der Erzlord geht. Seine Abreise ändert nichts an der Ankündigung, die er gerade gemacht hat.

Während ich zu meinem Pferd zurückkehre, rumort es weiterhin in meinem Magen. Der Hengst stampft ruhelos auf, nachdem ich mich auf seinen Rücken geschwungen habe, da er meine Emotionen bemerkt. Ich wende ihn in Richtung Hearthshire und lasse ihn mit einem Druck meiner Fersen galoppieren, bemerke jedoch kaum die Landschaft, die mit jedem magiegeladenen Schritt vorbeifliegt.

Ich hatte kaum eine Gelegenheit, richtig in Hearthshire anzukommen. Wie soll ich da mit der Vorstellung umgehen, das Revier eines Erzlords zu übernehmen?

Im ersten Moment, als ich durch das gewölbte Baumtor meines Zuhauses reite, stockt mir der Atem und meine Hände zucken ungebeten an den Zügeln. Eine Horde geisterhafter Gefährte zeigt sich vor meinem toten Auge. Sie sind auf dem gesamten Feld ausgebreitet. Ich blinzle und sie sind fort.

Mein Herz hämmert noch immer gegen meine Rippen, als ich zum Stall reite. Wie so oft lässt sich nicht sagen, was dieser kurze Eindruck bedeuten könnte. Es könnte eine Zukunft sein, in der wir zu einem neuen Zuhause aufbrechen – oder in der eine Flotte von Ambrose' Soldaten hier ankommt. Es könnte auch einfach ein Echo von vor ein paar Wochen sein, als wir hier ankamen, oder von vor Jahrzehnten, als wir alles für die Abreise zu den Rändern packten. Der Großteil dieser Möglichkeiten beunruhigt mich.

Musik weht über die Felder. Das Glühen, das hinter der Burg hervorleuchtet, verrät mir, dass Whitt heute Nacht eine seiner Feiern abhält. Er hoffte, dass er unseren Gästen genügend berauschende Leckereien zuführen könnte, um ihre Zungen zu lösen.

Wenn er nicht so beschäftigt gewesen wäre, hätte ich meinem Spionagechef von Donovans Enthüllung erzählt und den verworrenen Reaktionen, die das in mir aufgewühlt hat.

Doch so wie die Dinge liegen, lasse ich mein Ross beim Stallmeister und betrete die Burg allein.

Die weitläufige Eingangshalle ragt um mich herum auf und meine Schritte hallen auf eine Weise von den Wänden wider, die sich plötzlich unheilvoll anhört. August ist vermutlich irgendwo, falls ich ihn aufsuchen wollte. Vielleicht ist er im Keller und erfreut sich an dem größeren Fitnessstudio oder Unterhaltungsraum, die dieses Gebäude zu bieten hat. Ich stelle jedoch fest, dass ich stattdessen nach oben gehe. Ich habe mir noch nicht ganz eingestanden, was – oder besser gesagt wen – ich aufsuchen möchte, als sie vor mir aus dem Klosett in den Gang tritt.

Talia hat ihr Nachthemd angezogen und ihre Füße sind darunter nackt. Ihr Gesicht leuchtet leicht rötlich, weil sie sich vor kurzem gewaschen hat, und einige vereinzelte Haare kleben feucht an ihren Schläfen. Sowie sie mich sieht, lächelt sie so mühelos, dass ich weiß, dass die Wärme vollkommen echt ist.

„Das hat nicht sonderlich lange gedauert", bemerkt sie.

„Nein, überhaupt nicht lang." Und dennoch hat sich mit diesem kurzen Gespräch so viel verändert. Ich zögere, denn ich bin mir auf eine unangenehme Weise unsicher, was ich will, was ich *brauche* – welche Bitte akzeptabel ist. Sie trägt bereits genug Bürden.

Allein der Anblick ihres Lächelns hat bereits einen kleinen Teil der Anspannung in mir geschmolzen. Vielleicht ist ihre Anwesenheit das Einzige, was ich brauche, um den Aufruhr in mir zu beruhigen. Ich trete an sie heran. „Darf ich ein Weilchen bei dir sitzen?"

Sie blinzelt mich an, als wäre sie verblüfft, dass ich überhaupt frage. Als sollte ich wissen, dass sie Schlaf und Privatsphäre und alles andere, was ich von ihr verlange, in dem Moment aufgibt, in dem ich darum bitte. „Selbstverständlich."

Ich wünschte, ich wäre mir sicherer, dass ich mir dieses Maß an Hingabe verdient habe.

Es fühlt sich eigenartig an, so in ihr Zimmer zu gehen und neben ihr auf die Matratze zu sinken, während sie ein Kissen an das Kopfteil lehnt, an das sie sich legen kann. Wie viele Male bin ich viel später in der Nacht hierhergekommen, um sie zu trösten, aus ihren Albträumen zu wecken und sie anschließend zu beruhigen?

Die Rolle des Beschützers liegt mir im Blut. Jetzt derjenige zu sein, der Trost bei ihr sucht, fühlt sich nicht richtig an.

Doch ich bin hier und sie hat ihre Hand um meine geschoben und ihren Kopf an meine Schulter gelegt, als könnte sie nicht glücklicher sein, mich hier zu haben. Bei den Himmeln, ich kann auch nicht behaupten, dass das *falsch* ist.

„War er aufgebracht?", fragt sie.

Sie meint natürlich Donovan. Wer sonst sollte ihrer Meinung nach einen Grund haben, aufgebracht zu sein, wenn sie nicht weiß, welche Neuigkeiten er mir mitgeteilt hat?

„Vielleicht ein wenig, aber er war nicht überrascht. Die Beweise haben sich über einige Zeit angehäuft. Und Ambrose hat seiner Unzufriedenheit wahrscheinlich während der Treffen in der Bastion Luft gemacht." Ich halte inne, atme ihren süßen Geruch ein und absorbiere die sanfte Wärme ihres Körpers an meinem. Ich habe mich beinahe davon überzeugt, dass dies reicht und ich ihre Ruhe nicht länger stören sollte, als sie erneut leise, jedoch deutlich spricht.

„Es muss schwer sein für dich, mit Donovan zusammenzuarbeiten, um Ambrose aufzuhalten. Das Rudel wurde verbannt, weil Leute dir die Schuld daran gaben, ihn angegriffen zu haben – du hast so hart gearbeitet, um zu beweisen, dass du nicht so bist, und jetzt musst du vielleicht wirklich gegen ihn kämpfen."

Ich starre auf sie hinab. Ich habe kein Wort darüber verloren, wie ich empfinde – doch sie hat mich oft genug über die Vergangenheit reden gehört. Wie kann ich da verblüfft sein, dass sie die Puzzlestücke zusammengesetzt hat?

Sie kennt mich besser, als ich ihr zugetraut habe.

Es gibt eine Sache, die sie nicht weiß, aber da ihre sanften Worte des Mitgefühls noch durch meinen Kopf hallen, gebe ich auch das preis. „Das ist es. Noch schwieriger ist jedoch … Donovan hat gesagt, dass er mich zum Erzlord machen will, falls Ambrose ersetzt werden muss."

Talia hebt den Kopf, um mir in die Augen zu sehen. Ihre Finger, die mit meinen verschränkt sind, spannen sich an. „Und du bist dir nicht sicher, ob du die Verantwortung willst?"

„Ich würde meinen Seelie-Brüdern gerne auf jede mir mögliche Weise dienen. Und die Stellung würde mit Vorteilen für das Rudel einhergehen, die alles übersteigen, was sie hier haben. Doch …" Ich kann meinen Blick nicht daran hindern, von ihr weg zu der Wand uns gegenüber zu gleiten. „Alles, was du gesagt hast, stimmt. Ich habe Jahrzehnte damit verbracht, gegen die Auffassung anzukämpfen, dass mein Rudel und ich aufgrund von Isleens Taten ebenfalls schuldig sind. Es hat mich *entsetzt*, dass sie und ihre Familie sich gegen unsere Herrscher gewandt haben in dem Versuch, einen abzusetzen – und jetzt tue ich genau das Gleiche."

Talia macht einen rauen Laut in ihrer Kehle. „Es ist *nicht* das Gleiche. Ist Ambrose damals gegen dich oder deine Familie – oder sonst jemanden – vorgegangen?"

„Nicht, dass ich wüsste. Nach dem zu urteilen, was Isleen mir erzählte und zeigte, als sie noch versuchte, mich davon zu überzeugen, ihre Bemühungen zu unterstützen, wählten sie Ambrose nur aus, weil sich ein ehemaliges Rudelmitglied seiner Familie dem Rudel ihrer Mutter angeschlossen und Insiderinformationen preisgegeben hatte, die ihnen einen Vorteil verschafften." Ein bitteres Glucksen füllt meine Kehle. „Ich weiß, dass sie versucht waren, sich auf *Donovan* zu konzentrieren, da er ein potenziell schwächerer Gegner war, als seine Mutter so plötzlich starb."

„Dann griffen sie Ambrose' Rudel ohne vorherige Provokation an, weil sie gierig waren und mehr Macht für sich wollten. Du versuchst, einen anderen Erzlord zu verteidigen, den Ambrose verrät. Es ist nicht so, als würdest du dich einmischen, damit du die Erzlord-Position erhältst."

„Nein. Auf andere könnte es allerdings so wirken, vor allem, wenn Donovan sein Versprechen einhalten kann." Mein totes Auge beschwört keine Bilder dieser möglichen Zukunft herauf, während ich spreche, doch ich kann mir die misstrauischen Blicke und beleidigenden Bemerkungen, die mir auf Schritt und Tritt folgen würden, dennoch vorstellen.

„Nun, jeder, der so denken würde, sollte sich den Kopf untersuchen lassen", erwidert Talia bestimmt. „Was kannst du sonst tun? Sie sind beide Erzlords und du kannst nicht beide unterstützen. Entweder du hilfst Donovan und gibst dein Bestes, um Ambrose daran zu hindern, ihm zu schaden, oder du verwehrst ihm deine Hilfe und erleichterst es dem wahren Verräter, einen anderen Erzlord anzugreifen. Wäre das nicht schlimmer? Es ist nicht deine Schuld, dass der Schutz des einen Erzlords bedeutet, dass du gegen einen anderen vorgehen musst."

Nein, die einzige Person, deren Schuld es ist, wäre Ambrose, weil er diese verräterische Kampagne begonnen hat. Was mir Donovan angeboten hat, ändert nichts daran.

Es ist meine Pflicht, die Herrscher des Herzens vor allen Bedrohungen zu beschützen, deren ich mir bewusst bin, selbst wenn diese Bedrohungen aus ihren eigenen Reihen kommen. Daran habe ich nie gezweifelt. Donovans unerwartete Ankündigung hat mich einfach so aus dem Gleichgewicht gebracht, dass ich aus den Augen verloren habe, was mich an diesen Punkt gebracht hat.

„Es gibt keine andere Wahl", stimme ich zu. „Ich muss mich für Donovan einsetzen oder ich würde gegen alles verstoßen, was mir wichtig ist."

„Genau." Talia hebt ihre Hand, um meinen Kiefer nachzufahren. „Du tust immer alles, was du kannst, um die Lage für dein Rudel und für den Rest der Seelie zu verbessern – für alle *außer* dir selbst. Wenn ein jämmerlicher Mensch, der dich erst seit wenigen Monaten kennt, das sehen kann, dann sollte es keinen einzigen Fae geben, der das nicht sieht."

Ihr Tonfall ist lässig, die Beleidigung in ihren Worten ärgert mich jedoch trotzdem. Ein Knurren kriecht ungebeten in meine Stimme. „Du bist nicht jämmerlich. Du bist alles andere als jämmerlich."

Wenn diejenigen, die sie verachten, nur hätten sehen können, wie sie mir heute Nachmittag die Stirn geboten und darauf bestanden hat, meinem Rudel beizustehen – nein, *unserem* Rudel, denn es ist jetzt auch ihres. Sie sucht nach jeder Möglichkeit, wie sie helfen kann, ohne der Angst nachzugeben, die sie verspüren muss.

Und gerade hat sie den Aufruhr in mir so geschickt gelegt und den Kern der Sache getroffen ohne die Vorurteile und Verachtung, die meine eigenen Gedanken trübten. Sie wurde nicht von den verkorksten Machenschaften dieser Welt beschmutzt, obwohl sie alles in sich aufgenommen und ein solch schlüssiges Verständnis davon gewonnen hat.

Die Kraft in ihr schneidet direkt durch *mein* Herz. Es zerriss mich beinahe, nur daran zu denken, sie mit Astrid über die Grenze der Nebelwelt zu schicken. Mein Wolf wollte Donovan zerfetzen, weil er mit der freundlichsten Absicht vorgeschlagen hatte, sie mir abzunehmen. Sie hat in ihrer Zeit bei mir um so wenig gebeten und dennoch so viel von meinem Respekt und meiner Hingabe für sich beansprucht.

Und meine Liebe.

Mir selbst kann ich das eingestehen, oder? Dieses brennende Verlangen, sie jeden Moment bei mir haben zu wollen; das Staunen, das meine Brust bei jedem bisschen Kraft erfüllt, das sie zeigt; die Leidenschaft, die mich bei dem bloßen Gedanken packt, dass ihr jemand ein Leid zufügen könnte … ich kann dem seinen richtigen Namen geben. Was für ein Mann wäre ich, wenn ich das leugnen würde?

Ich liebe sie. Diese kostbare, erstaunliche, unbezähmbare Menschenfrau. Die Wahrheit dieser Tatsache erblüht mit dieser Erkenntnis in mir, gefolgt von einem frischen Anflug von Unbehagen.

Ich hebe Talias Kinn an, um sie sanft sowie ehrfürchtig zu küssen, und lasse meinen Kopf nahe neben ihrem ruhen. „Dankeschön. Du hast mich an alles erinnert, woran ich mich erinnern musste. Schlaf gut, Lady der Burg."

Der Titel zaubert ihr ein Lächeln auf die Lippen. Als sie tiefer ins Bett rutscht und die Decke über sich zieht, zwinge ich mich, zu gehen. Nachdem ich die Tür hinter mir geschlossen habe, entweicht mir der Atem in einem harschen Schwall. Ich schließe die Augen und schiebe die verworrenen, widerstreitenden Emotionen beiseite.

Das letzte Mal, als ich eine Frau liebte, erlaubte ich dem Kummer, der damit einherging, mich zu verzehren, und sah zu, wie alles, was mir wichtig war, beinahe zerstört wurde. Dass Isleen mit dem unbekannten Mann unsere Gelübde brach, verletzte mich so tief, dass ich meine Verbindung zu ihr blockierte – und in meiner Pflicht meinem Rudel und meinen Herrschern gegenüber versagte. Wenn ich nicht zugelassen hätte, dass mein Herz mein Verantwortungsgefühl überschreibt, hätte ich gewusst, wie weit sie gehen wollte.

Selbst wenn ich sie nicht hätte aufhalten können, hätte ich meinem Rudel womöglich Jahrzehnte der Verbannung ersparen können.

Wird die Liebe, die ich jetzt für Talia empfinde, einem von uns etwas Gutes tun?

Wenn sie das nicht tut, ist es mein Versagen, nicht ihres. Ich zwinge mich, weiterzugehen und die schmerzhaften Erinnerungen an die Vergangenheit zurückzulassen.

Egal, ob es irgendwie zu meinem Untergang führen wird oder nicht, ich werde die Sterne verrücken, bevor ich zulasse, dass die Frau ruiniert wird, die ich voller Stolz unsere Lady nennen darf.

Talia

Als August die Rudelmitglieder, die in der Küche aushelfen, bittet, einige weitere Dämmeräpfel für das Frühstücksgebäck zu holen, denke ich im Stillen, dass es eigentlich nicht so dringend sein kann. Wir haben noch nicht einmal mit dem Teig angefangen.

Er wartet einige Augenblicke, nachdem sie den Raum verlassen haben, und sagt anschließend mit leiser Stimme: „Sylas hat mir erzählt, dass du einen neuen wahren Namen lernen möchtest."

Ah. Ich nicke und zerstoße die Nelken, die er mir gegeben hat, mit dem Stößel. Als sie zu einem feinen braunen Puder zerfallen, kitzelt ihr frischer, durchdringender Geruch meine Nase.

August fährt damit fort, die Eier zu schälen, die er gekocht hat, ich habe jedoch den Eindruck, dass sich seine

Schultern minimal angespannt haben. „Hattest du etwas Bestimmtes im Sinn?"

Ich hoffe, er denkt nicht, dass mein Vorschlag eine Beschwerde über die Lektionen war, die er mir gegeben *hat*. „Ich weiß, dass ich Licht noch immer nicht gut beherrsche", sage ich rasch, wobei ich mit ebenso leiser Stimme spreche. „Es macht Sinn, dass wir noch nicht zum nächsten Namen übergegangen sind. Ich dachte nur, bei allem, was los ist … Falls es etwas gibt, woran ich arbeiten kann, mit dem ich eher dabei helfen kann, Ambrose' Pläne herauszufinden und sie aufzuhalten, sollte ich mich fürs Erste darauf konzentrieren."

An Augusts Haltung ist definitiv etwas komisch, obwohl er auf mich herablächelt. Ich kann allerdings nicht genau sagen, was es ist, weshalb ich nicht weiß, wie ich fragen soll, ob etwas los ist, ohne die Lage noch seltsamer zu machen. Vielleicht hat es gar nichts mit mir zu tun; vielleicht ist er nur wegen der Situation mit Ambrose gestresst. Warum sollte er das nicht sein?

Er platziert das letzte Ei auf der Platte und legt nachdenklich den Kopf schief. „Ich weiß nicht, welcher der einfachen Namen am besten geeignet wäre und Sinn für dich machen würde. Warum denkst du nicht ein wenig über die Strategien nach, die du ausprobieren möchtest, und dann sehen wir, was diese stärken könnte?"

„Okay." Meine Laune sinkt. Ich wollte so bald wie möglich anfangen. Doch es *war* etwas viel verlangt von mir, zu erwarten, dass er genau weiß, wie er einem Menschen mit begrenzter Magie beibringen soll, wie dieser effektiv gegen einen Erzlord vorgehen kann.

Was hätte ich Nützliches tun können, als wir auf Donovans Bankett waren, oder im Wald, als die Reißkatze angriff, wenn ich über die richtige Magie verfügt hätte?

Während der restlichen Frühstücksvorbereitungen denke

ich über diese Frage nach, doch keine der Ideen, die mir einfallen, passen zu den zwei notwendigen Kriterien. Das erste ist, dass es etwas sein muss, was ich tatsächlich innerhalb einer kurzen Trainingsphase lernen kann, und das zweite ist, dass die Magie so subtil sein muss, dass ich meine geheimen magischen Fähigkeiten nicht vor unseren Feinden preisgebe. Ich grüble immer noch über das Thema nach, als ich mich mit Sylas und August an den großen Esstisch setze.

Ich glaube, keiner von uns erwartet, dass Whitt nach der ausschweifenden Feier der letzten Nacht erscheint, doch kurz nachdem sich Sylas bei den Küchenhelfern für ihre Arbeit bedankt hat und sie hinausgehen, schlendert der Spionagechef ins Esszimmer. Oder vielleicht wäre ‚schwanken‘ zutreffender. Er taumelt nicht, aber seine Schritte sind leicht unrund, weshalb es den Anschein erweckt, als wäre sein Gleichgewicht nicht so gut, wie es sein sollte. Er lässt sich gegenüber von August auf einen Stuhl fallen und reibt über seine müd wirkenden Augen.

Die Musik von der Feier drang noch durch die Burgwände, als ich in den frühen Morgenstunden aufstand, um das Klosett aufzusuchen. Er kann nicht mehr als ein paar Stunden Schlaf bekommen haben. So wie ich Whitt kenne, ist es allerdings schwer, zu sagen, wie viel von seinem aktuellen Zustand Müdigkeit geschuldet ist und wie viel der Tatsache, dass er die Getränke und Rauschmittel, die er im Lauf der Nacht genossen hat, noch nicht ausgeschlafen hat.

Sylas wirft ihm einen unheilvollen Blick zu. „Das Frühstück ist nicht so wichtig, dass ich von dir verlange, dafür aus dem Bett zu krabbeln.“

Whitt scheint sich ein Gähnen zu verkneifen und nimmt eines der Dämmerapfelgebäcke von der Platte. „Vielleicht übe ich mich in besserer Selbstdisziplin für den Moment, in dem ich einer höheren Autorität diene.“

Ein leises Knurren entwischt Sylas, obwohl sein Tonfall

milde bleibt. „Das ist nichts, worauf wir uns verlassen können, weshalb wir es nicht so beiläufig besprechen sollten.“

Der andere Mann schnaubt. „Ich nehme an, alle im Raum wissen bereits von deinem voraussichtlich ansteigenden Ansehen. Ich verspreche, dass ich es nicht von den Dächern schreien werde, bevor es endgültig ist.“

Whitt spricht in seinem üblichen munteren Tonfall und ein Funkeln tanzt in seinen Augen, aber in seiner Stimme liegt eine gewisse Schärfe und das Funkeln jagt mir einen Schauder über den Rücken. Sylas hat ihm offensichtlich von Donovans Angebot erzählt. Stört es Whitt, dass Sylas zum Erzlord gemacht werden könnte? Es würde nicht nur Sylas’ Ansehen, sondern das des gesamten Rudels, einschließlich seines Kaders, gewaltig steigern.

Allerdings hat es Whitt womöglich trotzdem verstimmt. Ich erinnere mich an die Rauheit in seiner Stimme, als er zugab, dass es ihn manchmal stört, dass Sylas automatisch so viel mehr Dinge gewährt werden als ihm. Das kann ich ihm nicht verdenken. Es ist nicht seine Schuld, dass seine Eltern ihm nicht etwas mehr von ihrem Fae-Erbe weitergegeben haben und dass seine Mutter nicht so viel Fae-Blut hatte wie Sylas’.

Ich habe nur noch nie zuvor erlebt, dass er diese Gefühle derartig offen vor Sylas ausgedrückt hat.

Der Fae-Lord mustert seinen Spionagechef noch etwas länger, doch als Whitt dazu übergeht, von seinem Gebäck zu schwärmen, scheint Sylas zu beschließen, dass es das nicht wert ist, weitere Fragen zu stellen, zumindest nicht jetzt.

Ich rutsche auf meinem Stuhl hin und her und das Wachtelei, das ich gerade geschluckt habe, lässt sich unangenehm in meinem Magen nieder. Sind heute *alle* in der Burg neben der Spur? Falls es an etwas in der Luft liegt, hoffe ich, dass es ein kräftiger Wind bald wegpustet.

Whitt hat gerade die Hälfte seines dritten Gebäcks verschlungen, als ein Blatt von einem viel sanfteren Wind als dem, den ich mir vorgestellt habe, zu ihm getragen wird. Er pflückt es aus der Luft, liest die Nachricht und steht auf, während er sich den Rest seines Frühstücks in den Mund steckt.

„Muss mich um etwas kümmern", informiert er Sylas, wobei die Worte trotz seines vollen Munds nur leicht genuschelt sind. „Ich berichte dir, sobald ich kann, oh extra-glorreicher Anführer."

„Ich freue mich darauf", erwidert Sylas trocken. Sein Blick folgt Whitt, als der andere Mann durch die Tür geht. Er wendet sich wieder mir zu und betrachtet den Teller vor mir, auf den ich mittlerweile seit fünf Minuten kein Essen mehr gelegt habe. Die subtilen Spannungen um mich herum haben meinem Appetit einen Dämpfer verpasst.

„Und womit will sich unsere Lady heute beschäftigen?", erkundigt er sich.

Über Zauberspruchideen nachdenken? Ich bin mir jedoch nicht sicher, ob es sonderlich inspirierend ist, auf meinem Bett oder auf dem Sofa im Unterhaltungszimmer zu liegen. Ich kaue auf meiner Unterlippe herum. „Ich schätze, ich werde nachschauen, was heute im Dorf erledigt werden muss." Ich darf meine anderen Ziele nicht aus den Augen verlieren. Das Rudel muss mich noch immer als richtiges Mitglied sehen. Vielleicht habe ich eine Idee, während ich mit ihnen arbeite.

Sylas nickt. „Ich werde zusehen, dass Astrid bereit ist, dich zu begleiten."

Mich zu beschatten, meint er damit. Angesichts dessen, dass mich ihre Beschattung vor einer schlimmeren Verletzung bewahrte, als mich die Reißkatze neulich angriff, kann ich mich nicht beschweren.

Nachdem das Geschirr abgeräumt wurde, gebe ich

August schnell einen Kuss – den er so enthusiastisch erwidert, dass sich ein Teil meines Unbehagens legt – und laufe mit Sylas zur Eingangstür, weil er anscheinend denkt, dass ich eine Eskorte brauche, um die Eingangshalle zu durchqueren.

Astrid wartet vor der Tür. Sie winkt mich zu sich und sieht vage belustigt von ihrer aktuellen Pflicht aus. Wenigstens habe ich nicht den Eindruck, dass *sie* denkt, ich bräuchte dringend einen Babysitter.

„Heute gibt es keine entlaufenen Schafe oder seltenen Pilze zu sammeln", berichtet sie. „Ich glaube, der Großteil unserer Rudelkollegen macht eine Pause."

„Nun, es gibt immer die grundlegenden Alltagsaufgaben, falls jemand Hilfe gebrauchen könnte." Ich schaue zu den Gärten, die die Baumstumpf-ähnlichen Häuser umgeben. Manche müssen vielleicht gegossen werden.

Wasser – das ist einer der grundlegenden wahren Namen, oder? August hat die Elemente, gewöhnliche Metalle, Pflanzen und Tiere als die einfachsten Namen aufgezählt. Allerdings weiß ich nicht, was hier sonderlich gewöhnlich ist. Und irgendwie glaube ich nicht, dass es eine sehr nützliche Informations-Sammlungs-Fähigkeit sein wird, Ambrose zu durchnässen, auch wenn ich vermutlich großen Spaß daran hätte.

Während ich darüber nachdenke, fällt mir ein Fleck heller Farbe ins Auge, der an den abgelegensten Häusern vorbeihuscht. Es ist eines von Harpers bunten Kleidern. Sie rennt über das Feld und verschwindet aus meinem Blick hinter der Burg.

Sie sah aus, als hätte sie eine Angelegenheit, zu der sie unbedingt wollte. Vielleicht kann ich ihr dabei helfen. Es fühlt sich an, als hätte ich sie seit dem Tag, an dem wir die entflohenen Schafe aufspürten, kaum gesehen.

Ich humple so schnell wie möglich hinter ihr her und bin

erneut dankbar für die Stiefel, die sie mir gemacht hat und die mir die zusätzliche Stabilität von Sylas' Orthese geben, ohne dass ich noch mehr auffalle als ohnehin schon. Astrid folgt einige Schritte hinter mir. Ich biege um die Seite der Burg, gerade als Harper den Waldrand hinter Whitts Feier-Bereich erreicht.

Dort bleibt sie stehen und ich halte ebenfalls an, weil sie nicht mehr allein ist. Eine der Töchter aus Ambrose' Rudel – die mittlere – steht zwischen den Bäumen. Sie unterhalten sich, die Köpfe dicht zusammengesteckt. Sie sind allerdings zu weit weg, als dass ich auch nur einen Hauch ihrer Stimmen ausmachen könnte, geschweige denn, was sie sagen.

Ich bleibe am Rand der Burg stehen, verborgen von der Mauer neben mir und deren Schatten, und beobachte sie. Erneut steigt Unbehagen in mir auf, obgleich ich noch immer nicht erklären kann warum.

Harper reicht der anderen Frau ein Stoffbündel, das so groß ist, dass es zwei oder drei ihrer Kleider enthalten könnte. Die mittlere Tochter lächelt schmal und macht eine Bemerkung, wegen der Harper die Schultern hochzieht, wenn auch nur kurz. Dann macht unser Gast auf dem Absatz kehrt und marschiert zu den Gästequartieren.

Astrid summt vor sich hin. „Was hältst du davon?"

Es gibt eine absolut offensichtliche Erklärung. „Harper muss ihnen Kleider geschenkt haben. Sie hat vermutlich gehofft, dass sie die Geste so sehr zu schätzen wissen, dass sie vor anderen hochrangigen Fae von ihren Fähigkeiten schwärmen." Allerdings gefällt mir nicht, wie die andere Frau gelächelt hat, oder wie abgehärmt Harpers Gesicht aussieht, als sie sich von den Bäumen abwendet.

Sie sieht nicht hoffnungsvoll, sondern besorgt aus. Hoffentlich haben Ambrose' Rudelmitglieder nichts gesagt, was sie beleidigt hat.

Ich will gerade zu ihr eilen, um mich zu vergewissern,

dass es ihr gut geht, als eine viel größere Gruppe aus dem Wald kommt. Ein Gefährt schwebt in unser Blickfeld und bewegt sich träge zwischen den Bäumen hindurch. Das Gefährt unserer Gäste mit der gesamten Familie an Bord. Die mittlere Tochter muss geradewegs dorthin geeilt sein. Mir war nicht bewusst, dass sie abreisen würden.

Genauso wenig wie meinen Männern, vermute ich, denn Whitt läuft neben dem Gefährt her und spricht mit dem Ehemann und seiner Frau. Er sieht lebhafter als beim Frühstück aus und jegliche Spuren der Erschöpfung sind verschwunden. Ich meine jedoch ein gewisses Maß an Unruhe in seinen angeblich sorglosen Gesten erkennen zu können.

Astrid tritt näher an mich heran. „Hmm. Interessantes Timing, nachdem unser Lord gestern ihren besucht hat.“

Das ist es. Hat Ambrose beschlossen, dass er Sylas nicht zutraut, seine Rudelmitglieder gut zu behandeln, nachdem Sylas zeigte, dass er von dem Verrat des Erzlords wusste? Oder ist das eine neue Phase seines Plans? Obwohl die Sommerluft um mich herum warm ist, ertappe ich mich dabei, wie ich mir über die Arme reibe.

Wir sind nicht die einzigen, die die plötzliche Abreise der Familie bemerkt haben. Brigit und Elliot schlendern herbei und zögern in unserer Nähe, als wären sie sich nicht sicher, ob sie die Aufmerksamkeit der Gäste erregen wollen.

Brigits Mund verzieht sich. Sie blickt zu mir und dann zu Elliot. „Wir haben es nicht geschafft, andere nützliche Informationen zu erhalten, und jetzt reisen sie ab.“

„Wir haben Lord Sylas so viel geholfen, wie wir konnten“, meint Elliot, macht jedoch ebenfalls ein finsteres Gesicht.

„Was du herausgefunden hast, war wirklich wichtig“, merke ich an. Donovan wäre womöglich schon weg vom Fenster, wenn wir die falschen Diebstähle nicht aufgedeckt hätten. „Und vielleicht wird es andere Gelegenheiten geben, bei denen wir helfen können. Wir müssen nur … abwarten und schauen, was Ambrose als Nächstes tut.“

Beim Sprechen verknotet sich mein Magen. Ich weiß nicht, wie *ich* helfen soll, wenn es hier in unserem Revier keine Spuren gibt, denen ich folgen kann. Es ist nicht so, als könnte ich mich allein an Ambrose’ Ländereien anschleichen.

Harper ist an der Stelle geblieben, wo sie sich mit der mittleren Tochter unterhalten hat. Als sie in unsere Richtung schaut, winkt Brigit. Meine Freundin scheint einen Moment zu zögern, bevor sie zu uns kommt. Sie blickt dorthin zurück, wo das Gefährt hinter der Burg hinfort gleitet. Ich kann Sylas’ tiefen Bariton in der Ferne hören, der herausgekommen sein muss, um die Gäste zu verabschieden.

„Ich muss wieder an die Arbeit“, sagt Harper rasch, die bloß langsamer wird, als sie uns erreicht, und nicht anhält. „Meine … meine Mutter braucht noch ein paar helfende Hände.“ Sie eilt weiter, wobei ihr Blick nur kurz an meinem hängen bleibt und sie flüchtig lächelt.

Ich wünschte, ich wüsste, was Ambrose’ Rudelmitglied zu ihr gesagt hat. Hätte ich Fae-Sinne, hätte ich dann ihre Stimmen hören können?

Gibt es einen Zauber, der mir das erlauben würde?

Der Gedanke schlägt wie ein Blitz in meinem Kopf ein. Wir vier schlendern zurück zur Burg, um zu beobachten, wie das Gefährt durchs Tor gleitet. Das Gefühl der Möglichkeit dehnt sich dabei in mir aus und erleuchtet mich immer mehr.

Ja, das könnte es sein. Jedenfalls für den Anfang.

August steht bei Sylas und Whitt vor der Eingangstür der Burg. „Nun, ich kann genauso gut das Rudel auf Herz und Nieren prüfen“, sagt er zu seinen Brüdern und macht sich auf den Weg in Richtung Dorf.

Ich haste so schnell, ich kann, vor den anderen her und

hole ihn ein, bevor er seine Schüler erreicht hat. „Kann ich kurz mit dir sprechen?"

Sein Kopf schnellt in die Höhe, sein Blick gleitet an mir vorbei und wird sanft, sobald er sich vergewissert hat, dass Astrid ihre Wachpflichten nicht vernachlässigt hat. „Klar. Was gibt's, Süße?"

Ich ziehe ihn zurück zur Burg und warte, bis wir uns innerhalb deren Wände befinden, bevor ich spreche. „Schallwellen reisen durch die Luft. Du hast gesagt, dass Luft einer der grundlegenden wahren Namen ist. Wenn ich diesen meistern könnte, wäre ich dann in der Lage Laute zu verstärken – damit ich Gespräche und derlei Dinge belauschen kann?"

Augusts Augen weiten sich. Ich verkneife es mir, zu zappeln, während er nachdenkt. Seine Lippen biegen sich nach oben. Es ist nicht ganz die aufgeregte Reaktion, auf die ich gehofft hatte, sie wirkt jedoch definitiv anerkennend.

Er legt seine Hand auf meinen Kopf und streichelt mich kurz liebevoll mit dem Daumen. „Ich denke, das könnte möglich sein. Ich werde unsere Rudelkollegen ein hartes Workout machen lassen und dann schauen wir, was wir tun können."

18

August

„Es hilft, wenn du dir eine rauschende Empfindung vorstellst, als würde sich der Wind über dich bewegen, während du das Wort sagst", erinnere ich Talia. „Aber sei nicht frustriert, wenn es seine Zeit braucht. Du weißt, dass du es irgendwann schaffst."

Talia, die mir gegenüber auf der Moosmatte des Fitnessstudios sitzt, nickt. Sie hat die Beine verschränkt und die Augen geschlossen, während sie den wahren Namen erfühlt, den ich ihr bei unserer gestrigen Lektion verraten habe. Eine schuldbewusste Art von Hoffnung windet sich in meiner Brust.

Ich hoffe, sie braucht eine *lange* Zeit, um dieses Wort in den Griff zu bekommen. Mindestens so lange, damit kein Grund mehr besteht, dass irgendeiner von uns gegen einen Erzlord vorgehen muss.

Sie will jedoch unbedingt helfen. Wie könnte ich mich da weigern, sie zu unterrichten?

Ich kann nicht anders, als das Heben und Senken ihrer Brüste unter ihrem Kleid zu beobachten, als sie langsam und tief einatmet. Der Instinkt, der in mir aufsteigt, ist allerdings nicht Lust, sondern der Drang, sie zu beschützen. Ihr Schlüsselbein ragt so zart unter ihrer blassen Haut hervor. Der Träger ihres Kleides verdeckt nicht alle Narben, die Aeriks Fangzähne hinterlassen haben.

Was für ein Liebhaber wäre ich, wenn ich das sehen und auch nur daran denken würde, zuzulassen, dass sie sich erneut in Gefahr bringt?

„*Briss-gow-aft*", raunt sie beim Ausatmen, wobei sie die Silben so sanft und zischend ausspricht, wie ich es ihr vorgemacht habe. Noch mehr Schuldgefühle gesellen sich zu meinem Widerwillen. Ich habe ihr das Wort richtig beigebracht, aber einen kurzen Augenblick lang war ich versucht, es einfach etwas falsch auszusprechen, sodass keine Hoffnung bestünde, dass sie den Namen meistern kann.

Diese Art der Täuschung wäre jedoch unter meiner Würde gewesen. Es muss doch etwas geben, was ich tun kann. Sylas erzählte, dass sie sich weigerte, mit Astrid in ihre Welt zurückzukehren … Gibt es eine Möglichkeit, wie *ich* mit ihr gehen könnte, ohne das Rudel in Gefahr zu bringen, und zwar so lange, dass sie auch noch gerne dortbleibt, nachdem ich zurückgekehrt bin? Wäre sie mit mir an ihrer Seite gewillt, zurück ins Reich der Menschen zu reisen?

Selbst wenn sie es um ihretwillen wollen würde, weiß ich, dass sie sich nach meinen Pflichten im Rudel erkundigen würde. Wir befinden uns kurz vor einem Krieg. Ich bräuchte ein überzeugendes Argument, warum ich mich vor meinen anderen Verantwortungen drücke. Ich müsste sicherstellen, dass ich mich *nicht* vor ihnen drücke.

Sie atmet erneut aus: „*Briss-gow-aft.*" Der wahre Name

gleitet von ihren Lippen – und der Saum ihres Kleides regt sich ganz leicht dort, wo er über ihren Beinen liegt.

Innerlich zucke ich zusammen. *Nein.* Nicht jetzt schon. Doch Talias Augen sind aufgeflogen. Sie starrt auf ihr Kleid hinab und ein Lächeln dehnt ihre Lippen.

„Ich denke, ich habe es geschafft", verkündet sie und schenkt mir ein strahlendes Lächeln, bei dem ich mir nicht sicher bin, ob ich es momentan verdiene. Ihre reizenden Augen leuchten vor Staunen. „Ich habe gespürt, wie sich die Luft bewegt hat, nur ganz leicht."

Ich zwinge mich, ihr Lächeln zu erwidern. „Das ist ein Anfang. An den Punkt zu gelangen, an dem du die Luft so weit beeinflussen kannst, dass du Schallwellen zu dir tragen kannst, wird etwas mehr Arbeit erfordern."

„Ich weiß. Aber wenigstens mache ich Fortschritte. Gestern ist überhaupt nichts passiert." Sie fährt mit den Händen über ihre Knie, ihr Blick wendet sich ab und richtet sich gedankenverloren in die Ferne. „Natürlich muss ich noch herausfinden, wann ich diese Fähigkeit tatsächlich einsetzen kann, wenn ich genug geübt habe. Ich schätze, die Bankette und Bälle werden ziemlich häufig ausgetragen? Könnten wir hier eine Feier ausrichten und alle Erzlords einladen? Das wäre eine gute Entschuldigung, *allen* eine Gelegenheit zu geben, Ambrose und seine Leute zu beobachten."

„Ich bin mir nicht sicher, ob er es riskieren würde, irgendwelche Schritte zu unternehmen oder seine Absichten zu enthüllen, solange er sich in unserem Revier befindet", erwidere ich. „Und Sylas wird ihm nicht die Gelegenheit dazu geben wollen für den Fall, dass er es doch tut."

„Stimmt. Aber eines der anderen Rudel könnte ein Bankett wie Donovan ausrichten. Die Fae wissen mittlerweile alle, wer ich bin. Seine Rudelmitglieder sind möglicherweise weniger vorsichtig, wenn sie in meiner

Gegenwart über Dinge reden, als sie das bei anderen Fae sind, da sie nicht erwarten werden, dass ich so gut hören kann – oder dass ich Magie nutzen kann, um mein Gehör zu verbessern. Wenn mir eine Ausrede einfällt, mich in der Nähe ihres Gefährts oder anderswo, wo sie sich privat unterhalten könnten, aufzuhalten … Natürlich dürfte ich nicht so nahe bei ihnen sein, dass sie auf die Idee kommen, ich würde lauschen …"

Und wenn sie erwischt wird? Meine Muskeln spannen sich an, als ich mir das vorstelle. „So weit musst du nicht gehen", widerspreche ich. „Falls sich eine Gelegenheit ergibt, ist das etwas anderes. Allerdings musst du dich nicht in Gefahr bringen, um sie zu ergreifen. Du solltest dich nicht so sehr anstrengen, irgendetwas mit Ambrose und seinem Rudel zu tun zu haben."

Talia richtet ihren hellen Blick wieder auf mich. „Aber ich werde womöglich keine Gelegenheit mehr bekommen, wenn ich mich nicht anstrenge. Ich werde nichts *Dummes* versuchen. Sie denken ohnehin, dass ich kaum zu etwas fähig bin."

„Ich …" Ich suche nach einer anderen Taktik. Ich liebe es, wie Talias Stärke und Selbstvertrauen zugenommen haben, doch diese Stärke und Selbstvertrauen sind der Grund, aus dem sie nicht vor einer Herausforderung zurückschreckt, insbesondere vor keiner, von der sie denkt, dass sie uns helfen könnte. Ihre Fähigkeiten kleinzureden, ist das Letzte, was ich tun möchte. Das tun die Fae außerhalb unserer Ländereien bereits zur Genüge.

„Ich habe das gesamte Rudel trainiert", fahre ich einen Augenblick später fort. „Whitt hat bereits mehrere Rudelkollegen, die wissen, wie sie herumschleichen und für ihn Informationen sammeln müssen. Was auch immer herausgefunden werden muss, werden wir finden."

„Aber jedes bisschen hilft, oder nicht? Es gab zuvor schon

Dinge, die ich tun konnte, zu denen kein anderer in der Lage war."

Die gab es – und ich habe jeden einzelnen dieser Momente gehasst. Als wir tatenlos zusehen mussten, wie sich Aerik und sein Kader diesem Käfig näherten; als sie ihre Arme ausstreckte, damit Sylas ihr in der Oakmeet-Küche Blut abzapfen konnte ... Meine Hände beginnen, sich bei den Erinnerungen zu verkrampfen. „Wenn sich etwas Derartiges ergibt, dann kannst du es natürlich versuchen ... Doch *wir* sollten diejenigen sein, die die Risiken eingehen, bis das der Fall ist."

Die Freude auf Talias Gesicht verblasst. Sie mustert mich und eine Falte gräbt sich auf ihre Stirn. „Du willst nicht, dass ich mich einmische."

Ich verziehe das Gesicht. „Ich will nicht, dass du verletzt wirst, Süße. Ich würde lieber eintausend Schläge einstecken, als zu sehen, wie du einen Treffer kassierst."

„Wenn wir Ambrose nicht aufhalten können, werde ich womöglich trotzdem verletzt. Alles wird so viel schlimmer sein."

„Und deswegen werden Sylas, Whitt und ich – und der Rest des Rudels – sicherstellen, dass es nicht dazu kommt. Du solltest dich keinen dieser Drohungen stellen müssen."

„Ich *will* es tun. Ich bin auch ein Teil dieses Rudels. Der einzige Grund, aus dem ich hiergeblieben bin, ist ..." Sie hält inne und ihre Haltung versteift sich. „Du hast dich ein wenig merkwürdig benommen, seit wir darüber gesprochen haben, einen neuen wahren Namen zu lernen. Nein – du warst auch angespannt, kurz bevor Sylas neulich mit mir geredet hat ... Bist du aufgebracht, dass ich nicht getan habe, wozu er mich überreden wollte?"

Meine Kehle schnürt sich wegen ihres offensichtlichen Kummers zu. „Nein, natürlich nicht. Du hast keine Ahnung, wie schwer es war, Sylas das vorzuschlagen ..."

Sie zuckt zusammen. „Warte, es war *deine* Idee? Du hast Sylas gesagt, dass er eine Möglichkeit finden soll, mich von hier wegzubringen?"

„Talia …" Ich kann es nicht leugnen. Ich müsste lügen. Aber sie muss verstehen … „Ich dachte nur, dass es für dich auf diese Weise sicherer wäre. Es ist meine Aufgabe, alle in diesem Revier zu beschützen, und Ambrose hat es bereits mehr als einmal geschafft, dich zu verletzen, obwohl ich in der Nähe war …"

Ich wappne mich für Wut, doch die Reaktion, die sie zeigt, ist viel schlimmer. Ihre Schultern fallen herab, ihr Körper zieht sich in sich selbst zurück und ihr Kinn zittert. Sie presst den Kiefer zusammen und blinzelt heftig gegen einen Tränenschleier an. Qualen zerreißen mich.

Ich habe das getan. *Ich* habe sie verletzt. Der Anblick ihres Schmerzes führt dazu, dass meine Fangzähne und Krallen darauf brennen, hervorzukommen, als könnte ich sie mit ihnen vor diesem Vergehen verteidigen. „Talia", sage ich erneut, wobei meine Stimme heiser klingt.

„Ich habe Ambrose' Tricks gut überstanden", erwidert sie, bevor ich weitersprechen kann. Sie wischt sich über die Augen. „Hältst du mich wirklich für so nutzlos, dass es besser für mich wäre, wenn ich mich nicht einmal in derselben *Welt* aufhalte wie der Rest von euch? Ich dachte … Du hast mich trainiert, damit ich kämpfen *kann*, auf jede mir mögliche Weise …"

Meine Hand zuckt zu ihr, ich halte mich jedoch zurück, weil ich mir nicht sicher bin, ob sie in diesem Moment von mir berührt werden möchte, auch wenn mich jeder Impuls anbrüllt, sie in die Arme zu nehmen. „Es liegt nicht an dir. Ich finde dich erstaunlich. Das Herz stehe mir bei, Talia, ich liebe dich und ich kann den Gedanken nicht ertragen, dass dir etwas zustoßen könnte, weil ich zugelassen habe, dass du dich in Gefahr begibst."

Sie starrt mich an. „Du ‚lässt‘ gar nichts zu. Es ist nicht deine Entscheidung. Ich entscheide, was ich tue. Ist das nicht … sollte es nicht so sein? Du ziehst los mit Plänen, bei denen du *getötet* werden könntest, und ich habe Angst, dass du es nicht zurückschaffst, und trotzdem sage ich dir nicht, dass du es nicht tun kannst.“

„Das ist nicht … ich habe mich verpflichtet …“ Ich halte inne, denn ich habe tatsächlich keine gute Antwort. Ich habe zuvor einfach nicht auf die Weise darüber nachgedacht, wie sie es dargestellt hat.

Ich *habe* mein Leben mehr als einmal aufs Spiel gesetzt, seit Talia in dieses getreten ist. Im Lauf dieses Lebens werde ich es zweifellos dutzende weitere Male tun, wenn es so lange andauert, wie ich es gerne hätte. Wenn sie mich bitten würde, mich zurückzuhalten, würde ich das ablehnen. Doch auch wenn ich sage, dass es daran liegt, dass ich eine Pflicht zu erfüllen habe, weil ich geschworen habe, mein Rudel und meinen Lord mit allem zu verteidigen, was in mir steckt … war das meine Entscheidung.

Wie kann ich sagen, dass es ihr möglich sein sollte, frei zu leben, und dann versuchen, sie zurückzuhalten? Wie kann ich ihr sagen, dass ihre Entscheidung falsch ist, wenn *ich* die gleiche getroffen habe?

„So habe ich es nicht gemeint“, beende ich meinen Satz schwach.

Talias Stimme sinkt. „Mit dir, Sylas und Whitt sowie diesem Rudel zusammen zu sein, ist das einzig Gute, was mir in fast zehn Jahren passiert ist. Ich liebe dich und ich liebe das Leben hier. Es fühlt sich *richtig* an, auf jede erdenkliche Weise dafür zu kämpfen. Ich weiß, dass ich nicht so viel dazu beitragen kann wie du oder einer der Fae, aber ich denke, ich kann wenigstens ein bisschen …“

Das Zögern, das in ihre Stimme kriecht, bringt mich beinahe um. Ich gebe dem Drang nach, der sich in mir entfaltet, ziehe sie in meine Arme und auf meinen Schoß und umfange sie mit meinem Körper, als könnte ich den Schaden, den ich angerichtet habe, wegumarmen.

Obwohl sie so verletzt wurde, schmiegt sie sich in die Umarmung. Ich habe Glück, dass sie mich nicht von sich stößt.

Ich stecke die Nase in ihre Haare und meine Kehle schnürt sich zu. „Es tut mir leid. Du hast *eine Menge* angeboten. Ich hätte nicht versuchen sollen, dich aufzuhalten, nur weil ich mir Sorgen um dich mache. Mehr ist es wirklich nicht. Ich …"

Nein, es ist mehr als das, oder nicht? Das Entsetzen, das mich bei dem Gedanken durchbohrt, dass Ambrose oder seine Rudelmitglieder diese Frau in ihre Pfoten kriegen, spiegelt den anderen Verlust wider, an den ich nicht zu denken versuche. Das Bild des zusammengebrochenen Körpers meiner Mutter flackert in meinem Verstand auf, woraufhin ich die Augen schließe und Talias Kopf fester an mich drücke.

Sie waren zwar beide Menschen, ihre Situation ist jedoch nicht die gleiche. Das darf ich nicht vergessen. Meine Mutter bat nie darum, unter den Fae leben zu dürfen. Niemand ließ ihr diesbezüglich eine Wahl. Was ihr zugestoßen ist, ist die Schuld meines Vaters und all der anderen Fae, die versäumten, sie zu retten.

Doch Talia – Talia bleibt aus freien Stücken bei uns und widmet sich diesem Rudel, weil sie es möchte.

Ich muss ihre Entscheidung respektieren, ganz gleich, wie nervös sie mich macht. Wenn ich sie wie ein Opfer behandle, dann mache ich sie von neuem zu einem, oder nicht?

Ich verlagere sie in meinen Armen, hebe meine Hand an ihre Wange und halte ihren Blick. „Du bist so stark, so kompetent und niemand sollte dir das Gefühl geben, du wärst das nicht, am allerwenigsten ich. Was auch immer dir einfällt, mit dem du uns gegen Ambrose helfen kannst, ich werde dich unterstützen. Vergibst du mir?"

Tränen schimmern erneut in ihren Augen, aufgrund ihres zaghaften Lächelns meine ich jedoch, dass es dieses Mal glücklichere sind. „Es ist okay. Ich weiß, dass du mich nur beschützen wolltest. Ich will nicht im Weg stehen oder die Situation verschlimmern."

„Das wirst du nicht tun. Du würdest dir das gar nicht erlauben. Ich habe gesehen, wie vorsichtig du bist. Ich muss einfach akzeptieren, dass unter all dieser Süße eine Kämpferin steckt." Ich streiche mit den Lippen über ihre und meine Stimme wird sanfter. „Ich bin stolz auf dich und darauf, dass du deine Frau stehst, dass du protestierst, anstatt nachzugeben. Ich habe mich geirrt und du hattest jedes Recht, mir das zu sagen. Wenn ich jemals wieder so vom Weg abkomme, brat mir gerne eins über den Schädel."

Noch ein niedliches, leises Schnauben entschlüpft ihr. Sie fährt mit den Fingern in meine Haare und sendet einen köstlichen Schauder über meine Kopfhaut „Irgendwie glaube ich nicht, dass ein Schlag von mir eine große Wirkung hätte."

Ich knurre und ziehe ihren Mund wieder zu meinem. „Du hast *immer* eine Wirkung auf mich."

Ich weiß nicht, ob es eine Möglichkeit gibt, den nachhallenden Schmerz zu lindern, indem ich sie an mich kuschle und sie mit jedem bisschen Zärtlichkeit in mir küsse, aber ich versuche es gerne. Und wenn ich erst einmal begonnen habe, ist es schwer, mich daran zu erinnern, dass wir andere Ziele hatten, die wir hier unten erreichen wollten. Mein Verstand wandert zu der äußerst erfreulichen Zeit, die wir an einem anderen Nachmittag im alten Fitnessstudio hatten, als Talia mir zum ersten Mal zeigte, dass sie Licht heraufbeschwören kann.

Oh, richtig. So angenehm das hier auch ist, ich sollte

vermutlich wieder dazu übergehen, den wahren Namen für Luft mit ihr zu üben. Ansonsten werde ich sie auf völlig andere Weise von ihren Absichten abhalten.

Ich küsse sie noch einmal, ziehe den Kuss in die Länge, genieße die Weichheit ihrer Lippen und verteile eine Spur aus Küssen über ihre Wange zu ihrem Kiefer. Wie kann ich widerstehen, dort kurz zu knabbern? Talias Brust hebt sich mit einem eifrigen Keuchen und ich reibe meine Nase an ihrem Hals, während sich ein Grinsen auf meinen Mund legt und meine letzten Schuldgefühle verfliegen.

„Weißt du", raune ich an ihrer Haut, „es gibt vermutlich irgendeine Emotion oder Empfindung, die dir helfen wird, Luft zu meistern, genauso wie es bei Bronze und Licht war. Vielleicht sollten wir experimentieren."

Sie summt belustigt. „Ein interessanter Plan." Doch sie neigt den Kopf zur Seite, um mir besseren Zugang zu ihrem Hals zu gewähren. Ich lecke mit der Zunge über ihre Schulterbeuge und spüre den freudigen Satz, den ihr Puls macht. Leider bringt mich das auf eine andere Idee, bei der wir nicht ganz so ineinander verschlungen bleiben.

Ich weiche ein Stück zurück und reiche ihr meine Hand, um ihr auf die Füße zu helfen. „Schauen wir mal, was passiert, wenn wir dich in die Luft bekommen – buchstäblich."

19

Talia

Wie sich herausstellt, besteht die beste Möglichkeit, mich mit meinem Gespür für die Luft zu verbinden, darin, einen großen Sprung zu machen, während ich den wahren Namen sage. Ich hoffe wirklich, dass es nicht lange dauern wird, bis ich an den Punkt gelange, an dem ich mich an die berauschende Empfindung erinnern kann, wie es ist durch die Luft zu segeln in den wenigen Momenten, bevor ich auf der Erde aufkomme. Es gibt nämlich nicht sonderliche viele Möglichkeiten, eine gute Höhe zu erreichen, wenn August anderweitig beschäftigt ist.

Ich versuche selbst einige Sprünge, doch wenn ich hoch genug bin, um den Wind wirklich um mich herum zu bewegen, kann ich ohne Hilfe nicht besonders elegant landen. Mein dritter und letzter Versuch, den Stuhl in meinem Schlafzimmer zu benutzen, endete mit einem stechenden Schmerz in meinem krummen Fuß, der nicht ganz nachgelassen hat.

Ich bin nach draußen gegangen, da ich hoffe, dass mir der natürliche Wind genügend zusätzliche Empfindungen verschaffen könnte, damit ich nicht so hoch springen muss. Doch ich muss sicherstellen, dass ich nicht zu offensichtlich bin, sonst fragt sich das Rudel, ob ich zu viel Cavaralsirup getrunken und wieder beschlossen habe, dass ich ein Vogel bin.

Wenn sie die Silben aus meinem Mund hören würden, wüssten sie genau, wie viel mir August beibringt. Ich habe angefangen, meinen Rudelkollegen zu vertrauen, aber ein Mensch, der mit wahren Namen arbeiten kann, könnte für jeden von ihnen Tratsch darstellen, der zu verlockenden ist, als dass sie ihn für sich behalten würden.

Ich mustere den schattigen Waldrand. Dort könnte ich vermutlich einige Baumstämme finden, von denen ich springen kann, ohne dass ich in Sichtweite bin. Doch natürlich hält sich mein persönlicher Bodyguard in meiner Nähe auf, während die Herren der Burg beschäftigt sind. Sylas hielt es nicht einmal für klug, Astrid zu zeigen, wozu ich fähig bin. Argh.

Kann ich mir eine vernünftige Ausrede einfallen lassen, warum ich von Baumstämmen springen will, während ich etwas vor mich hinmurmle – und besteht irgendeine Chance, dass es die Kriegerin nicht bemerkt, wenn ich eine kleine Bewegung in der Luft erzeuge? Oder sollte ich die Magie fürs Erste vergessen und schauen, wie ich im Dorf helfen kann?

Ich habe meine innere Diskussion noch nicht beendet, als Harper aus ihrem Haus tritt und zu mir kommt. Ihre glatten, hellen Haare schwingen dabei um ihr Gesicht. Sie drückt etwas an ihre Brust und ihre übergroßen Augen sehen geradezu traurig aus.

„Hey", sage ich, als sie mich erreicht, und lächle, was

hoffentlich freundlich wirkt. Ich habe allmählich den Eindruck gewonnen, dass sie beschlossen hatte, eine menschliche Freundin wäre zu langweilig für ihre Abenteuerlust. Es ist Tage her, seit sie mehr als einen kurzen Gruß mit mir gewechselt hat.

Andererseits weiß ich nicht, was sie beschäftigt haben könnte. Womöglich hat sie bereits Kleiderbestellungen von prominenten Fae aus dem gesamten Sommerreich erhalten.

„Hi." Sie streicht in einer nervösen Geste ihre Haare hinter ein leicht spitzes Ohr. „Es tut mir leid, dass wir zuletzt nicht viel Zeit miteinander verbringen konnten. Ich … ich würde nach wie vor gerne mit dir das Revier erkunden, wenn wir die Gelegenheit dazu erhalten. Es war einfach eine eigenartige Zeit."

Erleichterung durchflutet mich. „Das war es. Das ist in Ordnung. Es war viel los."

„Ich habe ein neues Kleid für dich gemacht. Ich dachte, ich sollte dir etwas Gutes tun." Harper reicht mir den gefalteten Stoff, den sie umklammert hat. „Ich hoffe, es gefällt dir."

Als ich den zarten Stoff ausschüttle, verdreht sie die Hände vor sich und ihr Gesicht ist angespannt, als hätte sie Angst, ich würde es ihr vor die Füße werfen. Warum sollte sie sich deswegen Sorgen machen? In der Burg trage ich schlichte Kleider wie das, welches ich heute anhabe – es ist nicht so, als wäre mein Modestandard furchtbar hoch.

Und ihr neuestes Werk ist so atemberaubend wie eh und je. Ein Strom aus aquatischem Türkis fließt mit filigranen Stickereien zusammen wie Gischt und eine Reihe winziger silberner Muschelperlen säumt den Ausschnitt.

„Es ist umwerfend", schwärme ich. „Bist du dir sicher … du hast mir bereits zwei Kleider geschenkt und es ist nicht so, als hätte ich viele Gelegenheiten, sie vorzuführen. Ich weiß, wie wichtig es dir ist, die

Aufmerksamkeit von Leuten aus anderen Rudeln zu erregen."

Harper schüttelt heftig den Kopf. „Du verdienst es. Ich meine, außer dir gefällt es nicht …"

„Ich *liebe* es." Sie sieht allerdings noch immer unglücklich aus. Ich sammle den Stoff in meinen Armen und frage mich, ob sich Meereswellen tatsächlich so anhören wie das zischende Geräusch, das das seidige Material erzeugt. Dabei mustere ich meine Freundin. „Ist alles in Ordnung? Ich war wirklich nicht sauer, dass du in letzter Zeit nur wenige Gelegenheiten hattest, mit mir zu sprechen."

„Oh, ja … ja, ich bin nur froh, dass alles gut ist." Daraufhin lächelt sie breit und vielleicht etwas angespannt. Ich weiß nicht, ob ich zu viel in ihr Verhalten hineininterpretiere. „Ich würde es gerne an dir sehen, bevor du es das erste Mal tragen möchtest, damit ich sichergehen kann, dass keine Anpassungen vorgenommen werden müssen."

„Natürlich. Ich werde es sofort anprobieren." Ich muss zwar nirgends hin, wo ich schick gekleidet sein müsste, aber wenn es ihr bestätigt, dass ich die Geste zu schätzen weiß, spielt das keine Rolle.

Ich gehe dicht gefolgt von Astrid in die Burg. Sie wartet im Gang vor meinem Schlafzimmer und plaudert mit einem der Rudelmitglieder, das dabei hilft, das gigantische Gebäude sauber und ordentlich zu halten. Wenigstens vertraut Sylas darauf, dass mich in meinem eigenen Zimmer kein schreckliches Schicksal ereilen wird.

Das Kleid fließt ebenfalls kühl wie Wasser über meine Haut. Als ich mich drehe, scheint der Rock um meine Beine herum zu schäumen. Ich werde dieses Kleid definitiv das nächste Mal anziehen, wenn es einen besonderen Anlass gibt.

Auf dem Weg nach unten laufen wir August vor der Küche über den Weg. Er mustert mich mit vor Staunen aufgerissenen Augen, woraufhin mein Herz einen freudigen Hüpfer macht. „Schau dich nur an", sagt er.

Er tritt näher an mich heran und Astrid zieht sich in ein Zimmer in der Nähe zurück, um uns etwas mehr Privatsphäre zu schenken. August nutzt die Gelegenheit, um mir einen Kuss zu geben, der mich noch glücklicher macht.

„Bist du dir sicher, dass du in Wahrheit keine Meeresnymphe bist?", neckt er mich. „Du würdest die echten in den Schatten stellen." Dann küsst er meine Wange und senkt seine Stimme. „Wie läuft das Training?"

Zu meiner Erleichterung ist keine Spur mehr von dem gestrigen Zögern darüber zu sehen, was ich zu lernen versuche und warum. Ich denke, das haben wir hinter uns gelassen.

„Schleppend", antworte ich. „Aber es wird. Es ist besser, wenn du helfen kannst."

„Hmm. Ich denke, ich könnte nach dem Mittagessen eine Trainingslektion einbauen."

Ich strahle ihn an. „Das wäre wundervoll."

Sylas marschiert durch den Gang, da er von den Aufgaben zurückkommt, denen er heute Morgen nachgegangen ist. Bei unserem Anblick wird er langsamer und sein Gesichtsausdruck wärmer. „Ganz herausgeputzt und so reizend wie eh und je. Was ist der Anlass?"

„Es gibt keinen." Ich deute vage in die Richtung des Rudeldorfes. „Harper hat es mir geschenkt. Ich sollte vermutlich zu ihr zurückgehen. Sie wollte schauen, wie es an mir aussieht."

Doch noch während ich das sage, sträubt sich etwas in mir. Ich halte inne und gehe die Erinnerungen an die eigenartige Nervosität meiner Freundin durch. Ich denke daran, wie sie aussah, nachdem sie mit der Frau aus Ambrose' Rudel gesprochen hatte – daran, dass sie sich mit ihnen angefreundet hat.

Mein Magen verknotet sich. Ich benehme mich vermutlich unfair und vielleicht bin ich ein wenig eifersüchtig, dass sie mehr Interesse daran hatte, mit anderen Fae zu plaudern als mit mir. Aber trotzdem … etwas fühlte sich seltsam an. Es ist nicht so, als würde sie es jemals wissen, wenn ich Sylas einfach frage … „Ist etwas komisch daran? Ich meine, auf mich wirkt es in Ordnung, doch falls irgendeine Magie oder so etwas daran haftet, könnte ich das nicht erkennen.“

Sylas schaut finster drein und überwindet die Distanz zwischen uns. Mein Gesicht wird heiß, weil ich erwarte, dass er verkünden wird, es sei ein völlig normales Kleid und warum ich etwas anderes denke? Doch er hält in seiner Inspektion inne und beugt sich vor, als würde er meinen Kiefer küssen. Seine Augen sind allerdings auf den Ausschnitt des Kleides geheftet.

Er berührt eine der silbernen, muschelförmigen Perlen und dann noch eine, wobei ein leises Wort über seine Lippen kommt. Seine Augen werden schmal. Sein ungleicher Blick zuckt wieder zu meinem.

„Was hat Harper noch gesagt?“

Mir stockt der Puls. „Nicht viel. Dass es ihr leidtut, dass wir nicht viel Zeit miteinander verbringen konnten. Sie … sie schien sich mit den Töchtern dieser Familie aus Ambrose' Rudel anzufreunden. Ich habe allerdings nie gesehen, dass sie etwas *Falsches* getan hat.“

Ein Knurren schleicht sich in seine Stimme. „Ich schätze, dann werden wir in Erfahrung bringen, wie viel von dieser Falschheit sie weiß. Zuerst …“

Er spricht noch ein Wort. Die Muscheln erzittern alle und schmelzen zu formlosen Klumpen. Die Anspannung, die sein Gesicht erfasst, sorgt dafür, dass sich mein Magen noch fester verkrampft. „Was *ist* los?“

„Ich denke, wir sollten besser die verantwortliche Partei

zu uns holen, damit wir die vollständige Antwort auf diese Frage erhalten." Sylas blickt von mir zu August. „Hat einer von euch irgendetwas gesagt, von dem wir nicht wollen, dass Ambrose es erfährt, seit Talia das Kleid angezogen hat?"

Ich schlinge die Arme um mich. „Ich bin nur runtergekommen. Wir …" Wir haben über mein magisches Training gesprochen. Aber ich wusste, dass Astrid in der Nähe war – obwohl wir uns leise unterhalten haben, war ich vorsichtig. „Wir haben nichts Spezifisches gesagt, glaube ich."

August schüttelt den Kopf. „Es ging nur um die Fähigkeiten, die sie geübt hat", erklärt er Sylas. „Die Selbstverteidigung?"

Was theoretisch gesehen stimmt, da das Erlernen der Magie einen Teil zu meinem Schutz beiträgt, und Ambrose hätte keinen Grund, zu denken, dass wir etwas anderes gemeint haben, oder? Ich weiß noch immer nicht, was los ist.

Sylas macht eine knappe Geste zum Gang. „Geht ins Audienzzimmer, alle beide. Whitt wird sich uns ebenfalls anschließen – und ich schaue besser nach Harper."

Er marschiert zur Eingangshalle, wobei er lordhafte Wut ausstrahlt. Ich wende mich an August. „Hast du irgendeine Ahnung, was er gefunden hat?"

August nimmt meine Hand. „Nein, aber es klingt so, als würden wir es bald erfahren. Komm. Hast du das Audienzzimmer schon einmal gesehen?"

„Nein. Gab es eines in Oakmeet?"

„Wir haben uns nicht die Mühe gemacht. Es ist hauptsächlich für Formalitäten da und wir haben nicht erwartet, viele wichtige Gespräche zu führen, während wir dort waren. Wenn Sylas in einer ernsten Angelegenheit mit den Rudelmitgliedern sprechen musste, tat er es in ihren Häusern oder in der Eingangshalle – oder in seinem Büro, wenn er ihnen genug vertraute. Ein Lord sollte allerdings einen Raum haben, der seine Autorität ausdrückt."

Er führt mich durch den Gang an der Treppe vorbei zu einem Raum an dessen Ende und zu einem Burgflügel, der in Oakmeets vereinfachter Nachbildung nicht existierte. Mit einem magisch angehauchten Wort von August schwingt die Tür auf.

Ich weiß nicht, ob der Raum benutzt wurde, seit wir nach Hearthshire zurückgekehrt sind, aber Sylas hat eindeutig veranlasst, dass er geputzt wird. Die Holzwände und Holzböden scheinen noch lebhafter zu glänzen als der Rest der Burg. Ein dicker, roter Teppich mit einem violetten Blattmuster verläuft von der Tür der Länge nach durch den Raum zu einem hohen Stuhl aus einem dunkleren Holz. Er ist mit Gold und geschnitzten Waldszenen verziert. Die Sitzfläche ist mit einer Moosschicht bedeckt.

Karmesinrote Gardinen hängen zu beiden Seiten des thronähnlichen Stuhls von den Wänden. Als wir zu diesem laufen, glühen mehrere Leuchtkugeln an der hohen Decke über uns, die ein Muster wie eine Blüte bilden.

Mehrere bestickte Kissen wie die, die Whitt bei seinen Feiern auslegt, liegen in einem Stapel neben den Vorhängen. August nimmt eines und legt es in der Nähe des Throns auf den Boden. Er stellt sich dahinter neben den Thron und bedeutet mir, mich auf das Kissen zu setzen. Er hat eine strenge Miene aufgesetzt, streichelt jedoch meine Haare, als wollte er mir mitteilen, dass er bei mir ist, komme, was wolle.

Zum Glück für meine Nerven dauert es nicht lange, bis die anderen erscheinen. Whitt schlendert als Erster herein und wirft uns einen fragenden Blick zu, den August mit einer ungewissen Grimasse beantwortet. Der Spionagechef mustert mein Kleid und schlendert zur anderen Seite des Throns. Er hat gerade seinen Posten bezogen, als Sylas durch die Tür marschiert, wobei er Harper vor sich herschiebt.

Wenn meine Freundin zuvor nervös aussah, würde ich

jetzt sagen, dass sie schreckliche Angst hat. Sie hat ihre Finger in den Haarsträhnen unterhalb ihrer Schultern vergraben und ihr Rücken ist steif, als sie über den Teppich geht und vor dem Thron stehen bleibt. Ihre Augenlider zucken, während sie hektisch blinzelt. Die Farbe auf ihrer normalerweise cremefarbenen Haut ist verblasst. Sie packt ihre Haare fester und beobachtet, wie sich Sylas auf seinem Stuhl niederlässt.

In dem dunklen Auge des Fae-Lords lodert gezügelte Wildheit. Er spricht in seinem üblichen ruhigen Ton, in dem jedoch eine Schärfe liegt, die Antworten verlangt. „Harper von Hearthshire, Geborene von Oakmeet, weißt du, warum ich dich hierhergerufen habe?"

„Ich … ich bin mir nicht sicher", antwortet sie schwach.

„Hast du das Kleid hergestellt, das Talia aktuell trägt?"

Ihr Blick gleitet über mich. Ich glaube, sie versteift sich noch mehr, als sie die verformten Muscheln bemerkt. „Das habe ich."

„Jedes Teil davon, mit deiner eigenen Hand? Der Stoff, die Verzierungen?"

Sie hält inne und ihr Mund arbeitet. Ich weiß, dass Fae nicht lügen, wenn es sich vermeiden lässt. Es beschädigt ihre Verbindung zum Herzen, das die Quelle ihrer magischen Macht ist.

Harper holt zitternd Luft. „Ich habe jeden Teil davon gemacht bis auf … bis auf die Perlen, mein Lord."

Sylas beugt sich vor. Seine Haltung ähnelt einem Wolf, der zum Sprung bereit ist. „Und woher hast du die Perlen, meine Rudelkollegin?"

„Sie waren ein Geschenk. Ich dachte, sie würden gut zu dem Stoff passen."

„Ein Geschenk von wem?"

„Von … von …" Ein Beben durchläuft sie, sie zieht den Kopf ein und verdeckt ihn mit den Händen. Die Worte kommen schneller aus ihrem Mund und ihre Stimme klingt beinahe wie ein Wimmern. „Es tut mir leid. Sie sagten, dass es niemand bemerken würde. Sie sagten, es würde eigentlich keine Rolle spielen, außer … Ich dachte, es wäre in Ordnung. Ich wollte niemanden verletzen."

Ein kalter Schauder durchfährt mich und sammelt sich in meinem Bauch. Ihr muss bewusst gewesen sein, dass sie mich hätte verletzen *können*. Dennoch schneiderte sie das Kleid, gab es mir und ermutigte mich, es zu tragen.

Sylas wiederholt seine Frage in noch düstererem Ton als zuvor. „Wer hat dir die Perlen gegeben, die wie Muscheln geformt waren?"

„Lili und Irabel von Dusk-by-the-Heart", flüstert Harper.

Ich wusste, dass Ambrose' Rudelmitglieder irgendwie involviert sein mussten, aber mein Herz sinkt noch weiter, als sie es bestätigt.

„Haben sie dir aufgetragen, sie in ein Kleid für Talia zu weben?", fragt Sylas.

„Ja."

„Haben sie gesagt, was diese Perlen tun würden?"

„Sie sagten … sie sagten, dass die Magie Dinge aufnehmen würde, die Leute sagen, und sie in ihrem Inneren speichern würde. So könnte bewiesen werden, ob es Talia hier wirklich am besten geht. Es würde zeigen, ob sie hier wirklich so glücklich ist, wie Sie behaupten." Sie presst ihre Fingerknöchel an die Lippen, dennoch entfährt ihr ein Laut wie ein Schluchzen. „Ich dachte, dann könnten die Perlen nichts Schädliches tun. Es könnte sogar beweisen, dass Talia hierbleiben soll."

Meine Hand hebt sich an meinen Ausschnitt zu den winzigen geschmolzenen Klumpen, die einst Perlen waren. Wenn wir nicht hinter den Trick gekommen wären und Ambrose sie mit den Gesprächen in die Hände bekommen hätte, die sie aufgenommen hatten … Er hätte alle möglichen Dinge erfahren können, die uns schaden könnten und nichts damit zu tun haben, dass ich hierhergehöre. Dinge über meine magischen Kräfte, darüber, welche Pläne wir gegen ihn schmieden. Die Kälte in mir kribbelt tiefer.

Sylas steht auf und ragt noch größer über der jungen Fae-Frau auf. Seine Stimme hallt durch den Raum. „Wirklich? Du hast wirklich geglaubt, dass die Leute, die sich als unsere Feinde entpuppt haben, dir den gesamten Umfang ihrer Pläne verraten würden? Dass es sicher war, ihnen mit etwas zu trauen, was du deine angebliche Freundin um ihren *Hals* tragen lassen würdest? Was in aller Welt ist in dich gefahren, dass du sie bei ihrem Wort genommen und diesen Plan durchgezogen hast, anstatt damit geradewegs zu mir zu kommen?"

Harper zuckt zusammen. „Ich wusste nicht, was ich sonst tun soll. Ich hatte mit ihnen über meine Kleider gesprochen und sie versprachen, sie anzuziehen und den anderen Rudeln ringsum des Herzens zu erzählen, woher sie diese hatten, solange ich eine Sache für sie erledige. Ich wusste nicht, worum es ging. Ich ... ich leistete einen Schwur. Ich weiß, ich hätte vorher mehr Fragen stellen sollen, doch es schien einfach ... ich hätte nie gedacht ... Und als sie es mir erzählten, sagten sie, wenn ich es nicht tun und es irgendjemandem verraten würde, würden sie alle vor mir warnen. Sie würden sagen, dass ich mein Wort gebrochen und sie verraten hätte, damit keines der anderen Rudel mich *jemals* in sein Revier reisen lässt."

„Und was solltest du danach tun? Eine Ausrede erfinden, um Talia das Kleid wieder abzunehmen und die Perlen bei irgendeiner Feier Ambrose' Rudelmitgliedern zurückzugeben?"

Ihre Antwort ist so leise, dass ich sie kaum hören kann. „Ja, mein Lord."

„Ich verstehe. Also hast du Egoismus und deinen eigenen

Gewinn über die Sicherheit deines *ganzen* Rudels gestellt.“ Sylas schnaubt und knurrt leise. „*Deine* Rudelkollegen sollten dich nicht hier wollen. Du hast jeden einzelnen von ihnen verraten, einschließlich mir, indem du dein Vertrauen in diese Verräter gesetzt hast anstatt in deinen eigenen Lord. Jetzt wirst du dich ohne Rudel wiederfinden. Ich kann niemanden in unserer Mitte gebrauchen, der so wenig zu schätzen weiß, was er hier hat.“

Die Haltung meiner ehemaligen Freundin bricht mit einem Beben zusammen. Ihr Kopf senkt sich tief. Ihre Hände reiben über ihr Gesicht. Doch sie protestiert nicht. Sie holt mehrmals Luft, bevor sie sich zwingt, sich wieder aufzurichten. Als sie es tut, sieht sie mich mit rotgeränderten Augen an.

„Es tut mir so leid, Talia. Ich *wollte* es nicht tun, also hätte ich es nicht tun sollen, egal, wie viel Angst ich hatte. Ich hätte nicht zulassen sollen, dass mir die Dinge, die sie sagten, zu Kopf stiegen. Du verdienst eine bessere Freundin.“

Sie wendet sich an Sylas. „Ich … ich akzeptiere Ihr Urteil. Ich verstehe, warum Sie mir jetzt nicht mehr vertrauen können. Ich würde mir auch nicht trauen. Ich hoffe, Sie wissen, dass ich nie … Es war nicht so, dass … Sie waren immer ein guter Lord für uns, für mich. Es tut mir so leid. Was soll ich jetzt tun?“

Obwohl ich weiß, was sie getan hat, verkrampft sich mein Herz wegen der jämmerlichen Resignation in der Frage. Sie *klingt*, als würde es ihr ehrlich leidtun. Ich habe gesehen, wie Fae sein können, wie sie Leute behandeln können, die sie für weniger wert als sich selbst halten. Sie hatte ihre Wahl und traf eine, die uns hätte ruinieren können. Das bedeutet allerdings nicht, dass es für sie leicht gewesen wäre, in die andere Richtung zu gehen.

Ich weiß, wie es ist, sich gefangen zu fühlen, und wie verzweifelt man werden kann, welche Risiken man einzugehen gewillt ist. Ich kann diese Qualen auf Harpers Gesicht sehen. Vielleicht war sie nie irgendwo so wortwörtlich eingesperrt wie ich, aber ihren Traum in Reichweite zu haben, nur damit jemand droht, ihn für den Rest ihres langen, langen Lebens vollkommen zu zerstören …

Ich kann sie nicht hassen. Ich weiß nicht, ob ich wirklich wütend bin. Die Kälte hat sich zu einem Schmerz verdichtet, den ich nur Traurigkeit nennen kann.

„Du wirst gehen und so viele von deinen Sachen packen, wie du selbst transportieren kannst", antwortet Sylas. „Ich gebe dir eine Stunde, um dich vorzubereiten und zu verabschieden. Du musst diese Ländereien verlassen. Du darfst nicht mehr behaupten, dass du zu Hearthshire gehörst. Wenn jemand fragt, wirst du demjenigen erzählen, dass du verbannt wurdest, weil du gegen deinen Lord vorgegangen bist. Entweder suchst du dir ein anderes Rudel, das dich aufnimmt, oder du wirst dir ein Leben in den Lückenlanden dazwischen aufbauen müssen."

Wenn sie sagen muss, dass sie ihren ehemaligen Lord verraten hat, kann ich mir nicht vorstellen, dass ihr irgendein anderer Lord erlauben wird, sich seinem Rudel anzuschließen. Dass Harpers Schultern fallen, deutet darauf hin, dass sie zu dem gleichen Schluss gelangt ist. Sie neigt den Kopf, um das Urteil anzunehmen. „Ja, mein Lord." Ohne zu zögern, macht sie kehrt und beginnt, zur Tür zu laufen.

Sie hat drei Schritte gemacht, als ich mich auf den Füßen wiederfinde, angetrieben von einem Ansturm widersprüchlicher Gefühle. „Wartet."

Harper und Sylas blicken beide über ihre Schultern zu mir. Harper erschrocken, Sylas verwirrt. Es ist Harpers Gesichtsausdruck, der meinen wackligen Entschluss festigt.

Sie hat nicht erwartet, dass sich jemand für sie einsetzt.

Sie glaubt nicht, dass sie es verdient, weil sie versteht, was für einen gewaltigen Fehler sie gemacht hat.

„Was gibt es, Talia?", fragt Sylas.

Ich atme scharf ein. „Ich bin diejenige, der sie auf direkte Art das größte Unrecht angetan hat. Sollte ich nicht ein Wörtchen bei ihrer Bestrafung mitzureden haben?"

Der Fae-Lord mustert mich. Zorn lodert nach wie vor in seinem dunklen Auge, der allerdings nicht auf mich gerichtet ist. Seine Stimme wird sanfter. „Was möchtest du sagen?"

„Ich denke … Harper war noch nie in einer Situation, in der sie sich mit einem derartigen Konflikt auseinandersetzen musste. Ich denke, dass sie das Falsche getan hat, weil sie Angst hatte und sich Feinden gegenübersah, die viel erfahrener darin sind, Leute herum zu schubsen. Ich denke nicht, dass *sie* unser Feind ist. Sie war die erste Person im Rudel, die mich wirklich willkommen geheißen und mir das Gefühl gegeben hat, als könnte ich dazu gehören."

„Ich kann deine Argumente nachvollziehen. Was schlägst du also vor?"

Ich schlucke den Kloß in meiner Kehle. „Falls es eine Möglichkeit gibt, wie wir ihr eine zweite Chance geben und sie beweisen lassen können, dass sie so loyal sein kann, wie sie es sein muss, dann würde ich das gerne tun, anstatt sie wegzuschicken."

Sylas sinkt wieder auf seinen Thron und reibt sich nachdenklich über den Kiefer. „Ich möchte ihr keine weitere Gelegenheit geben, das Rudel zu verraten. Hast du eine Idee, was ein angemessener Test wäre, der uns nicht in erneut in Gefahr bringt?"

Habe ich eine? Ich denke über alles nach, was uns Harper erzählt hat, über alles, womit wir es von Ambrose bereits zu tun hatten, während ich nach einer Antwort suche.

Plötzlich habe ich eine Idee. „Ambrose weiß nicht, dass du von den Perlen erfahren hast. Wir könnten ihm durch

Harper falsche Informationen füttern. Du könntest selbst den gleichen Zauber wirken, oder? Wir könnten entscheiden, welche Gespräche wir ihnen geben, und dann kann Harper die Perlen abliefern, so wie sie es tun sollte. Wenn sie nicht verrät, was wir vorhaben, und Ambrose anhand der Informationen handelt, die wir ihm liefern, wissen wir, dass sie ihr Wort gehalten hat."

„In diesem einen Fall", erwidert Sylas. „Das garantiert nicht, dass sie sich nicht erneut gegen ihr Rudel wenden wird, wenn sie in Zukunft bedroht wird."

Harper hat mich die ganze Zeit ungläubig mit offenem Mund angestarrt. Jetzt dreht sie sich zu Sylas um. In einer plötzlichen, raschen Bewegung wirft sie sich nach vorne auf ihre Knie und senkt den Kopf so tief, dass sich ihre Haare auf dem Boden sammeln.

„Mein Lord, das hier ist mein Zuhause. Ich will nichts so sehr, wie in diesem Rudel zu bleiben. Ich werde alles tun, was Talia sagt, und ich werde Ihnen meinen wahren Namen verraten. Sie können mir befehlen, nie wieder gegen Sie vorzugehen, nie wieder zu jemandem außerhalb des Rudels zu sprechen, was auch immer Sie brauchen, um sich meiner Loyalität sicher zu sein ..."

Sylas stößt einen rauen Laut aus und unterbricht sie. Er starrt auf sie hinab. „Du bietest mir deinen wahren Namen an? Das kannst du nie zurücknehmen."

„Ich weiß", sagt sie, nach wie vor zum Boden gebeugt. „Das wäre es wert, meine Familie nicht zu verlieren, meine Freunde und alles, was Sie uns zur Verfügung stellen. Ich biete ihn gerne an. Nichts ... nichts, was ich jemals außerhalb dieser Ländereien wollte, ist etwas wert, wenn ich kein Zuhause habe, zu dem ich zurückkehren kann."

Es entsteht eine lange Stille. Whitt tritt von einem Fuß auf den anderen, sagt jedoch nichts. Ich frage mich, ob er keine Bemerkung machen darf, außer Sylas bittet um seine

Meinung. Ich blicke zu August, der den Kopf leicht neigt, als würde er mir zustimmen, doch auch er schweigt.

Schließlich steht Sylas erneut auf. „Erhebe dich", befiehlt er und Harper rappelt sich auf. Er blickt voller durchdringender, autoritärer Macht auf sie hinab und in diesem Moment fällt es mir nicht schwer, mir vorzustellen, wie er zwischen den Erzlords als einer von ihnen steht.

Er räuspert sich bedeutungsvoll. „Ich will keine absolute Kontrolle über dich. Ich will Rudelmitglieder, die an mich glauben, keine, die zu Loyalität gezwungen werden. Aber ich erkenne das Opfer an, das du zu machen gewillt warst, und was es über dein Engagement für Hearthshire aussagt. Da sich Talia für dich eingesetzt hat, ändere ich mein ursprüngliches Urteil. Du wirst die Perlen, wie geplant, den Verschwörern überbringen, ohne zu verraten, dass wir von ihnen wissen. Du wirst dich nie wieder auf eine Weise verhalten, die diesem Rudel schaden könnte. Mein Kader und ich werden dich im Auge behalten. Wenn wir *irgendein* Zeichen sehen, dass du uns erneut verraten hast, wirst du dich keiner Verbannung stellen müssen – sondern einer Hinrichtung. Du kannst diese Bedingungen akzeptieren oder gehen."

Harpers Gesicht hellt sich auf, als hätte er ihr ihren größten Wunsch erfüllt. „Ich akzeptiere sie. Ja. Danke, mein Lord. Wenn mich jemals wieder jemand bittet, auf eine Weise zu handeln, die sich auf das Rudel auswirkt, werde ich geradewegs zu Ihnen kommen."

„Dann soll es so sein."

Sylas tritt von seinem Stuhl weg und winkt August und Whitt zu sich. Als die drei Männer zur Seite treten, um sich mit leisen Stimmen zu beraten, kommt Harper zu mir. Sie nimmt meine Hände, um sie mit ihren zu umklammern, und meine Schultern versteifen sich.

„Vielen Dank, Talia. Ich dachte, ich müsste wirklich …

Ich wollte nie, dass es so ist ... Es tut mir wirklich leid. Die ganze Zeit, nachdem du mit dem Kleid in die Burg gegangen bist, war ich vollkommen durcheinander, weil ich darüber nachdachte ...“

Sie macht Anstalten, mich zu umarmen, und ich stelle fest, dass ich trotz all des Mitgefühls, das ich während der letzten Minuten für sie empfunden habe, meine Grenze erreicht habe. Ich schrecke zurück und meine Haut zuckt. Harper blinzelt mich an.

Meine Stimme klingt rau. „Ich wollte nicht, dass du wegen dem hier alles verlierst. Ich weiß, dass dich Ambrose' Rudelmitglieder in eine schreckliche Situation gebracht haben. Aber du hast trotzdem ... du hättest *mich* in eine Situation bringen können, die viel schrecklicher ist. Ich denke, es wird etwas Zeit brauchen, bis ich wieder richtig mit dir befreundet sein kann.“

Ihre Gesichtszüge entgleisen, was vermutlich wenigstens bedeutet, dass ihr meine Freundschaft etwas wert war. „In Ordnung“, flüstert sie. „Das macht Sinn. Ich werde es nicht vergessen – was ich getan habe oder was du getan hast. Wenn du später mit jemandem auf Erkundungstour gehen oder einfach nur reden möchtest, werde ich da sein. Es tut mir leid.“

Sie schlüpft aus dem Raum und lässt mich mit der Frage zurück, warum *ich* jetzt vollkommen durcheinander bin, obwohl ich mir sicher bin, dass ich das Richtige getan habe.

20

Talia

Das schwache Schaukeln des Gefährts bereitet mir einen ungewöhnlich flauen Magen. Im schwindenden Sonnenlicht, das die unbedeckte Stelle hinter dem Baldachin erreicht, drücke ich mich in den Platz am Heck, weit weg von allen anderen, und hole mehrmals langsam Luft.

Das letzte Mal, als wir zu einer Fae-Party in einem anderen Revier fuhren, war ich nicht so nervös. Natürlich fand sie beim letzten Mal in Donovans Zuhause statt und dieses Mal wird sie von einem Lord ausgerichtet, dessen Loyalität sich Sylas nicht sicher ist. Und beim letzten Mal wusste ich nicht, dass Ambrose gewillt war, mich von seinen Leuten verletzen zu lassen und meine ehemaligen Peiniger zu holen. Ich habe keine Ahnung, was ich heute Abend von ihm zu erwarten habe.

Wenigstens hat er auch keine Ahnung, was wir planen.

Am anderen Ende des Gefährts sitzt Harper neben ihrer Mutter und ihr Lächeln wirkt ebenfalls angespannt vor Nervosität. Sie trägt eine kleine Tasche an ihrer Hüfte, in der sich die Perlen befinden, die Sylas geschaffen hat, und von denen sie behauptet wird, dass sie sie von dem Kleid entfernte, nachdem ich es einen Tag lang in der Burg getragen hatte. Sie soll auf dieser Party ein Gespräch mit Irabel beginnen und ihr die Perlen übergeben.

Seit der Konfrontation im Audienzsaal vor drei Tagen habe ich nicht mit Harper gesprochen. Ich hoffe, dass die Durchführung dieses Plans einen Teil der Anspannung lockern wird, die ich in meinem Magen herumgeschleppt habe. Ich *mag* es nicht, mit einem Gefühl des Verrats in mir herumzulaufen.

Whitt lässt sich ans Ende des Gefährts treiben, lehnt sich neben mich an die Wand und dreht sein Gesicht ins Sonnenlicht. „Das hier ist ein zu schöner Platz, um ihn ganz für dich allein zu behalten, Krümel."

„Ich werde dich nicht daran hindern, ihn mit mir zu teilen." Ich atme die frische, blumige Spätnachmittagsluft ein und schließe die Augen. Als ich sie wieder öffne, mustert mich Whitt.

Die Frage purzelt leise, jedoch so beharrlich aus mir heraus, dass ich sie nicht zurückhalten kann. „Denkst du, dass ich zu nett zu ihr war? Dass ich mich nicht für sie hätte einsetzen sollen nach dem, was sie getan hat?"

Whitt zuckt so lässig mit den Achseln, dass ich glaube, dass er nicht über das Thema gegrübelt hat. „Nein. Dein Mitgefühl ist ein Teil dessen, was dich so bewundernswert macht. Du wirktest ziemlich scharfsichtig bezüglich des Ganzen – und in Bezug auf sie." Er hält inne. „Ich hoffe allerdings, dass ich Sylas' Warnung nicht in die Tat umsetzen muss."

Dass Harper hingerichtet wird, sollten ihre Taten das

Rudel erneut in Gefahr bringen. Eine frische Woge der Übelkeit schwappt durch meinen Bauch hindurch. Ich blicke zu meiner Freundin und betrachte ihre nachdenkliche Miene, während sie die Landschaft hinter dem Gefährt mustert. Sie sieht aus, als würde sie die Situation ernst nehmen. Sie bot Sylas die komplette Kontrolle über sich an.

Allerdings hätte ich nie gedacht, dass sie sich gegen das Rudel wenden würde, nicht einmal, wenn sie bedroht wird.

„Was genau passiert, wenn jemand deinen wahren Namen kennt?", erkundige ich mich. „Kann dich derjenige herumkommandieren und machen lassen, was immer er will, nur indem er ihn ausspricht?"

„Falls die andere Partei beschließt, diesbezüglich ein Tyrann zu sein, ja." Whitt trommelt leicht mit den Fingern auf das gebogene Holz. „Ich habe es nie selbst erlebt. Der Großteil von uns verfügt über genug Vernunft, unsere wahren Namen für uns zu behalten und uns keinen Herren zu unterwerfen, die ihn verlangen würden. Doch soweit ich weiß, bestehen einige Ähnlichkeiten zu einem Band zwischen Seelenverbundenen. Es ist jedoch viel einseitiger, außer beide Parteien tauschen die Namen aus. Und es geschieht nicht so automatisch, heftig oder plötzlich."

„Aber es ist immer noch ziemlich intensiv."

Er nickt. „Sylas würde ihr gesamtes Wesen beherrschen — er hätte ihr nicht nur Befehle geben, sondern auch in ihre Gedanken und Emotionen eintauchen können, soweit es seine magische Konzentration erlaubt. Er hätte seine Gedanken aus der Entfernung in ihren Kopf pflanzen können, wenn er es gewollt hätte. Wenn du jemandem deinen wahren Namen gibst, kannst du demjenigen nie wieder entkommen."

Er stößt meinen Knöchel neckend mit seinem Fuß an. „*Du* musst dir darum keine Sorgen machen, Allkräftige, da du gar keinen wahren Namen hast."

„Richtig. Allerdings besitze ich im Grunde genommen keinerlei magische Abwehr, weshalb jeder mächtige Fae das alles wahrscheinlich tun könnte, wenn er es wirklich wollte, ohne dass er einen geheimen Namen braucht."

Whitt verzieht das Gesicht. „Touché. Noch ein Grund mehr, dankbar zu sein, dass unser Lord die Art von Fae ist, die die Macht eines wahren Namens ablehnt, selbst über eine Verräterin."

Das stimmt. Als mein Blick zu Sylas gleitet, der sich gerade mit Astrid und Brigit unterhält, die mit den meisten Rudelmitgliedern, die uns begleiten, unter dem Baldachin stehen, zieht sich meine Übelkeit unter eine Woge der Zuneigung zurück. Was für ein unfassbares Glück ich doch hatte, dass ich bei ihm gelandet bin und nicht bei einem der vielen anderen Fae-Lords, die sich viel weniger um das Wohlbefinden eines Menschen kümmern würden, geschweige denn auf dessen Meinung hören würden, wenn sie im Gegensatz zu ihrer eigenen stünde.

Whitt tritt mit einem kleinen Lächeln vor mich, wodurch seine große Gestalt meine Sicht auf den Rest des Gefährts blockiert – und die Sicht aller anderen auf seine Hand, die zu meinem Gesicht wandert. Er fährt meine Lippen mit dem Daumen in einer so zärtlichen Geste nach, dass es sich wie ein Kuss anfühlt. „Pass auf, dass du ihn nicht so anschaust, wenn feindliche Gruppierungen in der Nähe sind, sonst merkt noch jemand, dass er mehr als dein Aufseher ist."

Sein Tonfall ist neckend anstatt ernst. Ich blicke auf und begegne seinen ozeanblauen Augen, in deren Tiefen ich mich kurz verliere. „Und wie darf ich dich anschauen?"

Ein Grinsen biegt Whitts Mund nach oben. „Ich würde gerne sagen, wie du möchtest, aber es ist vermutlich am besten, wenn du die verliebten Blicke für August aufhebst, während wir von anderen Rudeln umgeben sind. Den Rest der Zeit nehme ich so viele an, wie du mir zuwerfen möchtest."

Er löst sich von mir, dreht sich um und beurteilt unser Vorankommen. Die Sonne ist gerade hinter den spitzen Baumwipfeln im Westen untergegangen. Ein violettes Leuchten erstreckt sich über dem Himmel und die Schatten verdichten sich um uns herum. Bernsteinfarbene Lichter funkeln in der Ferne und reflektieren von Burgtürmen, die einen metallischen Schimmer haben. Ich vermute, dass dies unser Ziel ist.

Die Veranstaltung, die meine Fae-Begleiter einen ‚Ball' nennen, sieht einer von Whitts Feiern schrecklich ähnlich, nur dass viel mehr Leute anwesend sind und es etwas gesitteter zugeht. Die Lords und ihre Rudelmitglieder wollen in Gegenwart der anderen ein gewisses Maß an Anstand wahren, vermute ich.

Als wir uns nähern, erkenne ich mehrere niedrige, glänzende Tische, die aus dem gleichen Rotgold zu bestehen scheinen wie die Burg in der Nähe. Darauf sind passende Platten verteilt, auf denen Essen gehäuft ist, und Kristallkelche, die nur eine Spur weniger kunstvoll verziert sind als die auf Donovans Bankett. Lange Samtkissen und Decken liegen auf der Wiese um sie herum, obwohl im Moment niemand mehr tut, als elegant und in höflicher Entfernung auf ihnen zu sitzen. Werden die Fae im Lauf der Nacht anfangen, sich zu intimeren Aktivitäten zusammenzutun, oder ist diese Art des Feierns den privateren Partys vorbehalten?

Der Großteil der Gäste ist auf den Beinen und in kleinen Gruppen um die Tische sowie auf dem Feld verteilt. Ihre formelle Garderobe funkelt unter den Leuchtkugeln. Ich streiche mit den Fingern über mein Kleid – das erste, das mir Harper gab, bei dem Stoffstreifen zu etwas verschmelzen, was wie eine Landschaft aus wogenden Baumwipfeln aussieht. Mit meinen gefärbten Haaren und Kleidern im Fae-Stil könnte ich beinahe als eine der ihren durchgehen … aber nicht ganz.

Nun, es spielt keine Rolle, was jemand aus den anderen Rudeln denkt. Meine Männer, meine Rudelkollegen – sie sehen mich als eine würdige Präsenz. Sie sind die Einzigen, deren Meinung mir wichtig ist.

Das Gefährt bleibt in einer Reihe anderer Gefährte zwischen der Burg und dem Bereich stehen, der für den Ball hergerichtet wurde. Als August mir hinaushilft, gleitet mein Blick über die dahin schlendernden Gäste. Da ist Ambrose mit seiner seelenverbundenen Gefährtin, Tristan mit einer Frau, die vermutlich seine ist. Celia hebt einen Kelch zum Gruß und Donovan lacht über etwas, was seine Begleiter gesagt haben. Zudem entdecke ich verschiedene Kadermitglieder und andere Rudelmitglieder sowie Fremde … von Aeriks oder Coles auffälligen Haaren ist jedoch keine Spur zu sehen.

Ich atme aus und die Spannung fließt mit der Luft aus mir heraus. Ein kleiner Segen. Natürlich gibt es noch immer eine Unmenge anderer Dinge, wegen denen ich angespannt sein muss.

Ich beobachte, wie Harper in die verstreute Menge schlüpft und reiße den Blick von ihr los. Wir müssen zusehen, dass wir nicht den Anschein erwecken, als wüssten wir, was sie heute Nacht treibt.

Mehrere der anderen Gäste sind bereits hergekommen, um Sylas willkommen zu heißen. Eine Frau in einem Kleid, auf dem Rinnsale aus Smaragden funkeln, packt Whitts Arm und zerrt ihn zu einem der Tische. Sylas winkt August zu sich und Astrid tritt hinter mich. In dieser Gesellschaft wird sie stets in meiner Reichweite bleiben.

„Hier sind wir nun“, sage ich und wünsche mir plötzlich, ich wäre nicht hier. Dieser Schachzug war jedoch meine Idee. Ich sollte wenigstens hier sein, um ihn zu Ende zu bringen. Und es wirkt sich besser auf Sylas' Fall aus, wenn ich zeige, dass ich mich in seiner Obhut so wohlfühle, dass ich zu großen Versammlungen wie dieser mitkomme.

Ich erwische mehrere Fae dabei, wie sie mich mustern und miteinander tuscheln, doch niemand spricht mich direkt an. Ob sie nervöser wegen Sylas' Anspruch auf mich sind oder Ambrose', ist schwer zu sagen. Doch zumindest scheint diese Kombination, sie davon abzuhalten, mir Unmengen neugieriger Fragen zu stellen.

Astrid und ich schlendern zu einem der Tische, wo sie auf die ‚sichersten‘ Lebensmittel für mich deutet. Die heiteren Stimmen und das fröhliche Kichern um uns herum weisen darauf hin, dass sich einige der Gäste einen Schwips antrinken.

Harpers Eltern haben sich den anderen Musikern angeschlossen, die an den Festivitäten teilnehmen. Innerhalb weniger Minuten spielen sie ein trällerndes Lied, das einige der Fae auf einem freien Feldstück zum Tanzen zusammenbringt. Dabei sind sie allerdings weniger ausgelassen, als ich es von Whitts Feiern gewohnt bin. Sie sind zwar hier, um Spaß zu haben, aber sie wollen sich nicht darin verlieren.

Mit einem Gebäck, das so blättrig wie ein Croissant ist, ziehe ich mich an den Rand der Festlichkeiten zurück. Als ich daran knabbere, löst es sich mit einem süßlichen, buttrigen Aroma auf meiner Zunge auf. Ich kann Harper jetzt nicht sehen, will aber auch nicht zu offensichtlich nach ihr suchen. Vorhin sah ich Namior und Tesfira vorbeischlendern, weshalb ihre Töchter vermutlich ebenfalls irgendwo sind.

Astrid steht neben mir und nimmt kleine Bissen von einer flachen, mit Beeren gefüllten Tarte, die so groß wie ihre Hand ist. Sie wiegt sich weder im Takt der Musik, die sich über das Feld schlängelt, noch wirkt sie das kleinste bisschen verärgert darüber, dass sie mich babysitten muss, während alle anderen feiern.

„Gehst du gerne zu diesen Veranstaltungen?", frage ich.

Die Kriegerin macht eine neutrale Geste mit ihrer freien Hand. „Um ehrlich zu sein, würde ich nicht mitkommen, wenn ich dich nicht bewachen müsste. Ich fühle mich in Hosen und Arbeitshemden viel wohler als in dem hier." Sie zupft an dem Rock ihres Kleides, der in einem gedämpften Grau gehalten und mit elfenbeinfarbenen Stickereien übersät ist. Trotzdem ist er viel schicker als alles, was ich sie in Hearthshire habe tragen sehen. „Aber mach dir keinen Kopf darüber. Das hier ist keine Qual. Ich diene meinem Lord gern und du bist keine schlechte Gesellschaft."

Mein Mundwinkel biegt sich nach oben. „Also kennst du nichts als Arbeit und kein Vergnügen?" Ich halte inne. Aufgrund der Falten, die sich um die Vertiefungen in ihrem Gesicht gebildet haben weiß ich, dass sie alt ist, bei Fae ist es jedoch schwer, zu sagen, was genau das bedeutet. „Wie lange *arbeitest* du schon für Sylas?"

„Sein ganzes Leben", antwortet sie. „Nun, seit er sich als Lord in seinem eigenen Recht etabliert hat. Davor gehörte ich zur Wachtruppe seines Vaters und davor zu der seiner Großmutter."

„Du hast ihr Revier verlassen, um ihn zu begleiten?"

Sie nickt und nimmt noch einen Bissen von ihrer Tarte. Sie lässt sich Zeit beim Kauen, als würde sie zugleich über den Rest ihrer Antwort nachdenken. „Sein Vater … war nicht glücklich darüber. Aber ich gehörte ihm nicht. Und er hatte meinen Gefährten in der Küche so hart schuften lassen, dass er beinahe seine Hand an einen Ofen verlor, weshalb ich auch nicht sonderlich zufrieden mit dem alten Lord war.“

Der leichte Hohn in ihrer Stimme bei dem letzten Satz spricht von einer Frau, die viel mehr als nur eine ergebene Dienerin ihres Rudels ist. Und auch … „Du hast einen Gefährten?“

Sie gluckst. „Schau nicht so verblüfft. Es gab eine Zeit, in der diese uralten Knochen viel reizenderes Fleisch an sich hatten.“

Meine Wangen werden heiß. „Ich meinte nicht … du siehst immer noch vollkommen …“

Astrid winkt meine Proteste ab. „Es ist alles okay. Du hast mich nicht mit ihm gesehen. Das liegt daran, dass ich einen Gefährten *hatte*. Er war ein gutes Jahrhundert älter als ich und seine Zeit unter dem alten Lord war nicht gut für seinen Körper. Ich denke, die Verbannung hat etwas in seinem Geist gebrochen. Er starb wenige Jahre, nachdem wir uns in Oakmeet niedergelassen hatten.“

„Das tut mir leid.“

„Nicht deine Schuld. Er hatte ein gutes langes Leben. Er hätte sich gefreut, dass wir es zurück zu unserem rechtmäßigen Platz geschafft haben.“ Sie blickt auf die Menge. „*Er* mochte diese Art von Feierlichkeiten. Ich bin stets mitgekommen, um ihm einen Gefallen zu tun. Normalerweise gehöre ich nicht zur melancholischen Sorte, aber es erinnert mich an die Zeit, als er noch bei uns war.“ Sie hält ihr letztes Stückchen Tarte hoch. „Wenn er die Backwaren mitgebracht hätte, wären sie doppelt so gut gewesen.“

Trotz der Trauer, die in ihrer Geschichte mitschwingt, zaubert mir ihr kritischer Tonfall bei diesem letzten Satz ein Lächeln auf die Lippen. „Er war ein guter Koch?“

„Oh, ja.“ Sie grinst mich an. „Ich kann deinen

Männergeschmack nachvollziehen. An denjenigen, die sich in der Küche auskennen, muss man definitiv festhalten."

Als hätte er gespürt, dass über ihn gesprochen wird, taucht August aus der Menge auf. Er strahlt uns beide an und verneigt den Kopf vor Astrid, als würde er sich dafür bedanken, dass sie sich um mich kümmert. „Du kannst nicht mit uns zu einem Ball gehen und nicht tanzen", erklärt er mir. „Und wenn du tanzt, hätte ich gern die Ehre."

Ich nehme seine Hand, als er sie mir reicht, und ignoriere das nervöse Hüpfen meines Pulses bei dem Gedanken, wie viele der anderen Gäste uns beobachten werden. „Ich schätze, ich kann nicht Nein sagen, wenn du es so ausdrückst."

Die Musiker spielen ein langsameres Lied, was mir sehr zupasskommt. August hebt unsere ineinander verschränkten Hände und legt meine andere Hand an seine Taille, woraufhin wir uns im Takt mit der Musik wiegen und drehen. Ich bin nicht annähernd so elegant oder geschickt auf den Füßen wie die Damen um uns herum, doch danach zu urteilen, wie er auf mich herablächelt, glaube ich nicht, dass es ihn stört.

Sie können so viel spekulieren, wie sie wollen. Im Moment bin ich die Seine.

Manche der anderen Damen haben allerdings etwas dagegen. Wann immer mein Blick von Augusts abschweift, bemerke ich schmale Augen und subtile, spöttische Blicke, die in unsere Richtung geworfen werden – und ich bin mir sicher, dass sie nicht ihm gelten.

Meine Finger spannen sich um seine herum an und ich komme nicht umhin, mich zu fragen, wie lange ich die Seine sein werde. Wie lange wird er der Meine sein, bis er eine echte Partnerin unter seinen Ebenbürtigen findet?

Ein einengendes Gefühl legt sich um meine Lunge. Eine Fae-Frau in unserer Nähe wirft ihre Haare verächtlich nach hinten. Eine, die ich weiter weg am Rand der Tanzfläche bemerke, lächelt, jedoch mit einem Aufblitzen von Fangzähnen. Ich reiße meinen Blick von ihr los und richte ihn wieder auf Augusts Gesicht, das aufgrund seiner liebevollen Miene noch hübscher aussieht. Allerdings kann ich den Eindruck nicht abschütteln, dass ich mit jeder verstreichenden Sekunde, die ich in seinen Armen verbringe, eine größere Zielscheibe auf meinen Rücken male.

Mein Unbehagen muss deutlich bemerkbar sein. Augusts Stirn legt sich in Falten. „Geht es dir gut, Talia?"

„Ja. Ich … ich denke, dass ich vielleicht einfach etwas Raum brauche. Ich bin noch immer nicht an so große Gruppen wie diese gewöhnt."

Dass bei meiner Halblüge Sorge in seinen Augen aufblitzt, bereitet mir Schuldgefühle, doch er führt mich zwischen den anderen Tänzern hindurch und über das Feld, wo ich wieder richtig atmen kann. Als wir die anderen Gäste so weit hinter uns gelassen haben, dass ihr Lachen nicht mehr als ein fernes Kitzeln ist, kann ich wieder durchatmen.

Ich neige den Kopf nach hinten, um zu den Sternen zu blicken, die vor dem dunkler werdenden Himmel funkeln. „Dankeschön."

August drückt meine Schulter. „Nimm dir so viel Zeit, wie du brauchst, Süße. Du musst dich nicht an deine Grenzen bringen. Niemand erwartet, dass du die Ballkönigin wirst."

Nein, aber sie wünschen sich, dass ich überhaupt nicht hier wäre. Wie viele der reizenden Lords und Ladys und ihre Rudelmitglieder denken, dass mein rechtmäßiger Platz in einem Käfig ist?

Bei dem Geräusch von Stiefeln, die durchs Gras rascheln, drehe ich mich um und sehe, dass Sylas und Whitt zu uns stoßen. „Hat jemand Talia belästigt?", fragt Sylas, dessen dunkles Auge bereits in Erwartung einer Person funkelt, an der er Rache nehmen kann.

Ich kann ihnen nicht erzählen, was mich wirklich gestört hat. Es ist nicht einmal die Schuld der Fae-Frauen. Wieso sollten sie mich nicht als einen Eindringling und ein Hindernis für ihre Ziele sehen? Für sie bin ich bloß die Quelle ihres Heilmittels.

„Ich war nur ein bisschen überwältigt", erkläre ich und bringe ein Lächeln zustande. Es fühlt sich gut an, hier zu stehen und von meinen drei Männern umringt zu sein, auch wenn ich nicht weiß, wie viel länger sie ganz allein mir gehören werden. In diesem Moment bin ich mir absolut sicher, dass sie nicht aufhören werden, sich um mich zu sorgen, ganz gleich, wohin unsere Romanze führt oder wie sie endet. Sie werden mich und meinen Platz in ihrem Rudel trotzdem verteidigen. Das sollte reichen.

Whitt legt den Kopf schief und zieht eine Augenbraue hoch, als würde er meine Erklärung nicht glauben, doch bevor er nachhaken kann, schließen sich uns zwei viel weniger willkommene Spaziergänger an. Ambrose und Tristan schlendern über das Feld zu uns.

Außer Reichweite der Leuchtkugeln fallen Schatten auf die Gesichter des Erzlords und seines Cousins. Die zunehmende Dunkelheit kann die Bösartigkeit nicht verbergen, die sich in jeder ihrer Bewegungen abzeichnet. Ich zwinge mich, den Kopf erhoben zu halten und die Schultern zu straffen. Meine Hand sucht allerdings wie von selbst nach Augusts.

Sylas und Whitt drehen sich zu unseren Feinden um und rücken in der gleichen Bewegung näher an mich heran, sodass ich teilweise von Sylas' muskulöser Gestalt abgeschirmt werde. Ich kann mir nicht vorstellen, dass der Erzlord einen Angriff wagen wird, während sich so viele Zeugen in der Nähe aufhalten, aber mein Herz schlägt schneller. Ist er hinter unseren Trick mit den Perlen gekommen?

Die zwei Fae-Männer bleiben mit einem hochmütigen Lächeln einige Schritte entfernt stehen. „Wohin seid ihr mit unserer wertvollen Ware unterwegs?", will Ambrose wissen.

Ich weiß nicht, ob sich August irgendeine Mühe gemacht hat, das Knurren in seiner Stimme zu verbergen. „Sie brauchte einen Moment fernab der Menge."

Der Erzlord summt vor sich hin. „Ich schätze, es ist gut, dass du eine solche Zuneigung für das Ding entwickelt hast. Es sollte den logischen nächsten Schritt erleichtern. Das heißt, falls sie in Hearthshire bleibt, was ich stark bezweifle."

Ich würde gerne *meine* Zähne fletschen, vermute jedoch, dass er nur darüber lachen würde. Ich weiß nicht, worauf er anspielt.

Sylas anscheinend auch nicht. „Auf was für einen ‚logischen nächsten Schritt' beziehen Sie sich, mein Lord?"

Ambrose gluckst, was leicht spöttisch klingt. „Ich hätte gedacht, dass Sie mit all der Weisheit, die Sie angeblich besitzen, die Puzzlestücke selbst zusammensetzen können, Lord Sylas. Die Worte des Weisen haben es recht deutlich ausgedrückt."

Whitts Lächeln ist so scharf, dass es Glas schneiden könnte. „Warum tun Sie nicht so, als wären wir Vollidioten, und erklären es uns?"

„Der größte Makel an unserem Heilmittel ist die Tatsache, dass es zu Staub zerfallen wird", erklärt Ambrose in einem Ton, der andeutet, dass er denkt, beide Männer *seien* Vollidioten. „Aber Nuldar sagte, dass ihre Verbindung zu dem Fluch von ihrer Großmutter an sie weitergegeben wurde und dass die Verbindung mit jeder Generation stärker wird. In diesem Fall sollte sie die Verbindung auch vererben können und ihre kurze Lebensspanne wird kein Problem mehr sein. Ich würde empfehlen, dass wir sie mit Fae verschiedenen Status sowie einem anderen Menschen züchten, um die Kombination zu identifizieren, die in der stärksten Vererbung resultiert …"

Ich zucke in dem Moment zusammen, in dem er das Wort ‚züchten' sagt, und August macht einen Schritt nach vorne, sodass er Schulter an Schulter mit Whitt steht. Die Muskeln in seinen Armen sind so angespannt, dass ich ihre Wölbung durch den dicken Stoff seines formellen Hemdes hindurch sehen kann. „Sie ist keine Zuchtstute", blafft er.

Sylas hält die Hand hoch, um August am Weitersprechen zu hindern, seine Stimme ist jedoch genauso harsch. „Erzlord hin oder her, *niemand* redet so über meine Rudelmitglieder."

Ambrose schnaubt. „Ihr *Rudelmitglied*? Sie ist ein heimatloser, menschlicher Stinkling. Und ich werde über sie sprechen, wie ich will. Sie wissen, dass ich recht habe, Sylas. Es ist die offensichtliche Lösung all unserer Probleme, und wir müssen keinen umfassenderen Antworten mehr hinterherjagen."

Meine Brust hat sich so stark verkrampft, dass ich keuche. Ein Schwindelgefühl wirbelt durch meine Gedanken. Wenn August meine Hand nicht noch immer festhalten würde, könnte ich mein Gleichgewicht vermutlich nicht halten.

Ambrose will mich zwingen, schwanger zu werden, Kinder zu bekommen – Kinder mit allen möglichen Männern, die *er* an meiner Stelle aussucht. Babys, die er mir in dem Moment wegnehmen würde, in dem sie geboren werden, um sie zu testen und als nichts anderes als ein Gefäß des Seelie-Heilmittels zu behandeln, genauso wie er mich sieht …

Jeder Teil dieser Idee macht mich krank. Doch sogar ich kann sehen, dass es einen widerlichen Sinn ergibt.

Wenn ich das Heilmittel weitervererben kann, brauchen sie *keine* weiteren Antworten. Sie müssen nur meine Familienlinie am Leben halten. Sobald ich Kinder auf die

Welt bringe, die ebenfalls das Heilmittel in ihrem Blut haben, sobald es mehr als einen Menschen mit dieser Macht gibt, wird keiner von uns mehr unentbehrlich sein. Sie werden sich keine so großen Sorgen mehr darum machen müssen, mich am Leben zu halten.

Selbst wenn das Trio der Erzlords einwilligt, mich bei Sylas bleiben zu lassen, werden sie ihm dann befehlen, mit mir zu ‚züchten‘?

Sylas lässt keinen Zweifel daran, wie er auf einen solchen Befehl reagieren würde. „Ich habe sie als Mitglied meines Rudels beansprucht, also ist sie eines. Sie werden sie mit dem angemessenen Respekt behandeln oder anerkennen, dass Sie *mich* genauso sehr beleidigen wie sie. Und unter den Gesetzen, die Sie aufrechthalten, steht mir jedes Recht zu, mein Rudel zu verteidigen.“

„Ich verstehe nicht, warum Sie so empört über den Vorschlag sind, Lord Sylas“, meint Tristan. „Sie selbst haben genügend ‚Anspruch‘ auf sie. Außer Sie machen sich Sorgen, dass Sie der Aufgabe nicht gewachsen sind angesichts dessen, dass Ihre eigene seelenverbundene Gefährtin nicht mit Ihnen zufrieden war.“

Ambrose wirft seinem Cousin einen Blick zu, als hätte er es vorgezogen, das Reden zu übernehmen, doch er mischt sich nicht ein. Sylas’ Körper ist furchterregend reglos geworden. Seine Lippen ziehen sich zurück und zeigen seine ganzen Fangzähne. „Was war das, Lord Tristan?“

Ein Funken von Furcht huscht durch Tristans Augen. Er ist sich der Gefahr bewusst, die er herausfordert. Anscheinend hält er es jedoch für wert, seinen nächsten Seitenhieb anzubringen. „Isleen war furchtbar ruhelos, nicht wahr? Wenn sie der *richtige* Lord einige Male so gut erobert hätte, wie sie es brauchte, wäre sie vielleicht nicht losgezogen, um Ärger zu machen und eine Strafe über Sie alle zu bringen.“

Sylas' Haltung spannt sich an, als wollte er nach vorne springen, und mir kommt trotz meines Entsetzens der Gedanke, dass Tristan womöglich *will*, dass Sylas um sich schlägt. Das wäre ein exzellenter Beweis für ihre Behauptung, dass er nicht in der Lage ist, sich vernünftig um mich zu kümmern – wenn er einen anderen Lord wegen etwas angreift, von dem sie behaupten können, dass es nur ein Witz war, oder?

Panik durchfährt mich und meine freie Hand schnellt nach oben, um die Rückseite seiner gepolsterten Weste zu packen. Auf keine Weise, die übertrieben intim wirken würde – Whitts Warnung geht mir noch durch den Kopf – jedoch so fest, dass er das Gewicht meines Griffs fühlt.

Bleib bei mir, flehe ich schweigend. *Lass dich nicht von ihnen provozieren*. Obwohl ich alles geben würde, um mich auf diese Arschlöcher zu stürzen und sie in Stücke zu reißen, wenn ich die nötigen Fähigkeiten besäße.

Sylas verlagert sich gerade so weit nach vorne, dass er an meinem Griff zieht, den ich mit einem Satz meines Herzens anspanne – und er bleibt stehen. Seine Zähne sind noch gefletscht und seine Finger gekrümmt, wobei Krallen aus den Spitzen ragen, aber anscheinend beherrscht er seinen Wolf und sein Temperament, denn abgesehen von einem Aufblitzen der Wut in seinem dunklen Auge ist nichts davon sichtbar.

„Mögen die Maden diejenigen fressen, die so schlecht von den Toten sprechen", knurrt er und richtet seinen Blick auf Ambrose. „Verpassen Sie Ihrem Cousin einen Maulkorb, bevor er Ihre Familie noch mehr beschämt, indem er sich tiefer als den Staub selbst erniedrigt."

Ambrose zögert. Anhand seines Gesichtsausdrucks kann ich nicht sagen, ob er von dem Plan wusste, den Tristan gerade durchführt. Vielleicht ist seinem Cousin diese List spontan eingefallen. Bevor einer von ihnen weitergehen kann, schlendern weitere Gäste in unsere Richtung, da sie sich fragen, was hier los ist.

Der Erzlord will vor unparteiischen Zeugen, die seinen Kollegen Bericht erstatten könnten, nicht kleinkariert oder feindselig wirken. Er ruckt mit der Hand in Tristans Richtung, woraufhin sie beide davon stolzieren und uns vier in erschüttertem Schweigen zurücklassen.

Whitt

Wenn Ambrose und sein räudiger Köter eines Cousins gestern Nacht den Mund gehalten hätten, würden die Nachrichten des heutigen Tages als Sieg zählen. Doch so, wie die Dinge stehen, laufe ich auf Sylas Bitte hin zu seinem Büro und habe das Gefühl, als würde ich mich einer zusammenbrechenden Wand nähern, obwohl ich nur eine winzige Menge Gips besitze, um sie zu reparieren.

Der Drang, einen Schluck von irgendeiner Art fermentiertem Rauschmittel zu nehmen, schlängelt sich durch meinen Magen, aber ich ignoriere ihn. Ich habe genügend auf der letzten Feier getrunken und war nicht sonderlich begeistert von den anschließenden Ergebnissen. Die schreckliche Situation, in der wir uns wiederfinden, lässt sich nicht ohne Weiteres bereinigen. Ich muss all die Widerhaken mit ihrer vollen Schärfe erleben, um einen Weg durch diese hindurch zu finden.

Unser glorreicher Anführer – der, seit ich aufgewacht bin, abwesend war und nicht einmal zu den Mahlzeiten erschienen ist – steht vor seinem Schreibtisch, anstatt dahinter zu sitzen, was nichts Gutes verheißt für das, was er entdeckt hat und uns mitteilen möchte. August und Talia sind bereits angekommen. Talia sitzt auf einem der Sessel und August steht neben ihr, wobei er beruhigend eine Hand auf ihre Schulter gelegt hat. Trotz der Anspannung in der Luft schaffen sie es beide, mich bei meinem Eintreten mit echter Wärme anzulächeln.

Zum Staub damit. Für einen kurzen Moment verdränge ich die Gedanken an die Probleme, die uns bevorstehen, um zu ihnen zu gehen und mir einen kurzen Kuss von unserer Geliebten zu stehlen. Talia packt die Vorderseite meines Hemdes, um mich noch näher zu sich zu ziehen und das Treffen unserer Lippen auszudehnen. Dadurch regen sich meine animalischen Instinkte mehr, als vermutlich angemessen ist für diese Kulisse. Ich weiche zurück und rechne halb mit einem finsteren Blick von einer der anderen zwei Parteien im Raum, doch Augusts Lächeln ist bloß breiter geworden. Sogar Sylas' Miene ist eine Spur sanfter geworden.

Wenigstens haben wir das hier – diese Einheit zwischen uns. Ein Lord und sein Kader und ihre Lady. Ich richte mich mit etwas mehr Zuversicht auf, dass wir, ganz gleich was Ambrose vorhat, diese Pläne zerschlagen und später darüber lachen werden.

„Die Tochter der Musiker hat ihre Seite der Vereinbarung zufriedenstellend erfüllt und unser Lieblingserzlord hat den Köder geschluckt", berichte ich. „Ich habe von einem meiner Leute kurz vor dem Abendessen gehört, dass jemand, vermutlich eines von Ambrose' Rudelmitgliedern, einen zaghaften Vorstoß zu der Stelle am Rand unserer Ländereien unternommen hat, die wir in der Gegenwart der magischen

Muscheln erwähnt haben. Es wurde nichts unternommen, was wir ihm als Fehlverhalten auslegen könnten, aber wir werden sehen, wie der Rest des Plans aufgeht."

Sylas neigt den Kopf in Anerkennung dieses kleinen Erfolgs. „Es freut mich, das zu hören. Er ist womöglich zu vorsichtig, so weit zu gehen, dass wir ihn aufgrund der Falschinformationen, die wir geschickt haben, festnehmen können, es sollte ihn allerdings eine Weile ablenken."

Talia blickt auf ihre Hände hinab, die jetzt in ihrem Schoß geballt sind, und hoch zu Sylas. Ihre Stimme klingt ruhig, jedoch angespannt. „Was er gesagt hat darüber … darüber, mit mir zu ‚züchten'." Ihre Gesichtsfarbe nimmt ein kränkliches Grau an, als sie das Wort ausspricht. „Können mich die Erzlords zwingen, Kinder zu bekommen?"

Dass sie diese Frage überhaupt stellen muss, sorgt dafür, dass sich mir der Magen umdreht. Meine Krallen sehnen sich danach, aus meinen Fingern zu schießen und vorzugsweise Ambrose' Kopf von seinem Körper zu trennen. Ich knirsche mit den Zähnen, denn ich hasse die Antwort, die Sylas garantiert geben wird. Ich wünschte, ich besäße eine Möglichkeit, sie vor dem Schlimmsten zu schützen, was ihr die Fae-Welt entgegenschleudern kann.

Sylas' Gesicht wird wieder schrecklich grimmig. „Ich glaube, Donovan wird auf unserer Seite bleiben. Celia wäre die ausschlaggebende Stimme und Ambrose hat sie bereits bei anderen Gelegenheiten überredet. Selbst wenn ich Donovan erlaube, dich bei sich aufzunehmen, könnten ihre Stimmen jede Entscheidung außer Kraft setzen, die er für dich treffen würde." Seine Stimme wird noch düsterer und ein Knurren schleicht sich hinein. „Doch es spielt keine Rolle, was für eine Entscheidung sie treffen. Wir werden nicht zulassen, dass sie dir vorschreiben, was du mit deinem Leben oder deinem Körper zu tun hast. Was auch immer wir tun müssen, um das zu verhindern, werden wir tun."

Es wird kein Zuckerschlecken werden, wenn wir uns einem direkten Befehl der Erzlords widersetzen müssen. Jeder in diesem Raum weiß das, einschließlich Talia. Sie sinkt wieder auf ihren Stuhl und streckt die Hand aus, um Augusts zu drücken.

„Ich will nicht, dass ihr euch euren eigenen Herrschern widersetzen müsst", sagt sie mit einer leisen Stimme, die mir das Herz zerreißt. „Sie würden euch Verräter schimpfen, oder?"

„Das ist bedeutungslos. Wenn ein Erlass ungerecht ist, besteht die einzig rechte Vorgehensweise darin, ihn abzulehnen, ganz gleich, wer ihn veranlasst hat." Sylas atmet rau aus. „Aber vielleicht wird es gar keine Rolle spielen. Wenn Ambrose mit seinen Versuchen gegen Donovan weitermacht und wir seinen Verrat schon bald aufdecken können, werde ich vielleicht derjenige auf diesem Thron sein und meine Stimme wird zusammen mit Donovans jegliches derartige Gerede stoppen."

Die Leichtigkeit, mit der er diese Möglichkeit erwähnt, kribbelt über mich hinweg und zerrt ein noch stärkeres Verlangen nach dem Wein in meinem Flachmann an die Oberfläche. Ich verkneife mir die giftigen Bemerkungen, die mir auf die Zunge springen wollen.

Es ist eine große Ehre, die der jüngste Erzlord unserem Lord in Aussicht stellt. So viel mehr Ruhm für Sylas – und haufenweise mehr Stress für August und mich, wenn wir die einzigen Kader-Gewählten eines Erzlords sind, die vorderste Linie zwischen ihm und jedem Ränkeschmied dort draußen.

Aber niemand würde sich die Mühe machen, den *Kader* zu fragen, was er von einer solchen Beförderung hält, oder? Unser einziger Zweck besteht darin, die Bestrebungen unseres Lords zu unterstützen.

Ich weiß, dass meine bitteren Gedanken nicht fair sind.

Sylas hat nicht darum gebeten und er hat jetzt kaum eine andere Wahl, da ihm die Ehre angeboten wurde. Ansonsten würde er den Mann beleidigen, der aktuell unser Schlüsselverbündeter ist. *Würde* er mich fragen, würde ich ihm mit allem möglichen Enthusiasmus sagen, dass er dieses Angebot annehmen soll. Also schlucke ich die kribbelnde Empfindung und konzentriere mich auf das, was vor mir liegt.

Ich will gerade fragen, ob unser echter Lieblingserzlord irgendwelche Vorschläge gemacht hat, wie wir Ambrose' Pläne enthüllen können, als Sylas weiterspricht und sich ein Hauch Elan in seine Haltung schleicht. „Und vielleicht habe ich eine Gelegenheit, Ambrose zum Handeln zu zwingen. Tristan hat gestern Abend mehr gesagt, als *er* hätte sagen sollen.“

Bei der Erinnerung an die höhnischen Bemerkungen dieses Lords sträuben sich mir erneut die Nackenhaare. „Was meinst du damit?“

Sylas verschränkt die Arme vor der Brust, nach wie vor grimmig, jedoch mit einer entschlossenen Aura. „Ich habe viel über die Formulierung seiner Beleidigungen nachgedacht … und ich glaube, ich habe Grund, eine formelle Herausforderung gegen ihn auszusprechen. Wolf gegen Wolf könnte ich ihn bestimmt besiegen. Dann ist er der Gnade seiner Kapitulation ausgeliefert. Ambrose wird nicht danebenstehen und zuschauen, wie seine geplante Marionette von unseren Forderungen gefesselt wird. Er wird etwas unternehmen müssen – etwas Großes und mit viel weniger Zeit zum Planen, als ideal wäre. Wir werden bereit sein, ihn auf frischer Tat zu ertappen.“

Grund für eine formelle Herausforderung … Das unbehagliche Gefühl, das mich vorhin durchlaufen hat, steigt erneut auf und das Abendessen, von dem ich mir plötzlich wünsche, dass ich weniger gegessen hätte, beginnt, in meinem Magen zu rumoren. „Was für ein Grund soll das sein?" Er kann nicht meinen …

Sylas' Kiefer mahlt. „Ihr wisst, dass ich Isleens Absichten, mit ihrer Familie Ambrose anzugreifen, unter anderem nicht wahrnahm, weil ich mich aufgrund der Spannungen zwischen uns von unserer Verbindung distanziert hatte. Zum damaligen Zeitpunkt schien es nicht relevant zu sein, die genaue, persönliche Natur dieser Spannungen zu erörtern … Sie brach unsere Gelübde als Gefährten mit einem anderen Mann. Nach Tristans Bemerkungen zu urteilen, war *er* derjenige, der eine Affäre mit ihr hatte. Sich in eine Seelenverbindung einzumischen und die erhoffte Familienlinie zu bedrohen, ist ein unbestreitbares Vergehen."

Ah. Da ist es. August nickt, seine Augen weiten sich – er wusste eindeutig nichts von dem Vergehen. Talia beißt sich auf die Lippen und sieht um Sylas' willen gequält aus, jedoch nicht schockiert. Hatte er es ihr bereits erzählt?

Diese Gedanken gehen mir durch den Kopf, als wäre er von meinem Körper losgelöst, in dem mein Magen rumort und mir das Blut zu Eis gefroren ist. Ich weiß nicht, ob ich meinen Kiefer benutzen könnte, wenn ich es wollte. Jeder Teil von mir scheint dichtgemacht zu haben abgesehen von dem fernen Bewusstsein, das sich mit jeder Sekunde immer weiter von mir entfernt.

Ich hätte diese Entwicklung vorausahnen sollen. Es ist meine Aufgabe, jede Eventualität vorherzusehen. Doch irgendein verflucht naiver Teil von mir klammerte sich an die Hoffnung, dass die Abrechnung tatsächlich hinter uns läge.

„Ich wollte die Affäre nie öffentlich bekannt machen", fährt Sylas fort. „Aber wenn es uns den Vorteil verschafft, den wir brauchen, werde ich morgen dorthin gehen … Ich werde Tristan vor die Erzlords holen lassen und ihn konfrontieren und …"

Oh, nein. Das Eis sickert jetzt mit einer knisternden

Panik in meine Brust. Ich beherrsche mich gerade so weit, dass ich mein Abendessen bei mir behalten und die Worte hinausposaunen kann: „Du weißt nicht mit Sicherheit, dass er es war."

Sylas blinzelt wegen der Unterbrechung. „Er hat es gestern Abend praktisch zugegeben. Diese Bemerkungen darüber, dass sie ruhelos war, dass sie von einem anderen Mann mehr brauchte?"

„Ich nahm an, dass dies die gemeinsten Beleidigungen waren, die seinem Spatzenhirn eingefallen sind, da er wusste, dass ihr euch am Ende eindeutig nicht sonderlich gut verstanden habt."

„Das habe ich in Erwägung gezogen, weswegen ich heute fort war und einigen Hinweisen nachgegangen bin. Ich konnte bestätigen, dass Tristan an dem besagten Abend mit nur einem seiner Kader-Gewählten seine Burg verließ. Er hatte genug Zeit, um sich mit Isleen zu dem Zeitpunkt zu treffen, an dem es geschah."

Mit einem seiner Kader-Gewählten. Dann hat Tristan zweifelsohne einen Zeugen für seinen Aufenthaltsort. Doch selbst wenn er keinen hätte, wenn er vor dem Herzen befragt wird, kann er mit Lügen nicht davonkommen.

Ich spreche weiter, während ich nach dem überzeugendsten Argument suche. „Nichtsdestotrotz sagte er nichts Spezifisches. Du kannst nicht mit Sicherheit wissen, wohin er an diesem Tag gegangen ist. Denk nur an die Konsequenzen, wenn du ihn vor das Trio holst, eine derartige Anschuldigung aussprichst und er sagen kann, dass er es *nicht* war. Ambrose wird es so drehen, dass du instabil wirkst. Celia wird sauer über die unnötige Arbeit und weniger geneigt sein, deine Seite zu wählen."

Sylas winkt ablehnend ab. „Ich habe mehrere Jahrzehnte lang Sticheleien hinsichtlich unserer Ungnade ertragen und dies ist das erste Mal, dass jemand das Schreckgespenst der mangelnden Treue meiner Gefährtin erwähnt hat. Und er wäre genau die Art Geliebter, den Isleen gewählt hätte. Ein Lord, mit dem ich mich nie verstanden habe, von dem ich nicht viel hielt und der im Gegenzug schlecht von mir dachte – einer mit engeren Verbindungen zu der Macht um das Herz herum – wer wäre besser geeignet für den Versuch, mich zu verletzen?"

Mir fallen ein paar ein.

„Wir müssen ein Risiko eingehen", erklärt Sylas. „Es steht zu viel auf dem Spiel und es ist zu wenig Zeit übrig, um einfach tatenlos zuzusehen und zu hoffen, dass Ambrose einen Fehler macht. Ich bin mir sicher genug. Wenn dir kein anderer Grund einfällt, warum dies eine schlechte Vorgehensweise ist, werde ich anfangen, die entsprechenden Vorkehrungen zu treffen."

Die Panik, die mich durchfahren hat, schmilzt zu einem eiskalten Teich des Grauens, der mein Inneres durchdringt.

Ich kann ihn das nicht tun lassen. Es lässt sich nicht mehr vermeiden. Ich bin sein Kader-Gewählter und ich schulde es ihm und unserem Rudel, diesen Fehler zu verhindern – nicht zuallerletzt, weil er meinem größten Fehler entspringt.

„Keine Vorkehrungen." Meine Stimme klingt heiser und Sylas zieht die Brauen zusammen. Ich zwinge die restlichen Worte heraus, die ich sagen muss. „Ich *weiß*, dass es nicht Tristan war."

Mein Lord runzelt die Stirn. „Wie kannst du wissen … Wenn du dir eines Verrats bewusst gewesen wärst, auf den ich damals nicht reagiert hatte, hättest du es mir doch sicherlich schon erzählt?"

August und Talia starren mich ebenfalls an. Ich schlucke schwer. Natürlich müssen wir in diesem Moment ein Publikum haben. Natürlich müssen es die anderen zwei Leute sein, die mir am wichtigsten sind.

Nun, warum nicht? Vielleicht verdienen sie es genauso sehr wie der Mann vor mir, die Wahrheit zu erfahren.

Die Worte sprudeln schneller als zuvor aus mir heraus. Sie sind eine bittere Pille, die ich viel zu lange zu schlucken versucht und darin versagt habe. „Ich weiß, dass es nicht Tristan war, weil *ich* es war. Sie kam zu mir. Ich …“

Ich unterbreche mich an diesem Punkt, denn der Zorn, der in Sylas' dunklem Auge aufflammt, reicht, um einen geringeren Mann zu töten. Meine Stimme ist dem sicherlich nicht gewachsen. Und es ist nicht nur Zorn, sondern ein tiefer, sengender Schmerz, der die Wulst seiner Narbe tiefer nach unten zieht und seinen Mund verzerrt. Mein Wolf schreckt in mir zurück.

Was für ein madenverseuchter Narr war ich, jemals zu denken, ich hätte bereits eine echte Vergeltung für mein Verbrechen erhalten. Nichts von der Kälte, der Distanz und den geknurrten Bemerkungen konnten mit dem hier mithalten. Sein Gesichtsausdruck erschüttert mich bis ins Mark.

Ich verdiene nichts Geringeres.

Ich habe getan, was ich tun musste. Ich denke nicht, dass sich auf lange Sicht einer von uns besser fühlen würde, wenn ich bliebe, damit er mir buchstäblich das Fell über die Ohren ziehen kann. Ich fühle mich so zerfetzt, als wäre ich bereits aufgeschlitzt worden, und ziehe den Kopf ein. Meine letzte Aussage kratzt meine Kehle hinauf.

„Es gibt keine Erklärung oder Entschuldigung, die mein Vergehen wiedergutmachen würde. Ich werde mich unverzüglich aus deiner Gegenwart und diesem Revier entfernen.“

Dann marschiere ich aus dem Raum und durch den Gang, als wäre die Wilde Jagd selbst hinter mir her. Kein anderer Gedanke, als dass ich mein letztes Versprechen halten muss, durchdringt das Donnern meines Pulses.

22

Talia

Nachdem die Tür hinter Whitt ins Schloss gefallen ist, herrscht eine so angespannte Stille im Raum, dass sie praktisch meine Haut durchbohrt. Sylas' Hände öffnen und schließen sich an seinen Seiten und jeder Muskel in seinem Körper ist angespannt. Auf seinem Gesicht hat sich eine so starke Röte ausgebreitet, dass sie auf seiner braunen Haut zu sehen ist. Ich habe ihn noch nie so erschüttert oder so wütend gesehen.

„Mein Lord", sagt August unsicher. Seine Förmlichkeit zeigt, wie überfordert *er* sich in dieser Situation fühlt, und Sylas scheint auszurasten.

„All diese Zeit … er stand an meiner Seite, während er …" Der größere Mann unterbricht sich mit einem so erbitterten Knurren, dass es durch meine Nerven bebt, und dann stürzt er zur Tür, als wollte er Whitt hinterherjagen.

Mein Herz schlägt noch heftiger als gestern Abend, als

ich dachte, er könnte Tristan angreifen. Mein Verstand ist noch taub vor Schock, mein Körper reagiert jedoch. Ich springe vom Sessel und klammere mich an seinen Arm, um ihn zurückzuhalten. Sylas zuckt bei der Berührung zusammen, erstarrt allerdings, als hätte er Angst, dass er mir wehtun könnte, sollte er sich weiterhin bewegen.

„Nein", sage ich abgehackt und kneife die Augen zu, während ich mein Gesicht an seinen Ärmel presse. Die vergangenen Minuten laufen hinter meinen Augenlidern ab. Die Qualen, die Whitts Stimme durchzogen, als er endlich sein Geständnis ablegte. Die Scham, die in seiner Haltung deutlich wurde, als er aus dem Raum floh …

Es macht keinen Sinn. Es erklärt vielleicht einige Dinge, wie die gelegentlichen eigenartigen Bemerkungen, die der Spionagechef in Bezug darauf machte, wie ihn Sylas behandelte. Allerdings kann ich mich auch mit lebhafter Klarheit an den Moment in seinem Lieblingstal erinnern, als er mir von dem Neid erzählte, mit dem er wegen ihres Statusunterschieds zu kämpfen hat, die flehende Note, die sich in seinen Ton schlich, als er mich bat, es seinem Bruder nicht zu erzählen.

Ich habe gesehen, wie vehement Whitt seinen Lord und sein Rudel verteidigt. Er hätte dem gesamten Seelie-Volk beinahe das Heilmittel gekostet, das ich darstelle, weil es ihm wichtiger war, mich wegzuschicken, als er glaubte, meine Anwesenheit würde das Band zwischen Sylas und August zerstören. Er hat Sylas womöglich von Zeit zu Zeit seine Autorität gegrollt, doch er *hasst* es, dass er so empfindet. Er möchte diese Gefühle lieber für sich behalten, als zuzulassen, dass Sylas sie jemals bemerkt.

Er hat *dieses* Geheimnis all die Zeit für sich behalten und es jetzt gestanden, nicht, um sich zu retten, sondern um seinen Lord zu schützen.

Ich verstehe nicht, wie er Sylas jemals verraten konnte,

indem er mit seiner Gefährtin schlief, doch ich kann nicht glauben, dass er einfach unbekümmert der Konsequenzen mit ihr ins Bett gestiegen ist. Es muss mehr hinter der Geschichte stecken.

„Talia." Sylas' Stimme klingt roh. Vorsichtig legt er eine Hand auf meinen Kopf. „Eine Täuschung in diesem Ausmaß … ich kann das nicht einfach ignorieren." Sein Bizeps spielt an meiner Wange. Er blickt an mir vorbei zu August. „Bring sie auf ihr Zimmer. Nein – besser runter zum Unterhaltungsraum. Ich will nicht, dass sie irgendetwas davon sieht oder hört."

Das düstere Omen in diesen Worten sorgt bloß dafür, dass die Sirenen in meiner Brust noch lauter plärren. Ich umklammere trotzig den Arm des Fae-Lords und hebe den Kopf. „*Nein*. Du kannst nicht wütend dort reinrennen und ihn fertigmachen. Du weißt nicht einmal warum … er hätte dir nie absichtlich wehgetan. Du *weißt* das, oder?"

Sylas atmet scharf ein und knurrt leise. „Ich kann mir nicht vorstellen, wie das passieren konnte, ohne dass ihm der Schaden bewusst war, den es verursachen würde. Ich hätte nie gedacht … aber ich hätte es auch Isleen nicht zugetraut, bis es passiert ist."

„Wir müssen wenigstens herausfinden, was genau passiert ist." Allerdings denke ich nicht, dass Sylas in dem Zustand ist, sich geduldig hinzusetzen und eine Erklärung anzuhören. Ich begegne seinem Blick mit all der Entschlossenheit, die ich aufbringen kann. „Lass mich zuerst mit ihm reden. *Versprich* mir, dass du warten wirst, bis wir genau wissen, was zwischen ihnen vorgefallen ist. Wenn du dann noch immer denkst, dass er verdient, was auch immer du gerade mit ihm tun willst, werde ich … werde ich dich nicht aufhalten."

Sylas schweigt eine Weile, die sich wie eine Ewigkeit anfühlt. Wenigstens hat meine Unterbrechung seinem Zorn eine Gelegenheit gegeben, sich geringfügig zu legen.

August meldet sich zaghaft zu Wort. „Whitt und ich verstehen uns nicht immer gut, aber ich habe nie einen Grund dazu gesehen, an seiner Loyalität zu zweifeln. Egal, welche Vergeltung du an ihm üben willst, du solltest dir des Ausmaßes seines Verbrechens sicher sein, meinst du nicht?"

Der Fae-Lord seufzt und reibt mit einer ruckartigen Bewegung über sein Gesicht. Er späht mit seinem ungleichen Blick auf mich herab und spannt seinen Kiefer an. „In Ordnung. Du kannst dein Gespräch haben. Aber unter einer Bedingung."

———

Whitts Zimmertür ist geschlossen, aufgrund der hektischen Raschel- und Poltergeräusche weiß ich jedoch, dass er dort drin ist. Er hat sich nicht die Mühe gemacht, abzuschließen. Der Griff dreht sich mühelos in meiner Hand und ich schlüpfe in den Raum.

Als sich die Tür öffnet, fliegt Whitts Kopf herum und er zuckt zusammen, als würde er sich für einen Angriff wappnen. Einen Angriff, der seiner Meinung nach von Sylas kommen würde. Obwohl sich seine Schultern senken, als er mich sieht, nimmt der Schmerz der Verwirrung in mir zu.

Er hat zwar keine Angst, dass ich hier bin, um ihn zu zerfetzen, scheint allerdings auch nicht besonders glücklich über meine Ankunft zu sein. So viele nervenaufreibende Emotionen verzerren sein normalerweise atemberaubendes Gesicht, dass er geradezu verhärmt aussieht. Ich habe ihn hundemüde, betrunken und mit einem Kater erlebt, manchmal sogar zwei dieser Dinge auf einmal. Er sah jedoch nie so gebrochen aus.

Das Blau seiner Augen steht in großem Kontrast zu dem weitaufgerissenen Weiß. Sein Blick huscht zum Bett, auf dem eine kleine Truhe steht und sich ein größeres als übliches

Chaos aus Kleidern und anderen verstreuten Objekten befindet, von denen es nur manche tatsächlich *in* die Truhe geschafft haben. Dann schaut er wieder zu mir.

„Du solltest besser gehen", sagt er brüsk, jedoch ohne echte Energie. „Was auch immer als Nächstes passiert, wird höchstwahrscheinlich unschön werden."

Es ist die Stimme eines Mannes, der aufgegeben hat. Der Schmerz kriecht meine Kehle hinauf. Ich schlucke schwer und stoße die Tür nicht ganz zu, bevor ich den Raum zum Fuß des Bettes durchquere.

„Ich gehe nirgendwohin. Ich will verstehen, was passiert ist."

Er gibt einen erstickten Laut von sich und geht wieder dazu über, Dinge in die Truhe zu werfen. „Das Einzige, was es zu verstehen gibt, ist, dass ich die seelenverbundene Gefährtin meines Lords gevögelt habe, und mich das zum schlimmsten Schuft macht, der jemals gelebt hat. Und es wäre eine gewaltige Gnade von ihm, wenn er mich die Burg überhaupt lebend verlassen lässt."

Er dreht sich um und greift nach einer Ledertasche im Bücherregal neben dem Schrank. Ich nutze die Gelegenheit, um auf das Bett zu klettern und den Deckel der Truhe zu schließen. Dann setze ich mich sicherheitshalber noch oben drauf.

Whitt dreht sich wieder um und mustert mich mit einer Wildheit in den Augen, die verzweifelter und beunruhigender ist, als ich ihn jemals zuvor gesehen habe. „Krümel, das wird nicht …"

Ich lasse mich nicht unterkriegen und verschränke die Arme vor der Brust. „Nein. Erzähl mir, was passiert ist. Irgendwie kann ich nicht glauben, dass du eines Tages einfach beschlossen hast, mit ihr zu schlafen, und es getan hast."

Er bleckt leicht die Zähne und kurz glaube ich, er würde

mich von der Truhe heben und zurück in den Gang befördern. Ich packe die Kanten des Deckels und mein Herz hämmert wie wild. Während wir einander niederstarren, verblasst das erbitterte Licht, das kurz in Whitts Augen aufgeblitzt ist. Stattdessen tritt er zurück, lehnt sich an den geschlossenen Schrank und massiert sich mit dem Handballen die Stirn.

„Nein, so war es nicht", sagt er. „Aber die Einzelheiten spielen wohl kaum eine Rolle."

„Für mich sind sie wichtig."

„Na schön." Irgendwie klingt er noch hoffnungsloser als zuvor. Er begegnet erneut meinem Blick und seine Gesichtszüge werden hart. „Es ist nicht kompliziert. Meine Neigungen sind kein Geheimnis und sie hat mich genau so angesprochen, wie es jede halbwegs vernünftige Person tun würde: Sie kam mit einer Flasche eines neuen Jahrgangs zu mir, die sie mit mir teilen wollte, während wir eine Angelegenheit besprachen, die sie mir unterbreiten wollte."

„Welche Angelegenheit war das?" Hatte sie gedacht, sie könnte ihn dazu überreden, sich ihrer Rebellion anzuschließen?

„Entweder erinnere ich mich nicht daran oder wir kamen nie dazu. Es war nicht so, als wäre sie regelmäßig zu mir gekommen. Man hätte uns nie Freunde nennen können. Normalerweise hätte ich ihr gesagt, dass sie mit Sylas besprechen soll, was auch immer los war, und mich in Ruhe lassen soll. Doch ich wusste, dass er *wollte*, dass wir uns besser verstehen, und der Wein klang exzellent …" Whitts Blick wendet sich erneut von mir ab. „Und vielleicht gefiel es einem kleinen Teil meines Egos, dass sie womöglich dachte, ich hätte einen besseren Rat für sie als Sylas, oder mehr Einfluss auf ihn als sie. Das sah sie vermutlich ebenfalls in mir."

Nichts davon klingt wie der Auftakt einer Liebesaffäre.

Soweit ich das erkennen kann, mochte Whitt Isleen damals genauso wenig wie jetzt.

Ich runzle die Stirn. „Und dann …"

„Ich ging mit ihr mit und sie goss mir etwas Wein ein und was auch immer sie ihm beigemischt hatte, war beeindruckend mächtiges Zeug." Er lacht harsch. „Ich kann mich zügeln, aber nur wenn ich weiß, was ich eigentlich trinke. Danach ist meine Erinnerung ziemlich lückenhaft, die Ergebnisse waren jedoch recht deutlich."

Der Schmerz von zuvor zieht sich zu etwas Hartem zusammen wie eine Klinge, die sich in meine Brust bohrt. „Du erinnerst dich an *gar nichts*?"

„Ich erinnere mich an vereinzelte Momente. Genug, um keinerlei Zweifel daran zu haben, was wir taten."

Die Klinge in mir schneidet geradewegs durch meine Mitte hindurch und das, was aus diesem Schlitz explodiert, ist Wut. Sie bricht so plötzlich und gewaltsam aus mir hervor, dass meine Schultern zittern. „Sie hat dich *vergewaltigt*."

Whitts Blick schnellt zur mir. Er blinzelt und ist so erschrocken und verwirrt, dass sich meine Hände ballen, bis meine Knöchel pochen.

„Sie hat sich mir nicht aufgezwungen", widerspricht er. „Ich war bei Bewusstsein; ich habe mitgemacht." Er spuckt das letzte Wort aus.

„Weil sie dich unter Drogen gesetzt hat, damit du zu benommen warst, um sie abzuwehren."

„Talia …"

Ich stelle mich auf das Bett, was mir einen eigenartigen Aussichtspunkt verschafft, da ich nun auf ihn hinabschaue, obwohl ich so häufig zu ihm aufsehe. „Wie würdest du es nennen, wenn mir irgendein Lord einen Haufen Fae-Obst füttern würde, ohne mir zu sagen, was es ist. Und dann hätte er Sex mit mir, während ich nicht klar denken kann?"

Allein die Andeutung entlockt seiner Kehle ein Knurren. „Ich würde sagen, dass er jemand ist, der sich gerade einen langsamen und schmerzhaften Tod eingebrockt hat. Doch das ist nicht …"

„*Wolltest* du mit ihr schlafen?"

„Nein", bricht es aus ihm hervor. „Aber ich habe sie auch nicht aufgehalten, oder?" Seine Stimme stockt. „Ich hätte sie nicht angefasst, wenn ich bei Verstand gewesen wäre, das heißt allerdings nicht … Ich kann nicht behaupten, dass ein kleiner Teil von mir nicht eine winzige Spur Genugtuung verspürte, dass sie der Meinung war, mich zu benutzen, würde ihn am meisten verletzen, oder dass ich nur einmal etwas hatte, was eigentlich nur für ihn bestimmt war. Wäre diese Empfindung nicht gewesen, hätte es vielleicht *keine* Rolle gespielt, was sie in den Wein geschüttet hat oder wie sie mich dazu gebracht hat, mit ihr zu schlafen."

Sein Kopf sinkt herab und meine Hände ballen sich an meinen Seiten zu Fäusten. In all der Zeit, die ich bereits unter den Fae lebe, habe ich kein einziges Mal meinen Körper für irgendeine Gewalttat verwendet, doch in diesem Moment wünsche ich mir beinahe, dass Isleen noch am Leben wäre, damit ich diesen Schrei aus meiner Lunge rauslassen und ihr die Fäuste ins Gesicht rammen könnte.

Was für ein schreckliches, rachsüchtiges Miststück sie doch war. Sie marschierte durch dieses Revier, als wären ihre Sehnsüchte die einzigen, die zählten. Sie brach Sylas' Herz, zerstörte Whitts Vertrauen in sich selbst und sorgte dafür, dass sie alle in Ungnade fielen.

Mir ist egal, welche guten Dinge sie womöglich tat, welche besseren Eigenschaften sie besaß, dass Sylas zustimmte, die Gefährtenbindung zu vervollständigen. Die Bosheit, mit der sie diese Männer und ihr Rudel behandelte, hinterließ Wunden, die beinahe ein Jahrhundert überdauerten. Ich weiß nicht, ob es irgendetwas gibt, was ich tun könnte, um sie zu schließen.

Doch ich kann sie nicht anbrüllen oder schlagen, und es würde vermutlich ohnehin niemandem helfen, wenn ich es könnte. Also tue ich, was ich kann, und rutsche vom Bett, um Whitt in eine Umarmung zu ziehen.

Der Fae-Mann versteift sich, als sich meine Arme um ihn legen, stößt mich jedoch nicht von sich. Ich umarme ihn fest, drücke ihn dicht an mich und vergrabe meinen Kopf an seiner Brust. Als seine hohe Gestalt ein Beben durchläuft, umklammere ich ihn noch fester.

„Es war nicht deine Schuld", sage ich bestimmt und drehe mein Gesicht, sodass die Worte nicht von seinem Hemd gedämpft werden. Wenn ich sie oft genug auf unterschiedliche Arten sage, werde ich ihn vielleicht irgendwann überzeugen. „*Niemand* könnte dir die Schuld daran geben, oder zumindest sollte es niemand tun. Sie hat dich absichtlich in einen Zustand versetzt, in dem du nicht die Entscheidungen treffen konntest, die du hättest treffen wollen. Wenn wir die Verantwortung für jede gehässige Emotion übernehmen müssten, die wir jemals fühlen, dann wäre ich in den letzten Minuten mindestens zehnmal zur Mörderin geworden, also …"

Eine Art ersticktes Lachen entwischt Whitt, woraufhin er meine Umarmung erwidert und seine Lippen auf meine Stirn presst. „Natürlich würdest du es so sehen. Ich bin mir nicht sicher, ob Sylas so großzügig wäre."

Eine tiefe Stimme erklingt im Türrahmen. „Vielleicht solltest du mich auf die Probe stellen."

Die Tür schwingt weit auf und Sylas marschiert in den Raum.

Whitt reißt sich von mir los. Ich wirble zu dem Fae-Lord herum und platziere mich automatisch zwischen ihm und seinem Spionagechef. Doch sobald ich Sylas' Gesicht sehe, weiß ich, dass ich nicht als menschlicher Schild gebraucht werde. Der Zorn, der seine Gesichtszüge zuvor verzerrt hat, ist geschrumpft. Er sieht erschöpft und gequält aus, aber nicht rachsüchtig.

Whitt tritt zur Seite und näher zum Bett, sodass ich ihn nicht länger abschirme. Er blickt von Sylas zu mir und wieder zurück, wobei seine Haltung steif wird. „Wie lange bist du schon dort draußen?"

Eine Antwort bricht aus mir hervor, bevor Sylas antworten kann. „Es tut mir leid. Er sagte, ich könnte als Erste mit dir sprechen, solange er ebenfalls zuhören darf. Wenigstens ... wenigstens weiß er es jetzt?"

Die zwei Männer beäugen sich misstrauisch. Whitt streichelt mit den Fingern über meinen Rücken, als wollte er sagen, dass er meine Entschuldigung annimmt, seine Aufmerksamkeit gilt jedoch seinem Lord.

Sylas holt tief Luft. „Anscheinend wusste ich noch weniger über die Pläne meiner Gefährtin, als mir klar war. Wenn ich gewusst hätte ... Warum hast du es mir zuvor nicht *erzählt*? Dir muss doch bewusst gewesen sein, dass ich nicht wusste, dass du es warst und ich keine Ahnung von der ganzen Situation hatte. Wenn ich meine Pläne heute ins Rollen gebracht hätte, ohne vorher mit dir zu reden, hätten wir schrecklich tief in der Patsche gesessen. Als dein Lord, als dein *Bruder* ..."

Der Schmerz über den Verrat ist in seiner Stimme nicht mehr so stark wie zuvor, die umfassende Erklärung hat ihn allerdings nicht vollständig geheilt. Ich schätze, das ergibt Sinn.

Whitt zuckt zusammen. „Mir war es *nicht* bewusst. Ich dachte ... Danach bliebst du einige Tage lang für dich und dann warst du mir gegenüber distanzierter und kürzer angebunden als üblich … ich schätze, so verhieltest du dich bei allen, so weit dachte ich allerdings nicht. Ich nahm an, dass du es wissen *musstest*, da ihr Seelenverbundene wart. Dass du einfach dabei warst, zu entscheiden, was du mit mir tun solltest."

„Aber ich tat nichts."

„Nein. Denn der Angriff auf Dusk-by-the-Heart geschah und dann war da die Verbannung … Ich dachte, dass du beschlossen hättest, es wäre besser, so zu tun, als sei es nie geschehen, und mich bei dir zu behalten, damit ich dem Rudel durch diese schwierigen Zeiten helfen konnte, obwohl du mich wahrscheinlich nicht dort haben wolltest. Es war schon immer deine Angewohnheit, die Bedürfnisse der anderen vor deine eigenen zu stellen."

„Und in all der Zeit, in der wir seitdem geredet haben, bei all den Dingen, die wir gemeinsam durchgemacht haben, wurde es nie offensichtlich?", will Sylas wissen.

Whitts Mund verzerrt sich. „Ich *begann*, es zu vermuten – und in den letzten Monaten wurde ich mir zunehmend sicher … Es gab jedoch kaum geeignete Augenblicke, um es anzusprechen, und es bestand noch immer die Möglichkeit, dass du es absichtlich unter den Teppich kehrst und ich …" Er blickt den Teppich finster an. „Und ich war ein Feigling. Trotz all der bitteren Gedanken, die ich darüber hegte, dass ich nie würdig sein würde, eine höhere Stellung als ein Kader-Gewählter zu erhalten, konnte ich es nicht ertragen, die Position abzugeben, als ich wusste, ich könnte sie verlieren. Das ist es also. Ich hatte keinen blassen Schimmer, dass es uns so heimsuchen würde."

Sylas' Haltung entspannt sich noch etwas mehr, seine Stirn hat sich jedoch in Falten gelegt. Er braucht einen Augenblick, bis er spricht. „Ich wusste nicht, dass du dich in deiner Rolle im Allgemeinen so schlecht behandelt fühlst.

Wenn du lieber frei von meinen Diensten *wärst* und dir ein anderes Leben suchen möchtest, würde ich dich nicht zur Einhaltung deines Schwurs zwingen."

Whitt betrachtet ihn. „Ist das eine höfliche Art, mir zu befehlen, weiter zu packen und zu gehen?"

Mein Herz macht einen Satz, aber Sylas schüttelt den Kopf. „Damit entschuldige ich mich auf Umwegen für das Verbrechen, das an dir begangen wurde, da diejenige, die es verübt hat, nicht hier ist, um sich zu entschuldigen und dir zu geben, was sie dir schuldet." Er schließt kurz die Augen. „Wenn ich sie nicht ausgeschlossen hätte, um mir selbst Schmerzen zu ersparen, hätte ich gewusst, dass sie dich vergewaltigt hat. Ich habe nicht so viel von deinem Vertrauen verdient, wie ich als dein Lord und Bruder besitzen sollte. Wenn du mich im Stich gelassen hast, kann ich es nur so auslegen, dass ich dich ebenfalls im Stich gelassen habe."

„Mein Lord." Whitt hält inne, um den Frosch in seinem Hals loszuwerden. Sein Gesicht sieht nicht mehr ganz so kränklich blass wie zuvor in Sylas' Büro aus.

Er streckt die Hand aus, um meine Haare halbherzig zu verwuscheln. „Wenn wir der hier glauben können, dass ich nicht für Gefühle verantwortlich gemacht werden kann, nach denen ich mich nicht richten möchte, dann scheint es kaum fair zu sein, dass *du* für sie verantwortlich gemacht werden sollst. Und ich weiß nicht, ob einer von uns während oder nach all den Unruhen, die uns nach Oakmeet führten, richtig bei Verstand war. Es wäre weiterhin mein Wunsch und mir eine Ehre, dir und diesem Rudel zu dienen, wenn du dies ebenfalls möchtest."

„Das möchte ich." Der Fae-Lord steht ungewöhnlich verlegen da. Ich glaube, dies ist das erste Mal, dass ich ihn absolut unsicher erlebe.

Die Wut ist zwar verraucht, die Luft ist allerdings immer

noch spannungsgeladen. Mein Magen verknotet sich bei dem Gedanken daran, wie lange es dauern könnte, bis sich ihre Kameradschaft von diesem Riss erholt. Was, wenn die ursprüngliche Verletzung *so* lange ignoriert wurde, dass sie bereits falsch zusammengewachsen ist wie bei meinem Fuß? Was, wenn sie dazu verdammt ist, immer etwas verformt und schmerzempfindlich zu sein, ganz gleich, was sie tun?

„Vielleicht könnten wir beide etwas Zeit für uns brauchen, um uns mit diesem neuen Verständnis anzufreunden", sagt Sylas schließlich. Er wendet sich zum Gehen, bleibt jedoch stehen, als er die Tür erreicht, um über seine Schulter zu blicken. „Für den Fall, dass es gesagt werden muss, ich habe nie gedacht, dass du weniger verdienst, nur weil sich dein Blut nicht als reinblütig erwiesen hat."

In dem Moment, in dem er fort ist, bricht Whitt auf dem Bett zusammen. Ich greife nach ihm, doch er packt meine Hand, drückt sie sanft und lässt sie los. „Dankeschön. Für das, was du gesagt oder getan hast, damit all meine Glieder noch mit meinem Körper verbunden sind. Ich werde mich später besser bei dir bedanken. Fürs Erste … Ich denke nicht, dass ich eine gute Gesellschaft für dich sein werde."

Eigentlich würde ich darauf beharren, bei ihm zu bleiben, doch allein daran zu denken, erinnert mich daran, wie Isleen sich ihm aufgedrängt hat. Übelkeit legt sich um meinen Magen. Aber selbst, wenn er allein sein möchte, will ich, dass er weiß, dass er es nicht sein muss.

„Okay. Ich werde gleich den Gang runter sein, falls du deine Meinung änderst. Auch wenn du mich aufwecken musst."

Er bringt ein schwaches Lächeln zustande, ein blasser Schatten seines üblichen Grinsens. „Danke auch dafür. Keine Sorge, Allkräftige. Ende gut, alles gut."

Als ich durch den Gang humple, geht mir diese

Bemerkung nicht mehr aus dem Kopf und sitzt mir mit jedem Schritt bedrohlicher im Nacken.

Das könnte sehr gut wahr sein. Allerdings fühlt es sich nicht so an, als wären die Schwierigkeiten, in denen wir in letzter Zeit ertrinken, schon an ihrem Ende angelangt.

23

Talia

„**D**ie Unseelie haben seit dem letzten Vollmond *überhaupt* nicht angegriffen?", frage ich August, als die Grenze vor unserem kleinen Gefährt in Sicht kommt. Die schimmernde Wand aus grauem Dunst erhebt sich von der fernen Wiese bis hinauf in den klaren, blauen Himmel.

Ist der Himmel im Winterreich auf der anderen Seite, wo die Rabengestaltwandler leben, genauso klar? Oder wird alles stürmisch und kalt, sobald man diese Grenze überquert?

August schüttelt den Kopf. „Nicht einmal ein kleiner Vorstoß. Zuerst war ich froh, dass unserer Reaktion während ihres Vollmond-Angriffs sie dazu bewegt hat, sich zurückzuziehen, doch allmählich bereitet es mir Unbehagen, dass sie so lange so ruhig waren. Nach unserem letzten Kampf, könnte es sein, dass sie warten, bis sie einen noch größeren Angriff starten können."

Die Sommerbrise strömt so warm wie eh und je über uns

hinweg, aber ich erschaudere, da mir plötzlich kalt ist. Die Unseelie scheinen entschlossen zu sein, so viele Sommer-Fae abzuschlachten, wie sie können. Sie würden lieber angreifen, wenn sie glauben, dass sich die Seelie kaum verteidigen können, als einen fairen Kampf zu führen. Andererseits ist ihnen Fairness eindeutig nicht so wichtig, wenn sie entlang der Grenze versucht haben, Land für sich zu beanspruchen, ohne vom Sommerreich provoziert worden zu sein.

Dieser Krieg herrscht Whitt zufolge bereits seit dreißig Jahren und die Unseelie haben sich geweigert, auch nur zu sagen, warum sie plötzlich so aggressiv wurden. Davor waren die zwei Gruppen zwar nicht miteinander befreundet, ließen sich jedoch in Ruhe.

Ich schlinge die Arme um mich und massiere sie. *„Jemand* dort drüben muss etwas gegen die Kämpfe haben, oder? Jemand, der auf ihrer Seite Zugang zum Herzen hat. Die Erzlords erhielten diese Nachricht, in der sie davor gewarnt wurden, was am Vollmond geschehen würde, und nur die Unseelie hätten wissen können, was sie vorhatten.“

„Lass uns hoffen, dass derjenige seine Kameraden zur Vernunft bringen kann“, erwidert August. „Diese Nachricht hat zwar viele Leben gerettet, aber ich bezweifle, dass einige geheime Warnungen reichen, um den Konflikt zu beenden. Doch wer auch immer es war, wird es jetzt vielleicht bereuen, uns geholfen zu haben, da er gesehen hat, wie viel Blut auf ihrer Seite vergossen wurde, als wir uns wehrten.“

Mein Magen verkrampft sich sowohl wegen dieses Gedankens als auch wegen des Rucks, den das Gefährt macht, als es neben dem Lager der Hearthshire-Krieger anhält.

Das Lager scheint in besserer Verfassung zu sein als bei unserem Besuch an der Grenze letzten Monat. Während der Kampfpausen hatten die Krieger, die hier stationiert sind, Zeit, die groben Holzgebäude zu befestigen, in denen sie leben. Außerdem kann ich sehen, dass die Widerherstellung des Status' unseres Rudels andere Geschwader dazu gebracht hat, ihnen zu helfen. Der Pfad zwischen den Lagern und dem in der Nähe gelegenen Dorf des Lords, der über diese Ländereien herrscht, ist ausgetretener als zuvor und eine größere Auswahl an Gemüsen, als in dem provisorischen Garten des Lagers wächst, füllt die Vorratskammer.

Wir sind mit weiteren Vorräten erschienen. Ich bleibe im Gefährt und reiche August die Körbe sowie die Säcke, der sie an die Rudelmitglieder weitergibt, die aus ihren vorübergehenden Heimen gekommen sind. Einen der Kader-Gewählten ihres Rudels zu sehen, zaubert ein Lächeln auf ihre erschöpften Gesichter.

Diese Krieger hatten viel Arbeit. Da die Anzahl der Rudelmitglieder während der Verbannung geschrumpft ist, musste Sylas jeden, den er erübrigen konnte, an die Grenze schicken, um diese vor den Unseelie zu verteidigen. Daher hatten sie nur begrenzt Gelegenheiten, nach Hause zurückzukehren.

Nachdem wir das Gefährt entladen haben, sitzen wir mit den Kriegern um ein Feuer herum, die sich aktuell im Lager befinden. Ein paar haben Wachdienst und patrouillieren die Grenze. August bringt unsere Rudelkollegen dazu, über die letzten Wochen hier zu sprechen, und ich sitze hauptsächlich da und höre zu.

Mein Blick gleitet immer wieder über das bedrohliche Leuchten des Dunstes, der Sommer von Winter trennt. Es ist viel zu einfach, sich einen Schwarm Raben vorzustellen, der durch diese substanzlose Grenze fliegt.

August bemerkt meine Furcht scheinbar, denn er legt seinen Arm um mich. Er war nicht sonderlich begeistert, dass ich ihn hierher begleiten wollte. In Hearthshire werde ich jedoch keine Gelegenheit erhalten, meine rudimentären Fähigkeiten in der Luftkontrolle einzusetzen, jetzt, da unsere

Feinde auf dieser Seite der Grenze, nach Hause zurückgekehrt sind.

Ambrose und Tristan haben ebenfalls Geschwader entlang der Grenze stationiert. In ihrer letzten Nachricht erwähnten unsere Krieger, dass einige Mitglieder aus Tristans Rudel Aeriks Lager besucht hatten, das sich nicht unweit von unserem befindet. Vielleicht werde ich eine Gelegenheit erhalten, hier etwas beizutragen.

„Ich kann es nicht erwarten, Hearthshire wieder zu sehen", meint ein Krieger namens Ralyn, während er in das Hirschbein pikt, das sie zum Braten über das Feuer gehängt haben. Ein schwacher Fleischgeruch durchzieht den wabernden Rauch. „Lord Sylas muss erleichtert sein, dass das Rudel wieder zu Hause ist."

„Ich trainiere einige unserer Rudelkollegen", berichtet ihm August. „In einigen Wochen können wir vielleicht einen Schichtplan beginnen, sodass ihr alle eine Gelegenheit erhaltet, euch dort auszuruhen, wo ihr hingehört. Lord Sylas wird sich darüber freuen, euch so oft er kann, dort zu haben."

Er hält inne und ein Schatten huscht über sein Gesicht. Ich vermute, dass er an die gedämpfte, jedoch offensichtliche Spannung denkt, die seit Whitts Geständnis vor einigen Tagen wie eine Wolke über der Burg hängt. Sylas und Whitt nehmen sich zur Kenntnis, wenn sich ihre Wege kreuzen, haben einander allerdings viel Raum gegeben. Ich hörte, wie der Spionagechef Informationen weitergab, die seine Kontakte gesammelt hatten — schnell und ohne seine üblichen sarkastischen Bemerkungen.

Sie verarbeiten eindeutig noch beinahe ein Jahrhundert an Unmut und ich weiß nicht, wie viel sie August darüber erzählt haben, was passiert ist, nachdem Whitt Sylas' Büro verlassen hatte. Selbst wenn er die ganze Geschichte kennt, kann ich es ihm nicht zum Vorwurf machen, dass er sich

Sorgen macht. *Ich* bin besorgt und ich war bei der ganzen Sache dabei.

Wir haben jedoch alle drängendere Sorgen. August lehnt sich auf dem Baumstamm zurück, den wir als Sitzgelegenheit benutzen, und seine Armmuskeln spannen sich an meinen an. Er wollte sich nicht gleich in dem Moment, in dem wir hier ankamen, in eine Befragung zu Tristans Aktivitäten stürzen. Sylas möchte nämlich nicht, dass die gewöhnlichen Rudelmitglieder tiefer in den Konflikt gezogen werden, als nötig ist. Ich merke jedoch, dass er das Thema ansprechen wird, noch bevor er den Mund öffnet.

„In der letzten Nachricht, die wir erhielten, wurden einige neue Aktivitäten in Lord Aeriks Lager erwähnt", sagt er vorsichtig. „Könnt ihr mir die Einzelheiten dazu verraten?"

Eine der Frauen grunzt. „Da gibt es nicht viel zu erzählen. Wir haben dieses Lager gut im Auge behalten seit dem Ärger, den sie Lord Sylas beim letzten Mal bereiteten. Vor vier Tagen kehrte ich von der Patrouille zurück und sah einige unbekannte Soldaten, die gerade gingen. Einer von Lord Aeriks Rudelmitgliedern trug ihnen auf, Lord Tristan seine Grüße auszurichten. Seitdem haben wir die gleiche Gruppe noch einmal auf einen Besuch vorbeikommen sehen."

Ein Mann, der erst vor kurzem von seiner Patrouille zurückgekommen ist, nickt und deutet mit dem Kopf in die Richtung des Nachbarlagers. „Mittlerweile sind es zweimal. Ein paar von ihnen sind momentan dort drüben. Ich bin nicht zu nahe rangegangen, bin mir jedoch ziemlich sicher, dass es die gleiche Gruppe ist."

August summt vor sich hin. „Und ihr wisst nicht, worum es bei diesen Besuchen ging?"

„Wir wissen es besser, als sie zu offensichtlich im Auge zu behalten", antwortet Ralyn. „Wir wollen nicht, dass sie einen neuen Grund finden, Lord Sylas irgendwelcher Verbrechen zu beschuldigen. Womöglich steckt nichts dahinter, aber ich habe Lord Tristans Rudelmitglieder hier noch nie zuvor gesehen. Leute des Großcousins des Erzlords machen sich normalerweise nicht die Mühe, so weit nördlich zu reisen."

Zumindest bis jetzt nicht. Ambrose und sein Cousin haben offenkundig beschlossen, dass der Feind ihres Feindes einen großartigen Freund abgibt. Sie müssen hoffen, dass Aeriks Rudel ihrer Sache auf andere Arten dienlich sein kann.

Ich blicke in die Richtung, in die er gedeutet hat. In der Ferne auf der anderen Seite des hohen Grases kann ich gerade so mehrere weiße Formen erkennen, welche die Gebäude von Aeriks Lager sind. Es ist definitiv zu weit weg, als dass einer von uns ihre Gespräche von hier hören könnte. Doch wenn Tristans Leute just in diesem Moment dort sind – wenn *ich* nah genug herankommen könnte, damit ich meine Magie benutzen kann, aber nicht so nahe, dass sie sich Sorgen machen, ein Mensch könnte zuhören …

August beobachtet mich. Er kann vermutlich erraten, wohin meine Gedanken gewandert sind. Er bedankt sich bei unseren Kriegern für ihre Informationen, stellt noch ein paar Fragen zu den Aktivitäten entlang der Grenze und nimmt sich ein großes Stück Hirsch, als Ralyn verkündet, es sei fertig. Ich nehme ein kleineres Stück und folge August, der von unseren Rudelkollegen wegtritt.

Er bleibt bei dem Gefährt stehen und dreht sich zu mir um. Er hat noch nicht einmal einen Bissen von seinem Mittagessen genommen. „Du willst dein Glück bei Aeriks Lager versuchen." Seine Grimasse verrät mir, wie schlecht er diese Idee findet.

Ich schlucke das Bröckchen Fleisch, an dem ich gekaut habe, und richte mich so gerade auf, wie ich kann. „Das ist der Grund, aus dem ich … alles gelernt habe, was ich gelernt habe. Der Grund, aus dem ich mit dir hierhergekommen bin. Dank meiner Haare, dem Humpeln und nun, einfach allem werden sie erkennen, wer ich bin, oder? Ich kann windwärts gehen, damit sie auch meinen Geruch wahrnehmen. Sie kennen die Konsequenzen, sollten sie mich angreifen." Ob diese nun von Sylas oder Ambrose kämen – oder allen Erzlords, wenn sie die Quelle des Seelie-‚Heilmittels' irreparabel beschädigen – spielt keine Rolle.

„Ich bin mir nicht sicher, ob sie diese Konsequenzen bedenken werden, wenn ihnen bewusst wird, dass du sie ausspionierst." August knurrt leise. „Ich sollte wenigstens in der Nähe sein, damit ich mich einmischen kann, sollten sie irgendetwas versuchen."

„Wenn du so nahe bist, werden sie vermutlich nichts Nützliches sagen für den Fall, dass *du* sie mit deinen Fae-Ohren und deiner Magie hören kannst." Ich greife nach oben, um neckend seitlich an sein Gesicht zu tippen. Es entsteht jedoch ein Kloß in meinem Hals, als ich mich an unseren Streit im Fitnessstudio neulich erinnere und daran, wie sehr er zögerte, mich überhaupt irgendein Risiko eingehen zu lassen. Dass er gewillt war, mich aus seiner Welt und von ihm wegzuschicken, wenn es bedeutete, dass ich nicht mehr in der Reichweite unserer Feinde wäre.

So kann ich nicht leben.

„Es muss doch einen Zauber geben, mit dem du mich belegen kannst, der mich zumindest ein bisschen schützt. Dann kannst du von weiter weg zuschauen", sage ich und lasse mein Tippen zu einem sanften Streicheln seiner Wange werden. „Ich habe meinen Dolch und mein Salz zur Selbstverteidigung. Ich muss das tun, August. Wenn ich etwas herausfinde, könnte das die Waage zu unseren Gunsten neigen, sodass ich auf lange Sicht sicher bin. Und mir ist es genauso wichtig wie dir, mich – und dieses Rudel – in Sicherheit zu wissen."

August beugt sich vor, um mit der Nase über meine Schläfe zu reiben, wodurch seine Finger über meinen Kiefer kitzeln. Seine Haltung drückt Widerwillen aus, doch er tritt zurück und senkt den Kopf. Seine goldenen Augen sind dunkel, jedoch entschlossen. „In Ordnung. Ich werde dich nicht aufhalten, Süße.“

Die Hingabe in seiner plötzlich rauen Stimme lässt eine entsprechende Emotion in meiner Brust aufwallen. Ich ziehe sein Gesicht zu meinem und begegne seinen Lippen mit einem Kuss, in den ich all meine Zuneigung lege. August erwidert den Kuss hart und mit einem rauen Laut. Ich packe sein Shirt und drücke ihn fest an mich. Mir ist egal, was unsere Rudelkollegen von dieser Show halten.

Er hat zwar Angst um mich, glaubt allerdings an mich.

Als sich unsere Münder trennen, drücke ich meinen auf seine Wange. „Ich liebe dich.“

Er umarmt mich innig und raunt neben meinem Ohr: „Wenn du mich nur halb so sehr liebst wie ich dich, bin ich der glücklichste Mann im Sommerreich. Dann wollen wir dich für deine Mission bereit machen. Ich will sichergehen, dass es jeder bereut, der dich angreift.“

Als er zurücktritt, wandert sein Blick mit einer Intensität über meinen Körper, die viel weniger begehrlich ist als normalerweise, wenn ich so gründlich inspiziert werde. Er spricht einige Worte und ein leichtes Beben der Energie berührt mich durch den Stoff meines Kleides hindurch. Dann reibt er die Hände aneinander. „Das sollte dir ein oder zwei Minuten verschaffen, falls ich zu dir gelangen muss. Und denk an das andere Training, an dem wir gearbeitet haben.“

„Stech ihnen in die Augen und ramm das Knie in die Eier“, erwidere ich und meine Frechheit wird mit einem Lachen belohnt.

„Das ist die richtige Einstellung.“ August zieht mich für einen weiteren kurzen Kuss an sich und atmet laut aus. „Du solltest besser gehen, bevor der Beschützerinstinkt meines Wolfs entscheidet, sich nicht ignorieren zu lassen."

„Hoffentlich brauche ich nicht lange."

In dem Versuch, unschuldig und planlos zu wirken, wandere ich humpelnd durch das Gras zu dem benachbarten Lager, wobei die hohen Grashalme über mein Kleid streifen. Als ich mit den Fingern über die hellen Halme streiche, bemerke ich, wie der Wind über sie weht, woraufhin ich meine Richtung ändere, sodass er auf seinem Weg zu Aeriks Geschwader über mich fegt.

Sie sollen ein einfaches Menschenmädchen sehen, das sich die Zeit vertreibt, während seine Aufpasser die echte Arbeit erledigen. Ein Menschenmädchen, dessen Ohren unmöglich entfernte Stimmen wahrnehmen können.

Dünnere Stängel ragen hier und dort aus dem Gras heraus und sind an den Spitzen mit hellblauen Blumen besetzt. Ich pflücke einige von ihnen und sammle sie in einem kleinen Strauß. Aus dem Augenwinkel achte ich darauf, wie nahe ich den knochenweißen Gebäuden komme.

Mehrere Gestalten stehen in einer Gruppe neben einem dieser Gebäude und sehen aus, als wären sie in ein intensives Gespräch vertieft. Ich beginne, die Blumenstängel zu flechten, während ich in meine Erinnerung greife, um die schwebende Empfindung heraufzubeschwören, die ich spürte, als ich in Augusts Arme sprang. Anschließend lasse ich das Rascheln der gespaltenen Stängel die geflüsterten Silben übertönen. „*Briss-gow-aft.*"

Die Luft zittert, wendet sich allerdings nicht in die Richtung, in die ich sie leite. Ich konzentriere mich stärker auf den Eindruck des Fliegens und die Form, die ich bilden möchte, sodass die Worte der entfernten Gestalten an meine Ohren getragen werden. „*Briss-gow-aft.*"

Mit einem Rauschen wirbelt eine Luftströmung an

meiner Wange entlang. Sie bringt schwach, jedoch hörbar Stimmen mit sich.

„… macht sie hier?"

„Das ist Sylas Haustier-Mensch. Pflückt Blumen, so wie es aussieht. Sein Rudel sollte sie besser im Auge behalten. Wenn sie näher kommt, werden wir sie wegscheuchen."

„Was hast du gerade gesagt über …"

Die Strömung versiegt, doch ich habe *etwas* Nützliches gehört. Sie haben mich bemerkt und als harmlos eingestuft, wie ich es gehofft hatte. Ich flechte weiterhin Blumen, kreiere eine Halskette, die einem Riesen passen würde, und raune erneut den wahren Namen. Die Brise nimmt zu.

„… was auch immer er braucht."

„Es hat lange genug gedauert."

„Man kann gute Arbeit nicht überstürzen. Er hat sie so schnell beendet, wie er konnte. Ich nehme an, es macht keinen Sinn, zu fragen …"

Meine Wirkung auf den Wind verblasst wie zuvor. Es klang, als würden sie über einen Plan reden, aber ich verpasse ihn. Ich verkneife mir eine Grimasse, schlendere einige Schritte näher an das Lager heran und spreche die Silben.

Die Stimmen kehren zurück, sie sind jedoch zu einem anderen Thema übergegangen.

„…das Bankett. Ich freue mich auf das nächste."

„Oh, er wird noch viele ausrichten. Wir werden schauen, ob dich dein Lord für den Anlass vom Grenzdienst freistellt."

„Es wird auch Zeit, dass ich …"

Und so wiederholt sich der Kreislauf mehrere Male. Ich erhasche nur wenige Wortfetzen, bevor die Strömung davonweht, die ich heraufbeschworen habe. Keiner der Fetzen, die ich höre, verrät mir etwas Bedeutsames.

Frust beginnt, an mir zu nagen, als die zwei Gestalten mit zum Abschied erhobenen Händen beiseitetreten.

Das müssen Tristans Männer sein. Sie gehen. Ich werde

überhaupt keine Gelegenheit haben, zu hören, was sie vorhaben, wenn sie fort sind.

Ich knirsche kurz mit den Zähnen und riskiere es, noch näher an das Lager heranzugehen, gerade als sie in meine Richtung kommen. Sie werden sich jeden Moment in Wölfe verwandeln und wegrennen. Ich spreche den wahren Namen so kraftvoll, wie ich kann, ohne die Kadenz zu verändern, die mir August beigebracht hat. *„Briss-gow-aft."*

Die Luft kitzelt meine Haare und trägt ihre Stimmen zusammen mit dem weiter entfernten Gelächter der Krieger zu mir, die sie gerade verlassen haben.

„… sicher, dass das Gift den Zweck erfüllen wird?"

„Deswegen sind wir hierhergekommen, oder? Er hat genug Raben vergiftet, um die Dosis einschätzen zu können. Wenn genug davon an der Klinge haftet, könnte nicht einmal die Magie eines Erzlords es abwehren."

„Hoffentlich stimmt das, andernfalls wird Ambrose nach Sündenböcken suchen."

„Wir werden ihn einfach an den angeblichen Experten verweisen müssen …"

Die Geräusche ersterben, mehr muss ich allerdings nicht hören. Mein Herz hämmert so laut, dass ich ohnehin nicht weiß, ob ich noch viel mehr hören könnte.

Ich wirble herum und sammle mich, da ich mich daran erinnere, dass ich aussehen muss, als würde ich nur einen Spaziergang machen und als hätte ich nichts von dem gehört, was Tristans Rudelmitglieder gesagt haben. Es rasen keine panischen Gedanken durch meinen Kopf. Es schwillt kein Entsetzen in mir an und verkrampft meinen Magen.

Ich muss nur einen Fuß vor den anderen setzen und langsam, aber sicher zu August gehen, der am Rand unseres Lagers auf mich wartet, bis sich der Druck in meiner Kehle danach sehnt, hervorzubrechen.

Als ich nur noch sechs Meter von ihm entfernt bin,

erlaube ich mir, die letzte Distanz in einer schnelleren Geschwindigkeit zu überwinden, wobei ich den Schmerz ausblende, der meinen krummen Fuß durchfährt.

Augusts Augen weiten sich. „Was?", fragt er, bevor ich ihn erreicht habe.

Ich schwanke und packe sein Handgelenk, um das Gleichgewicht zu wahren. „Ich … ich glaube, es ist schlimmer, als wir vermutet haben. Sie versuchen jetzt nicht nur, Donovan ein Verbrechen anzuhängen. Sie haben vor, ihn zu *töten*."

24

Talia

Das Gefährt wackelt unter der Belastung des schnellen Tempos, zu dem August es getrieben hat. Der Wind peitscht an mir vorbei, während ich mich auf dem niedrigsten Punkt des Bodens kauere, wo die heftigen Luftströme dennoch durch meine Haare hindurch fegen können. August kniet neben mir. Sein Arm liegt um meine Schulter und er hebt den Kopf nur ab und zu, um nach unserem Kurs zu schauen.

Es fühlt sich an, als würden wir bereits seit Stunden nach Hearthshire zurückrasen, als sich seine Haltung versteift. Er richtet sich auf und spricht schnell ein Wort, um das Gefährt zu verlangsamen. Ich erhebe mich vorsichtig, um über die gebogene Wacholderwand zu spähen.

Sylas reitet ein kurzes Stück vor uns auf einem Pferd über den ausgetretenen Pfad durch den Wald. Jetzt wendet er sein Ross mit der Ferse, sodass er uns zugewandt ist. Der kastanienbraune Hengst ist ein riesiges Tier, das zu seinem Reiter passt. Das Funkeln in seinen dunklen Augen weist darauf hin, dass in ihm mehr steckt als in den Pferden, denen ich in der Menschenwelt begegnet bin.

Der Fae-Lord murmelt einige Worte, sieht sich rasch um und konzentriert sich auf August. „Ich wurde zu einer überstürzten Konferenz mit Donovan gerufen, von der ich gerade erst zurückkomme. Wir können den Rest besprechen, wenn wir bei der Burg sind.“

Augusts Gesicht erbleicht. „Ich bin mir nicht sicher, ob wir so lange warten können. Was hat Donovan gesagt?“

Sylas runzelt die Stirn. „Nur, dass er morgen zu einem Mittagessen in Ambrose' Zuhause eingeladen wurde, das auf das Trio der Erzlords beschränkt ist, angeblich damit sie ihre privaten Angelegenheiten besprechen können. Celia wird ebenfalls dort sein, aber niemand sonst. Donovan vermutet, dass Ambrose einen neuen Schachzug ausprobieren wird, und wollte Vorkehrungen treffen, damit ich als eine Art Zeuge fungieren kann.“

Mein Magen schlägt einen Purzelbaum. Das musste es sein, worauf sich Tristans Männer vorbereiteten. Ich haste zum Bug des Gefährts. „Er wird nicht nur versuchen, ihn irgendwie reinzulegen. Er wird ihn ermorden, wenn er kann.“

„*Was?*“ Sylas wird stocksteif.

August nickt und legt eine Hand auf meinen Rücken. „Talia konnte ihre wachsenden Fähigkeiten im Umgang mit der Luft dazu nutzen, Konversationsfetzen zwischen Tristans und Aeriks Rudelmitgliedern aufzuschnappen. Es klingt so, als wären sie zu Aeriks Lager gegangen, weil er dort einen Giftexperten hat – jemand, der eine Klinge mit einem Gift präpariert hat, von dem sie erwarten, dass es stark genug ist, um einen Erzlord zu töten.“

Sylas flucht leise und sein Hengst stampft mit den

Hufen. „Ich habe ihm gesagt, dass es ein zu großes Risiko sein könnte und er sich überlegen sollte, eine Ausrede zu finden …“

„Aber wenn du bei ihm sein wirst, kannst du dabei helfen, ihn zu schützen, oder?“, frage ich. Wenigstens hat Donovan diese Vorsichtsmaßnahme getroffen.

Doch Sylas schüttelt den Kopf „Ich werde nicht nah genug dran sein, um einen Mord zu verhindern. Ambrose hat eindeutig klargemacht, dass nicht einmal Kader-Gewählte an dem Mittagessen teilnehmen dürfen. Donovan hat mir einen Gegenstand gegeben, der so verzaubert ist, dass ich die Ereignisse durch seine Augen beobachten und darüber sprechen kann, was dort passiert. Es ist eine gewaltige Vertrauensgeste – sie wird mir allerdings nicht erlauben, ihn vor körperlichem Schaden zu bewahren.“

Er packt die Zügel und sein Mund verzieht sich, während er mit einer Entscheidung ringt, und dann beugt er sich im Sattel vor. „Ich werde sehen, ob ich ihn erwischen kann, bevor er es zurück nach Blossom-by-the-Heart schafft, und ihn über diese neue Entwicklung informieren. Wir können etwas so Wichtiges und Heikles nicht Boten oder Zaubern überlassen.“

Ohne auf unsere Antwort zu warten, stößt er seinem Hengst die Fersen in die Seiten. Er springt nach vorne und galoppiert so schnell an uns vorbei, dass ich schwöre, Funken unter seinen Hufen fliegen zu sehen.

Ich schaue zu August. Das Unbehagen, das sich um meinen Magen geschlungen hat, seit ich das Gespräch über das Gift hörte, zieht sich fester zusammen. „Was, wenn Donovan darauf besteht, trotzdem zu dem Mittagessen zu gehen? Was für eine Ausrede könnte er geben, um einen Rückzieher zu machen?“

August drückt meine Schulter und sein gut aussehendes Gesicht ist ungewöhnlich angespannt. „Ich weiß es nicht.

Hoffentlich kann sich Sylas etwas mit ihm überlegen. Aber Ambrose hat das letzte Wort darüber, wer seine Burg betritt, und er besitzt die Magie, es durchzusetzen. Nicht einmal Sylas wäre in der Lage sich gewaltsam Zutritt zu verschaffen, wenn es dazu käme. Vielleicht kann sich Donovan eine Art Schutz einfallen lassen, den er tragen oder festhalten kann und der das Gift abwehrt."

Das ist schwierig, da wir nicht einmal wissen, um was für ein Gift es sich handelt. Als August das Gefährt wieder in Richtung Hearthshire gleiten lässt, ballen sich meine Hände zu Fäusten. Hätte ich doch nur mehr Einzelheiten hören können. Ich weiß nicht einmal mit Sicherheit, ob Ambrose diesen Plan morgen *tatsächlich* in die Tat umsetzen möchte.

Es dauert nur wenige Minuten, bis das riesige Tor der gebogenen Bäume in der Ferne zu sehen ist. Als das Gefährt hindurch gleitet, blicken viele unserer Rudelkollegen von ihren Aktivitäten im Dorf auf. Mehrere schlendern herbei, um sich die Neuigkeiten von der Grenze anzuhören.

Die Krieger dort draußen sind ihre Freunde – in manchen Fällen sogar Familie. Es stört sie vermutlich, dass es nicht genügend Kämpfer gibt, die einen Teil der Verantwortung für den Schutz des Sommerreichs übernehmen können. Ich habe gesehen, wie viele von ihnen darauf brennen, Sylas auf jede erdenkliche Weise zu unterstützen.

Dieser Gedanke bringt mich auf eine Idee. Ich folge August zu unseren herannahenden Rudelkollegen und gehe die Idee in meinem Kopf durch.

Ich kann nicht sehen, dass es schaden würde, einfach nur eine Diskussion zu führen. Vielleicht wird sich Sylas etwas mit Donovan überlegen und was immer wir besprechen, wird keine Rolle spielen. Allerdings weiß ich nicht, wie wahrscheinlich das ist, und selbst wenn sie es schaffen,

Ambrose' neuesten Versuch abzuwehren, kann Donovan ihn nicht für immer meiden.

Es wäre gut, eine Strategie in der Hinterhand zu haben. Und wenn wir einen tückischen Erzlord überlisten wollen, ist es besser, so viele Ideen wie möglich zu sammeln.

Als August seinen Bericht beendet hat, huste ich leise, bevor sich die Rudelmitglieder, die sich versammelt haben, zum Gehen abwenden. „Ich denke, es gibt etwas Wichtiges, bei dem Lord Sylas womöglich eure Hilfe braucht. Falls es jemanden gibt, der gewillt wäre, das Problem mit uns zu besprechen und zu schauen, was für Strategien wir uns überlegen können, könnt ihr euch mit mir in der Eingangshalle der Burg treffen."

Ich blicke um Zustimmung heischend zu August, da ich eigentlich keine Autorität besitze, ganz gleich, was für liebevolle Titel mir Sylas gegeben hat. August zögert, neigt jedoch den Kopf. „Es ist nicht nur für die Sicherheit unseres Rudels, sondern auch für andere wichtig. Was wir besprechen, darf diese Mauern nicht verlassen. Und fürs Erste ist es nur hypothetisch."

Astrid tritt augenblicklich nach vorne. „Ihr wisst, dass ihr euch auf mich verlassen könnt … auch bei der Umsetzung dieser Strategie."

Brigit und Charce treten nach vorne, anschließend Elliot, Shonille und ihr Gefährte sowie einige andere, mit denen ich mich bisher kaum unterhalten habe. August bedeutet uns allen, ihm in die Burg zu folgen.

Ich humple über den dicken Teppich und setze mich mitten in den Raum, woraufhin die anderen automatisch um mich herum zu Boden sinken und einen Kreis um mich bilden. Alle bis auf eine Gestalt, die sich außerhalb dieses Kreises herumdrückt.

Harpers Schultern krümmen sich, als ich zu ihr aufblicke, und ihr Körper spannt sich an, als würde sie damit rechnen, dass ich ihr befehle, zu gehen. Sie hat unseren Plan bei Ambrose neulich durchgezogen. Sie hat vielleicht eine bessere Vorstellung von seinen Schwächen als diejenigen, die noch nicht mit ihm zu tun hatten. Ich wechsle noch einen Blick mit August, der seine Augenbrauen hochzieht, als wollte er sagen: *Es ist deine Entscheidung.*

Dann kann sie bleiben. Ich werde ohnehin nichts Spezifisches sagen. Sylas will nicht, dass die anderen Rudelmitglieder die Einzelheiten dieses Konflikts kennen, und das kann ich respektieren. Außerdem ist es für uns alle vermutlich sicherer.

Ich lege die Hände in den Schoß und sehe mich im Kreis um. „Lasst uns annehmen, Sylas müsste in die Burg eines anderen Lords eindringen – eine mit einer magischen Abwehr und Wachen, weshalb er nicht einfach hineinspazieren kann, wann er will. Denn … denn er muss dringend mit jemandem im Inneren sprechen. Es müsste nicht heimlich geschehen, nur etwas sein, was es ihm erlauben würde, die Burg zu betreten und den richtigen Raum zu finden, ohne dass es jemandem gelingt, ihn vorher aufzuhalten. Er möchte allerdings auch niemanden verletzen. Fällt euch irgendeine Magie oder ein anderer Trick ein, der dabei helfen könnte?"

Einer der Männer blickt zweifelnd drein. „Wenn Lord Sylas keine Möglichkeit sieht …"

„Vielleicht *wird* er sich etwas überlegen", entgegne ich. „Aber er würde versuchen, es allein zu tun, weil er den Rest von uns nicht in Gefahr bringen will, wenn er es vermeiden kann. Ihr wollt alle mehr tun, oder nicht? Ich will für dieses Rudel und alle kämpfen, die mich willkommen geheißen haben, und ich weiß, dass auch von euch einige mehr tun wollen."

Kurz herrscht Schweigen. Dann meldet sich Brigit zaghaft zu Wort. „Wären all die möglichen Eingänge im

Erdgeschoss – einschließlich Öffnungen wie Fenster –
bewacht?"

Astrid reibt sich über ihren schmalen Kiefer. „Wenn dies
ein mächtiger Lord ist, wird er alle möglichen
Zugangspunkte bedacht und auf die ein oder andere Art
gesichert haben. Der schwierige Teil wäre, entweder an den
Wachen vorbeizukommen oder eine magische Barriere zu
durchbrechen, wo keine Wachen sind – und ohne sie zu
alarmieren, damit sie nicht sofort angerannt kommen."

„Wenn eine Gruppe von uns gemeinsam Magie wirken
würde", beginnt Elliot und hält inne. „Aber wir müssten nah
an dem Gebäude sein, um genug Macht ausüben zu können.
Vielleicht, wenn wir den Schutz der Dunkelheit hätten?"

August verzieht das Gesicht. „Wir bräuchten eine
Technik, die am Tag funktioniert. Wir wären definitiv nicht
in der Lage, eine kleine Gruppe so nah an die Burg
heranzubringen, ohne bemerkt und aufgehalten zu werden."

Shonilles Gefährte trommelt mit den Fingern auf den
Boden. „Könnten wir eine Ablenkung schaffen, um einige
der Wachen wegzulocken, sodass Lord Sylas eine Chance hat,
in die Burg zu gelangen?"

Shonille wendet sich ihm zu. „Was könnten wir tun, was
viele von ihnen anlockt, ohne Lord Sylas noch mehr
Schwierigkeiten zu bereiten?"

Er reibt sich über den Mund. „Ich weiß es nicht. Es ist
immerhin etwas, über das man nachdenken sollte."

Einige weitere Rudelmitglieder werfen Ideen ein, bei
denen der ein oder andere ein Problem findet. Meine Laune
beginnt, zu sinken. Ich hatte gehofft, dass uns etwas
Konkretes einfallen würde, damit wir einen Plan haben, falls
sich Sylas auf uns verlassen muss.

Ich wünschte, *ich* könnte mehr zu der Diskussion
beitragen, doch ich weiß nach wie vor nur wenig darüber,
wie die Fae-Welt und deren Magie funktioniert – ich weiß

zumindest nicht annähernd so viel wie die Fae um mich herum.

Allerdings könnten Donovans Überleben, die Kontrolle über das Seelie-Reich, die Leben tausender Krieger – und meine eigene Sicherheit – davon abhängen, was morgen geschieht. Davon, ob Sylas seinen Erzlord-Verbündeten beschützen kann, wenn es darauf ankommt. Wir können nicht aufgeben.

Bei unseren vergangenen Konflikten waren eine Menge Regeln involviert. Die Schwüre, in die Fae einwilligen, wenn sie zu einer Kapitulation gezwungen werden und die sie halten müssen. Cole, der sich von dieser Verpflichtung befreien konnte, indem er auf ein Verbrechen hinwies, das Sylas an ihm begangen hatte. Die zwei akzeptablen Arten, einen Erzlord abzusetzen.

Was, wenn das, was wir brauchen, nicht Magie oder irgendeine List ist, sondern die Berufung auf irgendeine Fae-Regel, die wir zu unseren Gunsten beugen können?

„Gibt es irgendein Gesetz, das einem Fae erlauben würde, das Heim eines anderen ohne dessen Erlaubnis zu betreten?", frage ich die Versammelten. „Oder zum Beispiel … falls er Grund zu der Annahme hätte, dass etwas Schlimmes geschehen würde, wenn er *nicht* reingeht, wäre das akzeptabel?"

„Er müsste den Wachen vorher beweisen, dass eine große Gefahr besteht – eine, mit der sie ihrer Meinung nach nicht allein fertig werden. Andernfalls würden sie ihm mitteilen, dass er das Problem ihnen überlassen soll", erklärt Charce.

Und Sylas hat keinen eindeutigen Beweis für Ambrose' Absichten. So viel dazu.

Doch Astrid macht eine Geste, um die Aufmerksamkeit auf sich zu lenken. Ihre Augen leuchten. „Es gibt einen Grundsatz, der sie zwingen könnte, ihm Zugang zu gewähren. Falls eines seiner Rudelmitglieder im Inneren der

Burg ist, hat er das Recht, hineinzugehen, um mit demjenigen zu sprechen, wenn er nicht zu ihm nach draußen kommt."

Brigit zieht die Brauen zusammen. „Aber wenn sie *Sylas* nicht reinlassen, warum sollten sie dann einen von uns reinlassen?"

Mein Herz setzt aus. Mir fällt eine Person hier ein, die Ambrose gerne in seine Burg einlassen würde, wenn er der Meinung wäre, er hätte dadurch gewonnen: mich. Er würde der Situation allerdings nicht trauen, wenn ich einfach aus heiterem Himmel zu seiner Eingangstür marschiere.

Doch das müsste ich nicht tun, oder? Mein Blick hebt sich zu der Stelle, wo Harper noch immer verlegen am Rand unserer Gruppe steht.

Bevor ich beschlossen habe, was ich sagen und wie viel ich vor der ganzen Gruppe verraten soll, erklingen hinter uns Schritte. Ich blicke über meine Schulter und entdecke Whitt, der den Raum betritt.

Der Spionagechef verhält sich so lässig wie immer und auf seinem Gesicht zeigt sich nur eine leichte Verwirrung, als er uns mustert. Seine Augen sehen allerdings immer noch ein wenig eingesunkener als üblich aus und seine Mundwinkel sind angespannt, als er sie zu einem Lächeln verzieht. Meine Kehle schnürt sich zu. Es ist schon schlimm genug, dass wir es mit dieser potenziellen Katastrophe zu tun haben, ganz zu schweigen davon, dass so viel Unruhe zwischen zwei der Männer herrscht, die über dieses Rudel wachen.

„Sieh an, sieh an, worum geht es bei diesem Aufruhr?", fragt Whitt unbekümmert. Sein Blick heftet sich auf mich. „Schmiedest du weitere Pläne, Krümel?"

Es ist eine Erleichterung, zu hören, dass er so normal klingt. Ich vermute jedoch, dass ihm mein Vorschlag kein bisschen gefallen wird.

Ich rapple mich auf. „Das tun wir tatsächlich. Aber ich

denke, ich sollte vermutlich etwas mit dir und August besprechen, bevor wir weitermachen."

August braucht keinen weiteren Hinweis, um sich an die versammelten Rudelmitglieder zu wenden. „Gebt uns etwas Zeit. Eure Beiträge haben uns geholfen, die Möglichkeiten einzugrenzen. Wenn wir eine Strategie in die Tat umsetzen müssen, werde ich zusehen, dass Lord Sylas weiß, dass er sich auf euch verlassen kann."

Als die Fae aufstehen und zur Tür gehen, zeichnet sich auf manchen Gesichtern Enttäuschung ab, es ist jedoch eine genauso große Menge Entschlossenheit zu sehen. Der Plan, der in meinem Kopf Gestalt annimmt, kann allerdings nur funktionieren, wenn mindestens einer von ihnen freiwillig mitmacht.

Ich hebe meine Stimme gerade so weit, dass sie gehört wird. „Harper, dich muss ich ebenfalls etwas fragen."

Ihr Blick zuckt offenkundig überrascht zu mir. Kurz bleibt sie wie angewurzelt stehen. Dann eilt sie herbei und eine schmerzhafte Mischung aus Hoffnung und Besorgnis huscht über ihr Gesicht. „Was?", fragt sie leise.

Ich warte, bis auch die letzten Nachzügler die Burg verlassen haben. Mein Herz schlägt noch immer schneller und allmählich macht sich Panik in mir breit. Will ich das wirklich tun – geradewegs in die Höhle des Löwen laufen?

Es ist sehr gut möglich, dass ich dort ohnehin lande, wenn ich *nichts* Derartiges tue. Ich bin so weit gekommen, wie ich gekommen bin, indem ich Risiken eingegangen bin und mein Leben selbst in die Hände genommen habe. Ich kann mich jetzt nicht einfach hinlegen und aufgeben.

Whitt und August schauen zu und überlassen mir die Führung. Ich atme langsam ein, um meine Nerven zu beruhigen.

„Es war riskant, diese Perlen auf dem Ball Ambrose' Leuten zu übergeben", sage ich zu Harper. „Wärst du gewillt, etwas noch Größeres und Riskanteres zu versuchen, wenn es bedeuten würde, das Rudel – und den Rest der Seelie – zu beschützen?"

Sie blinzelt nervös, braucht jedoch nicht lange, um zu antworten. „Ja. Ich … ich will meine Fehler wiedergutmachen. Wenn das bedeutet, Leute aufzuhalten, die versuchen, uns zu schaden, werde ich es tun."

Dann gibt es keinen Grund, aus dem dieser Plan nicht funktionieren sollte. Ich wende mich an die Fae-Männer. „Okay. Mir schwebt folgendes vor …"

———

Es ist beinahe Abendessenszeit, als Sylas schließlich zurückkehrt. Ich bin mit August in der Küche und tröpfle Zuckerguss auf die winzigen Kuchen, die unser Nachtisch sind. Dabei versuche ich, meine Nervosität mit der Normalität unserer Zusammenarbeit zu lindern. Es wäre einfacher, wenn er nicht regelmäßig innehalten, zusammenzucken oder scharf einatmen würde, als hätte er sich gerade an meinen Vorschlag erinnert.

Wenigstens hat er nicht protestiert.

Sylas findet uns dort. Er bleibt im Türrahmen stehen, fährt mit den Fingern durch seine windzerzausten Haare und fängt den Blick der offiziellen Küchenhelfer auf. „Danke für eure Arbeit heute. Ihr könnt zu euren Häusern zurückkehren. Seht zu, dass euch August ein paar von diesen Kuchen mitgibt."

August bringt ein Glucksen zustande, als er einige kleine Körbe füllt. Sobald die anderen Fae gegangen sind, wird er jedoch ernst. „Was ist mit Donovan passiert?"

Sylas presst sich den Handballen an seine Schläfe. „Ich habe es geschafft, mit ihm zu sprechen, aber er schien die Schwere der Situation nicht anzuerkennen. Oder vielleicht kann er sich nicht vorstellen, dass Ambrose tatsächlich so weit gehen würde, und glaubt, unsere Information muss falsch sein. Wie auch immer, er bestand darauf, auf dieselbe Weise vorzugehen, auf die wir uns bereits geeinigt hatten. Ich soll durch seine Augen alles aus der Ferne beobachten. Er versicherte mir sehr zuversichtlich, dass er klarkommen würde."

Die grimmige Trockenheit seines Tonfalls spricht dafür, dass er diese Zuversicht nicht teilt. Meine Lunge verkrampft sich, doch ich lege die Spritztube beiseite und mache mich bereit, als ich mich auf meinem Hocker zu ihm umdrehe. „Wir dachten, dass dies passieren könnte. Also haben wir uns einen Plan überlegt, mit dessen Hilfe du in Ambrose' Burg gelangen kannst, sollte das Treffen schiefgehen und du Donovan sofort verteidigen müssen."

„Habt ihr das?" Sylas verschränkt die Arme vor der Brust. „Dann schieß mal los."

25

Talia

Als ich aufwache, ist es draußen dunkel. Ich kann an dem Sternenlicht hinter meinem Fenster und der Benommenheit in meinem Kopf erkennen, dass es noch mitten in der Nacht ist. Ich habe nicht annähernd genug geschlafen.

Doch wenn ich die Augen schließe, winden sich meine Gedanken rastlos durch meinen Kopf und weigern sich, meinen Verstand zur Ruhe kommen zu lassen. Nach einer gefühlten Ewigkeit, in der ich mich hin und her geworfen habe, stehe ich auf und humple zum Klosett für den Fall, dass mir der Spaziergang und das Entleeren meiner Blase beim Entspannen helfen.

Meine Nerven haben sich jedoch überhaupt nicht beruhigt, als ich zurück zu meinem Zimmer gelange. An der Tür bleibe ich stehen, da ich vor dem Gedanken zurückschrecke, noch länger schlaflos dazuliegen. Dabei dringt ein schwaches Knarzen von weiter unten im Gang an meine Ohren.

Womöglich bin ich nicht die Einzige, die heute Nacht Probleme hat, einzuschlafen. Ist August noch wach und grübelt über die morgigen Pläne nach?

Ich husche durch den Gang zu den Schlafzimmern der Männer. Das Geräusch, das ich als Nächstes höre, kommt allerdings aus Sylas' und nicht Augusts Zimmer. Es ist ein harscher Atemzug, etwas zwischen einem Schnauben und einem Seufzen, zu hören und noch ein Knarzen, als er sich im Bett umdreht.

Der Fae-Lord war nicht begeistert von meiner Idee, wie wir ihn in Ambrose' Burg bringen können, sollte es nötig sein. Doch er ist immer so gefasst, dass ich nicht gedacht hätte, dass er zulassen würde, dass seine Sorgen seinen Verstand plagen. Ich zögere.

Morgen steht für uns beide so viel auf dem Spiel. Womöglich erhalte ich keine weitere Gelegenheit, ihm zu zeigen, wie viel mir sein Vertrauen und Zuneigung bedeuten. Falls es irgendetwas gibt, was ich ihm anbieten kann, was ihn beruhigen wird, möchte ich es tun – und ich möchte jegliche Zärtlichkeiten in mir aufsaugen, die *er* anzubieten bereit ist, solange ich es noch kann.

Als ich den Boden zum Bett überquere, dreht sich Sylas zu mir herum. Seine Augen sind geöffnet, die Augenlider jedoch halb geschlossen. Die Bettdecke ist um seinen Oberkörper gewickelt und enthüllt die durchtrainierten Flächen seiner nackten Brust. Ich weiß aus Erfahrung, dass er normalerweise in nichts als Unterwäsche schläft.

Er sieht nicht erschrocken aus – er hat mich vermutlich im Gang gehört, bevor ich die Tür erreichte. Ich weiß nicht, was ich sagen soll, weshalb ich einfach aufs Bett hüpfe und mich an ihn kuschle.

Sylas legt seinen Arm automatisch um mich und zieht an

der Decke, damit sie mich ebenfalls bedeckt. „Konntest du nicht schlafen, Kleines?“

Ich summe zustimmend. „Und du auch nicht?“

Er seufzt und legt sein Kinn auf meinen Kopf. „Morgen muss ich womöglich gegen einen der Erzlords kämpfen, denen ich eigentlich dienen soll. Dass es zur Verteidigung eines anderen Erzlords geschehen wird, sorgt nicht dafür, dass die Vorstellung weniger unangenehm ist. Und unterdessen wirst du dich seiner Macht unterwerfen ...“ Er verstummt mit einem leisen Knurren.

Ich schiebe meinen Arm unter seinen, meine Hand streichelt seinen muskulösen Rücken und ich drücke seine kräftige Gestalt an mich. „Wenn der Plan aufgeht, werde ich mich schnell genug aus seinem Geltungsbereich befreien können. Wenn es schiefgeht ... dann wäre ich ohnehin bei ihm gelandet. Wenigstens werde ich alles getan haben, was ich konnte, um es zu verhindern.“

Er zieht mich näher an sich und Hitze schwappt über mich hinweg. Seine Stimme wird rau. „Ich hasse den Gedanken daran, was er mit dir tun will, Talia. Ich freue mich auf die Gelegenheit, ihn in Fetzen zu reißen, wenn es bedeutet, dass er nie einen seiner Pläne durchführen kann. Wenn *mich* das zu einem Verräter am Herzen macht, dann ist es eben so.“

Meine Kehle schnürt sich zu. „Wie kann das sein? Nichts davon würde passieren, wenn er nicht gegen seine Kollegen intrigieren würde. Du ... du weißt, dass ich alles zu schätzen weiß, was du bereits getan hast, um mich zu beschützen, oder?“ Ich hebe die Hand, um mit den Fingern die Seite seines Gesichts nachzufahren, und suche nach seinem ungleichen Blick. „Wenn du nur schreckliche Optionen hast, ist es nicht deine Schuld, dass es nichts gibt, was du tun kannst, das sich vollkommen richtig anfühlt.“

Er blickt auf mich herab und streichelt mit den Fingern

durch mein Nachthemd hindurch meinen Rücken hoch und runter. „Ich habe das Gefühl, dass es ein oder zwei Dinge gibt, die ich anders hätte machen sollen, als meine Leute und Ambrose das erste Mal aneinandergeraten sind. Ich kann mir nicht vorstellen, dass ich jetzt einen ähnlichen Fehler begehen würde, doch damals war es mir auch nicht bewusst ...“

Oh mein leidenschaftlicher, ehrenhafter Lord. Mein Herz schwillt vor so viel mehr als Wertschätzung an. „Nun, ich bin zwar keine Expertin in diesen Angelegenheiten, aber ich sehe auch keine Möglichkeit, wie du es momentan besser machen könntest. Und ich verspreche dir, dass es kein Fehler ist, mir zu erlauben, den Plan morgen durchzuziehen.“

„Als würdest du etwas anderes sagen.“ Er senkt den Kopf, um mit den Lippen über meine Stirn zu streichen. „Weißt du, ich glaube daran, dir deine Freiheit zu geben, aber es missfällt mir, wie oft du dich bei deinen Plänen in Gefahr bringst.“

„Ich riskiere lieber mein eigenes Leben, als dass jemand anderes das Risiko für mich eingeht.“ Ich drücke einen Kuss auf seine Schulter. Der rauchige, erdige Geruch seiner Haut flutet meine Sinne und bringt eine berauschendere Hitze hervor, die mich durchströmt und sich tief in meinem Bauch sammelt. Plötzlich bin ich mir doppelt so bewusst, wie wenig Kleidung sich zwischen uns befindet, nur ein paar Schichten dünnen Stoffs. Dennoch muss ich anmerken: „Du riskierst mehr als ich.“

„Wie es meine Aufgabe als Lord meines Rudels und als treuer Verbündeter der Erzlords ist, die *keinen* offenkundigen Verrat begehen.“ Sylas seufzt noch einmal. „Ich schätze, es ist meine Schuld, weil ich dich unsere Lady genannt habe. Es war nicht meine Absicht, dass du zusammen mit dem Titel so viele Aufgaben übernimmst.“

Sein Tonfall ist so trocken geworden, dass ein Lächeln an

meinen Lippen zupft. Ich rutsche auf dem Bett höher, angetrieben von einer schwindelerregenden Mischung aus Liebe und Verlangen. „Es scheint auch mit vielen Vorteilen einherzugehen."

Er kommt mir auf halbem Weg entgegen und sein Mund erobert meinen mit einem fordernden Grollen. Seine Zunge gleitet heiß und leidenschaftlich zwischen meine Lippen und seine Hände drücken mich an seinen muskelbepackten Körper. Meine Haut brennt überall, wo wir einander auf die köstlichste Weise berühren.

Ich erwidere den Kuss hart und genieße die Dringlichkeit seines Verlangens. Er will mich so sehr. Ich *bedeute* ihm so viel, zumindest im Moment.

Ich will ihn ebenfalls so dringend, dass bereits mein gesamter Körper pulsiert.

Sylas küsst mich erneut. Begehren pocht durch seine Brust hindurch und seine Finger vergraben sich in meinen Haaren. Mit einem erstickten Laut zuckt er zurück. Sein Atem stockt über meinen Lippen. Seine Pupillen sind beide geweitet, die dunkle und die geisterhafte.

„Ich habe dir versprochen, wenn du so zu mir kommen würdest ... Es sollte keine Erwartungen geben ...", keucht er, womit er sich auf das letzte Mal bezieht, als es in seinem Schlafzimmer heiß herging und meine Gefühle viel verworrener waren als jetzt. Doch wir haben bereits eine Lösung für dieses Problem, ohne dass eine Verhandlung von Nöten wäre.

Ich packe seine Hand und erwidere seinen Blick. Meine Sehnsucht macht meine Stimme heiser. „Bring mich zum Rendezvousraum."

Die Worte haben kaum meine Lippen verlassen, als er mich auch schon in seine Arme hebt. Er durchquert das Zimmer und anschließend den Gang mit schnellen Schritten, um zu dem Raum zu gelangen, den er

Hearthshires Burg hinzugefügt hat wie beim Bergfried in Oakmeet – das Zimmer, das weder mir noch einem meiner Liebhaber gehört, sondern uns allen gemeinsam, und das für Momente wie diesen gedacht ist.

Sylas verteilt brennende Küsse auf meinem Hals, noch bevor wir das Bett erreicht haben. Ich wimmere und packe die dicken Wogen seiner Haare. Verlangen breitet sich von meiner Mitte so intensiv in meinem gesamten Körper aus, dass es fast schmerzhaft ist. „Bitte", raune ich.

Er gibt einen erstickten Laut von sich, hebt mich aufs Bett und stützt seinen Körper über mich. Sein Mund verschließt erneut meinen, verschlingt mich und trinkt jeden aufmunternden Laut, der meine Kehle hinaufbebt. Er streichelt meine Brüste und verliert keine Zeit damit, seine Daumen auf meine Nippel zu legen und sie zu den härtesten Spitzen zu machen, was wundervolle Blitze der Lust auslöst.

„Mein", knurrt er, knabbert an meinem Kiefer und zupft an meinem Ohrläppchen, als könnte er den Mund nicht länger als eine Sekunde von mir lassen. „*Mein.*"

Das Wort fühlt sich weniger wie eine Eigentumserklärung an, als viel mehr wie eine unerschütterliche Abwehr gegen diejenigen, die mich ihm wegnehmen möchten. Es ist, als würde er jeden dazu herausfordern, auch nur zu *versuchen*, mich von diesem Ort wegzuholen. Der Klang des Worts hallt durch mich hindurch. Ich wölbe mich ihm entgegen und wünsche mir, er könnte mich so gründlich beanspruchen, dass niemand außerhalb dieser Burg jemals auch nur daran denkt, das Gleiche zu tun.

„Dein", antworte ich in einer Art Gebet.

Noch ein wilder Laut kommt über seine Lippen. Er gleitet mit der Zunge über meinen Hals und vergräbt seinen Mund in der Beuge. Seine Hand schlängelt sich an der Vorderseite meines Körpers hinab und die Spitzen kaum ausgefahrener Krallen schlitzen mein Nachthemd in der Mitte auf.

Mein Herz setzt aus, jedoch nur kurz, bevor ich erneut in eine Flut aus brennender Leidenschaft gehüllt werde. Obwohl Sylas' Verlangen intensiv ist, hat er keinen einzigen Kratzer auf meinem Körper hinterlassen und mich ausschließlich berührt, um mir Lust zu verschaffen.

Ich weiß tief in meinem Herzen, dass mir dieser Mann niemals wehtun würde.

Er umfängt meinen Busen, was eine weitere Woge der Wonne erzeugt, und weicht zurück. Sein Mund markiert in schneller Folge mein Schlüsselbein, meine Rippen und meinen Bauch. Bevor ich kapiert habe, wohin er unterwegs ist, senkt er den Kopf zwischen meine Beine.

Die erste drängende Bewegung seiner Zunge löst einen Funkenregen tief in mir aus und entlockt meiner Kehle einen schockierten Schrei, der ein Flehen nach mehr ist. Ich presse mich an seinen Mund.

Sylas stimuliert mich, als hinge sein Leben davon ab, meinen Falten und der empfindlichen Perle darüber jedes bisschen mögliche Wonne zu entlocken. Ich klammere mich an seine Haare und meine Hüften schwingen mit jeder Bewegung seiner Lippen und jedem Zungenschlag hin und her. Ich kann lediglich den Rausch der Empfindungen reiten, der mich auf meinen Höhepunkt zutreibt.

Er kommt mit einer Explosion der Lust, die mir die Luft aus der Lunge presst. Mein Kopf neigt sich nach hinten gegen das Kissen und ein Stöhnen purzelt aus meinem Mund. Mein Körper zuckt, als die Nachbeben durch meine Glieder kribbeln.

Sylas küsst mich dort noch einmal so fest, dass er die wundervollen Wogen noch höher befördert. Anschließend schiebt er sich über meinen Körper.

Ja. Jeder Nerv in mir singt begeistert. Ich packe seine

Schulter, spreize die Beine und strecke die Hand aus, um an seiner Unterwäsche zu ziehen. Er zerrt sie mit der gleichen Kraft von seinem Körper, die er bereits bei meinem Nachthemd angewandt hat. Sein Mund kollidiert mit meinem, herb von meiner Erregung in Kombination mit seinem berauschenden Aroma.

Er schiebt seinen Arm unter mein Hinterteil und hebt mich hoch, damit ich ihm entgegenkomme, woraufhin sich meine Knie um seine Hüften anspannen. Mit einem Stöhnen rammt er sich in mich.

Die Vorsicht unserer ersten Begegnung ist jetzt nicht vorhanden, allerdings muss ich auch nicht mehr vorsichtig sein. Es ist berauschend, ein solch intensives Verlangen von diesem Mann zu erleben, der seine leidenschaftlicheren Emotionen so sorgfältig in Zaum hält. Es ist berauschend, zu wissen, dass er sich genauso sehr danach sehnt, eins mit mir zu werden, wie ich mich nach ihm sehne, zumindest auf diese Weise in diesem Moment.

Meine Hüften bocken nach oben, um wie von selbst mit ihm zu verschmelzen. Wonne flammt dort auf, wo er mich so perfekt füllt, und breitet sich in meinem gesamten Körper aus. Als sich unser Rhythmus beschleunigt, beginnen unsere Küsse, zu zerfallen, und sind nun genauso viel gekeuchter Atem und stotterndes Keuchen wie Münder, die einander verschließen.

Sylas ist so groß, ragt über mir auf und erschüttert mich zutiefst. Mit jedem Stoß strahlt er Macht aus. Doch ich fühle mich nicht klein unter ihm. Mit jeder Liebkosung, jeder Umklammerung seiner Finger, jedes Mal, wenn er mich näher zieht und sich tiefer in mich treibt, durchströmt mich ein Gefühl der Kraft.

In diesem Moment bin ich sein und er ist mein. Ich bin die Frau, die er braucht. Ich bin kein unterwürfiges Opfer oder ein ungeschickter Mensch – ich bin die gewählte

Geliebte eines Fae-Lords und ich heiße jedes bisschen der Leidenschaft willkommen, die er mir schenken kann.

Der Schleier zunehmender Lust trübt jeden weiteren zusammenhängenden Gedanken. Mit den nächsten Stößen trifft Sylas eine perfekte Stelle in mir und mein Bewusstsein zersplittert. Ich erschaudere, verkrampfe mich um ihn herum und schreie. Er rammt sich noch einmal in mich und seine Schultern versteifen sich, als er mir über diese Klippe folgt.

Wir halten schließlich in einem viel zärtlicheren Tempo inne als das, welches uns zu unserem Höhepunkt gebracht hat. Sylas küsst mich sanft und zieht den Kuss in die Länge, als ich unter ihm erschlaffe. Anschließend reibt er mit der Nase über meinen Kiefer. Sein Körper entspannt sich allmählich, doch als er auf mich herabblickt, lauert etwas unerwartet Angespanntes in der Dunkelheit seines unversehrten Auges.

Seine Stimme erklingt leise und etwas heiser. „Geht es dir … gut?" Seine Hand wandert zum zerfetzten Rand meines Nachthemdes. „Ich wollte bei dir nicht so viel von dem Tier rauslassen. Es war nur der Gedanke, dass ich dich womöglich *nicht* haben werde … aber ich hätte …"

Ich unterbreche ihn mit einer Hand an seiner Wange und einem Lächeln, das so breit ist, dass meine Wangen wehtun, was zu den Schmerzen um mein Herz passt. „Ich wollte das hier. Ich *bat* darum. Es war meine Idee, hierherzukommen."

Plötzlich denke ich an Whitt an jenem Abend, als er zum ersten Mal *seinem* Verlangen nachgab, wie er mich vorher vor sich warnte und meine Annäherungsversuche nur akzeptierte, als ich ihm sagte, dass mich seine angeblichen Fehler nicht störten. Ich hätte nicht gedacht, dass Sylas auf ähnliche Weise beruhigt werden muss, aber er ist genauso sehr ein Mann wie ein unerschütterlicher Lord. Ich weiß, wie tief seine Emotionen unter seinem kontrollierten Äußeren reichen.

Ich hebe den Kopf, um einen flüchtigen Kuss auf seine Lippen zu drücken. „Ich habe keine Angst vor dir – ich habe *nie* Angst vor dir. Ich weiß, dass du aufhören würdest, wenn ich dich darum bäte. Ansonsten wäre ich nicht dein."

Bei diesen letzten Worten entweicht ihm das Echo eines Stöhnens und er beugt sich für einen gründlicheren Kuss nach vorne. Als ich meinen Arm um seinen Hals schlinge und den Kuss erwidere, komme ich nicht umhin, mir zu wünschen, dass ich für immer die Seine sein könnte, so lächerlich diese Hoffnung auch sein mag.

Zur Mittagszeit des nächsten Tages, als ich an den gewaltigen schwarzen Steinen vorbeilaufe, die Ambrose' Burg umringen, erinnert mich die sengende Hitze der Sonne an die sanftere Wärme von Sylas' Umarmung, was mit einem Anflug von Sehnsucht einhergeht.

Was würde ich nicht dafür geben, diesen Tag kuschelnd mit ihm im Bett zu verbringen, anstatt zum Haus eines Schurken zu marschieren. Was würde ich nicht dafür geben, wenn er – oder August oder Whitt – jetzt neben mir laufen würden. Doch es sind nur Harper, Brigit und Charce bei mir, während wir den Abhang erklimmen.

Sogar Astrids Präsenz wäre eine Erleichterung gewesen, auch wenn mir ihre ständige Anwesenheit manchmal auf die Nerven geht. Wir wissen nicht, ob uns Ambrose' Wachen reinlassen werden, wenn wir jemanden bei uns haben, der wie ein Krieger aussieht. Brigit und Charce gehören zu denjenigen, die August trainiert hat und die sich freiwillig meldeten, mitzukommen. Sie wurden hauptsächlich wegen Brigits vergangener Hilfe und teilweise deswegen ausgewählt, weil Charce über die Magie verfügt, das Gefährt zu kontrollieren, das wir für diesen Ausflug angeblich gestohlen haben.

Jeder Teil unserer Geschichte muss Sinn ergeben, um die Wahrscheinlichkeit zu erhöhen, dass diese List funktioniert.

Ein weiterer Teil dieser Geschichte besteht darin, es glaubwürdig aussehen zu lassen, dass ich trotz meines vorherigen Beharrens, in Hearthshire zu bleiben, mit Harper mitgegangen bin. Ich lasse meinen Blick für jegliche Wachen, die zuschauen, träge über meine Umgebung wandern und meinen Kopf von einer Seite auf die andere rollen. Außerdem zwinge ich mich in beliebigen Momenten zum Kichern. Ich greife auf die Empfindungen zu, an die ich mich von dem einen Mal erinnern kann, als Whitt seinen Cavaralsirup mit mir teilte.

Als wir die hoch aufragende, schwarze Form des Palastes erreichen, schlägt mein Herz schneller. Ich zwinge mich, eine gelassene Miene zu bewahren.

Das Mittagessen sollte pünktlich um zwölf Uhr beginnen. Wir erreichen die Türen ungefähr zehn Minuten, nachdem die besuchenden Erzlords eingelassen worden sein sollten. Wir wollten Donovan nicht zu lange ohne Schutz lassen, es allerdings auch nicht riskieren, dass Ambrose die Gelegenheit erhält, uns zu befragen, bevor seine Gäste ankommen. Mittlerweile sollte er beschäftigt sein.

Harper marschiert zu den Wachen, die zu beiden Seiten der Eingangstür platziert sind. „Wir sind gekommen, um uns in Ambrose' Obhut zu begeben." Die Ruhe in ihrer Stimme zu hören, sorgt für einen glühenden Stolz in meiner Brust. Ich weiß, wie nervös sie wegen des Plans war, aber sie zeigt sich der Situation gewachsen.

Ihre Aussage ist keine Lüge – sie lässt nur aus, wie kurz wir in Ambrose' Obhut zu *bleiben* planen. Die Wachen mustern uns mit unverhohlenem Unbehagen. Die Frau rechts konzentriert sich auf mich.

„Das ist der Mensch – der mit dem Heilmittel in seinem Blut."

Harper nickt. Ich summe auffällig vor mich hin und neige den Kopf zum Himmel, anstatt auf sie zu achten.

„Ich habe ihr guten Wein eingeflößt, damit sie nicht protestiert", erklärt meine Freundin. „Ich habe zuvor schon für Erzlord Ambrose gearbeitet – seine Rudelmitglieder, die Hearthshire besucht haben, können Ihnen das bestätigen. Wir wollen nicht auf der falschen Seite stehen, wenn es zu einem Krieg kommt. Ich dachte, das Heilmittel würde ein gutes Friedensangebot darstellen. Er will sie, oder?"

Die Wachen wissen eindeutig, dass ihr Lord mich will. Sie wechseln einen Blick. Der Mann räuspert sich. „Der Erzlord ist momentan beschäftigt. Er kann sich noch nicht um euch kümmern."

Harper schabt mit den Füßen über den Boden und zieht den Kopf ein, wodurch sie verlegen und alles andere als bedrohlich wirkt. „Können wir wenigstens reinkommen? So wäre es leichter, sicherzustellen, dass der Mensch nicht davonläuft. Und ich weiß nicht, wie lange es dauert, bis Lord Sylas ein fehlendes Gefährt bemerkt."

Die Frau gibt einen harschen Laut von sich, doch nach einem weiteren schweigenden Austausch zwischen den Wachen, bedeutet sie uns, ihr zu folgen. „Ihr könnt in einem der Wohnzimmer warten. Kommt einfach schnell mit."

Harper krümmt ihre Hand um meinen Ellenbogen. Als ich zu dem höhlenartigen Eingang blicke, sträuben sich meine Beine. Eine Sekunde lang ersticke ich.

Ich denke an Sylas' Atem, der gestern Nacht meinen Hals streifte, als wir ineinander verschlungen einschliefen. Ich erinnere mich an Augusts feste Umarmung, bevor er zuschaute, wie ich in das Gefährt stieg. An Whitts letzte gemurmelte Erinnerung an Einzelheiten, die ich nicht vergessen sollte, und den subtilen Händedruck, als er sich von mir entfernte.

Ich werde zu ihnen zurückkehren. Ich weigere mich, ein anderes Ergebnis zu akzeptieren. Aber um das sicherzustellen, muss ich zuerst ganz weggehen.

Mein Kiefer spannt sich hinter meinem verträumten Lächeln an und ich zwinge mich, das Zuhause meines größten Feindes zu betreten.

26

Sylas

ie warme Brise kitzelt über mein Fell, während ich zwischen den Bäumen am Fuß des Hügels zum Herzen kauere. Oben am Abhang glänzt die Steinmauer von Ambrose' Revier in starkem Kontrast zum Gras. Jeder Muskel meiner wölfischen Gestalt ist angespannt wegen des Drangs, die Entfernung zu überwinden und zum Palast zu rennen.

Meine Rudelmitglieder sind dort oben. Die Frau, die ich liebe, ist dort oben. Sie sind vor wenigen Minuten aus ihrem Gefährt gestiegen, um die restliche Distanz zu Fuß zu bewältigen. Selbst jetzt könnten Ambrose' Krieger …

Ich stoppe diesen Gedankengang und schiebe ihn beiseite, ehe ich mich auf die losgelösten Eindrücke konzentriere, die in meinen Verstand tröpfeln. Ich weiß genau, wo Ambrose in diesem Moment ist. Wenn seine

Wachen nach seinen Befehlen fragen, werde ich es sofort sehen.

Als ich mich auf den leichten Druck des Bandes konzentriere, das um meinen Kopf befestigt ist, und besonders auf den verzauberten Edelstein, der direkt an meiner Stirn ruht, dringen Bilder und Laute in meinen Verstand, als würde ich sie mit meinen eigenen Augen und Ohren sehen und hören. Doch es sind nicht meine Sinne, die sie als Erstes wahrnehmen, sondern Donovans.

Vor einer Stunde habe ich hier Stellung bezogen und die Magie des Edelsteins kurz vor Mittag aktiviert. Mit höchster Konzentration beobachtete und hörte ich zu, wie Ambrose Donovan und Celia im Palast willkommen hieß. Ich verfolgte den Weg, den sie durch die Gänge zu dem kleineren, privaten Esszimmer nahmen, und beobachtete ihren unschuldigen Small Talk, während die Bediensteten die Vorbereitungen für das Mittagessen trafen.

Die drei Erzlords stehen noch immer neben dem Tisch. Eine Frau bringt eine Karaffe mit Wein und eine andere erscheint hinter ihr mit einem gebratenen Schwein auf einer Platte. Die Mahlzeit wird gleich beginnen.

Es ist nervenaufreibend, zwei Standorte gleichzeitig zu erleben. Donovans Perspektive wirkt sich auf eine subtilere, distanziertere Art und Weise auf meine Sinne aus als der Wald um mich herum, dennoch kann ich den herzhaften Fleischgeruch des Bratens riechen und spüre sogar den Knoten in seinem Bauch, als er und seine Kollegen zum Tisch gehen. Er sprach voller Zuversicht über diese Begegnung, aber er *ist* nervös.

Ich bin ein wenig erleichtert, als ich das erkenne. Er sollte nervös sein. Ambrose hat bis jetzt noch keine fragwürdigen Schritte unternommen, doch ich vermute, dass es nur eine Frage der Zeit ist.

Meine Gedanken gleiten zurück zu dem Nachbild seines

gequälten Gesichts, das vor all den Tagen am Morgen nach dem Bankett in Donovans Heim durch mein totes Auge drang. Zum damaligen Zeitpunkt nahm ich an, dass die Qualen, die ich an diesem Eindruck von ihm sah, emotionaler Anspannung geschuldet waren. Der junge Erzlord hat jedoch bewiesen, dass er geschickt darin ist, den Stress seiner Situation zu meistern.

Jetzt neige ich eher dazu, zu glauben, dass es der körperliche Schmerz eines vergifteten Mannes war.

War dieses Bild die Spiegelung eines zukünftigen Momentes, in dem ich sein Gesicht tatsächlich so verzerrt sehen werde? Ist es ein Zeichen dafür, dass ich ihn nicht rechtzeitig beschützen kann, egal ob heute oder zu einem späteren Zeitpunkt? *Müssen* meine flüchtigen Visionen etwas Wahres zeigen oder kann das, was noch nicht geschehen ist, noch geändert werden?

Diese Fragen nagen an mir, seit Talia zum ersten Mal verkündete, worüber sie Tristans Rudelmitglieder an der Grenze hatte reden hören. Die Magie, die mein Fleisch durchschnitt und mein Auge bis zur Höhle versengte, hat Spuren hinterlassen, die ich so viele Jahre später noch immer nicht richtig verstehe.

Beim Herzen, lass die Risiken, die meine Lady, mein Rudel und ich heute eingehen, genug sein, um Ambrose' Bösartigkeit zu überwältigen.

Im Esszimmer verbeugen sich die Bediensteten und eilen auf Ambrose' Winken hin davon. Niemand sonst ist gekommen, um mit ihm über unerwartete Besucher zu sprechen. Die Erzlords machen Anstalten, ihre Plätze am Tisch einzunehmen, doch Ambrose bleibt stehen und schnaubt leise verärgert.

„Wie es scheint, hat mein Personal mein Weinglas vergessen." Er sieht sich um und macht an mich gewandt – an Donovan gewandt, durch dessen Augen ich alles sehe –

eine kurze Geste. „Es steht eines dort auf der Anrichte. Würdest du es mir geben?"

Donovan dreht sich – die Anrichte *ist* direkt hinter ihm und ein Kristallkelch steht in der Nähe der Kante. Es ist eine recht unschuldige Bitte, aber meine Haut kribbelt mit mehr Besorgnis, als ich von dem Mann spüre, mit dem ich verbunden bin.

Ganz gleich, wie Ambrose seinen Plan in die Tat umsetzen will, er würde wollen, dass jeder Schritt dieses Plans auf sein Opfer und andere Beobachter unschuldig wirkt. Er würde nicht wollen, dass Celia Bedenken an den Ereignissen ausspricht, die bald folgen.

Donovan reicht Ambrose den Kelch. Der andere Erzlord neigt zum Dank den Kopf. „Ich vertraue darauf, dass wir es alle schaffen, uns selbst Wein einzuschenken und unsere Teller zu füllen, sodass wir ungestört von meinen verblassten Mitgliedern reden können."

„Selbstverständlich", antwortet Celia so majestätisch und ruhig wie eh und je, und nimmt als Erste die Karaffe.

Das Gespräch am Tisch wird fortgesetzt, ohne dass auf Themen eingegangen wird, die dieses Maß an Geheimniskrämerei rechtfertigen. Was würde Donovan davon halten, dass ich zuschaue, wenn es der Fall wäre? Er muss beschlossen haben, dass seine Sicherheit wichtiger als derartige Bedenken ist.

Ich kann mir nur ausmalen, wie sehr es Whitt gefallen hätte, einen exklusiven, heimlichen Blick in das Leben der Erzlords hinter geschlossenen Türen zu erhalten. Ich meinte, ich hätte einen Funken Interesse in seinen Augen gesehen, als ich Donovans Beitrag zu diesem Plan erklärte. Es verschwand jedoch so schnell hinter seiner neuen, wortkargen Fassade, dass ich mich geirrt haben könnte. Er beschränkte sich bei seinen Bemerkungen ausschließlich auf die praktischen Aspekte der vorliegenden Angelegenheit.

Bloß die Erinnerung an mein letztes Gespräch mit ihm – und andere Gespräche davor – sorgt dafür, dass sich ein kribbelndes Gefühl in meiner Brust ausbreitet. Meine Krallen bohren sich in die Erde unter mir.

Ich hasse die angespannte Vorsicht zwischen mir und meinem Bruder. Ich hasse es, dass ich nicht weiß, wie ich sie auf eine Art angehen soll, die das gesamte Ausmaß meines Versagens und meiner Erwartungen umfasst. Ich verschloss mich zum Selbstschutz vor Isleen, obwohl ich mit mehr Kraft das Verbrechen erkennen und ihm so viele Qualen hätte ersparen können. Etwas an meinem Verhalten führte ihn zu der Annahme, er könnte mir nicht von dem Vergehen erzählen, ohne dass ich ihm die Schuld dafür gebe.

Doch wie lange hegt er schon den Groll, den er Talia gegenüber erwähnt hat und der ihn laut seiner Andeutungen bereits vor Isleens Verbrechen quälte? Wie konnte er mir so lange dienen und dabei so tun, als wäre alles bestens?

Auf diese Fragen gibt es keine leichten Antworten. Im Moment können sie mich nur ablenken. Nachdem ich sie unter meinen aktuellen Sorgen vergraben habe, strecke ich meine Beine aus, um geschmeidig zu bleiben, und widerstehe dem Drang, hin und her zu tigern. Ambrose hat so weit entfernt von der Mitte seiner Ländereien wahrscheinlich nur wenige Wachen aufgestellt, wenn überhaupt. Mir wäre es allerdings lieber, nicht die Aufmerksamkeit derjenigen zu erregen, die hier vielleicht vorbeikommen.

Talia und die anderen haben bestimmt bereits den ersten Teil ihres Plans in die Tat umgesetzt, oder? Wehe, wenn Ambrose' Personal sie nicht gut behandelt. Meine Lippen beginnen, sich bei dem Gedanken an die Beleidigungen zu verziehen, mit denen sie meine Geliebte womöglich ärgern.

Dann klopft Celia mit ihrer Gabel gegen die Seite ihres Tellers, wodurch sie meine und Donovans Aufmerksamkeit auf sich lenkt.

Die Älteste der Erzlords legt den Kopf schief. „Das ist eine sehr köstliche Mahlzeit, Ambrose, aber ich erwartete, von einer dringenden Angelegenheit zu erfahren, die du mit uns zu besprechen wünschst. Ich kann mir nicht vorstellen, dass du dieses private Treffen nur einberufen hast, um Höflichkeiten auszutauschen.“

„Natürlich nicht.“ Ambrose beugt sich mit einem Klirren seines Brustpanzers vor. Er trinkt einen Schluck Wein und öffnet den Mund, als wollte er zum Sprechen ansetzen – und erschaudert so heftig, dass die Flüssigkeit aus dem Kelch schwappt, den er noch in der Hand hält.

Was in aller Welt?

Er versucht erneut, zu sprechen, bringt jedoch nur einen stotternden Laut heraus. Lila Farbe kriecht über sein breites Gesicht. Er stemmt sich auf die Füße, schwankt und sieht aus, als würde er jeden Moment zusammenbrechen.

Seine Kollegen sind ebenfalls aufgesprungen. Celias dunkler Teint ist vor Schock hell geworden. „Ambrose, was plagt dich?“

Er hustet und schafft es, einige Worte auszuspucken. „Ich glaube … Der Wein …“ Er taumelt zu Donovan und umklammert das Handgelenk des jüngeren Mannes. Ich spüre den Druck seiner Finger, als würden sie um mein Vorderbein liegen. „Ich habe etwas … Die innere Kammer … Hilf mir?“ Mit der anderen Hand zeigt er auf Celia. „Finde … bring meinen Heiler.“

Celia wirbelt herum und eilt zur Tür, wodurch sie Ambrose und den Mann, den er zu töten wünscht, mutterseelenallein lässt.

Mein Herz macht einen Satz und ich renne ohne weitere Provokation durch die Bäume zu dem grasigen Abhang. Was auch immer er vorhat, er bringt es jetzt ins Rollen. Mir bleiben womöglich nur noch Minuten, bevor es zu spät ist.

Ich werde vielleicht nicht mehr rechtzeitig kommen.

Ich sprinte den Hügel mit jedem bisschen Kraft hinauf, das ich meinen erschöpften Muskeln abringen kann. Vor dem Gras und den Steinen entfaltet sich eine weitere Szene in meinem Kopf.

Donovan blickt zu der Tür, durch die Celia geeilt ist. Er ist sich eindeutig bewusst, wie verletzlich er jetzt ist, da niemand anwesend ist, um sich einzumischen. Ambrose schwankt erneut und der jüngere Erzlord hilft ihm, das Gleichgewicht zu finden. Der scheinbar kranke Mann deutet zu einer anderen Tür an der Rückseite des Esszimmers.

Nein. Geh da nicht rein.

Meine Gedanken können jedoch genauso wenig in Donovans Kopf dringen wie seine in meinen. Als ich zwischen den großen Felsen hindurchrenne, wobei meine Pfoten und Lunge wegen des wahnsinnigen Tempos brennen, in dem ich mich fortbewege, zögert Donovan und sagt einige Worte, die von dem Hämmern meines Herzens und meinem keuchenden Atem übertönt werden.

Ambrose packt seinen Arm fester und zieht ihn mit einem weiteren Zucken zur Tür – und Donovan geht mit ihm mit.

Bei Vergänglichkeit und Verderben. Ich springe an den letzten Steinen vorbei und rase den restlichen Weg zur Palasttür. Die Wachen nehmen sofort eine Habachtstellung ein und heben ihre Waffen.

Herz stehe uns bei und mach, dass dieser Schachzug funktioniert.

Ich verwandle mich so schnell in meine Menschengestalt, dass mein Fleisch wegen der plötzlichen Veränderung brennt. Meine Haare fallen wild um mein Gesicht. Ich kann mir nicht vorstellen, dass mein Gesichtsausdruck annähernd so gefasst ist, wie ich es gerne hätte. Aber vielleicht hilft das der Glaubwürdigkeit meiner Geschichte.

„Ich bin Lord Sylas von Hearthshire. Mitglieder meines

Rudels sind hierhergekommen. Ich muss sie sofort in einer wichtigen Angelegenheit sprechen."

Der Kiefer der Wache, die mir am nächsten ist, spannt sich an, sein Blick huscht jedoch zur Tür. „Sie machten nicht den Eindruck, als würden sie etwas mit Ihnen zu tun haben wollen."

Ich schaue ihn finster an mit all der lordhaften Autorität, die ich aufbringen kann. „Haben sie bereits einem anderen Lord ihre Treue geschworen? Ich nehme an nicht. Ich habe das Recht, mit ihnen zu sprechen."

Die andere Wache schabt mit den Füßen über den Boden. „Ich werde sie bitten, rauszukommen." Sie geht hinein.

Meine Rudelmitglieder werden ablehnen und mir wird der Zugang gewährt werden. Ich hoffe nur, dass die Wache nicht zu lange mit ihnen diskutiert.

Vor meinem inneren Auge stößt Ambrose die Tür zu der Kammer auf, die vom Esszimmer abzweigt. Er stolpert in einen Raum, der wie ein kleines Büro aussieht mit einem Rollschreibtisch, einem passenden Schrank mit zwei schmalen Schubladen sowie vielen Büchern in Regalen, die in den dunklen Felsen der Wand gehauen wurden. In der Ecke steht eine große Keramikvase. Donovan zögert in der Tür und packt deren Rahmen.

Erhobene Stimmen dringen durch die Palasttür an meine Ohren. Die Wache vor mir tritt von einem Fuß auf den anderen und sieht doppelt so angespannt aus wie zuvor.

Donovan betritt das Büro …

Die erste Wache öffnet die Tür vor mir weit. „Sie kommen nicht", sagt sie mit vor Frust scharfer Stimme.

Ich verschränke die Arme vor der Brust. „Dann muss ich dort mit ihnen sprechen, wo sie sind. *Jetzt.*"

Ihr Mund zuckt, doch zu meiner Erleichterung entscheidet sie offenbar, dass sie besser damit beraten ist, keinen Streit anzuzetteln, denn sie weiß, dass das Fae-Gesetz auf meiner Seite ist. Sie winkt mich mit einer knappen Bewegung herein. „Dann kommen Sie mit."

Ich folge ihr in den dunklen Gang und nur ein Bruchteil der Anspannung, die meine Brust umklammert, lockert sich wegen dieses kleinen Siegs. Ich bin drin …

Donovan steht in dem engen Raum über Ambrose. Der ältere Erzlord deutet auf etwas in einem der Regale. Ich bemerke das Funkeln einer Metallklinge …

Wir haben keine Zeit mehr. Ich muss jetzt handeln.

„Ich bin da", rufe ich gerade so laut, dass die Worte meine Rudelmitglieder auf jeden Fall erreichen. Dann springe ich nach vorne und lasse meinen Wolf frei.

Die Wache, die mich begleitet hat, schreit. Ich bin bereits bis zur Biegung im Gang gerannt, wo ich Donovan nach rechts abbiegen habe sehen. Ein Rumms und ein Knurren hinter mir verraten mir, dass meine Rudelmitglieder aktiv geworden sind. Brigit und Charce werden jegliche Wachen so gut wie möglich aufhalten, die mich verfolgen wollen, während Harper Talia beschützt. Wenn nötig, wird mein mutiger, kleiner Mensch Salz dazwischenwerfen.

Sorgen durchfahren mich, als ich mir Talia in solcher Nähe zu dem Kampf vorstelle, aber sie hat sich selbst in diese Lage gebracht, damit ich weiterrennen kann. Wenn ich das hier schnell beenden kann, wird sie nicht mehr lange in Gefahr sein.

Ich rase um eine weitere Ecke und entdecke die Tür zum Esszimmer vor mir.

Donovan legt seine Finger um den Holzgriff des Dolchs, auf den Ambrose gedeutet hat. Seine Verwirrung hallt mit seinen zögernden Bewegungen und einem Stich in seiner Brust in mir wider. Er hatte damit gerechnet, dass sein Kollege eine Klinge auf ihn richten würde, nicht ihm eine anbieten würde.

Als er den Dolch hebt, packt Ambrose sein Handgelenk. Der ältere Erzlord reißt Donovans Hand mit so viel Kraft nach vorne, dass Donovans Schulter beinahe ausgekugelt wird.

Der Dolch kracht gerade unterhalb seiner Achsel in Ambrose' Brust. Es ist kein tödlicher Stoß, aber ein so heftiger, dass Ambrose vor Schmerz zusammenzuckt, obwohl er sich gewappnet haben muss.

Donovan weicht zurück und entsetzte Panik beschleunigt seinen Puls. Er schleudert den Dolch auf die Seite. Dieser schlittert über den Boden zur Vase. Als ich die Tür des Esszimmers erreiche, starrt er Ambrose an. „Was für ein Spiel spielst du? Wirst du behaupten, dass ich dich erstochen habe – und vielleicht mit diesem Kelch vergiftet habe? Denkst du, ich werde nicht den Mund aufmachen und demjenigen, der über uns richtet, die Wahrheit erzählen?"

Ich renne durch die Esszimmertür und Ambrose' Lippen dehnen sich zu einem schmalen Lächeln, das vor Schmerz angespannt ist. „Das wirst du nicht tun, wenn du tot bist."

Meine eigene Panik jagt einen zusätzlichen Adrenalinstoß in meine Füße. Ich platze durch die Bürotür, gerade als Ambrose eine nadelähnliche Klinge aus seinem Ärmel zieht und damit nach Donovan sticht.

Ich krache gegen Ambrose und stoße seinen Arm zur Seite – allerdings nicht früh genug, um den Hieb komplett abzuwehren. Die schmale Klinge schneidet über Donovans Brust, anstatt sie zu durchbohren. Ein sengender Schmerz geht von ihm in mein eigenes Fleisch über.

Ich schließe meine Zähne so fest um Ambrose' Hand, dass seine Finger zucken und die Waffe fallen lassen. Doch als ich sie beiseitetrete, verwandelt er sich und entringt seine Hand, die nun eine Pfote ist, meinem Griff. Ich schaffe es, die nadelähnliche Klinge ins Esszimmer zu treten, doch die

Tür fällt vor mir zu. Ich muss mich dagegen pressen, um Ambrose' Angriff auszuweichen.

Indem ich mich gegen den Türrahmen stemme, zügle ich meinen Wolf und stelle mich aufrecht hin, während ich mein Schwert ziehe. Als ich es warnend schwinge, weicht der Erzlord zurück. Die Muskeln in seinen Schultern und an seinen Hüften spannen sich an. Ich will nicht länger mit Ambrose kämpfen, als ich muss. Und Donovan …

Der jüngere Erzlord ist taumelnd zu Boden gegangen. Blut quillt aus der dünnen Wunde, die durch seine Tunika in sein Fleisch geschnitten wurde. Verwirrenderweise sehe ich ihn und mich durch seine Augen. Sein Sichtfeld verdoppelt sich und verwandelt meine Gestalt in verschwommene Zwillinge. Und sein Gesicht …

Sein Gesicht ist das Bild, das vor all diesen Wochen in seinem Büro vor mir erschien – verkniffen und vor Schweiß glänzend. Ambrose hat das Gift zwar nicht so tief in seinen Körper gestoßen, wie er es wollte, aber es entfaltet seine Wirkung dennoch in dem anderen Mann.

Und es wirkt schnell. Ein Rasseln hat sich in Donovans Atem geschlichen, selbst als er die Worte eines Zaubers murmelt, der vermutlich dazu dient, ihn zu schützen. Ich spüre, wie sich seine Lunge anstrengt. Als sich eine grünliche Farbe auf seinem Gesicht ausbreitet, bricht sein Körper noch mehr zusammen, seine Augenlider senken sich und seine Stimme versagt. Die verschwommenen Eindrücke brechen ab, als er das Bewusstsein verliert.

Er lebt noch. Er hat nicht die volle Dosis Gift erhalten und hatte die Gelegenheit, zumindest einen Teil seiner Wirkung abzuwehren. Heilen war nie eine meiner Stärken, doch ich kann seinen Blutfluss verlangsamen und seine Nerven beruhigen, sodass sich das Gift nicht so schnell ausbreitet. Ich kann Zeit schinden, bis Celia den Heiler bringt.

Wenn Ambrose es zulässt.

Ich trete zu Donovan und Ambrose' dunkler Wolf schubst mich zur Seite. Als ich erneut drohend mein Schwert hebe, richtet er sich wieder als Mann auf und greift nach dem Schwertgriff an seiner Taille. Daraufhin blockiert er mir den Weg zu seinem sterbenden Kollegen.

„Also", spottet er, „zeigt der große Lord Sylas doch noch seine verräterischen Neigungen. Wollen Sie mich mit diesem Schwert durchbohren?" Er zieht sein eigenes.

Der Hieb landet so hart, dass ich innerlich zusammenzucke. Der Anblick von Donovans niedergestrecktem Körper verleiht mir jedoch all die Entschlossenheit, die ich brauche, um meinen Mann zu stehen. *Ich* bin hier nicht der Verräter.

Ich knirsche mit den Zähnen. „Ich will es nicht tun. Aber ich würde den Erzlord verraten, den Sie zu ermorden versucht haben, wenn ich nicht alles Erdenkliche tun würde, um ihm beim Überleben zu helfen."

Ambrose schwingt lässig sein Schwert. „Ist es das, was Sie sich einreden?"

„Es ist das, was *alle* sehen werden. Jemanden abzuwehren, der einen Erzlord angegriffen hat, selbst wenn es sich dabei um einen Erzlord handelt, kann nie Verrat sein."

„Hmm. Das setzt voraus, dass einer von Ihnen am Leben bleibt, um Ihre Version der Geschichte zu erzählen. Lassen Sie mich diesen Eindruck korrigieren. Keiner von Ihnen wird diesen Raum lebend verlassen und ich werde sicherstellen, dass Ihr Name und Ihr Rudel in gleißender Schande untergehen."

Mein Magen verdreht sich vor Übelkeit, über meinen restlichen Körper legt sich jedoch eine unheimliche Ruhe. Die Erinnerung an Talias Arme, die mich umschlossen, geht mir zusammen mit ihrer sanften Stimme durch den Kopf, mit der sie mir voller Zuversicht erzählte, wie viel sie mir vertraut.

Ich weiß, dass sie recht hat. Ich weiß, dass *ich* recht habe. Wenn es nötig ist, einen Erzlord zu töten, um denjenigen zu verteidigen, der es braucht, dann werde ich es tun, auch wenn ich die Vorstellung verabscheue. Ich werde es nicht aus Gier tun so wie Isleen und ihre Sippe. Mir ist egal, wer Erzlord wird, wenn Ambrose fort ist, solange er nicht mehr alle Seelie mit seiner Machtgier in Gefahr bringen kann.

Und das ist eindeutig das, worauf es hinausläuft: mein und Donovans Leben oder seines.

„Geh aus dem Weg, Ambrose", sage ich als letzte Warnung.

Er macht einfach nur sein Schwert bereit. So sei es.

Ich täusche in eine Richtung an und springe in die andere. Ambrose pariert und unsere Klingen prallen aufeinander. Er greift mit einem Hieb, einer Finte und einem Schwinger an, wobei er von jedem bisschen Platz in dem engen Raum Gebrauch macht, in dem Versuch, den Vorteil auszunutzen.

Ich weiche zur Seite aus und er rammt mich gegen die Regale, wodurch Bücher zu Boden fallen. Schmerz, der allein mir gehört, durchbohrt meine Seite. Ich ramme Ambrose mein Knie in den Magen und schleudere ihn nach hinten, allerdings nur wenige Schritte.

Bei meinem nächsten Hieb, schlägt er seine Klinge so hart gegen meine, dass der Aufprall durch meine Arme vibriert. Als ich mich umdrehe, blafft er ein Wort, das mir das Blut zu Eis gefrieren lässt. *„Fee-doom-ace-own."*

Wenn er über Talias Lippen kommt, kann dieser wahre Name Löffel verbiegen, Messer krümmen und dünne Ketten anheben. Sie wäre nicht in der Lage, dieses Schwert mit seinen eingebauten Zaubern zu beschädigen, die speziell dazu gedacht sind, feindliche Magie im Kampf zu vereiteln.

Ambrose ist jedoch ein Erzlord mit all der Macht, die in seiner Familie liegt und die sich aufgrund seiner Nähe zum Herzen in ihm aufgebaut hat. Meine Klinge sinkt vom Heft herab, als wäre sie geschmolzenes Wachs.

Ich schlage von der Seite nach ihm, doch die schiefe Masse bringt mich aus dem Gleichgewicht. Er weicht mühelos aus. Meine Magie reicht auf keinen Fall, um die Schutzzauber außer Kraft zu setzen, mit der er seine Klinge über viele Monate oder Jahre hinweg versehen hat, vor allem da ich erst seit kurzer Zeit zurück von den Rändern bin.

Durch meine zusammengepressten Zähne hole ich tief Luft und gehe das beste Risiko ein, das ich wählen kann.

Ich werfe mein ruiniertes Schwert beiseite. Als die Bewegung Ambrose' Aufmerksamkeit für den kürzesten Moment auf sich zieht, packe ich mit den Händen das Handgelenk seines Schwertarms und drehe es rasch. Die flache Seite seiner Klinge knallt gegen meine Schläfe, doch einen Augenblick später knacken Knochen.

Ich winde die Waffe aus seinen Fingern. Sie fällt scheppernd zu Boden. Mit einem Tritt meiner Ferse schlittert sie über den Boden hinter mir.

Ambrose verliert keine Zeit damit, sein gebrochenes Handgelenk zu beklagen. Er geht in Wolfgestalt in die Hocke und schnappt bereits mit seinen gebogenen Fangzähnen nach mir. Zum Glück habe ich erwartet, dass er sich verwandeln würde. Als ich zurückspringe, lasse ich meinen Wolf frei.

Ich stürze mich auf ihn und er kommt meinem Angriff entgegen. Unsere Körper krachen gegeneinander und rollen übereinander. Krallen kratzen und Zähne beißen an jedem bisschen Fleisch, das sie erreichen können.

Mein Schwanz streift Donovans ausgestreckte Gestalt und mein Herz macht einen Satz. Wie viel Zeit bleibt ihm noch?

Ich brauche eine Möglichkeit, die Oberhand zu

gewinnen. Als Ambrose versucht, mich zu fixieren, und wir miteinander ringen, huscht mein Blick durch den Raum. Mein Schwert ist nutzlos. Ich würde darauf wetten, dass seines so verzaubert ist, dass es jede andere Hand als seine verbrennt, die versucht, das Heft zu packen. Das vergiftete Messer, mit dem er Donovan verletzt hat, liegt draußen im Esszimmer.

Doch es gab noch eine Klinge, von der er nicht weiß, dass ich sie kenne. Ich war nicht im Raum, als er Donovan zwang, ihn mit diesem Dolch zu erstechen, zumindest auf keine Weise, die Ambrose hätte bemerken können.

Wohin hat Donovan ihn geschleudert? Er fiel gegen den Boden der Vase …

Ich schaffe es, Ambrose so weit von mir zu schieben, dass ich zu der Vase springen kann. Meine haarige Schulter kracht gegen die Keramik. Ambrose wirft sich auf mich und sorgt dafür, dass sich die Scherben unter mir in meine Muskeln bohren, aber ich habe das Funkeln von Bronze entdeckt.

Es besteht keine Gelegenheit, eine Kapitulation zu verlangen. Das hier ist kein Kampf um Dominanz, sondern eine verzweifelte Schlacht ums Überleben.

Ich verwandle mich schneller, als ich es jemals zuvor getan habe, packe den Dolch und ramme ihn zwischen die Augen des Erzlords.

Die Klinge versinkt bis zum Heft in ihm, zerschmettert den Schädelknochen und schneidet direkt in Ambrose' Gehirn. Ein Stöhnen und Spucke spritzen aus seinem schnappenden Maul. Seine wölfischen Glieder zucken und erschlaffen.

Die gigantische Bestie fällt von mir und nimmt die Gestalt eines Mannes an, als er mit dem Rücken auf dem Boden aufschlägt. Ambrose starrt ausdruckslos an die Decke. Sein Körper ist schlaff und Blut quillt um die Klinge herum hervor, die noch in seiner Stirn steckt.

Meine Kehle schmerzt dort, wo er mir eine oberflächliche, jedoch breite Wunde zugefügt hat. Mein Oberkörper schmerzt aufgrund mindestens einer gebrochenen Rippe, aber ich halte nicht inne, um nach ihm oder mir zu sehen. Ich wirble zu Donovan herum. Die Brust des jüngeren Erzlords hebt und senkt sich noch immer mit unregelmäßigen Atemzügen und seine Augenlider zucken.

Ich presse meine Hände auf seine Brustwunde und murmle die wahren Namen für Blut und Muskeln mit all der Macht, die ich in sie legen kann.

Verlangsame das Gift. Rette sein Leben. *Bitte.*

Ich weiß nicht, wie viele Male ich die Silben ausgespuckt habe, während das Adrenalin nachlässt, als eine Stimme aus dem Zimmer dahinter dringt. „Ambrose? Donovan?"

Es ist Celia. „Hier drin!", rufe ich heiser.

Sie reißt die Tür auf und schiebt einen Mann, der Ambrose' Heiler sein muss, vor sich her. „Ich bin so schnell gekommen, wie ich konnte. Ich …"

Sie bleiben beide wie angewurzelt stehen, als sie die Leiche des Erzlords sehen.

Ich rapple mich auf die Füße. „Sie können nichts mehr für Ambrose tun. Er hat Donovan mit einer Klinge vergiftet. Donovan lebt noch, allerdings nicht mehr lange, wenn er keine richtige Hilfe erhält."

Angesichts des Todes seines Herren schwankt der Heiler kurz, bevor er an Donovans Seite auf die Knie fällt. Anhand seiner hektischen Beschwörungen und seinem hastigen Umgang mit seinen Vorratssäckchen bezweifle ich, dass er noch Interesse daran hat, Ambrose' Absichten in die Tat umzusetzen, jetzt, da der Mann tot ist, falls er es jemals getan hätte.

Celia bleibt neben der Tür stehen und betrachtet die Szene. Als ich ihre entsetzte Miene sehe, sinkt mein Herz.

Ambrose erhält womöglich doch noch seine Rache. Sie

hat nur mein Wort, dass er derjenige war, der Donovan angegriffen hat, und nicht ich. Sie könnte genauso gut mich beschuldigen, versucht zu haben, beide zu ermorden. Ich bin ungebeten und theoretisch unter einem falschen Vorwand in den Palast eingedrungen. Ich hatte jeden Grund, Ambrose zu meinen Gunsten den Tod zu wünschen. Selbst wenn sich Donovan so weit erholt, dass er von seinen eigenen Verletzungen erzählen kann, könnte sie noch behaupten, dass das Gift seinen Verstand durcheinandergebracht hat, oder es als eine Verschwörung von uns sehen.

Sie hebt den Blick, um meinem zu begegnen, und mustert mich so, wie ich sie beobachte. Ihre Aufmerksamkeit scheint sich auf das Band mit seinem Edelstein zu legen, der noch an meine Stirn gepresst ist. Einer ihrer Mundwinkel biegt sich nach oben.

„Mein junger Kollege war gründlich vorbereitet", stellt sie fest und neigt die schlichte Krone nach oben, die sie trägt, um einen Edelstein zu zeigen, der meinem entspricht und darunter befestigt ist.

Donovan verschaffte auch ihr die Mittel, zu sehen, was passierte. Aufgrund dessen, dass sie keine Anstalten macht, mich zu verhaften, nehme ich an, dass sie gehört hat, wie Ambrose seine Absichten verkündet hat, bevor das Gift von Donovan Besitz ergriff. Dank sei allem, was gnädig ist.

Ich verneige den Kopf vor ihr. Der Ansturm von Erleichterung vermischt sich mit den Schmerzen in meinem Körper. Wenn ich nicht jeden Muskel in meinen Beinen angespannt hätte, würde ich auf meinen Füßen schwanken. „Dank dem Herzen dafür."

„Es schadete nicht, seiner Bitte nachzukommen, obwohl ich ihn für recht paranoid hielt." Celia betrachtet erneut die Gestalten, die auf dem Boden liegen. „Ich habe mich eindeutig geirrt."

Wie in Reaktion auf diese Worte zuckt Donovan zur

Seite und beugt sich an der Taille vornüber. Mit einem Beben seines Bauches spuckt er gelb-grüne Galle aus seinem Mund auf den Boden. Der Heiler tritt zur Seite und schaut zu.

Der junge Erzlord hustet und würgt erneut, doch die kränkliche Farbe auf seinem Gesicht verblasst bereits. Er blinzelt und blickt mit benommener Miene zu uns auf, ehe er sich über den Mund wischt.

Einen Augenblick später breitet sich ein schwaches Lächeln auf seinem Gesicht aus. „Nun", sagt er heiser, „dies ist keine respektable Position für einen Erzlord, oder?"

Celia schnaubt. „So wie die Dinge stehen, hast du Glück, dass du in der Lage bist, dein Leben zu behalten. Mach dir über Respekt Sorgen, wenn wir uns sicher sind, dass du das schaffst."

Ich sinke neben Donovan zu Boden, bereit, ihn zu stützen, falls er sich aufsetzen möchte. Er streckt seine Hand aus, doch als ich sie nehme, unternimmt er keine Versuche, sich nach oben zu ziehen.

„Ich denke, Sie können sich darauf verlassen, dass dies das letzte Mal war, dass ich nicht vollständig auf Ihren Rat gehört habe, Lord Sylas", sagt er. „Ihr Verhalten heute sollte Ihnen Belohnungen einbringen, die weit darüber hinausgehen, mein Kollege zu werden, aber ich fürchte, das ist die höchste Ehre, die ich Ihnen erweisen kann. Vielleicht sollte ich freundlicher sein und Sie stattdessen in einen jahrhundertelangen Urlaub schicken."

Ich lächle ihn schwach an. „Ich habe gedient, wie ich es geschworen habe, und das werde ich weiterhin auf jede Weise tun, die Sie sich wünschen, mein Lord."

Ein leises Summen dringt aus seiner Kehle. „In diesem Fall … sollten Sie besser Ihre Angelegenheiten in Ordnung bringen, zukünftiger Erzlord Sylas."

27

Talia

Die Bastion taucht jeden innerhalb ihrer Mauern in ein goldenes Licht und pulsiert sanft im Energiestrom des Herzens, das sich vor dem Gebäude befindet. Gleißendes Sonnenlicht fällt durch die hohen Fenster in den riesigen Saal mit seiner Gewölbedecke. Das Golderz, das den warmen Stein durchzieht, funkelt.

Das helle Leuchten passt zu der Krone, die Celia und Donovan während des letzten Schritts seiner Krönung zum Erzlord gemeinsam auf Sylas' Kopf setzen. Das Licht legt sich um ihn, als würde das Herz der Nebelwelt selbst ihn in seiner neuen Rolle willkommen heißen.

Was es in gewisser Hinsicht auch tut. Selbst mit meinen Menschensinnen spürte ich, wie das Pulsieren der Energie mit den Worten der aktuellen Erzlords zunahm, als sie die Zeremonie durchführten und um den Segen des Herzens baten.

Whitt und August stehen einige Schritte hinter ihrem Lord. August strahlt und Whitt trägt ein schiefes Lächeln zur Schau, das vielleicht nicht ganz so enthusiastisch, aber dennoch zufrieden wirkt. Ich befinde mich hinten am Rand des kreisrunden Saals, wo die Zuschauer aus den Rudeln der Erzlords, aus Hearthshire und viele andere Lords mit ihren Kader-Gewählten stehen, um Sylas' Aufstieg zu bezeugen. Die Größe der Menge und die Intensität des Moments machen mich nervös. Astrids nüchterne Präsenz neben mir hält meine Ängste jedoch in Zaum.

„Willkommen im Trio der Bastion, Erzlord Sylas", sagen Celia und Donovan wie aus einem Munde. Die Krone auf Sylas' Kopf strahlt in einem helleren Licht. Die Erzlords nehmen jeder eine seiner Hände, heben sie in die Luft und drehen sich mit ihm, als wollten sie der gesamten versammelten Menge ihre neue Einheit zeigen.

Sylas lächelt ebenfalls – wie üblich zurückhaltend, der ehrfürchtige Stolz auf seinem Gesicht ist allerdings nicht zu übersehen. Vor einigen Wochen wurde er nicht einmal als Lord respektiert. Jetzt ist er eine der am meisten geschätzten Personen im gesamten Sommerreich.

Beim Zuschauen wallt so viel Zuneigung in mir auf, dass meine Brust schmerzt.

Nachdem sich die Erzlords einmal im Kreis gedreht und Sylas' Hände gesenkt haben, erhebt sich Jubelgeschrei von der Menge. Vereinzelter Applaus wird zu donnerndem. Ich füge mein Klatschen dem Lärm hinzu und grinse plötzlich unkontrollierbar.

Die versammelten Fae strömen hinaus auf die Wiese, die sich direkt vor der Bastion in dem ausgedehnten, pulsierenden Leuchten des Herzens befindet. Dessen Licht fließt über uns hinweg und in die dunstige Grenze, die sich zu beiden Seiten in die Ferne erstreckt. Essen und Getränke wurden bereits auf Tischen entlang der Wiesenausläufer aufgebahrt und mehrere Musiker stimmen ein fröhliches Lied an.

Die ernsten Teile der Zeremonie sind vorbei. Es ist Zeit zum Feiern.

Sylas bahnt sich einen Weg durch die Menge, schüttelt angebotene Hände, nimmt Verbeugungen zur Kenntnis und antwortet auf emsige Komplimente. Er bleibt stehen, als er mich erreicht.

„Herzlichen Glückwunsch, Erzlord Sylas", sage ich und grinse ihn an.

Er gluckst leise. „Vielleicht hört es sich in einigen Jahrzehnten normal." Er streckt die Hand aus, um meine Schulter zu packen. Sein dunkles Auge drückt all die Dinge aus, die er gerne sagen würde, wenn wir kein so großes Publikum hätten, doch er hat in den vergangenen zwei Wochen bereits eine Menge gesagt. „Ich werde nicht vergessen, wie ich hierhergelangt bin und wem ich dafür zu danken habe."

„Ich weiß." Ich lege meine Hand kurz auf seine und dann ziehen ihn die anderen Fae wieder in ihre Mitte.

Mehrere der Besucher beginnen, im Zentrum der Wiese zu tanzen. August packt mich am Arm und zerrt mich mit sich, damit ich mich ihnen anschließe. Als ich in sein glückliches Gesicht schaue, blende ich die Blicke aus, die, wie ich weiß, auf uns gerichtet sind.

Dass ein Kader-Gewählter eines Lords einem Menschen so viel Aufmerksamkeit schenkte, war bereits etwas Ungewöhnliches. Der Kader-Gewählte eines Erzlords? Das muss beinahe undenkbar sein.

Einige Lieder lang wiege und drehe ich mich in seinen Armen und es spielt keine Rolle. Doch dann kriechen trotz meines verstärkten Stiefels Schmerzen von meinem krummen

Fuß meinen Knöchel hinauf und *dieses* Unbehagen kann ich nicht mehr ignorieren. August führt mich zurück zu Astrid, bevor ich nur noch humpeln kann, und innerhalb weniger Minuten wird er wieder in die Festlichkeiten gezogen.

Ich setze mich zum Zuschauen auf ein Kissen. Der Gesprächsfluss und die Musik treiben um mich herum. Die Fae bewegen sich von einem Partner zum nächsten, doch keiner meiner drei Liebhaber ist jemals ohne eine Partnerin – ohne die Frauen mit überirdischer Schönheit, wilder Eleganz und Edelsteinen, die entlang der Kurve ihrer spitzen Ohren funkeln. Und wenn sie innehalten, um ein Getränk oder etwas zum Essen von den Tischen zu holen, werden sie von Männern umringt, die alle die Gunst der neuen Macht beim Herzen erlangen wollen.

Warum sollte es nicht so sein? Es ist nur ein Zeichen dafür, wie viel Ruhm mein Rudel gewonnen hat, seit ich mich ihm angeschlossen habe. Jeder erkennt, was für ein hingebungsvoller und ehrenhafter Anführer Sylas ist. Ich darf nicht zulassen, dies als etwas anderes als eine gute Sache zu sehen.

Nachdem ich meinen Fuß ein Weilchen ausgeruht habe, schlendere ich zu einem der Tische, wobei mir Astrid folgt. Meine Männer sind wieder unter die Tänzer gegangen. Keiner der Fae in meinem Umfeld achtet auf mich. Als ich mich vorbeuge, um einen Spieß mit gebratenen Obststücken von einer der Platten zu nehmen, dringen die Stimmen einer Gruppe Seelie in der Nähe an meine Ohren, die ein leises, jedoch hörbares Gespräch führen.

„Er wird einen Erben wollen. Dafür wird er eine reinblütige Gefährtin brauchen."

„Oh, ich habe bereits einige Witwen gesehen, die ihn angesprochen haben. Ich bin mir sicher, er wird genügend Auswahl haben."

„Das ist dann ein Pech für euch beide, oder?"

Ein helles Lachen. „Nun, es gibt immer noch seine Halbbrüder. Sie sind ebenfalls ziemlich beeindruckend und der Erbe wird immerhin einen Kader brauchen."

Mein Magen verkrampft sich. Meine Finger spannen sich um den Spieß herum an und mein Blick heftet sich auf das Obst, von dem ich jetzt nicht mehr sicher bin, ob ich es noch essen kann.

Ich trage es trotzdem zu meinem Kissen und zupfe mehrere Minuten lang an den rauchigen, saftigen Stücken. Dabei gebe ich mein Bestes, mir einzureden, dass mir alles, was ich gehört habe, vollkommen egal ist. Dass ich bereits alles, was sie gesagt haben, wusste.

Es ist nur etwas anders, die Bestätigung außerhalb meines Kopfes zu hören.

Die Musik trällert weiter und windet sich durch das Geplauder und Gelächter, doch ich schaffe es nicht, zu einer besseren Laune zu finden. Ich lege den halb gegessenen Spieß beiseite und stehe auf, da ich weg von dem Lärm der Feier muss. Mein Blick landet auf der Bastion und den goldenen Adern, die durch den Felsen verlaufen und warm schimmern.

„Darf ich wieder reingehen?", frage ich Astrid und deute mit dem Kopf zu dem Gebäude.

Sie zuckt mit den Achseln. „Ich sehe nicht, warum das nicht gehen sollte. Ich vermute, dass alles, was die Erzlords für wichtig halten, ohnehin weggesperrt ist."

Ich schlendere über das Gras und durch eine der Seitentüren. Meine ungleichen Schritte hallen durch den breiten Gang. Ich meide den großen Saal, in dem die Zeremonie stattfand, gehe zu einer Treppe und humple hinauf zum ersten Stock eines kleineren Turmes.

Auf dem obersten Treppenabsatz bietet mir das kleine, gewölbte Fenster eine Aussicht auf Sylas' neue Ländereien. Er hat Ambrose' Obsidian-Burg oder Mauern noch nicht angerührt, sondern darauf gewartet, dass seine Ernennung offiziell gemacht wurde. In der letzten Woche haben er und die Rudelmitglieder, die geschickt im Umgang mit der richtigen Art von Magie sind, allerdings an einem neuen Zuhause gearbeitet, das ihrem Geschmack entspricht. Mehrere gewaltige Bäume erstrecken sich bereits in den Himmel. Sie sind noch nicht miteinander verschmolzen oder zu Zimmern geformt worden, geben jedoch einen eindeutigen Vorgeschmack darauf, wie sie eine Burg wie die in Hearthshire formen werden.

Sylas erzählte uns, dass er auch den Namen des Reviers ändern wird, um es vollständig für sich zu beanspruchen und unserem Rudel anzupassen. Anstatt Dusk-by-the-Heart wird es Hearth-by-the-Heart heißen.

Meine Finger krümmen sich um den Fenstersims, während ich hinausblicke. Das wird ebenfalls mein Zuhause sein, solange wir hierbleiben, was hoffentlich der Rest meines Lebens sein wird. Ich half Sylas, es sich zu verdienen. Es kann ein glückliches Zuhause frei von der Furcht vor Käfigen und anderen Gefangenschaften sein.

Und wenn es zu einsam wird, nachdem … nachdem sich alles so entwickelt hat, wie es alle erwarten, bin ich mir sicher, dass Sylas mir erlauben wird, in die Menschenwelt zurückzukehren, wenn ich ihn darum bitte. Er könnte Astrid oder jemand anderen schicken, damit sie mir das Blut abzapfen, das sie jeden Vollmond brauchen, bis sie ein anderes Heilmittel finden. Abgesehen davon könnte ich das alles zu einem Traum verblassen lassen.

Doch das will ich nicht.

Ich schließe die Augen, da plötzlich Tränen in ihnen brennen. Ich muss mich zusammenreißen. Bald muss ich zurück zur Feier gehen und so glücklich wie alle anderen aussehen. Ich darf meine Liebhaber nicht von dem größten Triumph ihres Lebens ablenken.

Anscheinend ist es zu spät dafür. Schritte erklingen auf den Stufen unter uns und Astrid, die in der Nähe an der Wand gelehnt hat, regt sich. Mit trockener Stimme verkündet sie: „Anscheinend werde ich nicht mehr gebraucht."

Ich drehe mich um und sehe, dass sie bereits die Wendeltreppe hinabgeht – und Sylas, August und Whitt aus den Schatten treten.

Ich blinzle heftig, bin jedoch zu verblüfft, um meine Emotionen schnell genug zu verbergen. Augusts Augen haben sich bei meinem Anblick bereits vor Sorge geweitet. Deshalb rede ich, bevor sie es können. „Was macht ihr hier oben? Ihr sollt doch feiern."

Sylas tritt an mich heran. Die dünne Krone funkelt auf seinen dunklen Haaren und er streichelt mit den Fingern über meine Wange. „Genauso wie du, Talia. Whitt hat bemerkt, dass du gegangen bist, und hat sich Sorgen gemacht. Und wie es scheint, lag er damit richtig. Was ist passiert? War jemand unfreundlich zu dir?"

Ein Knurren schleicht sich allein bei dem Gedanken in seine Stimme. Er ist erst seit wenigen Stunden ein Erzlord und bereitet sich schon darauf vor, diese Autorität zu nutzen, um mich zu verteidigen. Mein Blick gleitet an ihm vorbei zu Whitt – natürlich war es der Spionagechef, der mein Verschwinden bemerkte. Ich erkenne die Anspannung in seinen Schultern und das dunkle Funkeln in seinen Augen, das von einem genauso großen Beschützerinstinkt spricht. August tritt neben Sylas, nimmt meine Hand und streichelt mit dem Daumen sanft über meine Fingerknöchel.

„Nein", antworte ich und zwinge meine Stimme, ruhig zu bleiben. „Nichts dergleichen. Ich war nur ein wenig überwältigt von der Menge an Leuten. Mir geht's gut."

Whitt gibt einen leisen Laut von sich und kommt näher, wobei er darauf achtet, Sylas nicht allzu nahe zu treten. „Ich habe zwar selten die Gelegenheit, von meinen Brüdern eine Lüge zu hören, aber ich erkenne eine, wenn ich sie höre. Was ist los, Allkräftige?"

„Was auch immer es ist, wir kümmern uns darum", versichert mir August so entschlossen, dass erneut Tränen in meinen Augen brennen.

Wie kann ich erklären, dass dies nichts ist, worum sie sich kümmern *können*? Dass es nur um meinen Egoismus geht und um nichts, was jemand falsch gemacht hat?

Ich widerstehe dem Drang, die Arme um mich zu schlingen. „Ich benehme mich nur albern. Wirklich, es ist alles gut. Ihr solltet zurück zur Party gehen. Die Leute werden sich fragen, wohin ihr gegangen seid."

Ein Grollen vibriert in Sylas' Brust. Er legt seinen Arm um meine Schultern und zieht mich an sich. „Wenn du dir solche Sorgen darum machst, dass ich den Schein wahre, besteht die schnellste Methode, sicherzustellen, dass ich gehe, darin, mir zu verraten, was dich aufgeregt hat."

Ich lehne meinen Kopf an seine harte Brust, presse den Kiefer zusammen und kneife die Augen zu. Sein vertrauter, köstlicher Geruch füllt meine Nase und der Gedanke, dass ich nicht weiß, wie viele Male ich noch so von ihm gehalten werde, ergreift Besitz von meinem Verstand. Bevor ich es aufhalten kann, entweicht mir ein Schluchzen.

Augenblicklich umringen mich die drei Männer. August drückt meine Hand und Whitt legt seine auf meinen Rücken. Der Spionagechef spricht leidenschaftlich: „Wenn jemand etwas Fieses zu dir gesagt hat, werde ich …"

„Nein." Ich weiche von Sylas zurück und halte mich so steif, als würde das jegliche anderen Reaktionen verhindern, die ich lieber verbergen möchte. Ich vermute, es gibt keinen Ausweg aus dieser Situation. Beschämte Hitze kitzelt über meine Wangen. „Ich … ich weiß, dass es dumm ist, und ich erwarte nichts. Ich sollte nicht zulassen, dass es mich beschäftigt, wenn es so viel gibt, über das ich mich freuen sollte. Es ist nur …"

Ich kann ihnen nicht in die Augen schauen, während ich es ausspreche. Ich senke den Kopf und meine Stimme mit ihm. „Das Rudel steht nicht mehr im Abseits der Gesellschaft. Ihr habt die höchste Ehre erhalten, die es gibt. Also wollt ihr … also wollt ihr euch natürlich anständige Gefährtinnen nehmen, jetzt, da ihr es könnt. Vielleicht nicht sofort, aber … Und das ist *okay*. Ihr solltet das tun. Ihr braucht Erben und das alles. Ich verspreche euch, ich bin nicht …"

„Talia", unterbricht mich Sylas mit rauer Stimme. Er hebt mein Kinn mit den Fingern an und küsst mich so tief und drängend, dass ich mir kaum etwas anderem bewusst bin als dem heißen Druck seines Mundes und seiner kräftigen Finger, die meinen Kiefer entlanggleiten.

August stößt einen harschen Laut aus und reibt seine Nase an meinen Haaren. Whitt drückt einen Kuss auf meine Ohrmuschel. Ich bin komplett umgeben von ihnen und in diesem Moment ist mir egal, was für eine Zukunft das hier hat. Ich will mich nur in diesem Gefühl geteilter Hingabe verlieren.

Sylas weicht zurück, woraufhin ich mich nach mehr sehne. Er bleibt jedoch so nahe, dass sein Atem über mein Gesicht weht. „Ich werfe dich *nicht* beiseite, ganz gleich, wie viele Angebote ich von den Fae dort unten erhalte. *Du* bist diejenige, die ich will, und ich beabsichtige, jeden Moment, den ich kann, mit dir an meiner Seite zu verbringen. Ich habe noch Jahrhunderte Zeit, um mir Gedanken über Erben zu machen. Ich brauche nicht einmal einen von meinem Blut, wenn ich mich dazu entschließe, meine Linie stattdessen per Dekret fortzuführen. Es gibt nichts in dieser Welt oder deiner, was ich für dich aufgeben würde." Er hält inne und seine Stimme ist voller Emotionen. „Ich liebe dich, Talia. Ich hätte das im ersten Moment sagen sollen, in dem ich es verstand."

Ich starre ihn an und mein Puls flattert wie die Flügel eines panischen Vogels gegen meine Rippen. Ich hätte nie erwartet, diese Worte von August zu hören, geschweige denn von dem Fae-Lord. Doch die Wucht seiner Liebeserklärung lässt keinen Zweifel daran, dass er es ernst meint. Dennoch kann ich es mir nicht verkneifen, zu fragen: „Das tust du?"

Er küsst meine Stirn. „Dir gehört mein Herz. Du bist mein leitendes Licht in so großer Unruhe geworden und was mich angeht, gibt es keine einzige Frau in den Fae-Reichen, die dir das Wasser reichen kann. Und ich denke nicht, dass ich als Einziger so empfinde."

Er blickt zu seinem Kader. August führt mein Gesicht zu sich und stiehlt sich selbst einen Kuss, der ganz zärtlich ist. „Wenn ich irgendeine Ahnung gehabt hätte, dass du so denkst", sagt er zittrig und schüttelt den Kopf. „Du bist alles, was ich jemals wollen oder brauchen könnte, Süße. Ich kann mir nicht vorstellen, glücklicher zu sein, als du mich machst. Ich würde lieber nie wieder einen Fuß in die Küche setzen, als einen Tag ohne dich zu verbringen."

Bei seiner letzten Verkündung zucken meine Lippen zu einem Lächeln und dann dreht mich Whitt zu sich. Sein Mund kracht so heftig auf meinen, wie es seine Stimme vor einer Minute war, und brennt mit einer Leidenschaft, die viel berauschender ist als reines Begehren. Er lässt den Kuss nachhallen, bevor er mich freigibt. Seine Finger gleiten über meine Haare, ehe er mich an seine Brust zieht, wie es Sylas zuvor getan hat.

Er zögert und mustert Sylas, als wäre er sich nicht ganz sicher, ob sein Lord doch Einwände gegen seine Beteiligung an diesem Moment erheben würde. Der andere Mann schenkt ihm lediglich ein kleines Lächeln und neigt den Kopf, als würde er ihm seinen Segen geben.

Whitt umarmt mich fester. „Ich bin zwar ein Mann vieler Worte, aber ich bin niemand für ausschweifende Erklärungen. Lass uns einfach sagen, dass ich bestimmt nicht zulassen werde, dass dich diese zwei Muskelpakete für sich allein beanspruchen. Ich erwarte, dass noch viele Abenteuer vor uns liegen, Krümel, und ich möchte es um nichts in der Welt verpassen, sie mit dir zu teilen.“

Tränen treten mir erneut in die Augen, doch dieses Mal sind es Tränen der Freude und keine des Schmerzes. Ich erwidere seine Umarmung und drehe mich in seinen Armen, um zu Sylas zu schauen. „Also was heißt das? Wir werden so weitermachen wie bisher und alle in dem Glauben lassen, dass ich nur mit August zusammen bin?“

„Nein“, antwortet der Fae-Lord. „Wenn du die Unsere bist und wir die Deinen, ist es nur fair, wenn wir diesen Anspruch vor allen deutlich machen. Du verdienst diese Anerkennung.“ Er runzelt die Stirn. „Es ist selten, aber nicht gänzlich unbekannt, dass Fae ein Gefährtenband mit einem Menschen eingehen. Ich weiß nicht, ob ich schon von gemeinschaftlichen Gefährtenbändern gehört habe, bei denen das Teilen einer Geliebten offiziell gemacht wurde. Vielleicht kann unser Stratege eine angemessene Herangehensweise recherchieren?“

Whitt grinst und sieht zum ersten Mal seit Wochen vollkommen gelassen in Gegenwart seines Lords aus. „Es wäre mir ein Vergnügen.“

„Ein Gefährtenband“, wiederhole ich. Die Freude breitet sich in meinem gesamten Körper aus. Kann das hier wirklich passieren? Können sie wirklich wollen … aber wie kann ich daran zweifeln nach allem, was sie gesagt haben? Ich weiß allerdings nicht so recht, was das bedeutet. Das Einzige, dessen ich mir sicher bin, ist … „Es ist nicht wie die Bindung zwischen Seelenverbundenen.“

Sylas nickt. „Es ist der formelle Austausch von Versprechen und die Verbindung von Magie, die all diejenigen, die keine seelenverbundenen Gefährten sind, nutzen können, um sich in Liebe und Treue an ihren gewählten Gefährten zu binden. Es gibt keine der intensiven Auswirkungen, eine freiwillige Entscheidung hat jedoch etwas für sich.“

Ja, das hat es. Ich erinnere mich daran, wie er die Bildung eines seelenverbundenen Bandes beschrieb. *Es trifft einen wie ein Blitz direkt in die Körpermitte. Als würde man plötzlich von einem Energieblitz verbrannt werden, und dieses Loch wird sofort mit Eindrücken und Gedanken gefüllt, die deiner Gefährtin gehören.* Was ich für diese drei Männer empfinde, ist auch ohne das mächtig genug, vielen Dank.

Nur eine Sorge bleibt bestehen. „Würden es die anderen Fae nicht merkwürdig finden?“

Sylas lacht herausfordernd. „Sie können mir das gerne ins Gesicht sagen und anschließend herausfinden, welche Konsequenzen das nach sich zieht. Sie können gerne woanders so viel tratschen, wie sie wollen. Wenn meine Position als Erzlord nicht genügend Respekt abnötigt, um jegliche Schmähreden im Keim zu ersticken, mache ich etwas falsch.“

Whitt zupft spielerisch an einer meiner Haarsträhnen. „Wir werden sie daran erinnern, dass du irgendwo in dir eine kleine Spur Fae-Blut hast, und dass dir die Färbung der reinblütigen Fae so gut steht, dass du genauso gut eine sein könntest. Auggie kann deine Haare weiterhin färben, hmm?“

August lacht. „Ich werde ein ganzes Fass mischen, wenn es …“

„Mein Lord!“ Astrids Stimme dringt zusammen mit dem Poltern hastiger Schritte die Treppe herauf. Sie klingt verunsichert, was ihrem üblichen unerschütterlichen Selbst so unähnlich sieht, dass sich mein Körper bereits angespannt hat, bevor sie in Sicht kommt.

Sie verbeugt sich schnell auf der obersten Stufe und richtet sich mit angespanntem Kiefer auf. „Sie werden unten gebraucht, Erzlord Sylas. Sie … die Erzlords der Unseelie sind über die Grenze gekommen, um zu verhandeln."

Sylas kann seinen Schock nicht zügeln. „Sie sind hier … *jetzt*?"

Astrid bedeutet ihm, ihr zu folgen, und wir eilen gemeinsam die Treppe hinab.

Mein Herz hüpft hinter meinen Rippen. Was könnten die Unseelie wollen? Astrid sagte nicht, dass sie uns angegriffen haben – nein, das können sie nicht tun. Damit irgendein Fae die Grenze in der Nähe des Herzens überqueren kann, muss er einen Eid ablegen, dass er niemanden auf der anderen Seite verletzen wird.

Die echte Frage ist, was die Herrscher des Winterreichs dazu bewogen haben könnte, das Risiko in diesem Moment einzugehen?

„Sie sagen, dass sie Magie an sich haben, die zurückschlagen würde, wenn einer von uns versucht, sie zu verletzen", berichtet Astrid atemlos auf dem Weg nach unten. „Niemand hat es gewagt, das zu testen."

Als wir aus der Bastion treten, haben die Musiker zu spielen aufgehört. Die Tänzer haben sich an den Rand der Wiese zurückgezogen. Nur sieben Gestalten stehen noch auf dem freien Feld vor dem Herzen und werden von dessen Leuchten umrissen.

Donovan und Celia behaupten sich gegenüber fünf Fae in edlen, hellgrauen, blauen und elfenbeinfarbenen Kleidern – den Farben von Eis. Silberne Kronen schimmern auf den Köpfen der Fremden und wahre Namen ringeln sich entlang ihrer Stirnen und Kiefer. Ihre Mienen sind kühl und hochmütig. Breite Flügel mit schwarzen Federn sprießen aus ihren Rücken.

Anscheinend können die Unseelie ihre Flügel in Menschengestalt genauso benutzen, wie die Seelie ihre Fangzähne und Krallen einsetzen können. Und sie haben fünf Erzlords anstatt drei. Das wusste ich nicht. Ich frage mich, ob Sylas es wusste.

Er marschiert durch die Menge, um sich seinen neuen Kollegen anzuschließen, und strafft die Schultern. Whitt und August folgen ihm an die Front der Gruppe, bereit, einzuspringen, wenn sie gerufen werden.

Astrid zieht mich zur Seite. Wir laufen im Kreis um die Lichtung, bis wir eine Stelle finden, an der die Zuschauer weniger dicht gedrängt stehen, und schieben uns nach vorne, um eine bessere Sicht auf die Ereignisse zu haben. Sie lässt eine Hand um meinen Unterarm liegen und die andere ruht auf dem Griff ihres Dolchs.

Als Sylas sich zu den anderen Erzlords stellt, erhebt Celia das Wort. Ich vermute, ihr Alter verschafft ihr die größte Autorität, für sie alle zu sprechen.

„Nun stehen wir drei vor Ihnen. Was hat dieser Besuch zu bedeuten?"

Der Unseelie-Fae in der Mitte ihrer Gruppe ist eine Frau, die so muskulös ist, dass sich sogar ihr tätowierter Hals vor Muskeln wölbt. Sie streicht sich ihre türkisfarbenen Haare aus dem Gesicht. „Wir haben gehört, dass es eine Postenablösung in den Landen des Sommers gegeben hat. Ist es so merkwürdig, dass wir den neuen Herrscher auf der anderen Seite des Herzens sehen wollen?" Ihr kalter Blick gleitet über Sylas.

„Hier bin ich", sagt er relativ freundlich, sein dunkles Auge blickt jedoch misstrauisch drein.

Ich mustere jeden der anderen Unseelie und suche nach einem Hinweis auf ihre wahren Motive. Es gibt insgesamt drei Frauen und zwei Männer. Ich habe Schwierigkeiten, das Alter der Fae einzuschätzen, aber es scheint von einem Mann mit lockigen, blau-schwarzen Haaren und bronzefarbener Haut, der so jung wie August aussieht, zu einer zarten, spindeldürren Frau zu reichen, die vermutlich sogar um einiges älter als Celia ist.

Sie stehen alle gerade und majestätisch da. Ihre Augen sind auf die Seelie-Erzlords gerichtet und sie sind vollkommen reglos – abgesehen von dem jungen Mann, dessen Flügel ruhelos hinter ihm zucken.

Als ich mich stärker auf ihn konzentriere, wendet er seinen Blick von den Herrschern vor ihm ab und lässt ihn über die Menge wandern. Er schaut so schnell über die versammelten Fae, dass ich keine Zeit habe, meine Augen loszureißen, bevor unsere Blicke kollidieren.

Und es ist wirklich eine Kollision.

In dem Moment, in dem seine dunklen Augen meinen Blick auffangen, brennt eine Woge der Energie durch mich hindurch. Als ich ein Keuchen unterdrücke, knistert sie in jeden Nerv bis in meine Zahnwurzeln und Zehenspitzen. Sie windet sich hinab zur Mitte meiner Brust, als würde ich von einer Feuerklinge zerschnitten werden.

Als wäre ich von einem Blitz direkt in meine Körpermitte getroffen worden.

Mir rutscht der Magen in die sprichwörtliche Hose. Mein Mund klappt auf, es kommt jedoch kein Laut heraus.

Der Unseelie-Erzlord starrt mich so an, wie ich bestimmt ihn anstarre. Seine Kinnlade klappt herunter … und dann flutet ein Getöse aus Empfindungen den ausgebrannten Raum, wo mich die Energie durchfahren hat. Das Zwicken eines Gürtels, der zu eng geschlossen wurde. Der Schmerz eines Magens, der zu angespannt ist, um gefüllt zu werden.

Das Bild eines blassen Mädchens mit knallpinken

Haaren, dass mich – *ihn* – aus der Menge heraus mit offenem Mund anstarrt.

Nein. Das ist unmöglich. Es *kann* nicht ...

Ich stolpere rückwärts in Astrids Arme und kneife die Augen zu, doch ich kann den Worten nicht entkommen, die in einer unbekannten Stimme in mir aufsteigen, die irgendwie tief in meinem Inneren ertönt.

Wie kann ... Du bist es. Meine seelenverbundene Gefährtin.

Eva Chase ist eine Amazon Top 100-Bestsellerautorin für Urban Fantasy und paranormale Liebesromane. Sie ist mit Magie, Chaos und Herzschmerz aufgewachsen und bringt alle drei Elemente in ihre Geschichten ein. Aber keine Angst vor dem gefürchteten Liebesdreieck - Evas Heldinnen müssen sich nie entscheiden. Online findet man sie unter www.evachase.com.